Doğum Lekesi

CARAGH M. O'BRIEN

Çeviren: Zeynep Yeşiltuna

MARTI

Doğum Lekesi
Caragh M. O'Brien

1. Baskı: Mayıs 2013
ISBN: 978-605-348-127-0
Yayınevi Sertifika No: 12330

Baskı
Ezgi Mat. Teks. Pors. İnş. San. Tic. Ltd. Şti.
Matbaa Sertifika No: 12142
Sanyi Cad. Altay Sok. No: 14 Çobançeşme-Yenibosna/İstanbul
Tel: 0 212 452 23 02

MARTI YAYINCILIK
Martı Yayın Dağıtım San. Tic. Ltd. Şti.
Maltepe Mh. Davutpaşa Cd.
Yılanlı Ayazma Sk. No: 8
Zeytinburnu/İstanbul
Tel: 0 212 483 27 37 - 483 43 13
Faks: 0 212 483 27 38
www.martiyayinlari.com
info@martiyayinlari.com

Orijinal adı : Birthmarked
Yayın Yönetmeni : Şahin Güç
Çeviren : Zeynep Yeşiltuna
Editör : Rose Mary Samanoğlu
Dizgi : Erkan Küçük
Redaksiyon : Işıl Kocaoğlan
Son Okuma : Ayhan Hınçal
Kapak : Yasin Öksüz

Doğum Lekesi

CARAGH M. O'BRIEN

Çeviren: Zeynep Yeşiltuna

MARTI

1. BÖLÜM

BEBEK KOTASI

Anne, loş ağılda bedenini son bir kere daha kasarak var gücüyle ıkındı ve bebek, Gaia'nın hazırda bekleyen ellerinin içine kaydı.

"Aferin," dedi Gaia. "Harika. Bir kız."

Bebek öfkeyle ağlıyordu. Gaia onun ayaklarını, parmaklarını, o kusursuz sırtını kontrol ederken rahat bir soluk verdi. Güzel bir bebekti, sağlıklıydı, biraz küçük olsa da vücudu düzgündü. Gaia çocuğu bir battaniyeye sarıp yorgun annenin görmesi için titrek ateşin ışığına doğru tuttu.

Genç kız içinden, *keşke annem de burada olsaydı*, diye geçirdi. Keşke yanında olsaydı da doğum sonrası ve bebeğin bakımı için ona yardım etseydi. Normalde bebeği annenin kucağına vermemesi gerektiğini biliyordu, bir an için bile olsa bunu yapması yasaktı. Oysa şimdi anne ellerini uzatıyordu ve onun da her işe aynı anda yetişecek kadar eli yoktu.

Genç kadın, "Yalvarırım," diye fısıldadı. Usulca parmaklarını kırpıştırdı.

Bebeğin ağlaması kesildi ve Gaia, kızı annesine uzattı. Genç kadının bacaklarının arasını tıpkı annesinin ona öğrettiği gibi kibar ve seri bir şekilde temizlerken, annenin çıkardığı şefkat dolu sevgi sözcüklerini duymamaya çalıştı. Heyecanlı ve biraz da gururluydu. Bu onun ilk doğumuydu, hem de yalnız başınaydı. Annesine pek çok kez yardım etmiş ve ebe olacağına yıllar öncesinden karar vermişti ama şimdi nihayet hepsi gerçekti.

İşi bitmek üzereydi. Heybesine dönerek annesinin sadece bir ay önce, on altıncı yaş günü için kendisine hediye ettiği çaydanlıkla iki fincanı çıkardı. Yanan korların ışığında çaydanlığa biraz su koydu. Sonra da ateşi biraz körükledi. Minik, sessiz kundağıyla uzanan annenin yüzüne vuran sarı ışığı gördü.

"Aferin," dedi Gaia. "Bu senin kaçıncı bebeğin? Dört mü demiştin?"

"İlk bebeğim," dedi kadın. Keyiften sesi kadife gibi yumuşamıştı.

"Ne?"

Gaia'ya bakarken kadının gözleri bir an için parladı ve gülümsedi. Utangaç, çekingen bir tavırla terden sırılsıklam olan saçını kulağının arkasına itti. "Sana daha önce söylemedim. Gidersin diye korktum."

Gaia yavaşça ateşin yanına oturup çaydanlığı metal çubuğun ucuna takıp ısıtmak için ateşin üzerinde çevirdi.

İlk doğumlar en zor, en riskli olanlarıydı ve bu seferki her ne kadar sorunsuz bir şekilde geçtiyse de Gaia, şanslarının yaver gittiğinin farkındaydı. Bu kadınla sadece deneyimli bir ebenin ilgilenmesi gerekirdi. Sırf anne ve bebeğin iyiliği için değil, aynı zamanda ileride yaşanacaklar için de böyle olması gerekirdi.

Gaia usulca, "Kalırdım," dedi. "Ama sadece gelecek başka biri olmadığı için. Annem çoktan başka bir doğuma gitmişti bile."

Anne, onun ağzından çıkanları dinlemiyordu bile. "Çok güzel değil mi?" diye mırıldandı. "Ve o benim. O bende kalacak."

Hayır, olamaz, diye düşündü Gaia. Keyfi, gururu bir anda buhar olup uçtu ve o ana kadar ilk defa annesinin de yanında olmasını diledi ya da Yaşlı Meg de olabilirdi. O an için artık kim olsa fark etmezdi.

Gaia heybesini açtı ve içinden yeni bir iğneyle küçük, kahverengi bir mürekkep şişesi çıkardı. Çay tenekesini çaydanlığın üzerinde hafifçe sallayarak içine birkaç yaprak attı. Oda bir anda çayın mis gibi aromasıyla koktu ve anne yine bitkin, gevşemiş bir halde gülümsedi.

"Daha önce hiç konuşmadığımızı biliyorum," dedi anne. "Ama annenle seni avluya ve duvarın gerisine gidip gelirken çok gördüm. Herkes en az annen kadar harika bir ebe olacağını söylüyor ve artık ben de bunun doğru olduğunu söyleyebilirim."

"Kocan var mı ya da annen?" diye sordu Gaia.

"Hayır. Hayatta değiller."

"Bana haber yolladığın oğlan kimdi? Kardeşin mi?"

"Hayır. Yoldan geçen çocuğun tekiydi."

"Yani kimsen yok."

"Artık yok. Bebeğim var, Priscilla'm var artık."

Ne kötü bir isim, diye içinden geçirdi Gaia. Daha beteri de, adının ne olduğunun bir önemi yoktu, çünkü bu çok uzun sürmeyecekti. Gaia, annenin çay fincanının içine bir tutam aslankulağı attı ve bunu en iyi nasıl yapabileceğini düşünerek sessizce fincanları çayla doldurdu. Hâlâ sıcak ve artık boş olan çaydanlığı heybesinin içine geri koyarken önüne düşerek yüzünün sol kenarını kapatan saçlarını düzeltti.

"Al bakalım," dedi, aslankulağıyla örtülü çayı yataktaki genç kadına uzatıp bebeği de usulca yanından alırken.

"Ne yapıyorsun?" diye sordu anne.

"Sen çayını iç. Acını dindirir." Gaia örnek olsun diye kendi çayından bir yudum aldı.

"Pek bir ağrım kalmadı. Sadece biraz uykum var."

Gaia, fincanı ocağın yanına koyarken, "Ne güzel," dedi.

Sessizce pılını pırtısını topladı ve gözkapakları giderek ağırlaşan anneyi seyretti. Bebeğin bacaklarını açarak usulca bir ayağını dışarı çıkardıktan sonra da onu şöminenin hemen yanındaki bir battaniyenin üzerine, yere bıraktı. Bebeğin gözleri açıldı ve şömine ateşine doğru kıpraştı. Kopkoyu, karanlık gözlerdi bunlar. Sonunda ne renk olacaklarını şimdiden anlamak imkânsızdı. Gaia, bir parça temiz bezi çay fincanına daldırdı ve sıcak sıvıyı sonuna kadar beze emdirdikten sonra bebeğin bileğini silerek temizledi. İğneyi kahverengi mürekkebe batırıp, şöyle bir ışığa tuttu ve sonra da bebeğin bileğine annesinin rehberliğinde defalarca yaptığı gibi hızla dört iğne batırdı. Çocuk avazı çıktığı kadar bağırdı.

"Ne yapıyorsun?" diye sordu anne, artık tamamen ayılmıştı.

Gaia doğum lekeli bebeği yeniden sarıp sarmaladı ve tek koluyla özenle kucakladı. Çay fincanını, iğnesini ve mürekkebini heybesine attı. Sonra da ileri doğru bir adım atarak annenin yanında duran ikinci fincanı aldı. Anne heybesine tutundu.

"Hayır!" diye bağırdı anne. "Yapamazsın! Nisanın yirmi biri bugün! Ay sonuna bu kadar yaklaşmışken kimsenin bebeği alınmaz ki!"

"Önemli olan tarihin ne kadar ileri olduğu değil," dedi Gaia sessizce. "Her ay ilk üç bebek."

Kadın, yattığı yerde doğrularak, "Ama şimdiye kadar yarım düzine doğurtmuş olmalısınız," diye bağırdı ve bacaklarını yatağın yanından aşağı indirmeye çalıştı.

Gaia, güçlü olma çabası içinde geriye doğru bir adım attı. "Onları *annem* doğurttu! Bu benim ilk bebeğim," dedi. "Her ebenin ilk üç bebeği."

Anne ona baktı, şok ve korku ifadeleri yüzünde yer değiştiriyordu. "Yapamazsın," diye fısıldadı. "Bebeğimi alamazsın. O benim."

"Mecburum," dedi Gaia, gerileyerek. "Üzgünüm."

"Ama yapamazsın," diye haykırdı kadın.

"Başka çocuklarım da olur. Bir kısmı sende kalır. Söz."

"Lütfen," diye yalvardı kadın. "Bu seferki olmasın. Biriciğim olmasın. Ne yaptım ben?"

"Üzgünüm," diye tekrar etti Gaia. Artık kapıya ulaşmıştı. Çay kutusunu şöminenin yanında unuttuğunu gördü ama artık dönüp onu alması için çok geçti. "Bebeğin emin ellerde olacak," dedi önceden öğrendiği sözleri kullanarak. "Anklav'a* büyük bir hizmette bulundun ve bunun karşılığını alacaksın."

"Hayır! Söyle onlara o pis ödüllerini istemiyorum. Ben bebeğimi istiyorum."

Anne odanın içinde birden öne fırladı, fakat Gaia böyle bir şeyin olacağını önceden tahmin ettiği için kendini hemen dışarı attı ve karanlık sokakta uzaklaşmaya başladı. Döndüğü ikinci köşede durmak zorunda kaldı çünkü öylesine titriyordu ki, elindeki her şeyi düşürmekten korktu. Bebekten hüzünlü, tedirgin bir ses çıktı ve Gaia, titreyen parmaklarıyla minik bebeğin sırtını daha rahat okşayabilmek için sağ omzundaki çantanın askısını iyice sağlamlaştırdı.

"Şşşş," diye mırıldandı.

Arkasında bir kapının açıldığını duydu ve derken uzaktan vahşi bir çığlık yükseldi. "Lütfen! Gaia!" diye bağırdı ses ve kızın kalbi yerinden fırlayacak gibi oldu.

Burnunu çekip yüzünü tepeye döndü. Tahmin ettiğinden çok daha kötü olmuştu. Kulakları her an gecenin karanlığında yeni bir çığlığın yükselmesini beklerken her şeye rağmen

---

** Anklav: Belli bir coğrafyada, tamamen başka bir siyasi bölgenin sınırları dahilinde bulunan, içinde bulunduğu topraktan ayrılmış yaşam alanıdır. (ç.n.)*

ilerlemeye devam etti ve Anklav'a doğru seri adımlarla tepeyi tırmandı. Ay, etrafını kuşatan koyu, ahşap ve taş binaların üzerini, ara sıra taşa basan ayaklarını masmavi bir ışıkla boyuyordu. Onu ilerlemeye zorlayan acelenin aksine havaya boş, mahmur bir sessizlik hâkimdi. Annesinin yanında aynı yolculuğu defalarca yapmıştı ama hiç bu gece olduğu kadar uzun bir yolculuk gibi görünmemişti gözüne. Bebeğin emin ellerde olacağını biliyordu, hem de çok emin ellerde olacaktı. Annenin de başka bebekleri olacağını biliyordu. En çok da bu bebeği kanunlar yüzünden götürmesi gerektiğini ve götürmediği takdirde hem kendi hem de annenin hayatını tehlikeye atacağını biliyordu.

Bütün bunları çok iyi biliyordu ama bir an her şeyin tam tersi olmasını diledi. O güne kadar öğrendiği her şeyi ihlal etmek pahasına da olsa keşke bu bebeği annesine götürebilse ve ona, "İşte, al Priscilla'nı," diyebilseydi. Terk edilmiş topraklarda kaybolsa, bir daha da geri dönmeseydi keşke...

Son köşeyi de döndü. Güney girişinin kemerli kapılarının üstünde ışık vardı. Tek, çıplak bir ampulün ışığı, fenerin aynalı camlarından kapılara ve sert zemine yansıyordu. Dev ahşap kapının yanında siyah üniformalı iki gardiyan duruyordu. Gaia saçlarını hafifçe öne eğerek sol yanağını kapadı ve farkında olmadan kafasını çevirerek yüzünün o kısmını gölgede bıraktı.

Uzun boylu gardiyan, "Ufak bir paket mi gelmiş bize?" diyerek geniş siperli şapkasını neşeyle başından çıkardı ve dirseğinin altına sıkıştırdı. "Yoksa bize annenin bebeklerinden birini mi getirdin?"

Gaia yavaş adımlarla ilerledi, kalbi göğsünden fırlamak üzereydi. Nefes alabilmek için bir an duraksadı. Yaslı annenin feryatlarını neredeyse duyabiliyordu ve kadının kansız, güçsüz bacaklarıyla peşinden gelmesinden korkuyordu. Yüksekten, hızla kanatlarını çırpan bir kuş uçtu. Gaia ileri doğru bir adım daha atarak, fenerin güven verici ışığının altına girdi.

"Benim," dedi Gaia. "İlk bebeğim."

"Öyle mi?" dedi ikinci gardiyan, sesinden etkilendiği belliydi.

"Hem de tek başıma," dedi Gaia; kendiyle az da olsa gurur duymaması elinde değildi.

Bir parmağıyla bebeğinin çenesinin altındaki battaniyeyi hafifçe çekerek yüzünün kusursuz hatlarını, dudağının üstündeki pürüzsüz, oyuk çöküntüyü süzdü. Büyük kapı açılıyordu ve başını kaldırdığında beyazlar giyen bir kadının onlara doğru geldiğini gördü. Kısa boyluydu, düzgün beslenen birinin çevikliğine sahipti. Yüzü olgun, yaman ve yanılmıyorsa biraz da tez canlıydı. Gaia kadını tanımıyordu fakat Kreş'te onun gibilerini çok görmüştü.

Kadın öne gelirken, "Bebek kusursuz değil mi?" diye sordu.

Gaia başıyla onaylayarak, "Onu temizleyecek vaktim olmadı," diyerek özür diledi.

"Önemli değil. Anne de sorun çıkarmadı, değil mi?"

Bir an tereddüt etti. "Hayır," dedi. "Anklav'a hizmet etmekten ötürü mutluydu."

"Doğum ne zamandı?"

Gaia boynundaki zinciri çekip elbisesinin yakasından saatini çıkardı. "Kırk üç dakika önce."

"Mükemmel," dedi kadın. "Yarın sabah avluya geldiğinde annenin adını ve adresini teyit edebilmen için bunların hepsini hatırlaman lazım ki, kadın hak ettiği mükâfatını alsın."

"Unutmam," dedi Gaia, saatini yeniden elbisenin içine atarken.

Kadın tam bebeği almak için elini uzatmıştı ki, gözü Gaia'ya takıldı ve durdu. "Bana yüzünü göster, çocuğum," dedi kadın usulca.

Gaia hafifçe çenesini kaldırdı ve çekinerek saçlarını sol kulağının arkasına itti. Büyük kapının tepesinde yanan lambanın ışığına döndü. Bakışları adeta incecik, görünmez birer oktan farksız olan altı göz bir anda yarasına odaklandı ve hepsi sessiz bir merak içinde bakakaldı. Gaia var gücüyle kıpırdamamaya ve onların bu meraklı bakışlarının ağırlığına katlanmaya çalıştı.

Gardiyanlardan uzun boylu olanı genzini temizledi ve yumruğuyla ağzını kapatarak öksürdü.

"Aferin, Gaia Stone," dedi kadın sonunda bilge bir ifadeyle gülümseyerek. "Annen seninle gurur duyacak."

"Teşekkürler, Kardeş," dedi Gaia.

"Ben, Kardeş Khol. Annene benden selam söyle."

"Söylerim, Kardeş."

Gaia, sol kulağının arkasındaki saçları yeniden yüzüne düşürdü. Anklav'daki kadının adını bilmesine şaşırmadı. Daha önceleri de ilk defa tanışıp da onu bilen insanlarla karşılaştığı olmuştu; Bonnie ve Jasper Stone'un kızı, yüzü yanık olan çocukları... İnsanların onu bu şekilde tanımasına artık şaşırmıyordu ama hoşlanmıyordu da. Kardeş Khol, beklenti içinde ellerini öne uzatmıştı ve Gaia, bebeği yavaşça kendi vücudunun sıcaklığından uzaklaştırarak kadına uzattı. Bir an elleri ona bomboş, buz gibi geldi.

"Adı Priscilla," dedi Gaia.

Kardeş Khol merakla kıza baktı. "Teşekkürler. Bildiğimiz iyi oldu," dedi.

"Seni hayli yoğun bir gelecek bekliyor," dedi uzun boylu asker. "Daha kaç yaşındasın, on yedi mi?"

"On altı," dedi Gaia.

Birden midesi bulandı, kusacakmış gibi oldu. Çabucak gülümseyerek çantasını omzuna attı ve arkasına döndü.

"Güle güle," dedi Kardeş Khol. "Mükâfatını annenin Batı Üçüncü Bölge'deki yerine gönderirim, tamam mı?"

"Tamam," dedi Gaia. Çoktan tepe aşağı yürümeye başlamıştı bile, bacakları her an dengesini yitirebilirdi. Gözlerini bir an kapatıp açtı ve düşmemek için parmaklarıyla yanındaki koyu renkli binaya dayandı. Fenerin aydınlığının altına girdikten sonra ay ışığı artık eskisi kadar güçlü değildi ve onları ne kadar kırparsa kırpsın gözlerini bir türlü karanlığa alıştırmayı başaramadı. Fenerle aydınlatılan ana kapıdan uzaklaştıktan sonraki ilk köşede durup beklemek zorunda kaldı.

O sessizlikte, yakında bir yerlerden gelen uysal, hüzünlü bir ağlama sesi duydu. Kalbi duracak gibi oldu. Bir an için Priscilla'nın annesinin gölgelerin arasında yakında bir yerde olduğundan emindi, ona yalvarmak ya da onu suçlamak için fırsat kolluyordu belki. Ama kimse gelmedi ve bir süre sonra ağlama sesi kesildi, Gaia da duvardan uzaklaşıp evine doğru ilerleyerek, tepeden aşağı inmeye devam etti.

2. BÖLÜM

KÜÇÜK KAHVERENGİ PAKET

Gaia, Sally Row'un köşesini döndü ve evinin penceresinde yanan mumu görünce çok sevindi. Annesi, ondan önce evden çıkmasına neden olan doğumdan dönmüş olmalıydı. Eve doğru ilerlerken, iki bina arasındaki derin karanlığın içinden birinin adını fısıldadığını işitti.

Gaia durdu. "Kim o?"

Kambur bir gölge, kendini ona göstermek için bir an sokak arasından öne çıktı ve sonra yeniden karanlığın içine geri çekildi. Gaia, annesinin sadık dostu ve yardımcısı Yaşlı Meg'in belirgin vücudunu bir bakışta tanıdı. Penceresinin ışığına yansıyan bir dizi eski evin görüntüsüne son bir kere daha bakarak kendi de gölgeye doğru ilerledi.

"Annenle babanı Anklav'a götürdüler," dedi Yaşlı Meg. "İkisini de. Askerler bir saat önce geldiler ve biri de senin için burada kaldı."

"Tutuklamak için mi?"

"Bilmiyorum. Ama şimdi orada."

Gaia, ellerinin buz kesildiğini hissetti ve çantasını yavaşça yere bıraktı. "Emin misin? Neden ailemi alsınlar ki?"

"Ne zaman bir sebebe ihtiyaçları oldu ki?" diye çıkıştı Yaşlı Meg.

"Meg!" diye bağırdı Gaia. Karanlıkta yapayalnız olmalarına rağmen hâlâ birilerinin yaşlı kadını duymasına korkuyordu.

Yaşlı Meg, Gaia'nın dirseğinden tutarak hafifçe sıktı. "Dinle. Diğer doğumdan döndük, annen de tam seni aramak için evden çıkacakken askerler babanla beraber ikisini almaya geldi," dedi Yaşlı Meg. "Ben de arka kapıdan çıkıyordum, o yüzden beni görmediler. Verandada saklandım. Aklını başına toplaman gerek, kızım. Annen değerli bir kaynak. Bebeklerle ilgili çok şey biliyor ve Anklav'ın üst düzeyleri daha fazla bilgi istemeye başlıyor."

Gaia, kollarıyla vücuduna sarınıp başını iki yana salladı. Yaşlı Meg'in söyledikleri hiç mantıklı değildi.

"Sen neden bahsediyorsun? Annem diğerlerinin bildiğinden farklı bir şey bilmiyor ki."

Yaşlı Meg, yüzünü ona yaklaştırdı ve kızı daha da karanlığın içine çekti. "Anklav, annenin, üstün bebeklerin ailesinin izini sürebileceğine inanıyor."

Gaia duyduklarına inanamayarak kahkahalarla güldü.

"Aptal kız," dedi. Yaşlı Meg pençe gibi parmaklarıyla kızın kolunu sıkarak, "Ne dediklerini kendi kulaklarımla duydum. Gardiyanların sorduklarını da... Ve aileni öyle kolayca salıvermeyecekler. Durum ciddi!"

"Of, bırak beni!" dedi Gaia.

Yaşlı kadın sağa sola kaçamak bakışlar atarak biraz daha geriledi. "Wharfton'dan gidiyorum," dedi. "Yakında benim peşimden gelirler. Sırf sen de benimle gelmek ister misin, onu öğrenmek için bekledim."

"Gidemem," diye karşı çıktı Gaia. "Burası evim. Ailem dönecek." Yaşlı Meg'in söylediklerini kabul etmesini bekledi fakat sessizlik uzayıp da yerini kuşkuya bıraktığında, onun da korkuları bir anda yüzeye çıkıverdi. "Annemi nasıl alıkoyarlar? Bebeklerle kim ilgilenecek şimdi?"

Karanlıktan çirkin bir kahkaha sesi yükseldi. "Artık sen varsın ya," diye mırıldandı Yaşlı Meg.

"Ama ben annemin yerini alamam ki..." diye fısıldadı Gaia aceleyle. "Yeterince bilgim yok. Bu akşam şansım yaver gitti o kadar. Kadının bana yalan söylediğine inanır mıydın? Dördüncü doğumu olduğunu söyledi, meğer..."

Yaşlı Meg, Gaia'nın suratına sert bir tokat indirince kız tek eliyle ağrıyan yanağını tutarak yere düştü.

"Düşün," diye fısıldadı Yaşlı Meg. "Ailen ne yapmanı isterdi? Burada kalırsan Batı Üçüncü Bölüm'ün yeni ebesi sen olursun. Annenin ilgilendiği kadınları sen kontrol eder, onun doğurtması gereken bebekleri sen dünyaya getirtirsin. Onun aylık kotasını sen doldurursun. Kısacası tıpkı annen gibi sen de sana söylenenleri yaparsın. Ve tıpkı annen gibi, yaptıkların seni güvende tutmaya yetmeyebilir. Şayet benimle gelirsen Ölü Orman'da şansımızı deneriz. Bulabilirsem bize yardım edebilecek insanlar tanıyorum."

"Gidemem," dedi Gaia. Bu olasılık ödünü koparıyordu. Evini, tanıdığı her şeyi bırakıp gidemezdi. Ya ailesi serbest bırakılır, kendi de gitmiş olursa? Hem zaten şımarık bir çocukmuş gibi ona tokat atıp sürekli patronluk taslayan paranoyak bir cadının tekiyle gidecek hali de yoktu. Gaia'nın şüpheleri ve öfkesi bir anda parladı. Bunun ilk doğumunu kutladıkları gece olmaması gerekiyordu.

Ayın yüzünü örten bulutlar açıldı ve Gaia yaşlı kadının siyah, vahşi gözlerinde bir parıltı gördüğünü sandı. Derken Yaşlı Meg, eline ufak, kahverengi bir paket tutuşturdu. Fare ölüsü kadar pürüzsüz ve hafifti. Gaia o kadar tiksindi ki, az kalsın paketi elinden düşürecekti.

"Aptal," dedi Yaşlı Meg, paketi Gaia'nın eline sımsıkı tutuşturarak. "Bu annenindi. Ona iyi bak. Hayatın pahasına koru."

"İyi de bu ne?"

"Bacağına sar, eteğinin altına. Bağcıkları da var zaten."

Sokakta bir tıkırtı oldu ve ikisi de olduğu yerde sıçradı. Gaia ve Yaşlı Meg iki büklüm duvara yapıştılar ve uzakta bir kapı çarpıp da ortalık yeniden sessizliğe bürünene kadar konuşmadılar.

Yaşlı Meg, başını Gaia'ya o kadar yaklaştırdı ki, kadının ılık nefesini yanağında hissedebiliyordu. "Ölü Orman'a ulaşabilirsen Danni Orion'u bul," dedi. "Yardım edebilirse bir tek o eder. Unutma sakın. Takımyıldızından gelsin aklına."

"Anneannem mi?" diye sordu Gaia, kafası karışmıştı. Anneannesi Gaia daha bebekken, yıllar önce ölmüştü.

Yaşlı Meg, kızı çabucak dürttü. "Hatırlar mısın, hatırlamaz mısın?" diye sordu.

"Anneannemin adını unutacak değilim," dedi Gaia.

"Annenle baban aptalın tekiydi," dedi Yaşlı Meg. "Güvenen, ödlek pasifistler... ve şimdi de bunun bedelini ödeyecekler."

Gaia dehşete düşmüştü. "Böyle deme," dedi. "Onlar her zaman Anklav'a sadık kaldılar. İki erkek evlat yetiştirdiler. Yıllarca hizmet verdiler."

"Bu fedakârlıklarından ötürü pişman değiller mi sence?" dedi Yaşlı Meg. "Sana her baktıklarında ödedikleri bedeli fark etmiyorlar mıdır sence?"

Gaia'nın kafası karışmıştı. "Ne demek istiyorsun?"

"Yaran," diye üsteledi Yaşlı Meg.

Gaia bu söylediklerinden bir şeyler anlaması gerektiği izlenimine kapılmıştı ama yarasıyla ilgili gizli bir sır falan yoktu. Yaşlı Meg'in durup dururken bundan bahsetmesi kabalık, hatta acımasızlıktı.

Yaşlı Meg, tiksintiyle homurdandı. "Değerli vaktimi harcıyorum," dedi. "Benimle geliyor musun?"

"Gelemem," diye tekrarladı Gaia. "Sen de kalmalısın. Seni kaçarken yakalarlarsa hapse atılırsın."

Yaşlı Meg küçük bir kahkaha attı ve arkasını döndü.

"Bekle," dedi. "Neden bunu bana kendi vermedi?"

"Sana hiç vermek istemedi ki. Buna mecbur kalmayacağını umuyordu. Fakat birkaç hafta önce içine bir kurt düştü, sonra da bana verdi."

"Kurt mu düştü, niçin?"

"Bu gece olanlara bakarsak mutlaka kendine göre sebepleri vardır herhalde," dedi Yaşlı Meg umursamadan.

"Peki neden sen saklamıyorsun?"

"Senin o," dedi Yaşlı Meg. "Başına bir şey gelirse bunu sana vermemi söyledi. Şimdi ben de sözümü yerine getiriyorum."

Gaia o anda kadının yanındaki duvara yaslı, küçük, sarkık bohçayı fark etti. Bohçayı sırtına attığında sırtı bir anda on yaş birden yaşlanmış gibi çöktü. Değneğini eline aldı ve kırışık yüzünü son kez Gaia'nınkine yaklaştırdı.

"Ben gittikten sonra kime güveneceğine dikkat et. Zekânı kullan, Gaia," dedi kadın. "Unutma, hepimiz savunmasızız. Özellikle de birini seviyorsak."

"Yanılıyorsun," dedi Gaia ailesini düşünerek. "Asıl sevgi, bizi güçlü kılar."

Gaia, yaşlı kadının bakışlarını üstünde hissetti ve kendini bir anda güçlü hissederek onun küstahça bakışlarına karşılık verdi. Bu yaşlı kadın ömrü boyunca insanları kendinden uzak tutmaya çalışmış, hayata küskün bir insan suretiydi ve şimdi bile doğru düzgün veda etmeyi beceremiyordu. Kendi kendine asla Yaşlı Meg gibi hayata küskün, sevgisiz ve ürkek olmayacağına söz verdi. Kim bilir, belki de titrek elli ve Yaşlı Meg, ebelik görevi kendine değil de Gaia'ya geçtiği için kıskanıyordu.

Anlık bir umut heyecanına kapıldı. Kısa sürelerle alıkoyulan diğer insanlar gibi ailesi de geri dönecekti. Hayatlarına kaldıkları yerden devam edecekler, yalnızca artık evlerinde iki ebe olduğu için mükâfat geliri de ikiye katlanacaktı. Gaia yaralı ve çirkin olabilirdi ancak Yaşlı Meg'in aksine umutları ve onu seven insanlar vardı.

Yaşlı Meg başını iki yana salladı ve arkasını döndü. Gaia da kadının arkasından daracık sokakta ilerleyerek gözden kayboluşunu izledi. Sonra da elindeki ufak pakete baktı. Loş ay ışığında pakete sarılı, kumaştan bir bağ olduğunu fark etti. Bacaklarına değen serin akşam havasını hissederek eteğinin ucunu kaldırdı ve paketi yassı bir şekilde çabucak baldırına bağladı. Sonra eteğini bıraktı ve birkaç adım atmayı denedi. Paketin tenindeki hissi hafif soğuktu ama bir süre sonra yürürken bile hissedilmeyeceği anlaşılıyordu.

Yeniden Sally Row'a çıktığında evinin alt katındaki pencerenin önünde duran mum hâlâ yanıyordu. Gitgide büyüyen sarı ışığın parıltısından gözlerini ayırmadan sessizce ilerledi. Etrafındaki komşu evler sessizdi ve pencerelerin perdeleri çekilmişti. Kendi evi yerine Rupp'larınkine gitmeyi düşündü ama gerçekten onu bekleyen bir gardiyan varsa, ne yaparsa yapsın onu zaten bulacaktı. Dolayısıyla adamla şimdi yüzleşmek ve ailesiyle ilgili öğrenebildiği kadarını öğrenmek en iyisiydi.

Adım attığı anda ön verandadaki basamaklar gıcırdadı ve Gaia adeta merak içindeki evi kendi gelişine cevap veriyormuş gibi hissetti. Üç adım sonra kapıya uzandı ve hafifçe içeri doğru açtı.

"Anne?" dedi. "Baba?"

Hemen kilden bir kabın içinde mum yanan masaya baktı ama yanındaki sandalye boştu.

Annesinin onu karşılamak üzere evde beklediğine dair beslediği son umut da böylece yok oldu. Onun yerine şömi-nenin yanında bir adam belirdi ve Gaia hemen adamın siyah üniformasıyla omzunda asılı duran tüfeğini fark etti. Mum ışığı çenesinin altına vuruyor ve şapkasının geniş siperliği gözlerini gölgede bırakıyordu.

"Gaia Stone?" dedi. "Ben Yüzbaşı Grey ve size sormak istediğim birkaç soru var."

Mum ışığı cereyanda titreşti ve Gaia korkuyla yutkuna-rak kapıyı kapattı. Kafasından binlerce düşünce geçiyordu. Acaba onu da mı tutuklayacaklardı? "Ailem nerede?" diye sordu.

"Sorgu için Anklav'a götürüldüler," dedi adam. "Sadece formalite icabı." Sesi kültürlü, alçak ve sakindi. Gaia adama daha da yakından baktı. Yüzü ona tanıdık geliyor ama adamı ne büyük girişte ne de duvarın orada gördüğünü hatırlıyordu. Gardiyanların çoğu genelde askeri eğitim için özel olarak se-çilmiş ve hayatlarını Anklav'a hizmet ederek kazanmaktan gurur duyan Wharfton'lı basit, güçlü insanlar olurdu ama du-varın ardındakilerin hizmet etmeyi kendi seçen hırslı ya da stratejiye karşı doğuştan yetenekli eğitimli adamlar olduğunu bilirdi. Gaia bu adamın da ikinci kategoride yer aldığını sa-nıyordu.

"Niçin?" diye sordu.

"Sadece bazı sorularımız var," dedi. "Siz neredeydiniz?"

Gaia sakin olmak için kendini zorladı. Gerçeği söylemesi gerektiğini, yanlış bir şey yapmadığını biliyordu. İçgüdüleri ne kendi ne de ailesinin başına daha fazla bela açmasına neden olmamak için bu adamla işbirliği yapması gerektiğini söylüyordu. Ama bir yandan da adamdan korkuyordu. Silahının bir tehdit unsuru olması için ille de ona doğrultulmuş olması gerekmezdi. Çantasını masaya bırakırken parmaklarının titrediğini fark etti ve ellerini arkasına sakladı.

"Doğumdaydım. İlk doğumumda," dedi. "Barista Sokağı'ndaki son evdi, Agnes Lewis adında genç bir kadın. Kızı oldu ve onu ben doğurttum."

Adam başını salladı. "Tebrikler. Anklav hizmetinize sahip olduğu için çok şanslı."

"Hizmet ettiğim için memnunum," diye karşılık verdi Gaia, kibar olmaya çalışarak.

"Peki doğuma neden anneniz değil de siz gittiniz?" diye sordu.

"O zaten başka bir anneye yardım ediyordu. İşi bitince yanıma gelmesi için ona not bıraktım ama..." Notu hâlâ masanın üstündeki mumun yanındaydı. Küçük odada etrafına bakınırken her zamanki ev sıcaklığını yok eden korku kalıntılarını hissetti. Bez yığınları, dikiş sepetleri, satranç takımı, tencereler, annesinin yarım düzine kitabı ve hatta babasının rafta duran gitarı bile sanki sırayla kontrol edilmişçesine çarpık duruyordu. Yüzbaşı Grey, annesinin ona neden katılmadığını çok iyi biliyordu.

"Demek yalnız gittiniz, öyle mi?" diye sordu.

"Beni almak için bir çocuk geldi, acil olduğunu söyledi," dedi Gaia. Ateşe yaklaştı, maşalardan birini aldı ve kömürleri karıştırdı. Yüzbaşı onu tutuklamak için bir hamlede bulunana kadar sanki aralarında masum bir sohbet geçiyormuş gibi davranması en iyisi olacaktı. Ailesinin tutuklanması üstüne masum bir akşam sohbeti... Tam odunlardan birine uzanmak üzereyken yüzbaşı araya girdi.

"İzin verin," dedi.

Yüzbaşı iki odunu ateşe atarken o birkaç adım geriledi ve bir anda patlayan kıvılcımlar odayı biraz daha sıcaklık beklentisiyle aydınlattı. Gaia şalını çıkarıp çantasının yanına bıraktı. Aynı anda askerin de başını eğerek tüfeğin askısını omzundan çıkardığını ve silahı şöminenin yanına yasladığını görünce çok şaşırdı. Adam sanki kendi evindeymiş gibi rahat davranıyor, doğuştan gelen nezaketi sonradan öğrenilmiş resmiyetinden daha ağır basıyordu. Ya da belki biraz daha rahatlaması için Gaia'ya kasten hile yapıyordu.

"Yalnız gittiğinizi söylemiştiniz değil mi?" diye tekrarladı. "Annenizin yardımcısını almadınız mı yanınıza?"

Gaia başını kaldırıp adama baktı. Dümdüz burnunu ve arkası kısa, alnı biraz daha uzun olacak şekilde asker tıraşı kesilmiş kahverengi saçlarını fark etti. Karanlık gözlerini çok iyi göremese de, bakışlarında da diğer hatlarının kontrollü ifadesine uygun bir boşluk olduğunu sezinledi. Tüyleri diken diken oldu.

"Yaşlı Meg'i mi kastediyorsunuz?" dedi. "Hayır. Onu almadım. O da annemle değil miydi?"

Gardiyan cevap vermedi. Gaia kaşlarını çatıp, adamın gözlerini görmek, sakin sesine ve kibar tavırlarına rağmen sezdiği soğukluğun varlığını kanıtlamak için ona biraz daha yaklaştı. "Neden buradasınız?" diye sordu.

Adam cevap vermeden şömineye döndü ve cebinden broşüre ya da deftere benzer bir şey çıkardı. Sonra da bileğinin ufak bir hareketiyle defteri çevirip masaya attı, böylece kapağı Gaia'ya dönük vaziyette kalmıştı. Gaia, kapakta yazanları mum ışığında zar zor okuyabildi.

Yaz Gündönümü 2403
2390 Yılı Yetiştirme Müfrezesi
Mevcut Üyeleri
Geri Teslim Talebi İçin
Çağrılmaktadır

"Bunu daha önce hiç görmüş müydünüz?" diye sordu.

Gaia'nın bunun ne olduğuna dair en ufak fikri yoktu. "Hayır." Broşürü aldı ve ilk sayfasını çevirince bir isim listesiyle karşılaştı.

Jacob Abel — *Ziqi Amarata*
Mara Ageist — *Greta Appling*

Dorian Akimo
Dawn Alvina
Francesco Azarus
Jack Bartlett
Bintou Bascanti
Jesse Belletier
Alyssa Benson
Zack Bittman
Pedro Blood
Kirby Arcado
Sali Arnold
Zephryn Broda
Milo Brosen
Chloë Cantara
Brooke Connor
Tomy Czera
Yustyna Dadd
Isabelle Deggan

Liste alfabetik olarak birkaç sayfa daha devam ediyordu ve sayfaları göz ucuyla tararken hiçbir tanıdık isme rastlamadı. Sayfaların kenarlarına ufak delikler açılmıştı ancak gördüğü kadarıyla bu deliklerin herhangi bir şablonu falan yoktu. Başını iki yana salladı.

"Hiç annenizin elinde böyle bir şey görmediniz mi? Ya da babanızın?" diye sordu yüzbaşı.

"Hayır. Hiç görmedim. Bunu nereden buldunuz? Anklav'a ait bir şey gibi duruyor."

"Babanızın dikiş kutusunun altındaydı."

Gaia omuz silkerek broşürü tekrar masaya bıraktı. "Mantıklı. İğnelerini saklamak için sürekli böyle garip kâğıt parçaları kullanıyor."

"Ne gibi kâğıtlar?" diye sordu Yüzbaşı Grey. "Aklınıza gelen başka bir şey var mı?"

Gaia kaşlarını çatarak adama baktı. "Ona bunu kendiniz

sormadınız mı?"

Adam broşürü alıp ceketinin cebine soktu.

"Yakın zamanda anneniz size herhangi bir şey verdi mi, bilmem gerek. Bir liste, kayıt defteri, takvim ya da ona benzer bir şey olabilir."

Kafası karışan Gaia, mutfakta arka pencerenin yanında asılı duran takvime baktı. Kıyafet siparişlerinin teslim tarihlerini, Tvaltar'daki arkadaşlarını ziyarete gidecekleri zamanı ve tavukların ilk yumurtladıkları zamanı buraya yazarlardı. Ayrıca takvimde ağabeyleri de dahil olmak üzere ailedeki herkesin doğumgünleri de yazılıydı. İşte tam o anda Yaşlı Meg'in ona verdiği şey geldi aklına. O dakikada bacağını sarılı olan şeyi düşününce bir anda kalbi durur gibi oldu. Onun ne olduğunu bilmiyordu ama adam üstünü aramaya kalkışıp da onu bulursa, kızın söyleyeceklerine inanır mıydı? Adamın pürüzsüz, keskin hatlı yanaklarının ve kusursuz, renksiz dudaklarının görünen çizgilerini seyrederek bir tahminde bulunmaya çalıştı.

"Orada bir takvim var," dedi duvardakini işaret ederek.

"Hayır. Başka bir şey. Liste mesela?"

"Bana sadece çantamı verdi," dedi. "Liste falan yok."

"Bakabilir miyim?" diye sordu adam masaya doğru uzanarak.

Gaia da sanki seçme hakkı varmış gibi omuz silkerek adama izin verdi.

Yüzbaşı Grey, çantasını açtı ve içinden çıkardığı eşyaların her birini tek tek inceledi. Çömlekler, metaller, lacivert çaydanlık ve onunla takım iki fincan, bitkisel malzemeler, içi ampuller, ilaç, bitki şişeleri ve serumlarla dolu, babasının onun içinden özel olarak diktiği ve annesinin de kendi ilaç dolabından malzemelerle doldurduğu havlu kese, metal bir kâse, makas, neşter takımı, bıçak, iğne-iplik, şırınga, damlalık, bitkisel malzemelerin yanına koymak için vakit bulamadığı boya şişesi ve bir top kırmızı yün.

Sonra da çantayı tersyüz etti ve kumaşın her bir dikişini, kahverengi, gri ve beyaz astarın her bir santimini didik didik etti. Babası bu çantanın her bir dikişine sevgisini de katmış, Gaia'nın omuzlarına uyacak kadar güçlü ve kullanışlı bir çantanın yanı sıra ortaya çok da güzel bir eser çıkarmıştı. Gaia, çantayı sanki kendinden bir parçaymış gibi görüyor ve Yüzbaşı Grey'in çantasını kumaşına, içindekilere varıncaya kadar incelediğini gördükçe de sanki mahremiyetine saldırılıyormuş gibi hissediyordu. Adamın parmaklarının titiz ve özenli hareketleriyse bu hissini daha da perçinliyordu.

Yüzbaşının elleri kumaşın üstünde kıpırdamayı kesti ve yüzünde belirsiz bir ifadeyle kıza baktı. Gaia, adam rahatlamış mı yoksa hayal kırıklığına mı uğramış kestiremiyordu.

"Gençsin," dedi.

Yüzbaşının bu yorumu Gaia'yı şaşırttı ve cevap vermek için bir neden bulamadı. Hem zaten aynı şeyi onun için kendi de söyleyebilirdi. Adam doğruldu, sonra bir iç çekti ve kızın eşyalarını çantaya doldurmaya başladı.

"Sorun değil," dedi Gaia. Masaya doğru gelerek. "Ben hallederim. Zaten eşyalarımı temizlemem lazımdı benim de."

Tam yüzbaşı boya şişesini alırken Gaia elini uzattı ve adam şişeyi ona hemen vermeyince, başını kaldırıp gözlerinin içine baktı. Nihayet mum ışığı gözlerini aydınlattı. Gaia'nın onda sezdiği soğukluk dümdüz ve gri bir taş kadar sahiciydi ama içinde ufak bir merak kırıntısı da taşıyordu. Bir an için adamın sorgu dolu bakışları kızınkilerle buluştu ve sonra ağır şişeyi Gaia'nın avuçlarına bırakarak mum ışığından uzaklaştı.

"Aileme ne olduğunu öğrenmek istiyorum," dedi sakin olmak için çabalayarak. "Ne zaman dönecekler?"

"Bilmiyorum."

"Yakında değil mi? Onları görebilir miyim?" diye sordu. Neden sanki her şey yolundaymış gibi davranmaya devam ediyordu ki?

"Hayır."

Aldığı cevapların her biri yalnızca paniğini değil, aynı zamanda öfkesini de artırıyordu. Resmen nefes borusunun kumla tıkandığını hissediyordu. "Neden?"

Adam şapkasının siperliğini düzelterek gözlerini kapadı. "Yerinizi unutmazsınız iyi olur," dedi usulca.

Gaia'nın, küstahlığı yüzünden azarlandığını fark etmesi birkaç saniyesini aldı. Bir amaca hizmet ettiği sürece kibar ve anlayışlı davranmaktan çekinmeyebilirdi ama o bir Anklav askeriydi ve bu yüzden de onun üstünde tahmin edebileceğinden çok daha muazzam bir güce sahipti.

Gaia yüzünü indirdi. Yanakları yanıyordu ve saygılı bir şekilde, "Affedersiniz, Kardeşim," dedi.

Yüzbaşı silahına uzandı ve Gaia, tüfeği askısı gövdesinden çapraz geçecek şekilde yeniden omzuna asarken, siyah paltosundan çıkan hışırtıyı duydu.

"Annenin eşyaları arasında herhangi bir liste, kayıt ya da takvim bulduğun takdirde hiç beklemeden derhal kapıya getireceksin ve Kardeş Iris'le görüşmek isteyeceksin. Ondan başkasıyla değil. Anlaşıldı mı?"

"Evet, Kardeşim," dedi.

"Ebe olarak annenin görevlerini devralacak ve Wharfton'ın Batı Üçüncü Bölüm'ündeki bebeklerin doğumunda yer alarak Anklav'a hizmet edeceksin. Her ay doğan ilk üç bebeği Anklav'a getirecek, hepsini doğumdan sonraki doksan dakika içinde güney kapısına teslim edeceksin."

Gaia bir adım geriledi. Annesinin yardımı olmadan onun işini devam ettirmenin düşüncesi bile dehşet vericiydi.

"Kabul ediyor musun?" diye üsteledi yüzbaşı, bu sefer sesi biraz daha sertti.

Gaia şaşkın bir halde ona bakıp, "Evet, Kardeşim," dedi.

"Mükâfatını alacaksın. Haftalık çifter kota mikoprotein, su, bez, mum ve yakıt alacaksın. Haftada on dört saat Tvaltar'a girme iznin olacak. Bu izni kendin de kullanabilir ya da başkalarına da devredebilirsin."

Gaia başını eğdi, son söylediğinin ihtiyacı olan her türlü malzeme karşılığında takas edebileceği bir hak olduğunu biliyordu. Kendisine teklif edilen inanılmaz bir ücretti, hatta annesinin kazandığının neredeyse iki katı ve onun hayal edebileceğinin de çok ötesindeydi.

"Anklav'a minnettarım," dedi kısık sesle.

"Anklav ilk bebeğini yardım almadan dünyaya getirttiğini biliyor," dedi yüzbaşı, sesini biraz daha alçaltmıştı. "Bu bebeği rahatlıkla örtbas edebilir, satabilir ya da annesine verebilirdin. Anklav, gösterdiğin sadakatin büyüklüğünü biliyor ve hiçbir sadakat ödülsüz kalmaz."

Gaia, ellerini arkasında kenetledi. Sanki Anklav bebeği vermeden önce yaşadığı çelişkiyi biliyor gibiydi. Her ne kadar doğru şeyi yapmış ve bunun karşılığında ödüllendirilmiş olsa da, bundan korkuyordu. Acaba Yaşlı Meg'le konuştuğunu da biliyorlar mıydı? Şu anda annesinin paketinin bacağına bağlı olduğunu biliyorlar mıydı? Daha önce saklayacak bir şeyi yokken Anklav'ın bilip bilmediği şeylerin hiçbir önemi yoktu. Keşke Yaşlı Meg ona bu paketi hiç vermeseydi.

Bir anda irkildi ve Yüzbaşı Grey'e baktı. Paketi şu anda verebilirdi. Kalbi hızla çarpmaya başladı. Ondan beklemesini isteyip eteğini kaldırmak için arkasını dönebilir ve paketi çıkarıp hemen oracıkta yüzbaşının ellerine teslim edebilirdi. Yapacağı en güvenli hareket bu olurdu. Ona doğru düzgün bakacak fırsatı bile olmadığını ve ne olduğunu bilmediğini söyleyebilirdi. Gardiyanlar da Yaşlı Meg'i fazla uzaklaşmadan evvel hemen yakalayabilirlerdi.

Dudağının içini ısırdı.

"Evet?" dedi Yüzbaşı Grey. "Aklına bir şey mi geldi?"

Düşüncelerini saklamak istediği zamanlarda içgüdüsel olarak yaptığı gibi sol yanağını, yüzünün yaralı tarafını çevirdi. Bir an aklına bebeği Priscilla'yı geri vermesi için kendisine yalvaran Agnes Lewis'in acı feryatları geldi. Agnes Lewis! Gaia o ana kadar anneyi hiç gerçek bir insan gözüyle değerlendirmemişti. Bir annenin böylesi bir açgözlülük sergilemesi hem anormal hem de Anklav'a karşı ihanet demekti ama yine de kesinlikle güçlü, çaresiz bir yanı da vardı. Gaia, Agnes'ın yaşadığı acı karşısında tamamen kayıtsız kalamıyordu. Hissettikleri Yaşlı Meg'in ona verdiği o paketle birlikte içinden çıkılmaz bir şekilde birbirine girmiş, sanki annesi bu gizemli hediyeyi ona panzehir olsun diye göndermişti.

"Gaia?"

Gaia, yüzbaşının ilk adını kullanmasına şaşırarak başını iki yana salladı. Bu, görgü kurallarını tamamen suistimal eden bir şeydi. Merakla adama baktı. Çenesinin keskin hatları gevşemiş gibiydi ya da belki omuzları eskisi kadar dik değildi.

"Affedersin, Kardeşim," dedi. "Aklına bir şey geldi sandım."

Şöminedeki odunlardan biri ısının etkisiyle yer değiştirip, çatırdayarak düştü ve şömineden çıkan alevlerin ışığı genç adamın sert yüzüne dokundu. Yüzbaşıyı saklayacak bir şeyi olmadığına inandırmak için hemen bir şeyler uydurması gerekiyordu.

Abesliğinden utanıyormuş gibi göründüğünü umut ederek gülümsedi. "Sadece Tvaltar'da gösterdikleri çizmelerden bir tane alabilirim belki diye düşünüyordum. Kızlar için yaptıkları şu kovboy çizmelerinden..."

Asker kesik, kuru bir kahkaha attı. "Onları alacak gücün olacak. Bu sana tanınan bir ayrıcalık."

Gaia biraz daha kararlı bir havayla masaya yaklaştı ve temizlenecek olanları kenara ayırarak malzemelerini dikkatlice çantasına doldurmaya başladı. Ellerinin titremesine engel olmaya uğraşarak derin bir nefes aldı.

Asker kapıya yöneldi ve Gaia, adamın kapıyı açıp veda edeceğini sandı. Yüzbaşı duraksayınca, başını kaldırıp ona baktı.

Yüzbaşı, "Yüzüne ne oldu?" diye sordu.

Gaia, midesinde yine o tanıdık yumruğu ve bıçak gibi saplanan hayal kırıklığını hissetti. Bir gecede iki kere... Adamın soru sormayacak kadar kibar olmasını ya da ailesiyle ilgili bu kadar bilgiye sahipken, onun başına gelenlerin hikâyesini de zaten bilmesini beklerdi.

"Küçükken, anneannem mum yapardı ve evin arka bahçesinde bir fıçı sıcak bal mumu varmış," dedi. "Ben de o fıçıya girmişim." Genelde bu söylediği konuşmayı noktalardı. "Ben hatırlamıyorum ama."

"Kaç yaşındaydın?" diye sordu adam.

Gaia başını hafifçe kaldırarak genç adama baktı. "On aylıkmışım."

"On aylıkken yürüyor muydun?"

"Belli ki pek de düzgün yürümüyormuşum," dedi Gaia kuru bir ifadeyle.

Yüzbaşı bir süre sessiz kaldı ve Gaia adamın elini kapıya götürmesini bekledi. Adamın aklından geçenleri biliyordu. Yarası olduğu için Anklav'a verilmek gibi bir şansı olmamıştı hiç. Kendi başına gelenler birçok açıdan bebekleri ilk birkaç saat içinde teslim etmenin neden bu kadar önemli olduğunun en güzel örneğiydi. Yıllar önce bebekleri ilk doğduklarında bir yıl süreyle annelerinin yanında bırakırlardı fakat anneler gün geçtikçe dikkatsizleşiyor ve çocuklar da daha bir yaşlarına girmeden ya sakatlanıyor ya da hastalığa yakalanıyordu. Şimdiki kota sistemi sayesinde sağlıklı, kusursuz bebekler doğdukları gün Anklav'ın eline geçiyor ve anneler de istedikleri takdirde yeniden hamile kalabiliyordu.

Belli bir sebebi yoktu ama yine de herhangi bir kusuru olan bebeklerin hiçbiri Anklav'a verilmiyordu. Ufak bir kaza Gaia için duvar dışında ömür boyu fakirliğin garantisi olmuştu. Anklav'a verilmiş kendi yaşındaki kızlar şimdi sonsuz elektrik, yemek ve eğitimin keyfini çıkarırken onun ne alacağı bir eğitimi, ne de doğru düzgün yemek, eğlence ya da kolayca arkadaş edinme imkânı olacaktı. O kızların hepsi güzel kıyafetler giyiyor, zengin birer koca hayalleri kurarak güle oynaya dans ediyorlardı. Gaia onları çocukken bir kere görmüştü. Koruyucu'nun kız kardeşinin düğünü olmuştu ve bir gün için Wharfton'ın halkının düğün törenini seyretmesi için Anklav'ın barikatla çevrili bir sokağına girmesine izin verilmişti. Bütün o renkler, müzikler, güzellik ve zenginlikler artık Gaia'ya hayal gibi geliyordu. Tvaltar'daki spesiyaller o gördüklerinin yanında sönük kalıyordu. Çok sonraları fark ettiği gibi gördüğü o manzara, aslında o kadar sakar olmasaydı ya da kendi doğumundan evvel daha güvenli bir kanun getirmiş olsalardı sahip olabileceği hayatın kanıtıydı.

İlgilendiği bütün bebeklerin, daha doğrusu her ay şanslı çıkan üç tanesinin kendi sahip olamadığı imkânların hepsine sahip olmasını sağlayacaktı. Teslim edilmeyen bebekler de olursa, artık bu da onların kendi kaderi demekti. Onlar da tıpkı Gaia gibi Wharfton'da hayat kurmaya çalışacaktı.

Görüntüsü aklından geçenlere ihanet ediyor muydu, emin değildi ama Yüzbaşı Grey ilgili ve meraklı bir ifadeyle ona bakıyordu.

"Anklav'a hizmet ettiğim için çok mutluyum," dedi sonunda.

"Ben de," dedi yüzbaşı.

Sonra arkasını döndü ve Gaia, kapı kolunu kavrayan parmaklarını seyretti. Bir dakika sonra kapı usulca kapandığında evinde yapayalnız kaldı. Şöminede yanan ateşin alevleri babasının banjosunun sessiz tellerini ve ailesinin artık o evde olmadığı gerçeğini aydınlatıyordu.

3. BÖLÜM

RAPUNZEL

Gaia, çaydanlığıyla bardaklarını temizlemeyi bitirip, Agnes'in doğumunda kullandığı bitkileri tazeledikten sonra, dikkatlice çantasını toparlayıp, tıpkı annesinin ona öğrettiği gibi her an çıkmaya hazır hale getirdi. Sonra da gardiyanların arama yaparken dağıttığı şeyleri toplayarak eve yeniden yuva sıcaklığını vermeye çalıştı. Her gece ağabeylerinin anısına yaktıkları, şömine rafının üstündeki iki sarı mum bile her zamanki yerinden birkaç santim ötede duruyordu. Evin düzeninin yerine gelmesine rağmen huzursuzluğu hâlâ geçmemişti ve şöminedeki sönmeye yüz tutmuş korların karşısında duran babasının sandalyesine çöktüğü zaman bile kibar sıcağın etkisiyle kaslarına nüfuz eden yorgunluğa rağmen uyuyacak kadar rahatlayamadı.

Arka kapıdan bir tıkırtı sesi geldi. Ayağa kalktı. "Kim var orada?"

"Benim. Theo. İyi misin, diye bakmam için Amy gönderdi."

Gaia kapıyı açtı ve Theo Rupp kollarını iki yana açarak içeri daldı. "Korkuttular seni değil mi?" dedi.

Gaia, adamın güçlü kolları vücudunu sararken gözlerini kapayarak büyük bir minnet duygusuyla kendini onun kucağına bıraktı. Çömlekçi her zamanki gibi kil ve toz kokuyordu. Ağır eliyle sırtını sıvazladı. Gaia hapşırdı. "Çok yaşa," dedi adam onu bırakarak. "Neden bize gelip geceyi Amy ve benimle geçirmiyorsun? Eminim burada yalnız kalmak istemezsin."

Gaia şömineye doğru geri giderek bir kütük daha attı. "Hayır," dedi oturup, adama da oturması için babasının rahat sandalyesini işaret ederek. "Burada kalmak istiyorum. Her an dönebilirler."

"Aslında eve geldiğini görmedim, yoksa daha erken gelirdim," dedi Theo özür dilercesine. "Amy on dakika önce bir gardiyanın çıktığını görmüş, senin de mutlaka evde olduğunu söyledi. Bir kişiydi değil mi?"

Gaia başıyla onayladı. "Biri de yetti."

Theo yavaşça oturdu ve Gaia da adamın başka bir şey bilip bilmediğin anlamak için yüzünü inceledi. Theo ile karısı Amy yolun karşısında oturuyordu ve diğer komşuları gibi onlar da ailesini götürülürken görmüş olmalıydı.

"Bana ne biliyorsan anlat," dedi. "Ailemi neden tutukladıklarını biliyor musun?"

"Hayır. Her şey büyük bir sır," dedi Theo. "Biliyorsun,

bazen oluyor böyle şeyler. Anklav birini içeri alıyor, birkaç bir şey soruyor, sonra da serbest bırakıyorlar. Annenle baban herhangi birinin yanında durmuş ya da bir şey görmüştür, Anklav da şimdi biraz bilgi almak istiyordur."

"İyi de madem bu kadar basit, neden onları tutukladılar? Neden soruları burada sormadılar? Annemle babam işbirliği yapardı zaten."

"Bilmiyorum," dedi Theo. "Onların usulü de böyle işte."

Gaia ellerine baktı ve parmaklarını ateşten gelen ışığa doğru açtı. Theo'ya güveniyordu. Onu doğduğu günden beri tanıyordu, kızı Emily, Gaia'nın en yakın arkadaşıydı.

"Annemin herhangi bir liste tutup tutmadığından haberin var mı?" diye sordu. "Ya da takvim?"

Adam dudaklarını büzüştürdü. "Annen bir sürü liste yapardı. Bunda acayip bir şey yok ki."

"Yüzbaşı Grey'in bilmek istediği şey buydu."

Theo, kollarını göğsünde kavuşturdu, yüzünde şaşkın bir ifade belirdi. "Şey, dertleri buysa kasabadaki herkesi tutuklayabilirler o zaman."

Gaia, adamın omzu üstünden babasının dikiş köşesine, malzeme, iğne ve patronlarla dolu kutulara, sepetlere baktı. Babasının sarı iğne yastığı dikiş makinesinin makaralarından birinin altına yuvarlanmıştı.

"Sence endişelenmeme gerek yok mu?" diye sordu, iğne yastığını yerden alarak.

"Demek istediğim bu değildi hayatım. Sadece endişelenmenin sana bir faydası olmaz, onu diyorum."

Gaia başını kaldırdığında adamın şefkat dolu gözleriyle ona bakarak gülümsediğini gördü.

"Hadi, gel benimle," dedi. "Seni burada yalnız bırakırsam Amy başımın etini yer, Emily de gebertir beni."

Gaia derin bir nefes aldı ve başını iki yana salladı. "Burada olmak istiyorum."

"Ama akşam yemeğine gelirsin, değil mi? Yarın akşam? Belki o zamana kadar haber de almış oluruz."

Gaia, iğne yastığını parmaklarında çevirerek başını salladı. Gerçekten çok yorgundu ve Theo'nun da evine kadar gelip onu telkin etmeye çalıştığını gördükten sonra artık uyuyabileceğini umut ediyordu. "Geldiğin için teşekkürler," dedi. "Şimdi çok daha iyi hissediyorum kendimi. Her şey nasılsa yoluna girer, değil mi?"

Theo ayağa kalktı ve Gaia'nın kolunu okşadı. "Sen daha ne olduğunu anlayamadan geri dönerler," dedi. "Sen her zamanki işlerinle oyalan. Tavukları beslemeye devam et."

Gaia bir kahkaha attı. "Bugün ilk bebeğimi doğurttum."

"Öyle mi? Aferin! Artık yemeğe geldiğinde bunu kutlarız. Bizim küçük Gaia tam teşekküllü ebe olmuş demek, bak sen! Amy de çok sevinecek. Emily'yle Kyle'ı da çağırırım yemeğe."

Gaia, ailesini bir araya getirmek için bir bahane bulduğuna sevindiğini görebiliyordu. Kapıyı ona açarken gülümsedi. Theo gittikten sonra da annesiyle babasının yatağına girdi, battaniyeyi üstüne çekti ve onların kokusunu içine çekerek uykuya daldı.

Parlak bir öğlen güneşinin altında, mayıs ayının üçüncü bebeğini de Anklav'ın kapısına doğru taşıyordu. Bu sefer ne gurur ne de az önce ebeliğini üstlendiği doğumun heyecanını duyuyordu. Tek hissettiği yorgunluk ve beyninin bir köşesini kemiren sürekli korkuydu. Ayakkabıları kuru, kahverengi toprağın üstünde sürünüyor, attığı her bir adım onu tepeye, duvara doğru götürüyordu. Kahverengi elbisesinin kollarını indirdi. İnce kumaşın çok sıcak gelmediğine seviniyordu. Güneş yüzüne gelmesin diye şapkasını biraz daha öne çekti ve siperliğin işlemesindeki deliklerden bebeğin koluna minik noktacıklar halinde yansıyan ışığı fark etti.

Annesiyle babası evden gideli üç hafta olmuş ve Gaia bu süre içinde ne Agnes, ne Yaşlı Meg ne de ailesinden haber almıştı. Artık yavaş yavaş asla haber alamayacağından korkmaya başlıyordu. İlk günlerde duyduğu korku artık o kadar büyümüş ve yalnızlık hissi öylesine ani bir şekilde bastırmıştı ki, ailesine geri kavuşmak kadar basit ve çaresiz bir ihtiyaç yüzünden delirmekten korkar hale gelmişti. Theo Rupp'ın ona sürekli söylediklerini hatırlamaya çalışıyor ve gün geçtikçe umarsız paniğini iğneleyici, yorucu bir hissizliğe dönüştürmeyi öğreniyordu. Kâbuslar gecelerini kovalıyordu.

Birçok aile Tvaltar'ın önündeki avluda pazar tezgâhlarını kurmuş ve Wharfton eşrafı hararetli bir ticaret telaşına kapılmıştı. Anklav'dan gelen birkaç amaçsız alıcı, satılan malları teftiş etmek için etrafta dolaşıyordu ve Gaia, bir şey almaya kalkıştıkları takdirde onlara verilen fiyatların yüksek olacağını biliyordu. Gaia, o aybaşında çömlekçi çarkının başında hazırlanışını seyrettiği çanakları yerde bir battaniye üstünde sergileyen Amy Rupp'a el salladı. İhtiyar Perry de tekerlekli su fıçısı ve ipe dizdiği bardaklarıyla uyduruk bir şemsiyenin gölgesine kurulmuştu. Müşterilerin kullandığı bardakları durulamak için kullandığı sirkenin kokusu, Gaia'nın da susamasına yetti ama yine de yoluna devam etmek zorundaydı. Başka bir adam da örgü paspas ve şapkalar satıyordu. Diğerleri de yumurta, öğütülmüş tarçın, şifalı bitkiler ve somunlarca sade, siyah ekmek satıyordu.

Gaia bozuk paraların şıkırtısını duydu ve çilingirin birkaç Tvaltar geçişi karşılığında keskin bir bıçak sattığını gördü. Tepede bir güvercin sürüsü ağır kanatlarını gürültüyle çırparak Tvaltar'ın çatısının ucundaki dağınık bir kuş yuvasının ardında gözden kayboldu. Güle oynaya futbol topunu teklemeyen bir sürü kirli, çıplak ayaklı çocuk avluda koşturuyordu. İhtiyarların çoğu, her zaman aynı yerde duran külüstür taburelerin üzerine tünemiş, yegâne meskit ağacının yaydığı geniş gölgenin altında dinleniyordu.

"Daha sonra Tvaltar'a gelecek misin, Gaia?" diye seslendi Perry, elindeki paletle kendini yelpazeleyerek.

"Bu akşam değil."

"Keyfin bilir."

Gaia arkasına dönüp Tvaltar'ın cephesine ve içeriyi serin tutmak için kapattıkları kapılara baktı. Ailesi tutuklandıktan sonraki haftalar içinde Gaia elinden geldiğince Tvaltar'dan ve insanı gerçeklerden kaçmaya iten oyalayıcılığından uzak durmaya çalışmıştı fakat şimdi içeri giren iki genç kıza bakarken, küçüklüğünde Tvaltar'ın ona nasıl da sihirli bir diyar gibi geldiğini hatırladı.

Bütün o renkli kostümler, müzikler, dev ekrana yansıyan danslar yakın zamana kadar onun da keyif aldığı şeylerdi. Anklav'ın içindeki hayata, modaya, partilere ve ihtişama dair yayınlanan o kısa programları çok severdi. Ayrıca Koruyucu'nun ailesi, yetiştirdiği oğlu ve ayrıca öz oğluyla, Gaia'dan birkaç yaş küçük iki kızlarıyla ilgili programlar da olurdu. Soğuk çağa dair arşivlenmiş makaralar, o dönemin acayip teknolojisi, atlar ya da filler gibi diğer türü tükenmiş canlılarla ilgili doğal yaşam belgesellerini de çok severdi.

Ama en çok, özellikle de çok küçükken, onu bambaşka bir hayatın içine sürükleyen peri masallarını severdi. Haftalar sonra bile o masalların etkisinde kalırdı. Tek yapması gereken arka verandadayken gözlerini kapamaktı ve kendini bir anda denizkızlarının şarkılar söylediği bir sualtı dünyasında ya da cücelerin yaşadığı ağaçlık bir arazide veya sihirli bir ormanın ötesinde nesiller büyümeye ve kendi çocuklarını doğurmaya devam ederken, bir prensesin kendisine yapılan büyü yüzünden yıllarca uyuduğu yerde toz topladığı bir kalenin burcunda buluverirdi.

En çok da arkadaşı Emily Rupp'ın beşinci yaş gününü hatırlıyordu. Kızın ailesi Emily, Gaia ve arkadaşları Sasha'yı *Rapunzel*'i seyrettirmek için Tvaltar'a götürmeye söz vermişti. Bu heyecanın yanında bir de Sasha, daha önce Tvaltar'a hiç gitmemişti. Çünkü ailesinin imkânı buna yetecek düzeyde değildi. Dolayısıyla Emily ve Gaia, arkadaşlarını sevindirmek gibi bir keyfi de tatmışlardı.

"Kocaman bir yer," dedi Emily. "Anklav'ın duvarları kadar yüksek, hareket eden resimler var."

Emily ortalarında el ele tutuşmuşlar, kızın ailesinin önünde hoplaya zıplaya avluya doğru yürüyorlardı.

"Gösteriden önce her yer kararıyor," dedi Gaia. "Tavanda yıldız gibi parıldayan ışıklar oluyor ve duvarlarda da güneş batışını andıran yatay bir ışık beliriyor. Gösterinin başlamak üzere olduğunu da oradan anlıyorsun."

"İnsanlar her gece gidiyor mu?" diye sordu Sasha.

"Hayır. Belki yetişkinlerin bazıları gidiyordur. Ama tabii Tvaltar'a giriş izinleri olması lazım," dedi Emily. Küçük kız arkadaşlarına yaklaşınca, Gaia nefesindeki pasta kokusunu aldı. "Annem özel olarak almış izinleri. Doğum günüm için."

Gaia, *Rapunzel*'in de seyrettiği diğer şovlar kadar güzel olmasını umut ediyordu. Annesi ona, hikâyede tıpkı Bastion kulesi gibi bir kule ve örülmüş, upuzun saçları olan bir prenses olduğunu söylemişti. Sırf o şova özel olarak annesi, üç kızında saçlarını örmüştü. Gaia'nın kahverengi örgüleri en uzun olanlarıydı. Sasha'nın sarı örgüleriyse en kısa... Emily'nin kızıl saçlarıysa o kadar inceydi ancak tek bir örgüye yetmişlerdi.

Çok geçmeden uzun kapılardan içeri girdiler. Gaia, arkasına dönüp son derece normal bir şaşkınlıkla tavandaki yıldızları seyreden Sasha'ya baktı.

"Sana ne demiştik!" dedi Gaia.

Sasha nutku tutulmuş bir halde ağzını kapadı.

Emily, arkadaşını dürttü. "Beğeneceğini biliyordum. Gösteri daha başlamadı bile."

"Hadi," dedi Gaia, Emily'yi bir kez daha çekiştirip dev ekrana doğru meyil yapan uzun koridora doğru yönlendirmeye çalışarak. İnsanlar çevrelerindeki bankları dolduruyor, birbirleriyle sohbet edip gülüşüyordu. Kadınların çoğu yüzlerini yelpazeliyor ve tarlada çalışırken kollarını açıkta bırakan genç erkekler de kırmızı yanık izleriyle göze batıyordu.

Gaia, Emily'nin ailesine bakmak için arkasına döndü, içinden de acele etmelerini diliyordu. Derken onların ekranın uzağında kalan bir sıraya doğru yöneldiğini görünce hayretler içinde kaldı.

Emily'nin annesi, "Kızlar!" diye seslendi.

Emily ile Sasha da hiç itiraz etmeden döndüler ama Gaia, Emily'nin elinden çekiştirdi.

"Hayır," dedi. "Hadi en öne kadar gidelim. En iyi banklar da orada zaten! Baksana! Bir sürü var."

Emily başını iki yana salladı. Yanlarından onlara çarparak birkaç yetişkin geçti.

"Oraya inemeyiz," dedi Emily.

"Neden?"

"Orası ucubelerin oturduğu yer," dedi.

Küçük kız anlamadı. Ucubenin ne olduğunu bilmiyordu. O ve ailesi her zaman Tvaltar'ın en önünde otururdu. Arkadaşları da oradaydı. Ekran en kolay oradan görülüyordu.

Elini Emily'nin elinden çekti ve meyilli koridorda öne doğru biraz daha ilerlemek için arkasına döndü.

Emily'nin babası, "Gaia!" diye seslendi.

Ama Gaia adeta meyil onu aşağı çekiyormuş, sanki elinde değilmiş gibi ilerlemeye devam etti. Ailesiyle beraber geldiğinde oturdukları banklar vardı. Dudağı yarık çocukla değnekle yürüyen oğlan da oradaydı. Aileleri de onlarla beraberdi, hâlâ ayaktaydılar ve birbirleriyle sohbet ediyorlardı. Ressamla birlikte yaşayan sessiz, asık yüzlü çocukla, kolları doğru düzgün gelişmeyen küçük kızı da görebiliyordu. Kız kolunu kaldırıp Gaia'ya el salladı.

Ucubeler, diye düşündü. Gaia. *Ucube ailelerinin önde oturmasına izin veriyorlar.*

"Gaia!" dedi Emily'nin babası.

Adamın elini omzunda hissedince olduğu yerde sıçradı. "Bugün arkada oturuyoruz," dedi adam kibarca.

Tam o sırada yanlarına yer gösterici geldi. "Selam, Theo. Burada oturabilir," dedi sıradan bir tavırla. "İstersen arkadaşlarını da yanına alabilir."

Emily'nin babası Gaia'nın elini tuttu. "Sağ ol. Gerek yok."

Kız hiç sesini çıkarmadı, Theo'nun onu usulca çektiğini hissetti. "Hadi, Gaia," dedi. "Gösteri birazdan başlar."

İnsanların çoğunun çoktan oturduğunu ve gevezelik edenlerin de yavaş yavaş susmaya başladığını fark etti. Arkasını dönünce sıra sıra uzanan yüzleri gördü ve sanki hepsi aynı anda sözleşmişçesine Gaia ile Emily'nin babasına döndü. Gaia'nın üstünde yeni bir elbise vardı. Babasının bir hafta önce ona özel olarak diktiği çok güzel, kahverengi bir elbiseydi. Yuvarlak bir yakası ve sırtında da fiyongu vardı. Örgü saçlarına da elbisesiyle uyumlu kurdeleler takılmıştı. Ama insanların hiçbirinin elbisesini fark etmediğini biliyordu. Herkes yüzüne bakıyordu. Emily'nin babasıyla birlikte koridordan yukarı çıkıp, Emily ile Sasha'nın, Emily'nin annesiyle birlikte oturduğu yere giderken, Gaia kulağına fısıltılar geldi. Mırıltılar... Bunun acıma olduğunu anlaması için kelimelerin her birini tek tek duyması şart değildi. Canını en çok yakansa daha derindeki mesajdı: Ucube.

O güne kadar seyrettiği en muhteşem Tvaltar şovu olan *Rapunzel* bile Gaia'nın gerçekte ne olduğunu unutturmaya yetmedi. Gösterinin bitmesine az bir zaman kala, kalabalığın delici bakışlarından kurtulmak için ışıklar yanmadan önce Tvaltar'dan çıkmasına izin versin diye Emily'nin annesine yalvardı. Gaia'nın kalan son şüpheleri de Emily'nin merhametli annesinin ona izin vermesiyle perçinlenmiş oldu ve kadın, ucubeyi Tvaltar'dan çıkardı.

4. BÖLÜM

KATLI ÜÇGEN

Gaia gözlerini kırpıştırdı ve hatıralar o eski utanç duygusunu birçok aile geride bırakarak bir anda yok oldu. En kötü hisler bile zamanla, alıştıkça katlanılabilir hale geliyordu. Güvercinin teki ayağının dibindeki toprağı cşelemekle meşguldü. Perry, arkadaşlarına dönmüştü ve bebek, kollarının arasında hafifçe kıpırdandı. Gaia, avludan ayrılıp kapıya doğru ilerlemeye devam ederken beyazlar giyen birkaç Anklavlı erkeğin önünden geçti ve şapkasının siperliği sayesinde adamların bakışlarından korundu.

Gaia'nın görevi kucağındaki bebeği teslim etmekti ve dikkatini vermesi gereken şey de buydu. Bugünün annesi Sonya, ne karşı koymuş ne de şikâyet etmişti. Gaia geldiğinde, bebeğin o ayki üçüncü çocuk olduğunu anlamış ve bebeğin Anklav'a teslim edilmesini kabul etmişti. Bu durum ve Sonya'nın halihazırda elinde tuttuğu iki çocuk olmasının bebeğin Anklav'a verilmesini Gaia için biraz daha kolaylaştırması gerekirdi ancak kadının vurdumduymazlığı rahatsız ediciydi. Birilerinin Agnes gibi acı dolu, yürek burkan feryatlarla tepki vermesini bekliyordu. Ama kimse vermiyordu ve Agnes da o gecenin ıstırabıyla birlikte çoktan yok olmuştu. Gaia, kadın tutuklandı mı, yoksa Yaşlı Meg gibi kayıplar diyarına mı kaçtı, bilmiyordu.

Gaia uyuyan çocuğa baktı ve bitkin bir halde bebeğin al kırmızı yanağına dokundu. "Güzel bir hayatın olacak," diye fısıldadı.

Koyu saçlarından düşen telleri tedirgin bir şekilde sağ kulağının arkasına sıkıştırdı ve yağmur toplama panelinin tozunu temizleyen kirli bir çocuğun çıkardığı vıcık vıcık sese baktı.

Arkasındaki kapının oradan bir ses, "Suyu boşa harcamıyorsun, değil mi?" diye seslendi.

"Hayır anne," dedi çocuk. Elindeki süngerin suyu kovanın içine damlıyordu.

"Eğer şapkanı çıkarırsan o kafanı ellerimle koparırım! Beynin pişsin istemiyorum."

"Başımda şapkam."

Çocuk şapkasının kenarını kaldırarak Gaia'ya bakıp sırıttı, dişleri bembeyaz ve ıslak ayakları da çamurdan kapkaraydı. Görünmez bir adam üst katlardan neşeli bir kahkaha attı ve Gaia tabak çanak tıkırtısı duydu.

Wharfton evlerinin ilkel sadeliğine ve sonu gelmeyen işlere rağmen, duvar dışındaki hayat bir an için gözüne ılımlı göründü. En azından kimse gerçekten açlıktan ölmüyordu. Ailesinin tutuklanması ve devam eden yoklukları bugüne kadar doğal karşıladığı her şeyi sorgulamasına ve duvar dışındaki fakir halkı yepyeni bir gözle görmesine neden olmuştu. Belki de kendi sektöründen verilen üç bebek, Anklav'ın onlara sunduğu su, mikoprotein ve elektriğin karşılığında yapılan bir ödemeydi sadece... İmtiyaz ve imkân maskesi altındaki bu alışveriş belki de bu kadar basitti aslında... Peki buna değer miydi? Güneşli, derme çatma bir dizi küçük kulübenin daha önünden geçti ve hasır panjurların ardında yaşayan insanların onun hareketlerini takip edip etmediğini, gizliden gizliye bu bebekle mayıs ayının kotasının doluşunu kutlayıp kutlamadıklarını merak etti.

Doğu İkinci Sektör de kotasını doldurmuştu. Gaia, havadisi bir gün önce torunu teslim edilme şansını kaybettiği için kahroluyormuş taklidi yapan Emily'nin annesinden öğrenmişti. Emily'nin anne olacağı için heyecandan gözlerinin içi parlıyordu ve kocası Kyle da, rıhtım civarında siyah saçlarını geriye atıp gururla göğsünü gere gere hava atıyordu. Çocuklarının duvar dışında tıpkı Emily ve Kyle'ınki gibi tamamen sıradan bir hayatı olacak ve kendi de büyüdüğünde Anklav'a hizmet edecekti. Gaia, ne zor günler geçireceklerini tahmin ettiği için onlar adına pek de sevinemiyordu ama öte yandan üzgün de değildi. İşte bu da kafasını daha da karıştırıyordu.

Yolun yokuşu dikleştikçe Gaia, sağ tarafında kalan eski gölü görebilmeye başladı. Bulunduğu yüksek noktadan Büyük Eski Göl'ün eskiden nasıl taptaze suyla dolu olduğunu, parlak güney ufku boyunca engin bir su kaynağı olarak nasıl uzandığını hayal etmek neredeyse mümkündü. Şimdiyse Wharfton, aşınmış alüvyon birikintileri, titrek kavak ve yabani otların meydana getirdiği damar misali kesiklerle dolu bir granit vadisine açılan bomboş, dev bir havzanın sınırını çevreliyordu. Bir zamanlar suyun olduğu yerde artık sadece sonsuz uzaklığın silik grisinden yansıyan mavi bir iz vardı.

Solundaysa attığı her adımla beraber daha da büyüyen dev Anklav duvarları yükseliyordu.

Günün bu saatinde duvarın kapısı açık olurdu ve Gaia son viraja doğru geldiğinde, duvarın arkasındaki tertemiz, şık binaların bir kısmını görür gibi oldu. Çakıltaşlı yollar dalga desenleri çizerek ilerliyor, derli toplu dükkânların bembeyaz tenteleri yansıttığı gölgeyle insanı içeri davet ediyordu. Rengârenk giysiler giyen iki kız, tentelerden birinin altında durmuş vitrine bakıyordu. Kırmızılı genç bir kadın onlara seslendi ve ikisi de itiraz etmeden kadının peşinde takılarak güneş ışığında parlayan sapsarı şapkalarıyla gözden kayboldular.

"Eh, bu ayki sonuncu da bu, öyle değil mi?" dedi gardiyan, Gaia yaklaşırken. "Üçüncü, değil mi?"

Gaia, artık adamı tanıyordu. İlk bebeğini getirdiği akşam nöbet tutanlardan uzun boylu olanı, Yüzbaşı Georg Lanchester, babacan, geveze bir karaktere sahipti ve Gaia, adamın muhafızlığa katılmadan önce duvar dışında büyüdüğünü öğrenmişti. Konuşurken elinde olmadan gözü âdemelmasına takılıyordu. Onunkiyle birebir aynı siyah üniformayla siyah, geniş siperlikli bir şapka giyen ikinci gardiyan bir an Gaia'ya bakıp başını çevirdi, sıkıldığı belliydi. Gaia adama bakarken saygıyla başını eğdi.

"Merhaba, Kardeşim," dedi Yüzbaşı Lanchester'a. "Ailemden haber var mı?"

"Duyduğum bir şey yok, Kardeşim. Gerçi seni alakadar eden bir söylenti geldi kulağıma."

Gaia, merakla başını kaldırdı ve kollarındaki çocuğu uyutmak için farkında olmadan sırayla iki ayağına ağırlığını vererek sallanmaya başladı. Büyük bir acı içinde ailesiyle ilgili düşüncelerini yeniden beyninin en uzaklarına itti. "Neymiş o?"

"Haziranda kotayı beşe çıkaracaklarını söylüyorlar," dedi Yüzbaşı Lanchester.

"Beş mi? Bugüne kadar hiç üçten fazla olmamıştı. Genelde de ancak bir ya da iki bebek teslim ediyoruz zaten. Neler oluyor?"

"Bilmiyorum," dedi Yüzbaşı Lanchester. "Belli ki bebek için fazla talep var. Hatta," Gaia'ya biraz daha yaklaştı, "fazladan iş yapmak isteyen anneler olduğunu duyarsan, bu arada elbette her şey yasal olacak, seni içeriden birkaç değerli aileyle görüştürebilirim."

Gaia, yüzündeki ifadeyi bozmamaya çalıştı ama içinden dehşete düşmüş durumdaydı. Acaba annesinin başına hiç böyle bir şey gelmiş miydi? O olsa ne yapardı? Elbette Yüzbaşı Lanchester'ı gücendirmek falan istemezdi ama bebek ticareti için pazarlık yapmaya başlayacak hali de yoktu. Adamın ima ettiği buydu, değil mi? Göz ucuyla ikinci gardiyana baktı fakat adam birkaç adım öteye gidip, yüzünü de başka yöne çevirdiği için konuşulanları duyacak mesafeden çıkmıştı.

"Hem bu işten sen de çok güzel Tvaltar geçişleri kazanırsın," diye ekledi adam, böylece Gaia'nın şüpheleri de giderilmiş oldu.

"Teşekkürler," dedi Gaia. "Düşünmek lazım. Fikrimi sana daha sonra bildiririm."

Yüzbaşı Lanchester halinden memnun bir ifadeyle başını salladı. "Aferin benim kızıma. Senin doğru bir seçim olduğunu biliyordum. Anlarsın ya, işini ciddiye alıyorsun," dedi. "Ama sen şimdilik benden başkasıyla konuşma. Çok değerli aileler tanıyorum ama hepsi bu konuyu gizli tutmak istiyor." Kaşlarını hareket ettirerek ikinci gardiyanı işaret etti.

Sonra da omuzlarını dikleştirdi ve öteki adama seslendi. "Bu bebeği görmelisin," dedi Yüzbaşı Lanchester. "Gürbüz bir minik adam bu."

Gardiyan yanlarına yürüdü, bebeğe öylesine bir baktı ve hiçbir şey söylemedi. Yaşlıca bir adamdı, saçları hafiften ağarmaya başlamıştı ve daracık omuzları vardı. Gözlerini ayırmadan yüzünün yarasına bakınca, kızın yanaklarına utancından sıcak bastı ve şapkasının kenarını indirerek yüzünü adamdan gizlemeye çalıştı.

Gardiyan homurdanarak başını çevirdi.

Gaia, Anklav'ın içini bir kere daha görme merakıyla

adamın omzunun arkasına doğru baktı ve kıvrımlı yolun ilerisindeki tepenin oradan gelen Kardeş Khol'u gördü. Güneşin altında parlayan bembeyaz pelerini arkasında uçuşuyordu. Adamın teki ona selam verince durdu ve onunla konuşmak için başlığını biraz öne çekerek adama yaklaştı.

Yanlarından orta yaşlı, mavili bir kadın geçti. Elinde sepetiyle avluya gidiyordu. "İyi günler, Kardeş," dedi Yüzbaşı Lanchester, şapkasını indirerek. "Ne güzel bir gün, değil mi?"

Kadın neşeyle yüzbaşıya karşılık verirken, Gaia yüreğinde yine o tanıdık özlem sancısını hissetti. Anklav halkı canı istediğinde dışarı çıkabiliyordu ama Wharfton'dan çok az kişi duvarın ardına geçebiliyordu ve geçse bile bu ya bir hizmet vermek ya da bir sipariş teslim etmek için oluyordu. Çiftçiler bile ürünlerini saklamak için mikoprotein fabrikasının yanındaki depolara getirdikleri zamanlar dışında içeri giremiyordu. Duvar içinde bir yer edinmenin yolu yok muydu? Bu arzusu, özellikle de ailesi adına duyduğu korkuyla karışınca iyice kafasını karıştırıyordu.

Kardeş Khol kapıdan geçti. "Gaia!" dedi. "Bize küçük bir kız mı yoksa oğlan mı getirdin?"

"Sağlıklı bir erkek, Kardeş," dedi Gaia kibarca.

Kadın hafiften cıkcıkladı. "Bu ara kızlar moda. Ama önemli değil. Hâlâ ufak bir erkek evlat isteyen geleneksel babalarımız da mevcut. Gel, kardeşine bakalım," dedi tatlı tatlı, bebeğe uzanarak.

Genç kız usulca bebeği Kardeş Khol'a uzattı ve bebeğin

örtüsünün altındaki parmaklarının arasında keskin bir şey hissedince sıçradı. Kardeş Khol'a baktı ama kadının yüzünde herhangi bir sıradışı ifade yoktu. Gaia yine de kadının ona zorla bir şey tutuşturmaya çalıştığını hissediyordu. Kardeşinin verdiği şeyi çabucak tutup, gardiyanların görmesine izin vermeden cebine attı.

"Ne kadar da güzel bir ağzın varmış senin," dedi Kardeş Khol. "Doğalı kaç dakika oldu?"

Gaia'nın nabzı hızlandı. Doğal davranmaya çalışarak boynuna asılı saati çıkardı. "Yetmiş iki."

"Buraya geleli en az on beş dakika olmuştur," dedi Yüzbaşı Lanchester. Anklavlı iki adamın tekrar duvarın ardına geçmesine izin vermek için kenara çekildi.

Kardeş Khol, Gaia'yı rahatlatmak istercesine başını salladı. "Önemli değil. Doksan dakika altında olduğu sürece sorun çıkmaz. Güzelim benim," diye bebeğe mırıldandı. Gaia'ya bakarak içten bir şekilde gülümsedi. "Bu ayki kotanı doldurmuş oldun. Herhalde seni önümüzdeki hazirana kadar görmem. Böyle sıkı çalışmaya devam et, Gaia. Umarım emeklerinin karşılığını da hakkıyla alıyorsundur."

"Evet. İhtiyacım olan her şeyim var," dedi Gaia. "Anklav'a hizmet vermekten ötürü mutluyum."

"Ben de," dedi Kardeş Khol.

"Ben de," diye tekrarladı Yüzbaşı Lanchester.

"Ben de," dedi ikinci gardiyan.

Kardeş, kapıdan içeri girmek üzereydi.

"Kotanın önümüzdeki ay beşe çıkma ihtimali olduğu

doğru mu?" diye sordu Gaia.

Kardeş hafifçe arkasına dönerek ona baktı. "Bunu nereden duydun?"

Gaia, Yüzbaşı Lanchester'a baktı ve adamın hayır, anlamında çabucak başını salladığını fark etti.

"Avluda konuşurlarken duydum," diye uydurdu Gaia. "Doğru değil, değil mi?"

Gaia, iki gardiyanın birbiriyle bakıştığını gördü ve Kardeş Khol kaşlarını çattı.

"Sanki kota artırılırsa işine gelmezmiş gibi konuşuyorsun," dedi Kardeş kısık sesle.

"Yo, hayır!" dedi Gaia çabucak. "Sadece hazırlıklı olmak istedim o kadar."

Kardeş Khol'un yüzündeki kaygılı ifade biraz olsun kayboldu. "Bu tür kararları Koruyucu veriyor," dedi. "Bu haberi ne doğrulayabilirim ne de inkâr edebilirim. Ama bebeklerimizin Anklav'daki en seçkin ailelere verildiğini söylemek isterim."

"Hep öyle olmuyor mu zaten?" diye sordu Gaia.

Kardeş Khol'un yüzündeki tebessüm ihtiyatlıydı. "Elbette. Hepimizin geleceği buna bağlı."

Gaia başıyla onayladı. Bunun doğru olduğunu biliyordu. Ve içinden bir ses, bunun soru sormak için hiç de iyi bir zaman olmadığını söylüyordu. Elini cebine sokarak Kardeş Khol'un ona verdiği keskin şeyi yokladı. Bunun sımsıkı üçgen şeklinde katlanmış bir kâğıt parçası olduğunu fark edince duyduğu heyecandan az kalsın olduğu yerde sıçrayacaktı.

Gaia ne olduğunu bile anlamadan Kardeş Khol, elinde bebekle Anklav'ın içine girmişti. Yüzbaşı Lanchester, avucunu Gaia'nın arkasında uzanan yola doğru açtı.

"Hadi bakalım, Kardeş," dedi kibarca ona. "Yolu kapatmak istemeyiz. Sen de fırsatın varken dinlen biraz," diye ekledi. Siyah şapkasının altından görünen gözleri endişeyle parlıyordu.

"Teşekkürler, Kardeşim," dedi Gaia.

O kızgın güneşin altında birden ne kadar yorgun ve susamış olduğunu fark etti. Ama en çok da cebindeki üçgeni merak ediyordu.

"Anklav'ın hizmetindeyim," dedi.

"Ben de," diye karşılık verdi iki gardiyan aynı anda.

Gaia, cebindeki üçgen kâğıdı avucunun içine alarak anayoldan aşağı inmeye başladı ve Doğu Birinci Sektör'ün daracık sokaklarından birine girdi. Birkaç köşe daha dönüp, bir dizi tezgâhın önünden geçene kadar sabretti ve sonra da sessiz bir kapı eşiğinin altına girip cebindeki kâğıdı çıkardı. Sımsıkı katlanmış küçük, kahverengi bir parşömen kâğıdıydı ve onu yavaşça açtığında, karşısında annesinin elyazısını görünce çok şaşırdı.

Onu yok et, bunu yok et, WZMMR L'ye git!

Gaia kaşlarını çatarak son harflere baktı, elyazısının bu kadar kötü olmasına şaşırmıştı. İpucu bulma umuduyla kâğıdın arkasını çevirdi ama bomboştu.

"Yoksa aşk mektubu mu verdiler sana?" diye sordu bir erkek sesi.

Gaia, kâğıdı cebine atarak bir hışımla arkasına döndü. Yanındaki kapının ağzında kısa boylu, sakallı bir adam durmuş elindeki havluyu sallayarak her yana un bulutları saçıyordu. Ailesi ekmeği her zaman batı yakasındaki Harry'den alırdı, dolayısıyla bu fırına daha önce hiç gelmemişti. Adam cebini işaret ederken yanakları bir anda kıpkırmızı kesildi.

Adam kıkırdadı ve şakacı bir tavırla başını salladı. "Dur tahmin edeyim. Duvarın içinde kendine bir sevgili yaptın... Eh, güzel kızsın. Doğru, değil mi?"

Gaia daha da kızararak adamla yüzleşmek için ona döndü ve adamın yüzündeki ifadenin sırayla şaşkınlığa, sonra da acımaya dönüşmesini seyretti.

"Demek Bonnie'nin kızısın sen," dedi. Bütün şakacılığı gitmişti ve sesi sakin, fırından yeni çıkmış mis gibi bir siyah bir ekmek kadar sıcaktı. Nazik ve şefkatli kahverengi gözleri, sanki elinden gelse iyileştirmek istermişçesine bir süre yarasının üstünde dolaştı.

Gaia'nın şaşkınlıktan nefesi kesildi. "Annemi tanıyor musunuz?" diye sordu.

Adam çabucak sokağa bir göz attı, sonra da başıyla işaret ederek yeniden kapıya doğru geriledi. İkide bir çenesini geri çekmek gibi bir tiki olduğu için koyu renk bıyığı ve sakalı dudaklarını kapatıyordu.

"Beni hatırlamıyorsun, değil mi?" dedi. "Ben Derek Vlatir. Çocuklarımız küçükken, karımla Batı Üçüncü Sektör'de yaşardık. Aileni kendimi bildim bileli tanırım. Lütfen gel. Hadi, gel içeri."

Bir anda merakı uyanan kız adamın peşinden fırına girdi. Mavi duvarlarla çevrili mutfağın içindeki iki dev fırına, un çuvallarına ve üstü kahverengi hamur tepsileriyle dolu uzun tahta masaya baktı. Yan yana dizili bir sıra ölçü kabı güneşte parlıyordu. Kahverengi boncuk perdeyle kapatılmış bir başka bir kapıdan dükkânın önü olarak kullandığı tezgâh görünüyordu. Fırının garip bir özelliği olmamasına rağmen Derek'in kapıyı kapatmak için bu kadar acele etmesi ve diğer odaya kaçamak bir bakış atması Gaia'yı alarma geçirdi.

"Sadece bir dakikamız var," dedi adam.

"Bir şey duymuşsun," dedi Gaia.

Adam başını salladı ve Gaia, fırıncının ona karşı duyduğu ilginin yarasına acımasından çok daha öteye gittiğini fark etti.

"Bunu başka türlü nasıl söylerim bilmiyorum. Annenle baban Anklav hapishanesinde," dedi. "Hainlikle suçlanıyorlar ve bu sabah ölüm cezasına çarptırıldılar."

Gaia kapı eşiğine doğru geriledi. "Bu imkânsız," dedi. "Onlar yanlış hiçbir şey yapmadı!"

"Olabilir," dedi Derek. Omuzu üstünden geriye bakıp kıza doğru bir adım yaklaşarak kısık sesle konuştu. "Ama gelecek hafta idam edilecekler."

"Sen bunu nereden biliyorsun?" diye sordu Gaia şüphe içinde. Kalbi korkudan güm güm atıyordu. Adam onu kandırıyor olabilirdi. Anklav'a sadık olup olmadığını öğrenmek için kılık değiştirmiş bir gardiyan olabilirdi.

"Dinle," dedi adam. "Bunu duymanın zor olduğunu biliyorum. Benim için bile çok zor. Aileni çocukluğumdan beri tanırım, o yüzden tutuklandıkları zaman duvarın içindeki fırıncı arkadaşlarımdan öğrenebildikleri kadar bilgi toplamalarını istedim. Her seferinde daha iyi haberler alacağımı umut etmeye devam ettim ama sabah bu haberi aldım. Bana güvenmek zorundasın." Adam yalvarırcasına ellerini kaldırdı.

"Neden bunu söylemek için bana gelmedin?"

"İki kere gelmeyi denedim zaten," dedi. "Her seferinde dışarıdaydın ve kimseye mesaj da bırakamazdım. Bugün yine gelmeyi planlıyordum, hatta gerekirse seni bekleyecektim de. Çok üzgünüm ama ailen geri gelmeyecek."

Gaia'nın boğazına bir yumru oturdu ve ellerini sımsıkı yumruk haline getirdi. Adama inanmak istemiyordu ama yalan söylemek için de hiçbir gerekçesi yoktu. Cebindeki not! Acaba annesi ona bu notu öleceğini bildiği için mi göndermişti?

"Bana haber verirlerdi," diye karşı çıktı çaresizce. "Anklav hiç değilse bana bunu söylerdi." Acaba bunu başka kimler biliyordu? Theo Rupp da biliyor muydu?

Adam yüzünü biraz daha yaklaştırdı ve suratında beliren silik, kederli tebessüm nihayet Gaia'yı doğruyu söylüyor olabileceğine inandırdı. "İşler böyle yürümüyor," dedi.

Gaia, süratle üstüne gelen yoğun korku dalgasına karşı direnmeye çalıştı. "Yapabileceğim bir şey olmalı," dedi.

"Üzgünüm," diye tekrar etti adam. "Annenle baban bugüne kadar tanıdığım en düzgün iki insandı."

"Onlarla ilgili böyle konuşma!" dedi. "Sanki çoktan ölmüşler gibi konuşuyorsun. Lütfen, eğer hâlâ duvar içinde bağlantıların varsa, bir şeyler de yapabilirsin. İçeri giremez miyiz?"

Adam ellerini yavaşça önlüğüne sildi ve tereddüt ederek, "Çok tehlikeli," dedi. "İçeri kimse giremez."

"Mutlaka bir yolu olmalı," dedi Gaia. Kâbusları o sırada yaşadıklarının yanında hiç kalırdı. Haftalardır kılını bile kıpırdatmadığı için kendine çok öfkelendi. Bir şeyler yapmış olması gerekirdi. Bir şekilde protesto etmeliydi. Oysa onun yerine aptal bir köle gibi Anklav'a hizmet etmekle meşguldü! Kafasındaki şapkayı çıkartıp elini saçlarının arasından geçirerek çabucak düşünmeye başladı. Anklav ailesi gibi masum insanları infaz edebiliyorsa, o halde artık onlara sadık olmak gibi bir borcu yoktu.

Ailesini kurtarmak için bir şey yapma şansı varsa, ne olursa olsun yapmaya hazırdı. Kapıya gidip Yüzbaşı Grey'in söylediği gibi Kardeş Iris'i görmek isteyebilir ve Yaşlı Meg' in kendisine verdiği paketi ona verebilirdi. Kardeş Iris, Koruyucu'dan sonra gelen ikinci kişiydi, dolayısıyla elindeki o paket bir işe yarayabilirdi. Şu anda bile paket Gaia'nın eteğinin altında, bacağına bağlı haldeydi. Paketi incelemişti ve içinde ipek iplerle işlenmiş kahverengi bir kuşak olduğunu biliyordu ama üstündeki desen, tıpkı o sırada cebinde duran şifreli not gibi ona hiçbir anlam ifade etmemişti. Derken bir anda jetonu düştü. O kuşakta muhtemelen Yüzbaşı Grey'in aradığı liste vardı.

Ayrıca annesinin yok etmesini istediği şey de buydu.

Tezgâhlardan birine yaslandı, beyni fırıldak gibi dönüyordu.

"O duvardan içeri girmenin bir yolu olmalı," dedi.

Derek, eliyle bıyığını ve sonra da sakalını sıvazladı. "Yasal olan tek giriş kapıdan yapılan. Diğer her türlü giriş denemesi ölümle cezalandırılabilir."

Gaia, adama yaklaştı ve o anda kararını kesin bir şekilde verdi. Ailesini görmek zorundaydı. Onlara bir şekilde ulaşması gerekti. "Ceza falan umurumda değil. Anklav hapishanesine girmem için bana yardım etmeni istiyorum. Bunu yapabilir misin?"

Derek'in kaşları gözle görülür bir endişeyle çatıldı. "Sen ne dediğinin farkında mısın?"

Bir hain gibi konuşuyor olması artık Gaia'nın umurunda bile değildi. "Lütfen," dedi. "Annemi görmem lazım. Ona hayatını kurtarabilecek bir şey vermem gerek."

"Neymiş o?"

Gaia başını iki yana salladı. "Duvarın ardından sevgilim var diye benimle dalga geçmiştin ya? Sana bunun doğru olduğunu ve onu görmem gerektiğini söyleseydim ne olurdu? Boşver ailemi. Sadece duvarın içine girmeme yardım et. Gerisini ben hallederim."

"Bu riski göze alamam."

"Sana para veririm," dedi Gaia.

Adam hafifçe kafasını kaldırıp, kahverengi hamurlardan

birine uzandı ve yoğurmaya başladı. Sonra da düzgün, uzun bir somun halinde yuvarladı. Somunu unlanmış bezin üstüne yerleştirdikten sonra da ikinci somuna yer açmak için bezin kenarını büzüştürdü. Kaşlarını bu kadar yoğun bir şekilde çatıyor olmasaydı, Gaia adamın onu umursamadığını düşünürdü ama adamın o sırada konsantre olmaya çalıştığından ve hamur yoğurmanın ona yardım ettiğinden emindi.

"Derek," dedi Gaia usulca. "Çocukların olduğunu söyledin. Annemle babamın benden başka kimsesi yok. Muhtemelen orada yalnız başlarına beni merak etmekten mahvolmuşlardır. Onlar da senin bana yardım etmeni istemez miydi?"

Adam ona bir bakış atıp, ikinci somunu da beze yerleştirdi. "Senin güvende olmanı isterlerdi," dedi.

"Ama ben de onlarla olmak istiyorum. Onlardan başka kimsem yok. İçeri girmeme yardım etmek zorundasın."

Gaia masanın yanında durdu ve ön kapıdan boş dükkâna doğru bir kere daha baktı. Yoldan geçen çocukların kahkaha sesleri duyuldu ve siyah bir sinek güneşte vızıldayarak yanlarından uçtu.

"İsyan etmek senin sandığın kadar basit bir şey değil," dedi Derek. Konuşurken bir yandan da elleriyle hamuru yoğuruyor ve asla başını kaldırıp kıza bakmıyordu. "Elbette lafın gelişi söylüyorum bunu. Bir kere Anklav'a karşı bu kadar açık sözler söyleyen insanlar hep ortadan kayboluyorlar. Ayrıca ailelerimizin çoğunun muhafız ordusunda evlatları, kardeşleri var. Kendi ailemize karşı savaşacak değiliz ya.

Çoğumuzun içeri verilmiş çocukları var, saldırıya geçtiğimiz takdirde bu çocukların hepsi zarar görür. Anklav'a karşı savaş açmak için nasıl ve neden birleşebiliriz?"

Adam böyle konuşarak Gaia'yı doğru yere geldiğine ikna etmekten başka bir şey yapmamış oldu. Gaia'ya kıyasla çok daha uzun zamandır isyan çıkarmayı düşündüğü belliydi.

"Lütfen Derek," dedi. "Kırk tane Tvaltar girişi biriktirdim. Duvarın içine girmeme yardım edersen otuzunu sana veririm."

Derek kahkahalarla güldü. "Otuz giriş ha!" dedi. "İki katını versen bile değmez ki..."

Gaia, elini tahta masaya bastırınca üstündeki unu parmaklarında hissetti. "Kırkını da sana veririm," dedi. "Başka da yok zaten. Ve bir haftalık da su. Bana yardım etmelisin."

Derek, merak içinde kızın gözlerine baktı. "Duvarın gerisine geçerek ne elde edeceğini zannediyorsun? Birkaç dakikaya kalmaz tutuklanırsın. İstediğin zaman bedavaya tutuklanabilirsin. Sadece kapıya git ve onlara annenin listesini yasadışı olarak sakladığını söyle yeter."

Gaia bir anda yüzündeki kanın çekildiğini hissetti. Masayı kaplayan un kadar beyaz olduğunu biliyordu. Güçlükle yutkundu.

Derek kızı işaret ederek yine güldü. "Demek haklıymışım... o yaraya rağmen çok şeffaf bir yüzün var, evlat."

Gaia, "Başka kim biliyor?" diye sordu. Yanakları alev gibi yanıyordu.

"Korkmana gerek yok. Birkaçımız sana ya da Yaşlı

Meg'e bir tür liste bıraktığını tahmin etmiştik, gerçi şu ana kadar ben bundan emin değildim. Diğer ebelere de aynı soruyu sordular," dedi Derek. "Biz de ne yapacağını merak ediyorduk."

"Bu insanlar kim peki?" dedi Gaia. Bahsettiği bu insanlardan hiçbiri neden ailesi tutuklandığından beri onunla konuşmamıştı? Bu kadar korkuyorlar mıydı?

Derek'in dudakları ince bir çizgi halinde kapandı ve kızın kuşkuları daha da perçinlendi. Belki sadece birkaç tane dedikoducu arkadaşı vardı... Ama Anklav'ın duvar dışında yaşayan halkı dikte etmeye hakkı olup olmadığını sorgulayan bazı insanların birbirini bulması da mümkündü. Belki kendi ailesi de böyle bir sohbetin parçası olmuş ve bu da onları hapse attırmaya yetmişti. Keşke gerçekleri bilseydi...

"Önümüzdeki ay kotayı beşe çıkarıyorlar," dedi Gaia.

"Öyle mi?" dedi Derek düşünceli bir şekilde. Bir somun daha yoğurdu. Parmakları hamurun etrafında ustaca hareket ediyordu. Çektiği yeni tepsi metalik bir ses çıkararak masanın üstüne kondu.

Ön taraftaki odadan bir kadın sesi duyuldu. "Kimse yok mu?"

"Geliyorum," dedi Derek. Çabucak Gaia'ya baktı ve kız sessizce köşeye doğru çekilerek teneke ve kutuların durduğu siyah rafın arkasına saklandı. Derek, ellerini önlüğüne sildi ve arkasını döndü. Boncuk perdenin içinden geçerken dev omuzları kapıya süründü.

Gaia müşterinin sesini ve Derek'in ağzından çıkan sakin

cevapları duyabiliyordu. Derek'e neden güvendiğinden emin değildi ama güveniyordu işte. Öncelikle kötü bile olsa Theo Rupp'ın ailesinden çok daha fazla bilgiye sahipti. Yavaş yavaş annesinin ona anlatmadığı şeyler olduğuna inanmaya başlıyordu. Ya kızına güvenmemiş ya da cehaletle onu korumaya çalışmıştı. Fakat bu kadar cehalet Gaia'ya yetmişti.

Kulağına veda sözleri ve ayak sesleri geldi. Sonra da boncuk perdeli kapıdan içeri Derek girdi. Gaia yavaşça köşede saklandığı yerden dışarı çıktı.

"Amma da minik şeysin sen," dedi Derek.

Gaia çabucak kararını vererek masaya yaklaştı. "Bu gece," dedi. "Kaybedecek vakit yok."

Derek uzunca bir süre kaşlarını çatarak kıza baktı ve Gaia, adamın yoğun bakışları altında omuzlarını dikleştirdi. Adamın yardımı olsa da olmasa da şansını deneyecekti fakat adamın da ona destek olmasını yeğlerdi. Derek nihayet başıyla onayladı. Dikkatini yeniden ekmek hamuruna çevirdi ve bir bıçak yardımıyla her bir ekmek somununun üstüne kısa çizikler attı.

"Gece yarısı," dedi. "Kırmızı bir şeyler giy."

Gaia'nın ağzı açık kaldı. Kırmızı pahalıydı, dikkat çekiciydi ve duvar dışında yaşayanlar arasında bir tabuydu. "Havai fişek gibi göze batayım mı istiyorsun?" diye sordu.

Adam kafasını bile kaldırmadın kıkırdadı. "Hiçbir şey bilmiyorsun, değil mi? Kırmızı. Giriş biletlerini de getir. Suyu annenle babanın evinin arkasına bırakabilirsin. Ben sonra gelir alırım."

Gaia başını salladı. "Arka verandaya bırakırım."

Ön taraftan yine bir ses duyuldu. İçeri giren yeni bir müşterinin homurtulu, beklenti dolu sesiydi bu. Derek kalın ellerini tekrardan önlüğüne sildi ve üst rafa uzandı. Gaia, adamın raftan küçük, kahverengi bir ekmek aldığını gördü ve kıza doğru fırlatınca Gaia, ekmeği iki eliyle birden yakaladı. "Demek kendine duvarın içinde bir sevgili buldun, küçük Gaia," dedi sırıtarak. "Şimdi git bakalım."

Gaia arka kapıdan dışarı çıkarak kendini sıcak güneşin altına attı. Adamın anlaştıklarını espriyle karışık söylemek için böyle dediğini biliyordu ama nedense *sevgili* kelimesi ona dokunmuştu. Hiç sevgilisi olmayışının da bir faydası yoktu. Özellikle ilgi duyduğu bir erkekle tanışmamıştı ve elbette kimsenin onu çekici bulması da mümkün değildi. Bir an gözünün önüne Yüzbaşı Grey'in yakışıklı çenesiyle ağzı geldi ve bu onu daha da rahatsız etti. Onu sadece bir kere görmüştü. Hem de gece… Loş ışıkta… Ama yine de gölgenin maskelediği o simetrik yüzü net bir şekilde kazınmıştı hafızasına. *Şüphesiz çoktan sevgiliye doymuştur o,* diye düşündü. Ölü kadar soğuk bir ruhu olsa da onun o yakışıklı yüzüne vurulacak çok kız vardı. Her neyse, sonuçta bunlar onu ilgilendiren şeyler değildi.

Gündüz saatlerinde Sonya'nın bebeğinin durduğu koluna ekmeği sıkıştırıp Wharfton'ın arka sokaklarına doğru ilerleyerek evinin yolunu tuttu. Ama beyni şimdiden birkaç saat sonrasını düşünüyordu. Bu sokaklara dönüşünü hayal etti ve giyecek kırmızı bir şeyi nereden bulacağını merak etti. Haftalardır ilk defa bir amacı vardı ve onu tüketen bütün endişelerini Anklav'ın içine sızma plânına yönlendirebilecekti.

5. BÖLÜM

ÇOBAN ÇANTASI

Kırmızı derdinin çözümü basit çıktı. Babasının terzi malzemeleri arasındaki kırmızı kumaş boyasını kullanarak, ateş üstünde bir tencere su kaynattı. Kahverengi eteğini ve bir sene önceki yaz ortası festivalinde giydiği kapüşonlu beyaz bluzunu tencereye atıp kaynayan suyun içinde renk değiştirmelerini seyretti. Kahverengi eteği koyu, acı bir kırmızı renk alırken beyaz bluzu pembeye dönme tehlikesiyle karşı karşıyaydı. Gaia, suyun buharını yüzünde hissederek tahta kaşıkla giysileri karıştırdı. Sonra oturdu ve annesinin notunu bir kere daha cebinden çıkardı.

Onu yok et, bunu yok et, WZMMR L'ye git!

Kelimeler annesinin ondan anlamasını beklediği bir şifreyle yazılmıştı belli ki. Küçük evinin sessizliğinin ötesindeki sesleri dinlemek için hafifçe başını kaldırdı fakat uzakta zil sesi gibi bir ritimle demir döven çilingir ve arka taraftaki çimenlerle annesinin bahçesindeki bitkilerin arasında hoplayıp sıçrarken öten kuşun sesinden başka duyulacak bir şey yoktu. Arka verandanın girişinde bir zincirin ucunda asılı duran su küpünün çıkardığı ince gıcırtıysa Gaia'ya babasının o ağır küpü dolduğu zaman boşaltmak için artık orada olmadığını hatırlattı. Onlarsız hayatına devam etmek için ne kadar çabalarsa çabalasın, ailesi yokken hiçbir şey doğru değildi.

Onların ne kadar özel insanlar olduğunu fark etmesi için kaybetmesi gerekmişti. Sally Row'daki diğer insanlardan fazla bir gelirleri olmadan bu küçük evi inşa etmişler ama yine de evleri her zaman biraz daha farklı, içtikleri su biraz daha serin, yedikleri yemekler biraz daha lezzetli, giydikleri kıyafetler daha güzel olmuştu. Babasının güzel ve kullanışlı her şeye karşı merakı vardı. Sırf hazırladığı kıyafetlerin terziliğinde değil, aynı zamanda evin içindeki ve dışındaki en küçük detayların tertibinde bile çok özenliydi.

Annesi arka bahçeye ilk bitki ekmeye başladığında, hepsi yaz güneşinin altında solup kurumuş ancak babası ışığı filtrelemek için kafesler tasarlamış ve bahçenin çevresine su drenajıyla buğu sarnıçları yerleştirmişti. Buharlaşmayı artırmak için toprağa kesilmiş çimen katmış ve yabani otları azaltmıştı. Yağmur suyunu, hem evin çatısındaki hem de kümesin oradaki yağmur varilinde toplayarak bahçeyi sularlardı. Bunlar da kuruyunca banyo ve çamaşırdan arta kalan duru suyu kullanırlardı. Elbette kusursuz bir sistem değildi bu. Bir yaz bitkilerin neredeyse tamamını kaybetmişlerdi. Yine de bahçeleri sık sık çiçek açar ve komşularıyla paylaşacak kadar ot yetiştirmeyi başarırlardı. Hatta hem Gaia için oyun evi hem de annesinin şifalı çayları için kabuk kaynağı olsun diye arka tarafa bir de söğüt dikmişlerdi.

Annesiyle uzun zaman önce ilk kez çobançantası toplamaya çıktıkları günü anımsadı. Mevsimlerden yazdı ve daha dokuz yaşındaydı. Kuru çimenlerin arasında gizlenen çekirgeler Gaia'nın eteğine sıçramış, o da altına girmesinler diye eteğini bacaklarına doğru çekmişti. Arkasına bakmak için dönmüş ve Wharfton'la Anklav'ın o açıdan nasıl göründüğünü görünce çok şaşırmıştı. Kumsaldaki taşlarla da kolayca inşa edebilecek bir tepesiyle kalesi olan ufacık bir kasabaya benziyordu. Duvarın arkasında uzanan Bastion kulelerini görebiliyordu. Dev dikili taşın üst yarısı başparmağından uzun değildi.

"Gaia, geride kalma," diye seslendi annesi.

Gaia, önüne bakınca annesinin eski göle giden patikada çoktan gözden kaybolmak üzere olduğunu gördü. Bir çekirge daha sıçrayıp eline kondu ve Gaia böceği silkeleyerek annesinin peşinden koştu. Yolun iri kaya parçalarını çevrelediği yerlerdeki kuru toprak ayağının altında buz gibiydi ama yolun geri kalanı güneşin alnında kaldığı için sanki her şey bir yerine batıyormuş gibi geliyordu. Parmaklarının arasındaki iri kum taneleri, eteğinin ucuna yapışan çekirgeler, kulaklarının arkasını kaşındıran sıcak...

Eski gölün kocaman, yuvarlak taşlarından oluşan kuru

bir körfeze dönüştüğü yerde annesiyle buluştu. Burası Gaia ile Emily'nin, sırayla cadı ve prenses olarak Rapunzel oynadıkları yerdi. Fakat Sasha son zamanlarda oynamak için sadece Emily'yi çağırıyor, Gaia'yı oyunlarına dahil etmiyordu.

"Nihayet gelebildin seni küçük hayalci," dedi annesi. "Şuraya bak. Bunu görmeni istiyorum. Genelde burada yetişiyorlar. Şu geniş, yumuşak yaprakları görüyor musun, neredeyse tüylü olanları?"

Gaia, bir bitkinin etrafını saran diğer bitkilerden ne kadar farklı olabileceğini anlamıyordu. Elini eteğinin ceplerine soktu ve kumaşı çekiştirerek bacağının üstüne doğru topladı. Emily'nin o gün de yine Sasha'lara gidip gitmediğini merak etti.

"Gaia. Dikkatini ver. Bu önemli," dedi annesi.

Gaia, neyi yanlış yaptığını bilmiyordu. Annesinin ona neden bu kadar sert davrandığını da bilmiyordu. Tek bildiği Emily'nin orada olması gerektiğiydi. Gaia'nın başı öne doğru düştü ve gözleri nemlendi.

"Hey," dedi annesi usulca. Elini uzattı. Gaia kıpırdamadı.

"Yine o kızlar, değil mi?" dedi annesi.

"Emily'yi özlüyorum," diye fısıldadı Gaia.

Annesi şefkatle, "Gel otur," dedi. "Gel, yanıma otur."

Gaia, dikkatlice etrafta sıçrayıp hoplayan başka çekirge olup olmadığını kontrol etti ve sonra da elbisesini sımsıkı bacaklarına sararak yere çöktü. Gözlerini sildi.

"Arkadaşlarınla ilgili söyleyeceğim şudur," dedi annesi.

"Sasha'yı bilmem ama Emily'nin sana döneceğinden eminim."

"Nereden biliyorsun?"

"Biliyorum işte. Mesele insanın içindeki derinlikle ilgili. Şimdi, iyice bak bakalım." Bu sefer daha sabırlı bir şekilde yeniden anlatmaya başladı. Gaia açık yeşil yaprakları ve kökleri sanki şimdi önünde yepyeni bir bitki varmış gibi dikkatle inceledi. Annesi bitkiyi özenle söktüğü için Gaia kökündeki örümcek ağı misali incecik saçakları bile görebiliyordu.

"Ne işe yarıyor bu?" diye sordu Gaia. Boğazı artık eskisi kadar daralmış gelmiyordu. Burnunu çekti.

"Aferin benim kızıma," dedi annesi. "Kanamayı durduruyor ve bebeğini doğurduktan sonra annenin karnının yeniden kasılmasına yardımcı oluyor."

Gaia yumuşak, tüylü yaprakların üstünde parmağını gezdirdi.

"Biraz daha bulmam için bana yardım eder misin?" diye sordu annesi.

Ve Gaia başını sallayarak kabul etmişti. Annesi Gaia'nın moralini nasıl yerine getireceğini bilmişti. Bu kadar basitti aslında, sırf Gaia'nın yardımına ihtiyaç duyduğunu göstermesi yeterliydi. Eskisi kadar yalnız hissetmiyordu artık kendini.

Şimdi, yıllar sonra Gaia, öne doğru eğilerek bir dizini çenesinin altına yasladı. Onun annesinden daha mükemmeli olamazdı. Bu kadar sezgileri kuvvetli ve cömert birini daha önce hiç görmemişti. Babası da annesinin dengeleyici eşiydi.

Gaia, Derek'in ona verdiği ekmeği eline alıp incelemeye başladı. Kabuğun ortasındaki belli belirsiz çiziği görebiliyordu. Bu fırında ekmekleri hazırlarken bıçakla attığını gördüğü kesiğin pişmiş versiyonuydu. O sırada herhangi bir açıklamada bulunmamıştı ama şimdi Gaia bu kesiğin ne için olduğunu merak etti. Şömine rafında duran iki muma baktı. Kardeşlerinin onuruna her akşam yemek vaktinde o mumları yakma geleneğini devam ettiriyordu. Dokumacının hazırladığı her şeyin içine kattığı tek tel mavi ipi ve nalbantın örsü üstüne astığı taze çiçek demetini düşündü. Sanki çocuğunu veren herkes, işaret veya günlük ritüellerle bebeklerini bir şekilde anmanın yolunu buluyordu.

Annesiyle babasından başka kimseye görünmeyen hayalet ağabeyleri, ömrü boyunca Gaia'nın yanı başında olmuşlardı. Belki de Gaia'nın annesini bu kadar hassas yapan yaşadığı kayıptı. Belki de tutuklanmak umurunda değildi çünkü duvarın içinde oğullarını göreceğini ümit ediyordu.

Hayır. Ailesi özgür olmayı hak ediyordu.

Sabırsızlık Gaia'yı yeniden ayağa kaldırdı. Evin içine hafif bir esinti girsin diye ne kadar kapı, pencere varsa hepsi açıktı. Ön kapıdan dışarı baktı, sonra da sessizce kapıyı kapattı. Eteğini kaldırdı ve annesinin paketini çıkardı. Paketin içinde ipek iplerle özenle işlenmiş kahverengi bir kuşak vardı. Genç bir kızın saçına takacağı güzel bir aksesuara benziyordu. Birkaç kere başına dolayıp, ucunu da sırtından sarkıtacak kadar uzundu ama yine de başına takmadı. Renkli ipliklerle işlenmiş desenden bir anlam çıkarmaya çalıştı ama her ne kadar şekillerin çoğu rakam ve harflere benzese de, bildiği hiçbir alfabeyle alakası yoktu. Gaia, annesinin notunu kuşakla yan yana koyarak bir kere daha inceledi ama aralarında en ufak bir benzerlik yoktu.

Yoldan bir çocuğun kahkaha sesini duydu ve başını kaldırdı. Sopaya çarpan bir toptan, "tak" sesi çıktı. Çocuklardan biri neşeli, yüksek sesiyle bir şeyler söylendi ve duyduğu seslerin melodisi Gaia'nın geçmişinden bir anıyı tetikledi.

"Ah!" dedi Gaia heyecanla.

Harfler. Alfabe. Alfabe şarkısı. Babası banjosunu çalıp şarkı söylemeyi çok severdi ve Gaia daha ufacık bir kız çocuğuyken en büyük keyiflerinden biri kızına alfabe şarkısını *Z, Y, X*'ten başlayarak tersten öğretmekti. Aynı kodu kullanarak ona küçük notlar da yazardı. Hemen alfabeyi tersten bir kâğıda karaladı.

Annesinin mesajına baktı ve her bir harfi, alfabenin tersten yazılmış halinde karşısına denk gelenle değiştirerek deşifre etmeye başladı. *W, D* oldu derken diğer harfler de teker teker değişti.

Onu yok et, bunu yok et. DANNI O'ya git!

Mesajın gizemi iyice karmaşık bir hale gelince iyice çöktü. Mesaj annesinin elyazısıyla ama babasının şifreleme tarzıyla yazılmıştı. Acaba notu birlikte mi yazmışlardı yoksa bu eski numara sadece annesinin aklına mı gelmişti?

Mesajda yazan, Yaşlı Meg'in ona söylediği şeyin aynısıydı: Anneannene, Danni Orion'a git. Ama Gaia'nın anneannesi on yıldan daha uzun bir zaman önce ölmüştü. Kadını hayal meyal hatırlıyordu ve ailesi de onunla ilgili çok fazla konuşmazdı. Sanki ölümüyle ilgili utanç verici ya da trajik bir şey vardı. Hatta şimdi düşündüğünde, Gaia anneannesinin nasıl öldüğünü bile bilmiyordu. Cenazeyi hatırlamıyordu. Acaba anneannesi hâlâ hayatta olabilir miydi? Gaia, anneannesinin kaç yaşında olabileceğini tahmin etmeye çalıştı ve altmışlarının ortasında olması gerektiğine karar verdi. Yaşlı olacağı kesindi ama o kadar uzun süre yaşaması pek de mantıkdışı sayılmazdı. Yine de bu annesinin ona Ölü Orman'a gitmesini söyleme şekli de olabilirdi. Gaia, kaşlarını çatarak kahverengi parşömene baktı, kâğıt ısınana kadar elinde çevirip durdu ve sonunda elini ileri uzatarak kâğıdı ateşe attı. Ateşin içinde bir saniye kadar alev alan kâğıt, sonrasında yanarak küle dönüştü.

Annesinin talimatına uyarsa, kuşağı da yok etmesi gerekecekti. Kendiliğinden açık bir mesaj ortaya çıkmasını umut ederek pür dikkat ipek iplere baktı ama desen hâlâ esrarını koruyordu.

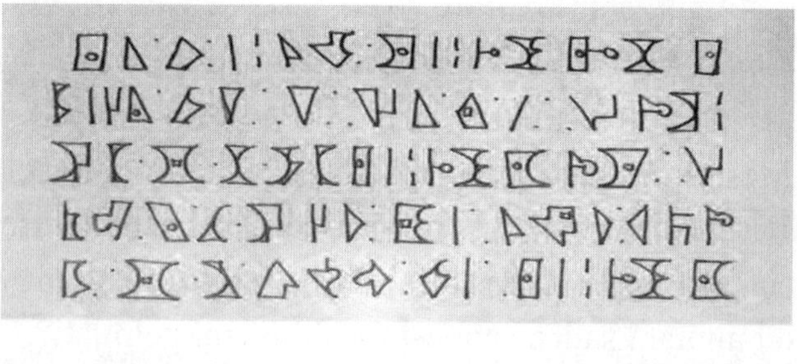

Ne anlama geldiğine dair bir fikri yoktu. Yaklaşık bir metre uzunluğunda olan kuşağı boydan boya incelerken uzatmak için bir yerine ek yapıldığını fark etti. Sonradan eklenen kısımdaki dikişler çok daha parlaktı. *Annem için fazla özenli bir çalışma*, diye düşündü Gaia. O kuşağın anlamı her neyse, Gaia onu yok etmeye kıyamadı. Annesinin onu affedeceğini umuyordu.

Kuşağı başparmağının etrafına dolayarak güzelce sardı ve avucunun içine kolayca sığacak yumuşak bir düğüm haline getirdi. İç geçirerek kuşağı minik kesenin içine geri koyup, tekrar bacağına bağladı. Ayağa kalktı ve kırmızı boyanın içindeki tahta kaşığı karıştırdı. Artık tahta kaşığın rengi bile kırmızıya dönmüştü ve kahverengi eteği de koyu kırmızıydı. Beyaz gömleğiyse hâlâ pembeydi.

"Yeter," diye mırıldandı Gaia. Eteği çıkartıp kapının yanındaki lavaboya attı. Biraz daha soğuyunca iyice silkeledi ve evin arkasındaki çamaşır ipine astı. İpi de yoldan görünmeyecek şekilde çitlerin hizasına kadar indirdi. Babasının kırmızı boyasından arta kalanı da tencereye attı ve büyük bir keyifle suyun koyu, kan kırmızısı bir renk alarak gömleğin içine iyice işleyişini seyretti. *Madem Derek kırmızı giymemi istiyor, ben de kırmızı giyerim*, diye düşündü. En azından bu talimatı yerine getirebilirdi.

6. BÖLÜM

DİKİLİTAŞ

Gaia'nın gömleği ve eteği giymeden önce gece geç saatlere kadar ipte asılı bırakmasına rağmen, ailesinin evinden belki de son kez çıktığında hâlâ biraz nemliydi. Soğuk dikişlerin arasından gece esintisi girdikçe titriyordu. Kırmızı kıyafeti siyah pelerininin altında gizlenmişti ve sağ omzunda da ebe çantası vardı. Onu bu saatte dışarıda dolanırken gören biri olursa muhtemelen hamile bir kadına gittiğini düşünecekti.

Bir cırcırböceği öttü. Gaia, Derek'in fırınına yaklaşırken ay bir bulutun arkasında gözden kayboldu ve hızlı adımlarla tepeyi tırmanırken kalbinin heyecandan daha hızlı çarpmaya başladığını hissetti. Derek'in fırını karanlıktı ve kapının kolunu bulabilmek için eliyle her yerini yoklamak zorunda kaldı. Tam bulduğu sırada kapı içeri doğru açıldı.

"Yavaş ol," dedi Derek karanlıkta. Gaia, adamın elini

kolunda hissetti ve sessizce içeri girdi. Fırınlardan birinde kömürler parlıyor, odanın içine yayılan kırmızımsı ton köşelerde derin gölgeler bırakıyordu. Odanın sıcaklığında bir kere daha titredi. Derek'in ailesi uyuyor olmalıydı çünkü içeride kimse yoktu. Kömürler o sessiz odanın içinde sıcak, titrek bir cızırtı çıkarıyordu.

"Hazır mısın?" diye sordu Gaia.

"Bundan emin misin?" diye karşılık verdi Derek. "Eve dönebilirsin. Konuştuğumuzu unutabilirim."

Gaia başını iki yana salladı. "Ailemi görmek zorundayım."

Derek'in derin bir nefes aldığını duydu. "Pekâlâ, o zaman. Kırmızılarını giydin mi?"

"Evet, pelerinimin altı kırmızı," dedi.

Derek, üstü bezle örtülü bir kova çıkardı. "Tvaltar biletleri nerede?"

"Burada."

Gaia, adamın biletleri bir saniyeliğine fırına doğru tutup sonra da çekmecenin tekine kaldırışını seyretti.

"Gel bakalım öyleyse," dedi. Ve kapıyı açtı.

Gaia, Derek'in peşinden fırından çıkarken sokağın eflatun karanlığı mürekkep misali etraflarını kuşattı ve gece açan çiçeklerin, çimenlerin kuru aromasını içine çekti. Yakınlarda bir yerde gündüz geçerken fark etmediği bir okaliptus ağacı olmalıydı çünkü şimdi ağacın kabuğunun ilaç benzeri kokusunu duyabiliyordu.

Sessizce, adamı bir sokaktan ötekine doğru takip etti.

Gaia'nın içi tamamen ısınana ve kıyafetleri kuruyana kadar yaklaşık bir saat durmadan yokuş tırmandılar. Yusyuvarlak, dolunay yeniden ortaya çıkıp yolculukları boyunca Gaia'nın omzundan onlara eşlik ederek gitgide daralan ve şekilsizleşen sokakları onlara aydınlattı. Attıkları her adımda daha da küçülen, eskiyen evler en sonunda birbirine karışan ayak izlerinin gerisinde kalan birer temelsiz kutuya dönüştü. Wharfton'ın bu kesimine daha önce hiç gelmemişti. Duvardan uzaklaştıklarını sandı ama derken bir başka sapak onları yapay barikatın kendi taşlarının, kireçtaşı tepesiyle buluştuğu uzak bir köşeye çıkardı.

Derek kısık sesle, "Bekle," dedi.

Gaia durup omzunun gerisine baktı. Daha uzakta ve aşağıda, sık sık bebek getirdiği kapının ışıltısını görünce çok şaşırdı. Gardiyanların mesafe yüzünden küçülmüş, her an tetikte vücutlarını bile görebiliyordu. Kısa yaz gecesi doğu ufku boyunca belli belirsiz mor bir renge çoktan teslim olmaya başlamıştı bile. Yeniden dev duvara döndüğünde tepede, sol taraftaki gardiyan kulesini gördü. Kulenin dolu olup olmadığı belli değildi.

Derek, duvarın dibinde bir şeyler yapıyordu. Yaptığı şey her neyse alçak bir şangırtı çıkarıyordu. Gaia, adama yaklaştı ve bir eliyle duvarın serin, çakıllı taşlarına dayandı. Hayalet misali bir ışığın işlediği soluk granit külçeleri yakından bakınca gelişigüzelce yontulmuş ve yer yer yosun kaplamış görünüyordu ama hepsi bir arada altı-yedi metre yüksekliğinde zorlu bir yüzey meydana getiriyordu. Ayın ışığı altında Derek'in büyük, düz bir taş çıkardığını gördü. Büyük bir şaşkınlık içinde taşın uzun zamandan beri yerinden çıkık olabileceğini fark etti.

"Geçit mi bu?" diye sordu.

"Sus," dedi Derek. Sonra da kızı yanına yaklaştırdı. Gaia, dizlerine çökerek öteki tarafın soluk ışığının aydınlığını gösteren açıklığa baktı. Açıklık bir mutfak taburesinin oturağından daha büyük değildi ama çömelip sürünerek içinden geçmeyi başarabilirdi. *Buraya kadar*, dedi içinden. *Duvarın içine giriyorum*. Başını açıklıktan sokarak küflü toprak kokusunu içine çekti.

"Al bunu," dedi Derek.

"Bu ne?" Arkasına bakınca Derek'in elinde havluyla örtülü bir öbek gördü.

"Hamur. İçeri girince taşları tekrar yerine koyacağım. Sen de bu hamuru al ve harç gibi taşların arasına sür."

"Peki ya beni görürlerse?" diye sordu Gaia.

"Bir çalıyla atık kuyusunun arkasında olacaksın. Birinin seni görmesi pek mümkün değil. Ama mutlaka harcı doldurman lazım yoksa gündüz vakti taşların halini görürler. Anlıyor musun?"

Gaia, başını sallayarak havluyu aldı.

"Sonra pelerinini sakla ve bluzunun kapüşonunu başına geçir," dedi Derek. "Bir süre kimsenin gözüne batmadan böyle yürüyebilirsin. Bastion uşakları genelde akşamları sokakta dolaşmaya çıkarlar ve gardiyanlar da onları rahatsız etmez."

Gaia tekrar başını salladı ama korkusu gitgide artıyordu. İçeri girdikten sonra nereye gideceğini bilmiyordu ve ona yardım edecek başka kimse yoktu. Hapishanenin yerini de hayal meyal tahmin ediyordu.

"Teşekkür ederim, Derek," dedi.

"Ne yaparsan yap gündüz buradan dönmeye çalışma," dedi. "Seni bir çırpıda yakalarlar ve harcın da harç olmadığını anlayınca benim peşime düşerler."

"Söz veriyorum."

Adamın ağır elini omzunda hissetti ve derken ağzı kulağına yaklaştı. "Nereye gittiğini biliyor musun?" diye sordu.

"Hapishaneye," diye fısıldadı Gaia. "Bastion'un yanına."

"Hadi," dedi Derek. "Bütün sıkıntı tepede, dikilitaşın yanında. Orayı kendine sınır işareti olarak belleyebilirsin. Yardıma ihtiyacın olursa siyah fırını olan bir fırıncı bul. Mace Jackson. Sıcakkanlıdır. Seninle ilgili ona haber yollarım."

Gaia, Derek'in ona daha fazla bilgi vermesini dilerdi.

"Ört başını. Bütün o güzelliğinle kimsenin dikkatini dağıtmak istemezsin," diye ekledi. Sonra da sevecen bir şekilde kızın saçını kulağının arkasına attı. "Şimdi git de aşkını bul," dedi.

Gaia başını eğerek ellerini duvarın sert taşlarının arasına soktu ve sürünerek ışığa doğru ilerledi. Tam çıkmak üzereyken Derek'in arkasından boşluğu kapattığını duydu ve arkasına baktı. Boşluk, Derek'in deliğe yerleştirdiği iki düz taşla çoktan kaybolmuştu bile. Titreyen elleriyle hamuru havludan çıkardı ve taşların etrafındaki boşluklara doldurdu. Yolun ilerisindeki sokak lambasına rağmen çalıştığı yer karanlıktı ve hamuru el yordamıyla ayırıp taşların arasını doldurmaya çalıştı. Nihayet hepsini bir yerlere sıkıştırmayı başardı.

Tekrar sokağa dönüp sağındaki atık kuyusunu gördü. Ellerini sildikten sonra havluyu kuyuya attı ve sonra da üstündeki pelerini çıkarıp orada duran toprak çömleklerin altına sakladı. Kırmızı bluzuyla eteğini düzelterek sokağa ve orada parlayan sokak lambasına doğru yöneldi. Sineğin teki lambanın camına kondu, sonra yeniden sıcak karanlıkta gözden kayboldu.

Korkuları, umut ve beklentilerinin heyecanıyla karıştı. Ailesini bulacaktı. Hatta belki kardeşlerini de görecekti. Teorik olarak bakıldığında karşısına çıkacak bütün on dokuz-yirmi yaşındaki genç delikanlılar onun ağabeyi olabilirdi. Sırf aralarındaki benzerlikte onları tanıyabilir miydi acaba? Tanısa ne harika olurdu!

Duvarın içindeki her şeyin ne kadar temiz olduğunu anında fark etti. Bütün binalar bembeyazdı dolayısıyla ufacık bir ışık geceleyin bile her yeri aydınlatmaya yetiyordu. Daracık sokaklardaki evlerin kapıları, tertemiz olukların üstünde yüksek eşiklere yerleştirilmişti ve sık sık gözüne kanal ızgaraları çarptığı için duyduğu şeyin doğru olduğunu anladı. Sokağa yağan yağmur da biriktiriliyor, içme suyu olarak kullanılmak üzere saklanıyordu. *Biraz zahmet ister ama biz de aynısını dışarıda yapabiliriz,* diye düşündü. Sokak lambalarını aydınlattığı bazı pencerelerden kocaman urnalar* sarkı-

---

* *Ayaklı büyük vazo. (ç.n.)*

yordu. Bu kocaman süslü seramik kaplar, içindeki suyu yazın kavurucu sıcağında bile serin tutardı. Hiç değilse bu kadarı duvar dışında da aynıydı.

Gaia emin ve hızlı adımlarla karanlık sokaklardan yürürken, önünden geçtiği lambaların onun hareketiyle otomatik olarak yandığını görünce çok şaşırdı. Lambaların içindeki minik ampullerin cılız, beyaz ışığı o geçince büyüyor ve etrafını aydınlatıyordu. Ne zaman bir yön tercihi yapmak zorunda kalsa hep yokuş olan yolu seçti. Sonunda hepsinden daha geniş, etrafı daha düzgün evlerle çevrili ana sokağa geldi. Beyaz duvarların bazılarını sarmaşık benzeri gölgeler kaplamıştı, hatta evlerin birinin yanında elma ağacının yapraklarını hemen tanıdı. Zaten duvarın bu tarafında bahçe yetiştirildiğini biliyordu. Her şey Tvaltar programlarında gördüğü gibiydi, sadece şimdi hepsi gerçek olduğu için gözüne daha da güzel görünüyordu.

İki kere çiftler halinde gezen, tepeden tırnağa kırmızılar giymiş kadınların yanından geçti. Gaia bluzunun başlığını iyice çekip yürümeye devam ederken kızın yüzüne bakmadılar bile. Bir kere de yanından yalnız başına, yaşlı bir adam geçti. Sonra da birkaç delikanlı... Ama hepsi onu görmezden geldi. Gitgide endişelerinden sıyrılırken Derek'in haklı olduğunu fark etti. Herkes onu uşak sanmıştı. Gökyüzünün rengi doğuda nihayet açılmaya başladı, bir sürü kapalı dükkânın bulunduğu çakıltaşlı bir açık alana geldi. Biraz daha ilerleyince kendini kaldırım taşlı geniş bir meydanda buldu. Meydanın bir ucundaysa dev bir bina yükseliyordu. Buranın

Bastion Meydanı olabileceğini tahmin etti. Meydanın iki yanında kemerli pasajlar vardı ve merkeze de gökyüzünün belirsiz eflatunluğunda simsiyah parlayan, devasa dikilitaş hâkimdi.

Gaia pasajlardan birine girip ahşap sütunlardan birine yaslandı. Dikilitaşın yanında birkaç adam ellerinde çekiçleriyle tepelerini aydınlatan çıplak bir ampulün ışığı altında bir platform kuruyor ve çekiç darbelerinin ritmik sesi meydanda yankı yapıyordu.

En geniş bina olan Bastion'un sağ tarafında, upuzun çelik korkulukların arkasında kalan bir sürü işlevsel görünümlü bina vardı. Binalardan ikisi uzun, tuğla bir kemerle birbirinden ayrılıyordu ve Gaia, kemerin arkasında daha ufak bir avlu görür gibi oldu. Tam o yöne doğru ilerlemek üzereyken duyduğu çığlık olduğu yerde durmasına neden oldu.

Bu bir bebeğin feryadıydı ve duyduğu ses doğrudan Gaia'nın sinir sistemini tetikleyerek onu alarma geçirdi. Sesin geldiği yeri bulmak için etrafındaki binalara göz gezdirdi ve kemerli pasajın üstünde, bir perdenin arkasında ışığı yanan bir pencere gördü. Ağlama sesi tam kesildi derken bir kere daha duyuldu. Pencereden dışarı bir kol uzandı ve panjuru kapattı. Gaia pür dikkat kulak kesildi ama o andan sonra duyabildiği tek ses, çekiç sallamaya ara verdikleri sırada muhabbet eden işçilerden birinin uzaktan gelen sesiydi. Cesareti kırılan Gaia, başındaki kapişonu biraz daha çekiştirdi. O, kendi elleriyle teslim ettiği bebeklerden biri olabilirdi.

Binayı inceleyerek Kreş olup olmadığını anlamaya çalıştı ama sonunda pasajdaki dükkânların üstünde yükselen diğerleri gibi bunun da özel bir daire olabileceğine karar verdi.

"Sorun yok," diye fısıldadı Gaia kendi kendine. Şimdilik her şey yolundaydı ve etrafındakileri biraz daha tanımak için sabırsızlanıyordu. Seyrettiği Tvaltar programlarından ne kadar az işe yarar bilgi edindiğini fark ettikçe içi kararıyordu. Programlarda genelde kutlama ve bayramlara yer verilmişti, oysa şimdi işine en çok yarayacak olan şey adam gibi haritası olan bir rehberdi.

Gaia, toplu halde yürüyerek yaklaşan bir grup ayak sesi duyunca geri çekildi ve yüksek, tuğla kemerin ağzında bir anda dört gardiyan belirdi. Sert adımlarla Gaia'nın önünden geçtiler ve Gaia, aralarında beşinci bir kişinin daha olduğunu fark etti. Elleri arkasında bağlanmış ve çıplak ayaklarıyla tökezleyerek yürüyen bir adamdı bu. Meydanın sonundaki dev binaya doğru ilerlediler ve daracık merdivenlerden çıkarak ana kapıya geldiler. Kapı onların içeri girmesi için açıldı ve beş adam Bastion'un içinde gözden kayboldu.

Gaia'nın tüyleri ürperdi. Tekrar gardiyanların geldiği kemere döndü, artık hapishanenin bu kemerlerin arkasında olduğundan emindi. Başını kaldırınca kemerin yukarısında, sağ tarafta ufak bir kule olduğunu gördü. Kulenin çıkıntılı köşeleri, aydınlanmaya yüz tutmuş gökyüzünde hayal meyal seçiliyordu. Şu anda meydanı gözetleyen bir gardiyan varsa, bulunduğu yerden kesin görünürdü. Hemen soluna dönerek binanın duvarına yapıştı ve arkasına doğru ilerledi. Önünde daha fazla demir parmaklıklı pencere belirdi ve böylece bütün umutları bir anda suya düştü. Ailesini görebilmek için hapishanenin içine girmeyi nasıl başaracaktı? Daha da kötüsü, onları nasıl dışarı çıkaracaktı?

"Hey! Sen! Oradaki!" diye seslendi bir ses.

Gaia korkuyla olduğu yerde sıçradı ve arkasına döndü. Uzun boylu bir gardiyan ona işaret ediyordu. "Ne satıyorsun?"

"Hiçbir şey," dedi nefesi kesilerek. "Ben sadece..."

"İkile o zaman. Aval aval bakmak yasak. Buradan hiçbir şey göremezsin. Öğlen yine gel, o zaman aradığın manzaraya kavuşursun."

Gaia bir adım geriledi. "Tamam, Kardeşim," dedi. Önüne döndü ve adamdan uzaklaşma hevesi içinde hangi yöne gittiğine bile dikkat etmeden hızla yürüdü. Gardiyanın arkasından attığı kahkahayı duydu ve adamın buz gibi gevrek sesi kulaklarında yankılandı.

Gökyüzü artık iyice aydınlanmış, hafif sarımsı bir gölgeye bürünmüştü ve sokaklara giderek daha fazla insan dökülüyordu. Durmaktan, olur da kaybolursa diye fazla aşağı inmekten korkarak yürümeye devam etti. Tepesinde insanlar bina aralarına çamaşırlarını asıyor ve yere bakınca da çocuklar da dahil olmak üzere herkesin ayakkabı giydiğini gördükçe hayret ediyordu. Genç yaşlı herkes sağlıklı ve besili görünüyordu.

Duvarın dışında yaralı, sakat ya da koltuk değnekli birini görmek son derece olağandı. Ama burada, hiçbir sakatlığın ya da bozukluğun var olmadığı Anklav'ın içinde, yüzündeki yara insanlara çok daha korkunç görünecekti. Yüzünü gören onun dışarıdan geldiğini hemen anlayacaktı. Birinin başlığının içine yakından bakmak isteyecek diye ödü koparak yürüyordu. Hatta bir kere çocuğun teki yüzüne bakmış ve yanındaki kadının elini çekiştirmişti. Gaia'yı işaret ederek, "Baksana," demiş ama annesi döndüğünde Gaia, çoktan yarasını yeniden gizlemişti.

Gaia öğlene doğru ana meydanın çevresinin büyük kısmını gezmişti. Susamıştı, yorgundu ve korkuyordu. Seçenekleri kısıtlıydı. Ya Derek'in arkadaşı Mace'ten yardım isteyecekti ki bunun için önce siyah ocaklı fırıncıyı bulması gerekti, ya Kreş'e gidip Kardeş Khol'u arayacaktı, belki annesinin notunu ona ilettiği gibi Gaia'ya da yardım ederdi, ya da gece olana kadar hiçbir şey yapmayacak ve sonra yine Derek'in duvardaki deliğinden kaçacaktı. Çaresizce fırını ve Kreş'i ararken bir mezarlık, bisikletçi, bir sürü depo, kafe ve bir de mikoprotein fabrikası önünden geçerek yeniden meydana çıktı.

Öğlen olunca meydan insanlarla dolmaya başladı. Korku içinde şapkalarının kenarları, incecik, tiril tiril başlıklarının altında kalan yüzlerini incelerken gözleri Kardeş Khol'u ya da ağabeylerinden biri olabilecek genç bir delikanlıyı aradı ama suratların sayısı yüzlere ulaştığında tanıdık birini bulma umudunu tamamen yitirdi. Bir süre sonra capcanlı giysilerin arasında belli bir düzen olduğunu fark etti. Gardiyanlar siyah giyiyordu. Kollarında sepet ya da ellerinde küçük çocuklarla yanından sık sık kırmızılar giyen uşaklar geçiyordu. Mavi, gri ya da kahverengi giysiler giyen, çeşitli yaş gruplarına ait bir sürü irikıyım erkek ve kadın vardı. Rahat tavırlarına ve erkeklerin neşeyle birbirlerinin sırtlarına attığı şaplaklara bakılırsa bunlar orta sınıf insanlar olmalıydı. Çocuklarsa sarıların, kırmızıların ve yeşillerin içinde oradan oraya koşturuyor, onlar hızlandıkça geniş siperlikli şapkaları geriye yatıyordu. Bu esnada ayrı bir sınıfa mensup zarif erkek ve kadınlar da yalnızca güneşin ışığında parlayan beyaz giysiler giyiyordu. Beyazlı olanlar, Bastion'un yanındaki bir dizi ceviz ağacının gölgesi altında seyrek gruplar halinde takılıyor ve çocuklarına incik boncuk ya da sokak satıcılarından içecek bir şey almaları için ara sıra bozuk para vererek kendi aralarında gülüşüp sohbet ediyorlardı.

Gaia, tekrar pasajın ücra köşelerinden birine döndü ve bir sütunun arkasına geçerek yüzünün sol tarafını olabildiğince gizledi. O sırada tam önüne kırmızılar giyen birkaç tane kadın doluştu. Kendi aralarında dedikodu yapıyorlardı ve hapishanenin yüksek, tuğla kemerinden gardiyanlar çıkmaya başladığı sırada, önündeki kızlardan en uzun olanının, "Hayır, hiç sanmıyorum," dediğini duydu. "Gelmemeye cesaret edemez."

"Aman Tanrım! Bastion'un önünde! Koruyucu'nun ailesinin yanında!" dedi bir başka kız da.

Gaia dev malikâneye doğru baktı. Geniş kapılar sonuna kadar açılmıştı ve beyazlar giyen bir kadınla adam ileri doğru yürüyordu. Elbiselerinin kumaşında belli belirsiz altın rengi bir şeyler parlıyordu ve kadının başında göz kamaştırıcı, bembeyaz tüyleri olan geniş siperlikli bir şapka vardı. Arkalarından ilkinden daha da görkemli bir çift daha geldi ve derken malikânenin önündeki terasta yirmiyi aşkın insan birikti. Terasın basamaklarında diğer beyaz giyen insanlarla kaynaştılar. Koruyucu'nun ailesi ve arkadaşları öylesine yapmacıktan uzak bir zarafetle hareket ediyorlardı ki, canlı halleri Tvaltar'da gördüklerinden çok daha etkileyiciydi.

Kızlardan biri kıkırdayarak, "Rita onunla gerçekten dans mı etti?" diye sordu.

Uzun boylu kız cevap olarak bir hışımla arkadaşına döndü ve Gaia, onun Rita olduğunu tahmin etti. Yüz hatları kırmızı başlığının altından dökülen parlak, bal rengi saçlarının yanında insanı tutsak eden, şaşırtıcı bir canlılığa sahipti. "Böylesine önemsiz bir konuda yalan söyleyeceğimi mi öne sürüyorsun?" diye sordu Rita öfkeyle.

"Sen mi? Yalan mı? Asla," dedi öteki kız.

Gaia, bir an Rita'nın bakışlarını üstünde hissetti ve görüldüğünü anladı. Pençesiyle bir böceği ezip sonra da fırlatıp atan bir kedi gibi Rita'nın meraklı bakışlarının altında ezildiğini hissetti.

"Bağırarak konuşmasana, Bertha Claire," dedi Rita kıkırdayan kıza.

Kız, "Ama o da rüya gibi," diye dalga geçince Rita koluna bir çimdik attı.

"Ah! Tamam ya," dedi Bertha Claire sırıtarak. "Terfi ettiğini duydun mu bari?"

Gaia, Rita'ya bakmasa da onun kendisine doğru son bir bakış attığını ve sonra da omzunu çevirdiğini hissetti. Ama verdiği cevabı duyamadı.

Gaia yeniden Bastion basamaklarında duran insanlara baktı ve bu sefer onu gördü. Omzunda tüfek olan siyah üniformalı, uzun boylu, ciddi bir genç adam. Siyah şapkası yüzünün üst yarısını gölgeliyordu ama Gaia çenesini, düzgün şekilli ağzını tanıyacak kadar yakındaydı. Kızların hakkında dedikodu yaptığı gardiyanın Yüzbaşı Grey olduğunu hemen anladı. Yüzbaşı Grey, kayıtsızca şapkasını kaldırıp elini siyah saçlarının arasında gezdirdi. Yanında ondan biraz daha uzun, sarışın bir gardiyan duruyordu. Adam Yüzbaşı Grey'i dürtüp, kızların olduğu tarafı işaret etti.

Gaia, yüzbaşıyla göz göze gelmesine fırsat vermeden başını hemen hapishaneye doğru çevirdi.

"Bu tarafa bakıyor! Rita!" diye çığırdı Bertha Claire.

Kızların arasında kısık sesli bir konuşma geçti, sonra Rita'nın sesi duyuldu. "Keser misin artık? Kaç yaşındasın, on iki mi?"

Gaia, iyice sütunun arkasına doğru çekildi.

Hapishane tarafında, mahkûmlar sıra sıra demir parmaklıkların arkasına diziliyordu. Gaia, ailesini bulmaya çalışarak yüzlerin hepsini korkuyla teker teker inceledi. Erkek ve kadınların hepsi yorgun görünüyordu, suratları hapishane giysileri kadar gri ve yıpranmıştı. Kiminin elleri arkasında bağlıydı, kimileri de korkak bir halde birbirlerini kucaklıyor, gözleriyle anıtın önündeki kalabalığı ve platformu inceliyordu. Gaia, ailesini hiçbir yerde göremedi.

Tam o sırada pat diye bir ses duyuldu ve meydanın dışından platformun olduğu yere doğru bir sessizlik yayıldı. Bir kirişten iki darağacı ilmeği sarkıtılmıştı ve öğlen güneşi gri halatların üstünde parıl parıl parlıyordu.

Gaia, parmaklarını yumruk halinde sıkarak, "Olamaz," diye fısıldadı.

Elleri bağlı erkek bir mahkûm platformun basamaklarına düşmüştü ve Gaia, gardiyanlardan biri gelene kadar adamın hiç kıpırdamadan olduğu yerde kaldığını gördü. Adamın yanına gelen gardiyan onu apar topar ayağa kaldırıp asma tahtasına doğru merdivenden çıkardı. Mahkûmun kahverengi saçları birbirine girmişti, kıyafetleriyse leş gibiydi ama parlak gözleri hâlâ meydan okuyordu. Adamın arkasından yine elleri bağlı bir kadın geldi. Kadın da ancak bir gardiyan yardımıyla doğru düzgün yürüyebiliyordu. Önüne düşen siyah saçları solgun yüzünü kapatıyor ve omuzları da gri hapishane elbisesinin içinden sarkıyordu. En üst basamağa ulaşıp da yüzünü kalabalığa doğru döndüğünde, seyircilerden yüksek sesli bir mırıltı yükseldi.

Mahkûmun hafifçe yukarı doğru bombe yapan karnı, besbelli bir hamile göbeğiydi.

7. BÖLÜM

ÖĞLEN

"Aman Tanrım. Karnı ne kadar büyük!" dedi Bertha Claire.

"Susar mısın?" diye tersledi Rita. "İğrenç bir şey zaten."

Gaia'nın yaşadığı şok öfkesini bastırdı. Tahminlerine göre kadının doğumuna birkaç gün kalmış olmalıydı. Böylesine bir cezayı hak edecek hiçbir günah gelmiyordu aklına. Anklav neden bir, hadi bilemedin iki hafta sabredip kadının doğum yapmasını beklemiyordu ki? Anneyi öldürdükleri takdirde masum bebeğini de öldüreceklerini herkes biliyor olmalıydı.

İçgüdüsel olarak kemerden çıkıp platforma doğru yürümeye başladı. Gardiyanlardan biri adamın yüzüne çuval geçirdi.

"Karar yanlıştır!" diye bağırdı mahkûm. "Bizim de evlenmeye ve kendi çocuğumuzu yapmaya hakkımız var!"

Gaia, karısının ona kısık sesle bir şey söylediğini gördü. Adam elleri arkasında bağlı ve kafasına çuval geçirilmiş olduğu halde karısına doğru eğildi ve sonrasında gördüğü şey Gaia'nın yüreğini paramparça etti. Hükümlü adam bir şey görmeden ayağını çizmeleri temas edene kadar karısının ayağına doğru kaydırdı. Karısı ağlamaya başladı. Gardiyan onun da yüzüne çuval geçirdi.

"Hayır," dedi Gaia.

Mahkûm çatallaşmış sesiyle bir kere daha haykırdı. "Karımı bağışlayın! Size yalvarıyorum, çocuğumu bağışlayın!"

Gaia, etrafına baktı. Kimsenin bir şey yapmaya kalkışmaması onu deliye çevirdi. Bu bir işkence oyunuydu, değil mi? Bu idama gerçekten izin vermiş olamazlardı. İleri doğru bir adım daha atarak sakallı bir adama çarptı.

Adam, "Önüne baksana!" diye azarladı.

Gaia, hapishanedeki mahkûmların arasında bir hareketlenme hissetti ve onlara doğru dönünce annesinin yüzüyle göz göze geldi. Annesi önündekileri ite ite demir parmakların oraya gelmişti ve iki eliyle birden demirlere sarılarak kalabalık meydanın öteki ucundan Gaia'ya bakıyordu.

"Anne," diye fısıldadı Gaia. Annesinin bağırmasını, erkek mahkûmun boynuna ipi geçirmekte olan gardiyana bir şey söylemesini bekledi fakat annesi sessiz, yalvaran bir ifadeyle ona bakıyordu sadece. Dudaklarını ısırıp başını hafifçe iki yana salladı. Gaia mesajın ne olduğunu gayet net biliyordu: Bir şey yapma.

Gaia şok içinde platforma doğru bir adım daha attı. Gardiyan ikinci ipi hamile kadının başına geçiriyordu.

"Dur!" diye bağırdı Gaia.

Etrafındaki insanlar bir anda dönerek ondan uzaklaştılar. Yüzlerinde şaşkınlık ve kınamayla karışık bir ifade vardı. Gaia ileri doğru bir adım daha attı ve elini kaldırdı. "Hayır!" diye bağırdı.

Fakat tam o sırada arkasından bir el onu geri çekti. Kulağına bir ses, "Aptal!" diye fısıldadı. "Hepimizi öldürtmek mi istiyorsun?"

Donakalan Gaia, sağa döndü ve Rita'nın tırmalayıcı bakışlarıyla burun buruna geldi. Kızın ateş püsküren gözlerinin, yarası karşısında şaşkınlıkla irileştiğini gördü. Sonunda Rita kolunu bıraktı. Platformda, başları örtülü, boyunlarına ip geçirilmiş iki mahkûm ayakları birbirine değer halde yan yana duruyordu. Kadın sanki ağlıyormuş gibi çuval geçirilmiş başını öne eğmişti ve gri elbisenin altında dev gibi duran göbeği hissettiği acıyla sarsılıyor gibiydi.

Gaia, Bastion'daki insanlara baktı ve duyduğu şok dehşete dönüştü. Bu idamı durdurmaya kalkışan kimse yoktu. Ona imkânsız geliyordu ama aralarından biri bu cinayeti emretmiş olmalıydı. Peki niçin?

Bakışları birden siyahlar giyen Yüzbaşı Grey'e kaydı ve genç adamın Rita'yla ikisine baktığını görünce ne yapacağını şaşırdı. O anda yüzbaşının bir şekilde onun kim olduğunu tanıdığını anladı. Öfkesinden aldığı bütün gücü ona doğru yönlendirmeye çalışarak, *durdur bunu*, diye düşündü. Yüzbaşı

Grey, eliyle tüfeğinin askısına tutundu ama onun dışında başka bir şey yapmadı.

Gardiyan yüksek ve korkunç sesiyle konuşmaya başlayınca gözleri yeniden platforma döndü.

"Patrick Carillo ve Loretta Shepard. Devlete karşı işlediğiniz en habis suçtan ötürü suçlu bulundunuz. Anklav'ın kanunlarını ve doğal düzeni pervasızca hiçe sayarak Geliştirilmiş Vatandaşlar için Genetik Tarama Kanunu'nu ihlal ettiniz, kardeşlerinizle evlendiniz ve ensest ilişkiye girerek genetik açıdan mide bulandırıcı bir yaratık meydana getirdiniz. Bu yüzden ölümle cezalandırılacaksınız. Sizin gibiler, Anklav'ın isteklerine ihanet edeceklere ibret olsun."

Erkek mahkûmdan son bir çığlık daha duyuldu fakat Gaia adamın ne dediğini ayırt edemedi çünkü çığlığı, mahkûmların altındaki yatay kapağın açılması ve ikisinin de ölümlerine düşmesiyle çıkan şiddetli gümbürtüyle yarıda kesildi.

Avluyu korkunç, elektrik yüklü bir sessizlik sardı. Kimseden çıt çıkmıyordu. Duyulan tek ses, platformun altında sallanan cesetlerin asılı olduğu halatın gıcırtısıydı. Gaia'nın boynundaki saat bir anda ağırlaştı. Saniye ibresinin, defnedilmiş bebeğin annesinin bedeninde yaşanan felaketi fark edene kadar geçen anları geriye saydığını hissedebiliyordu. Bebek sırasıyla hareket eksikliğini, azalan oksijeni, cansızlaşan kalp atışlarını hissedecekti. Gaia ailesinin neden mahkûm edildiğine pek bir anlam veremiyordu ama ölüm cezasının aslında bebeğe verildiğini tamamen kavramıştı.

Gaia, "Hayır," diye fısıldadı. Gömleğinin üstünden saatinin sert, yuvarlak haznesini kavradı.

Rita yeniden kolunu tutarak, "Kimsin ya da nereden geldin bilmiyorum," dedi. "Ama bir an evvel gitsen iyi olur. Feveranını yüzlerce insan duydu ve her an içlerinden biri seni askerlere teslim etmeye karar verebilir."

Gaia ne kızın uyarısını dinlemiş ne de onları seyreden insanları fark etmişti. Aklı tamamen o bebekte olduğu için ne annesine ne de Yüzbaşı Grey'e dönüp bakabiliyordu. "Mahkûma ulaşmam lazım," dedi Gaia.

"Artık çok geç," dedi Rita, yanaklarını güneşten korumak için kırmızı başlığını öne çekerek. "İkisi de öldü."

Çaresiz bir telaş kanını kaynatmaya başlıyordu. Son kez Rita'ya döndü.

"Anlamıyorsun," dedi Gaia. "Gitmek zorundayım."

Gaia, dağılan kalabalığın arasından platforma doğru koştu. Platformda duran gardiyan ipleri yukarıdan söktü ve altta duran bir başka adam da erkek mahkûmun cesedini alarak gelişigüzel bir şekilde bir el arabasına yerleştirdi. Tam kadının cesedi indirilmek üzereyken Gaia yetişti. Adamlar insaf edip çuvalları başlarından çıkarmamıştı ama ipleri sonrasında yeniden kullanmak üzere almışlardı. Gaia, saatine bakmadan saniye ibresinin daire çizerek bir dakikanın daha ilerlediğini hissetti ve paniklemeye başladı.

"Cesetleri nereye götürüyorsunuz?" diye sordu el arabasını taşıyan adama.

Adam kaşlarını çatarak ona baktı. "Aileden biri misin?" diye sordu.

Gaia, "Evet," diye yalan attı. "Diğerleri gelene kadar başlarında durmam gerekiyor."

"Bana güneş batana kadar kimsenin gelemeyeceğini söylediler," dedi adam şüpheyle. "Rezil oldukları için daha erken gelmek istemiyorlar, eh, haklılar tabii. Kadavraları güneş almayan bir yere götüreceğim. Paramı sen mi vereceksin?"

"Bu gece," dedi Gaia. "Amcam bu gece ücretinizi verir."

Adam şüpheyle Gaia'ya baktı. "Senin yüzüne oldu?"

Gaia hemen yanağını çevirdi.

"Söylesene be kızım. Yüzüne ne oldu?" diye tekrar etti adam.

Gaia, adamla yüzleşmek için tekrar başını çevirdi. Kendi suratındaki güç bela bastırdığı öfkeyi hissedebiliyordu. "Böyle bir zamanda bunun gerçekten önemi var mı sence?" dedi buz gibi bir sesle.

Adam şapkasın ucuna dokunarak, "Seni gücendirmek istemedim, Kardeş," dedi.

"Hadi çabuk ol," dedi Gaia.

Adam hızlı hareket etmiyordu ama yine de iki cesedi birden el arabasına atıp çakıltaşı, pürüzlü yolda iterek sessiz, arka sokaklardan birine götürdü. Gaia geride bıraktıkları her bir metreyle umudunun tükendiğini hissediyordu. Bebeğin oksijensiz kaldığı süre uzadıkça beyin hasarı ve ölüm riskinin de o kadar artacağını biliyordu.

Nihayet dar bir ara sokağa geldiler. Sokağın sonunda el

arabasının bile zar zor sığdığı daracık bir geçitten geçtiler ve baraka misali bir yapının bulunduğu ufak bir avluya geldiklerinde adam nihayet el arabasını bıraktı.

"Birkaç saate kokuşurlar," dedi. "Eğer zorbalardan korkuyorsan burada güvendeler. İstersen köşedeki barda bekle. Buraya gelen biri olursa görürsün."

"Burada iyiyim," dedi Gaia.

Adam kuşkulanmış gibi bakıyordu. Fakat Gaia yerdeki boş varillerden birini düzelterek sanki gölgede onun üstüne oturmak için hazırlanıyormuş gibi davrandı.

"Madem öyle keyfin bilir," dedi adam ve yola doğru ilerledi.

Gaia, adam arkasını döner dönmez barakanın içine girdi ve geniş tahta kapıyı kapattı. Tahta duvardaki yarık arasından çizgiler halinde ışık giriyor ve örümcek ağıyla kaplı bir pencereden de blok halinde başka bir loş ışık süzülüyordu. Fakat Gaia'nın o kadar acelesi vardı ki, nerede ne var farkında bile değildi.

Kadının nabzını yokladı ama hareket yoktu. Zaten kadının boynuna çabucak bakınca boyun kırıldığı için anında öldüğünü anladı. Elbisesinin belini yırtarak kadının solgun, benek benek leke olmuş göbeğini ortaya çıkardı. Cildinin altı açık mavi çiziklerle doluydu ve vücudunda ağır, tuhaf bir yapışkanlık hissi vardı. Gaia parmaklarını hâlâ sıcak olan karnına bastırdı. İçinde herhangi bir hareket, bebeğin hayatta olduğunu gösterecek en ufak bir kıpırtı yoktu ama bebeğin kalbinin atmaya devam ettiği, annesinin ölümünden sonra bile oksijenin plasenta kanı aracılığıyla vücudunda dolaşmayı sürdürdüğü kesindi.

Gaia gözlerini kapadı ve durdu. Daha önce hiç sezaryenle bebek doğurtmamıştı. Annesini sezaryen yaparken defalarca seyretmişti ama bunu sadece annenin hayatı tehlikedeyse yapardı ve zaten çoğu doğumda anne, bebek dünyaya geldikten kısa bir süre sonra hayatını kaybederdi. Fakat burada anne zaten ölüydü. Kaybedecek hiçbir şeyi yoktu ve içerideki bebeği kurtarma ihtimali vardı. Belki çok uzak bir ihtimaldi ama yine de vardı. Kararını çoktan verdiğini anlaması bir saniyeden kısa sürdü. O, kararını annenin darağacından düştüğünü gördüğü anda vermişti zaten.

Elini çantasına daldırdı ve aletleri içinden kısa, keskin bir neşter seçti. Kadının göbek deliğinin altından sertçe bastırarak bir kesik açtı ve bıçağının üstünden şeker kokulu bir kan akarken nefesini tuttu. Kesmesi gereken üç kat kas vardı. Bunlar sert ama bir o kadar da esnek kaslardı ve sonunda rahim duvarına ulaştığında bebeğe zarar vermemek için çok dikkatli olması gerekiyordu. Bir eliyle rahmin duvarını sabitlerken öteki eliyle de sımsıkı bastırarak kesiğini açtı. Rahmi kestiği anda amniyon sıvısı o bedene özgü ağır kokusuyla dışarı fışkırdı. Artık içeride kıvrılmış soluk mavi bedeni görebiliyordu. Gaia, elini uzatıp bebeği hafifçe çekerek kadının karnından en fazla bir ekmek somunu büyüklüğünde bir şey çıkardı. Bebeğin hareketsiz bacakları havada sallandı. Cildi yer yer krem rengi, mum kıvamında bir maddeyle kaplıydı. Gaia, bebeğin yüzündeki kanlı, sümüksü sıvıyı sildi ve burun pompasıyla hemen aspirasyon yaptı. Kan tadına aldırış etmeden kendi ağzını bebeğin burnuyla dudaklarına dayadı. Bebeğin göğsünün hafifçe kalktığını gördü. Göğsüne üç kere baskı uyguladıktan sonra birkaç kere daha nefes verdi.

Hiçbir şey olmadı. Bebeği yüzükoyun çevirip, bir kere sırtına vurdu ve sonra da bir tepki vermesini umut ederek yeniden nefes verdi. Ardı ardına birkaç kere kalp masajı yaptı. Bebeğin bedeni hâlâ cansız ve yanıtsızdı. Gaia hüsranlık gözyaşlarına engel olmaya çalıştı. Çok geç kalmıştı. Çok uzun sürmüştü. Tıpkı babası ve annesi gibi ölmüştü; o çürük havasını soluyacak vakti bile olmadan Anklav tarafından öldürülmüştü.

Bebeğin soluksuz göğsünü dinledi, hava yollarını bir kere daha kontrol etti ve doğru olduğunu umduğu şeyi içgüdüsel olarak yapmaya devam ederek bebeğe bir kere daha nefes verdi. Hayatında annesinin yanında olmasını hiç bu kadar istediği bir an daha olmamıştı. Birkaç kere daha kalp masajı yaptıktan sonra durup o minik, kaygısız surata baktı. "Lütfen," diye fısıldadı. Annesini görme şansını feda etmişti. Ona yardım etmek için kendi hayatını tehlikeye atmıştı. Bir şekilde yaşamak zorundaydı.

Bir ses arkasından, "Sen ne yapıyorsun?" dedi.

Gaia, kapının açıldığını duymamıştı. Bebeği kollarına alarak yavaşça arkasına döndü. Ölü kadının parçalanmış cesediyse hemen yanı başındaydı.

Gaia, adamı tanımıyordu. Koyu saçları dağınık perçemler halinde alnına düşüyordu ve yüzü de bembeyazdı. "Delisin sen," dedi adam afallamış bir halde. Yüzünde şiddetli bir şok ifadesiyle yavaşça kapıya doğru geriledi. Gaia, adamın çizmesinin topuğunun yemyeşil çimenlerin arasındaki bir taşa takıldığını gördü ve az kalsın düşecekti. "Boris!" diye seslendi.

Gaia adamın peşinden giderek, "Lütfen," diye yalvardı. "Bebeği kurtarmaya çalışıyordum. Bana..."

Adam başını sallayarak sanki arkasını ona dönmek korkuyormuş gibi hızla geri geri gitti. "Uzak dur benden," dedi ve sonra tekrar bağırdı. "Boris! Hemen buraya gelsen iyi olur!"

Gaia dehşet içindeydi. Çantasına bakıp hemen makası aldı ve göbek bağını kesti. Sonra da eşyalarını tekrar içine atıp çantayı kaptığı gibi omuzladı. Cansız bebeği geride bırakamazdı. Panik içinde ciğerlerine son bir kere daha hava üfledikten sorna, onu bluzunun içine sokarak kapıdan dışarı fırladı. Onun tarafına doğru koşan ayak sesleri duyulurken bahçeyi saran taştan duvarın üstünden çabucak atladı. Elini çizerek öteki tarafa kaydı ve koca bir gübre yığınının içine düştü. O ağır, leş gibi koku bütün midesini altüst etti ama bir dakikaya kalmadan yeniden ayağa kalkmış bahçe kapısına doğru koşuyordu. Bebekle çantasını elinden bırakmadan kapıdan geçti. Önüne upuzun bir sokak çıktı ve Gaia arkasına bakmadan koştu.

Arkasından telaşlı sesler yükseliyor, herkes Gaia'nın yakalanması için emirler yağdırıyordu. Olanca hızıyla sokaktan koşarak daha geniş bir caddeye döndü, ümitsizce bir fırın ya da tanıdık bir sokak bulmaya çalıştı. Arkasına dönüp baktığında askerlerin tüfeklerini doğrultmuş peşinden koştuklarını gördü ve korku içinde bağırdı. Bir sonraki köşeden bisikletleriyle dört gardiyan daha fırladı. İki yandan kuşatılmış bir halde başka bir kapıdan geçerek yeni bir bahçeye çıktı. Beyaz giyen bir grup kadın oturdukları, gümüş takım ve limonatalarla bezenmiş masadan kalkarak bağrışmaya başladılar. Gaia koşarak kadınların yanından geçerken bahçenin dışına açılan başka bir kapı gördü.

Tam çıkarken çantası kapının kilidine takıldı. Olduğu yerde debelenerek kendini çantadan kurtardı ve çaresizce bir kaçış yolu aradı.

"İşte orada. Yakalayın onu," diye bağırdı bir erkek sesi.

Gaia gerisin geriye kapıdan içeri girdi ve korku içinde bahçedeki kadınlara baktı. Ortama sanki iskambil partilerini bölmüş gibi bir hava hâkimdi. Kibar hanımlar yüzlerinde merak ve telaş dolu bir ifadeyle Gaia'yı seyrediyordu. Beyaz şapkaları merakla havaya kalkmıştı.

"Yardım edin bana," diye yalvardı.

Dört bir yanı artık askerler tarafından kuşatılmış haldeydi. Biri çantasını çekiştiriyor, öteki bebeği kollarından almaya çalışıyordu.

"Hayır!" diye bağırdı. Çantayı bırakıp var gücüyle bebeğe sarıldı. Gözleri korkudan deliye dönmüş bir halde bebeği kolları arasında korumaya çalışarak duvarın dibinde yere çömeldi.

Askerler onu olduğu yerde kıstırdı. Parlak çizmelerini,

simsiyah bacaklarını, tüfeklerinin dehşet verici namlularını görebiliyordu. Kalbi göğsünden fırlayacakmış gibi hızla çarpıyor ve nefes almakta zorlanıyordu. Daha önce hayatında hiç bu kadar korkmamıştı. Çaresizce kaçışı esnasında bluzunun başlığı kafasından çıkmıştı ve darmadağınık saçlarının yaralı yüzünü ortada bıraktığını bildiği için başını kaldırmaya cesaret edemiyordu.

"Onu yakaladık, Yüzbaşım," dedi adamlardan biri.

"Silahlarınızı indirin."

Gaia, bebeğin minik kafasını boynuna yaslayarak vücudunu kendi sıcak tenine yaklaştırdı. Askerlerden biri yanına geldi ve yüzünü açığa çıkarmak için saçlarını çekince acıyla irkildi.

Yabancı asker, "Şuna bakın hele," dedi.

Gaia gözlerini kırpıştırdı. Yanakları alev gibi yanıyor, insanlar tarafından incelendiğini bildiği için içinde öfke dalgaları yükseliyordu. Bir ucube... Bir suçlu... Gardiyanın elinden kurtulmaya çalıştı fakat adam saçını bırakmadığı için çabası kafatasını acıyla sızlatmaktan başka işe yaramadı.

Derken uzun boylu, sarışın asker öne çıktı. "Sanırım dışarıdaki kayıp kızınızı bulduk, Yüzbaşı," dedi kibar ve kültürlü mizacıyla.

Gaia erkeklerden oluşan grubu inceledi. Yüzbaşı Grey, jilet gibi temiz simsiyah üniformasıyla güneşli sokağın ortasında duruyordu. Sol göğüs cebinin üstündeyse yeni bir nişan parlıyordu. Askerlere silahlarını indirmesini söyleyen oydu. Siyah şapkasının altından görünen bakışları sert ve kararlıydı.

Gaia, yüzü hâlâ geriye doğru çekilmiş bir halde, aralarındaki gerçek suçu göstermek istermişçesine bebeği okşadı. Dokunaklı bir sesle, "Bakın kimi öldürdüler, *Yüzbaşı,*" dedi.

Yüzbaşı Grey hiçbir tepkide bulunmadı. "Onu hapishaneye götürün," dedi. "Şimdilik bebek yanında kalsın. Kreş'e yeni bir bebek geldiğini haber veririm."

Gaia'nın saçını tutan gardiyan nihayet elini çekti ama bu sefer onu ayağa kaldırmak için hırpaladı.

"Ama, Yüzbaşım," dedi sarışın olan asker. "O iğrenç bir felaket."

Gaia, Yüzbaşı Grey'in gözünde ani bir ışık parladığını gördü ama konuşurken sesi son derece sakindi. "O bir bebek, Bartlett," diye düzeltti. "Görünüşe bakılırsa sağlıklı bir bebek. Kızın yeteneklerinin boşa harcanmayacak kadar iyi olduğu ortada. Bu durumu Kral Vekili de öğrenecek."

Yüzbaşının bebekle ilgili söylediklerini duyan Gaia'nın nefesi kesildi. Daha aşağı bile bakmadan, sanki kendinden bir parçaymış gibi sımsıkı tuttuğu bebeğin ilk çekimser hareketlerini boynunda hissetti ve sonra da ufak şeyi omzundan uzaklaştırarak vücudunu bluzunun yapış yapış olmuş nemli kumaşından kurtardı. Bebeğin başı tanıdık bir iniltiyle yana devrildi. Teni benek benek kızarmıştı ve kollarını kontrolsüzce sallayarak ilk öfke dolu çığlığını attı. Öfkesiyse hayatta olmaktı.

8. BÖLÜM

ÖNCE HAYAT

Hapishane Gaia'nın beklediği gibi değildi.

Ne karanlık, yosun tutmuş taş duvarlar, ne zincirler ne de leş gibi saman yığınları vardı. Sarışın gardiyan Yüzbaşı Bartlett ve diğer dört gardiyan onu aydınlık, tertemiz, ufak bir odaya atmış ve bebeği de yanında bırakmışlardı. Kapının Gaia'dan yana olan tarafında göz seviyesine denk gelen bir delikten başka ne kol ne de anahtar yuvası vardı. Kapının tam karşısında essin diye açık bırakılmış camları tertemiz bir pencere vardı ama cama yaklaştığında manzarayı dikdörtgenlere ayıran, kendi yüreğini sıkıştıran kafesle birebir aynı parmaklıklar olduğunu fark etti.

Kucağındaki bebeğin daha ciddi bir bakıma ihtiyacı vardı. Keşke yanında çantası ya da bebeğe yedirebileceği bir şey olsaydı. Bebeği sarıp ısıtabileceği bir battaniye bile olmadığı için kandan sırılsıklam olan kırmızı bluzunun içinde tutmaya devam etti.

"Minik balkabağım benim," diye mırıldandı. "Öksüz yumurcağım..."

Az önce annesine yaptıklarının görüntüsü bir an gözünün önüne gelince tüyleri ürperdi. Ölü kadının ailesi bebeği bulmaya çalışır mı, merak ediyordu. Kadının adını hatırlamıyordu bile. Loretta mıydı, neydi? Keşke bugüne kadar yardım ettiği doğumların listesini tutsaydı. Şimdilik hepsini hatırlayabiliyordu ama zamanla hepsini birbirine karıştırması kolaydı. Gaia, bacağına sarılı paketin içindeki kurdeleyi hatırladı ve onun annesinin doğumlarının bir listesi olduğuna bir kez daha emin oldu. Gardiyanlar kurdeleyi bulunca onun değerini çok geçmeden anlayacak ve böyle bir şeyi sakladığı için başı daha da belaya girecekti.

Yavaşça eteğinin paçasını kaldırdı ve paketi çıkardı. Kimsenin gelip gelmediğinden emin olmak için kapının deliğinden çabucak bir göz atıp bağını çözdü ve kahverengi, ipek nakışlı kurdeleyi çıkardı. Üstündeki işaretlere yine hiçbir anlam veremiyordu ama birilerinin bunu görür görmez bir tür şifre olduğunu hemen anlayacağını biliyordu. Kucağında bebekle ayakta durarak sırtını kapıya çevirdi. Çocuğun sıcak başını yavaşça boynuna yaslayarak pencereye doğru yürüdü. Kurdeleyi atmaya, rüzgârın ellerine terk etmeye cesareti var mıydı? Aşağı bakınca daracık bir sokak gördü. Kendisi birkaç kat yukarıdaydı ve siyah demirlerin arkasındaki evlerin bembeyaz fayanslı, güneş panelleriyle kaplı çatılarını, siyah-beyaz su testilerini, çatıdan çatıya devam eden borularını ve beyaz sıvalı bacalarını görebiliyordu. Bacalardan biri ötekinden daha genişti. Tuğlaları da siyahtı ve Gaia, burnuna gelen taze ekmek kokusunu fark etti.

"Fırıncı," diye fısıldadı.

Keşke Derek'in arkadaşını daha önce bulsaydı. Keşke kurdeleyi ona verseydi. Koridorda yaklaşan ayak sesleri duyuldu. Bir karar vermek zorundaydı, ya kurdeleyi camdan dışarı atacak ya da saklayacak, o zaman da gardiyanlar bulacaktı.

Çabucak yerde bağdaş kurup bebeği eteğinin arasına aldı. Sonra da iki eliyle uzun kahverengi saçlarını geriye doğru attı. Yüzünü böyle cesur bir şekilde nadiren açardı ve parmakları da saçına kurdele takmaya pek alışkın değildi ama yine de kurdeleyi diğer kızlardan gördüğü gibi iki kere başına dolayıp ucuna düğüm attı.

Tam işini bitirdiği sırada kapının deliğinde iki göz belirdi. Gaia da hemen bebeği kucaklayıp tekrar ayağa kalktı.

İçeri önce Yüzbaşı Grey, ardından da Kardeş Khol, Yüzbaşı Bartlett, başka bir gardiyan ve bir de saplı ufak bir sepet taşıyan yaşlıca bir adam girdi. Adam burnundaki gözlüğü otoriter bir edayla düzeltti ve bebeğe doğru ilerdi.

"Masa," dedi adam ve Yüzbaşı Bartlett hemen dışarı çıktı.

"Doktor musunuz?" diye sordu Gaia.

Adam çoktan bebeği kucağından almış, Gaia'nın da itiraz etmeye fırsatı kalmamıştı.

"Dikkat edin," dedi.

Gardiyan elinde beyaz kâğıtla kaplı ufak bir masayla geri döndü.

Gaia, doktor bebeği masanın üzerine yatırırken, "Ne yapacaksınız?" diye sordu. Endişeyle Kardeş Khol'a baktı ama kadının yüzü kayıtsızdı.

"Götürün onu," dedi doktor. Lastik ve metalden oluşan garip bir alet çıkarıp kulağına taktı ve sonra bebeğin üzerine eğildi.

Gaia, gardiyanların ona doğru geldiğini gördü ve köşeye kaçarak, "Durun!" dedi. "Canını yakmayacaksınız, değil mi? Bence sağlıklı görünüyor. Sadece emzirilmesi ve yıkanması lazım. Eğer ona biraz da saf hava vere..."

Doktor hışımla ona döndü. "Saf hava mı? Oksijenden mi bahsediyorsun? Oksijenle ilgili ne biliyorsun?"

Gaia biraz daha geri çekildi fakat gardiyanlar onu iki kolundan sımsıkı yakaladı.

"Duvarın dışında oksijeniniz var mı?" diye sordu doktor. Sesi öfkeliydi.

Gaia, gardiyanların arasında sıkıştı. "Hayır," dedi korkuyla. "Sadece Tvaltar'da hasta bebeklere verdiklerini görmüştüm. Yanlış mı?"

Doktor bir süre şüpheyle gözlerinin içine baktı. Sonra da Yüzbaşı Grey'e döndü.

"Onun hakkında yanılıyorsunuz, Yüzbaşı," dedi. "Tehlikeli biri. Yerinizde olsam onu hemen idam ederdim."

Gaia'nın korkudan nefesi kesildi. Bakışları hemen Yüzbaşı Grey'e kaydı. Genç adam başını sallayarak gardiyanlara işaret etti ve askerler Gaia'yı kapıya doğru çekiştirdi.

"Ona dikkat edin!" diye bağırdı Gaia. "Ona iyi bakın,

Kardeş Khol."

Gaia'yı ite kaka odadan çıkarırlarken Kardeş Khol, başını bile çevirip bakmayınca Gaia'nın şaşkınlığı ve korkusu ikiye katlandı.

Omzunun üzerinden geriye bakarak, "Lütfen," diye yalvardı Yüzbaşı Grey'e. "Bebeğe zarar vermezler, değil mi?"

Yüzbaşı Grey, "Gardiyanlara sorun çıkarmazsan," dedi, "bir dakika konuşabiliriz."

Gaia, acı dolu bir ifadeyle önce bebeğe sonra da Yüzbaşı Grey'in taş kadar soğuk yüzüne baktı. Gözleri her zamanki gibi acımasızdı ama bakışlarının yoğunluğundaki bir şey Gaia'nın direnmeyi kesmesine neden oldu. Gardiyanlar onu çabucak koridordan geçirip merdivenlerden iki kat aşağı indirdiler. Hapishanenin gitgide daha da derinlerine iniyor gibiydiler ve üzerinde hepsi kapalı, minik gözcü panelleri olan kapıların sayısı da artıyordu. Tavandaki ampuller gardiyanlar menzillerine girdiği anda otomatik olarak yanıyordu ve böylesine çarpıcı bir elektrik sistemi, Gaia'nın kendine tamamen yabancı bir dünyaya girdiğinin başka bir kanıtıydı. Onu penceresiz ufak bir odaya alıp, bir saat kadar ara sıra kapıdaki açık delikten kontrol etmekten başka bir şey yapmadılar. Sonra bir vızıltı duyuldu, kapı açıldı ve eskortu onu yine başka bir yere götürdü. Sonunda bir ucunda demir parmaklıklı bir cam olan dar bir koridora geldiler. Gardiyanlar burada durdu ve içlerinden biri ofis benzeri bir odanın kapısını açarak onu içeri aldı.

Ofisin içinde Gaia'nın gördüğü kadarıyla bir masa, bol

miktarda sandalye, lamba, telefon ve bilgisayar olduğunu tahmin ettiği bir aletten başka bir şey yoktu ki bu hayatında gördüğü ilk bilgisayardı.

"Onu bağlamamı ister misiniz, Yüzbaşı?" diye sordu gardiyanlardan biri.

Gaia başını çevirince Yüzbaşı Grey'in kapıdan girdiğini gördü.

"Lütfen," dedi Yüzbaşı Grey.

Gaia, şaşkın bir halde ellerinin arkaya çekilip bileklerine bir ip geçirildiğini ve bağlandığını hissetti. Kıpırdanmamak için olanca gururuyla direndi ve sonra da adam onu serbest bıraktı. Saçının bir tutamı kurdelesinden çıkmış ve boynundaki saati de dışarı fırlayıp kırmızı bluzunun üzerine düşmüştü. Gözlerine düşen saçlardan kurtulmak için başını yana atınca, saçları sol yanağının üzerine düştü. Bakışlarını bir an olsun Yüzbaşı Grey'den ayırmıyor, adamın asıl niyetini anlayabilmek için sabırsızca ona bakmasını bekliyordu.

Fakat o bütün dikkatini elindeki bir şeye vermişti. Limon şeklinde bir iğne yastığı... İğnelerin hepsi talaşın içine batırıldığı için, yastığın yüzeyinde bir tek başları parlıyordu. Gaia'nın nefesi kesildi. *Benim o*, diye düşündü ve yüzbaşının çantasını karıştırdığını anladı. Yüzbaşı yavaşça çıkarıp iğne yastığıyla birlikte masaya bıraktı. Gaia, yüzbaşının yüzünü ilk defa tamamıyla görüyordu. Kaşları simsiyah, yüz hatları mum ışığında göründüğünden çok daha düzgündü. Adam gardiyanlara döndü.

"Bizi yalnız bırakın," dedi.

Adamlar derhal odadan çıkarak kapıyı da arkalarından kapattılar. Devamında gelen sessizlikte Gaia'nın kalbi göğsünde öylesine sert atıyordu ki, Yüzbaşı Grey'in sesini duymasından korktu. İplerin ne kadar sıkı olduğunu tartmak için bileklerini hareket ettirmeyi denediğinde, etine bir şey battığını hissetti. Yüzbaşı masanın arkasına geçmiş hiçbir şey söylemiyordu. Sol elinin sivri parmaklarıyla şapkasını bir kez çevirdi. Nihayet başını kaldırdığında, Gaia adamın yüzünde sakin, hissiz bir ifade görmeyi beklemiyordu.

"Başının nasıl bir belada olduğunun farkındasın, değil mi?" diye sordu. Sesi alçaktı ve ufacık odanın içinde beklenmedik bir şekilde yankı yapıyordu.

Gaia yavaşça başını iki yana salladı. Keşke saçları açık olsaydı da, yarasını saklasaydı. Yüzbaşının bakışlarının yüzünde gezdiğini, düşünceli ve sinir bozucu bir hassasiyetle onu incelediğini gördü.

Yüzünü asınca kaşları da endişeyle bir çizgi halinde çatıldı. "Gaia," dedi. "Kanunun öngördüğü şekilde ölmesi gereken bir bebeği doğurtmak için bir hain cesedini parçaladın."

Gaia, ona eski arkadaşlarmışçasına ilk adıyla hitap ettiğinin farkında olup olmadığını merak etti. "Zaten öldüğünü sanıyordum," diye itiraf etti. "Ama denemek zorundaydım."

"Neden?"

Gaia omuzlarını dikleştirdi. "Benim işim bu," dedi.

"Bebek doğurtmak mı?"

Gaia başını salladı.

"Sana bunu yapmanı söyleyen biri olmadı mı? Biri için çalışmıyor musun?"

Gaia şaşkın bir halde kaşlarını çatarak ona baktı. "Kim benden böyle bir şey isteyebilir ki?"

Yüzbaşı cevap vermeyince aklına birden Yüzbaşı Lanchester'ın ona satılık bebeklerle ilgili yaptığı teklif geldi ve ortada nasıl bir kara borsa bulunduğunu merak etti. Ya da belki bu bebeği isteyen bir başkası vardı, fikirleri Anklav'la çatışan biri... Muazzam bir cehalet sergilediğinin farkındaydı. Ama bunun nedeni, yüzbaşının kendi de fark edebilseydi eğer, masum olmasıydı.

Yüzbaşı Grey eline bir kurşunkalem alıp silgisini yavaşça iğne yastığına vurdu. "Gaia, sana son bir kere daha soruyorum, annenin tuttuğu kayıtlarla ilgili bilgin var mı?"

Gaia, ensesinde bir karıncalanma hissetti ve saçlarını tutan kurdelenin nasıl farkına varmamış olabileceğini merak etti. "Hayır, yok, Yüzbaşı Grey."

Mavi gözleri şüpheyle onunkilerle buluştu ve Gaia, unvanını özellikle vurgulayışının gözünden kaçmadığını fark etti. "Yalan söylediğini biliyorum," dedi. "O listeyi kendi başına teslim ederek doğru şeyi yapacağını fark edeceğini umardım."

"Neden bu kadar önemli ki?" diye sordu Gaia.

"Sana kimse burada işlerin nasıl işlediğini anlatmadı mı?"

"Anlatılacak ne var ki?" diye sordu Gaia. Anklav'ın adaletsiz dünyasının penceresinden bakarken Wharfton'daki hayatını yeni bir şeffaflıkla görüyor ve sesindeki alaycı tonu bastırmakta zorlanıyordu. "Bebek kotamızı dolduruyoruz ve şunu kabul edelim, içlerinden biri bile büyüyence bize dönmek istemiyor, o yüzden belli ki hepsi burada hayatından memnun. Ta ki siz içlerinden birkaçını infaz etmeye kalkışıncaya kadar... Karşılığında da Anklav'a hizmet etmenin kıvancını ve duvarın dışındaki sefaletin içinde mümkün olduğunda üreyen bir toplum halinde yaşamamıza yetecek kadar su ve gıda elde ediyoruz. Anklav'ın fazladan asker, çiftçi ya da bebek ihtiyacı olması ihtimaline karşı barındırılan bir nevi yedek deposuyuz aslında. Yanılıyor muyum? Yoksa benim gözümden kaçan bir açıklama daha mı var?"

Yüzbaşı Grey pencereye doğru birkaç adım attı ve kaşlarını çatarak Gaia'ya döndü.

"Bakıyorum da, senin de kendine ait fikirlerin varmış gerçekten. Neden oturmuyorsun?"

"Neden beni çözmüyorsun?" diye meydan okudu Gaia.

"Yapamam," dedi yüzbaşı.

Gaia işte şimdi şaşırmıştı. "Ama yetkili sensin."

Yüzbaşı acı bir kahkaha attı. "Senin için elimden geleni yapıyorum, gerçi nedenini ben de bilmiyorum. Herkes seni hiç oyalanmadan Kardeş Iris'e teslim etmem konusunda hemfikir. Muhtemelen beni sınıyorlar. Fakat aynı zamanda bulunduğum yere kanunların gri hatlarını da kullanmam ve kendi fikirlerime sahip olmam sayesinde geldim. O yüzden seni teslim etmeden önce sorguya çekmek tamamen bana tanınan istisnai haklardan biri."

"Ya da beni serbest bırakmak," dedi Gaia.

Yüzbaşı, Gaia'ya bir adım daha yaklaştı. Gözlerindeki bakışlar sert ve ciddiydi. "Bunu yapabileceğimi sanmıyorum," dedi.

"Niçin?" diye sordu Gaia. "Beni akşama kadar tut ve sonra da serbest bırak. Söz veriyorum buralardan kaybolur ve bir daha da dönmem." Daha kelimeler ağzından çıkarken bile bunun bir yalan olduğunu biliyordu. Annesiyle bir saniye kadar göze göze gelmeleri dışında ailesini henüz görmemişti ve onları kurtarmanın bir yolunu bulmak zorundaydı.

Yüzbaşı yarım ağızla gülümsedi ve masaya yaslandı. "İzin ver de sana bir şey söyleyeyim," dedi. "Anklav'ı kuran insanlar bu vahayı sıfırdan yaratmak için yıllarca plan yaptılar. Petrol sonrası teknolojiyi geliştiren biziz. Mikoprotein yetiştirmek ve suyu saflaştırmak için gereken güneş ve jeotermik enerjiyi sağlayan da biziz. Duvarın içinde ve dışında herkese yetecek kadar yiyecek olmasının sebebi de bizleriz. Bizler olmasak, atalarınızın çoğu huzurlu bir yerleşim alanı bulacaklar diye boş arazileri, göçebeleri geze geze ölürlerdi. Ama siz bizi buldunuz, bizi sömürdünüz ve biz de ortak bir çözüm bulmaya karar verdik."

Gaia, Yüzbaşı Grey'in bu küçük nutkundan ötürü rahatsız olmuştu. Bu bilgilerin ya da propagandanın büyük kısmı Tvaltar sayesinde bilinen gerçeklerdi fakat Anklav'ın kartpostal versiyonunda hamile kadınların infazı gibi bazı ufak detayları belirtmeyi unutmuşlardı. Bu kadarı bile Gaia' nın Tvaltar'da öğrendiği her şeyden şüphe etmesi için yeterliydi.

"Gerçekten bu kadar üstün ve medeniyseniz," dedi, "kendinizi bize karşı daha cömert ve merhametli olmak zorunda hissetmeniz gerekmez mi? Mesela yüzüme karşı bana sülük demekten vazgeçerek başlayabilirsiniz buna."

Yüzbaşı yüzünü asarak bir süre cevapsız kaldı. Gaia'nın söyledikleri onu şaşırtmış gibiydi. Gaia, onun da sahip olduğu fikirlerinin ne kadarının sonradan öğretilen şeyler olduğunu merak etti.

"Serbest bırakılmayı talep ediyorum," dedi. "Ve sizden ayrıca ailemi de serbest bırakmanızı talep ediyorum."

Yüzbaşı Grey, kaşlarını çatmaya devam ederek limon şeklindeki iğne yastığını eline aldı ve konuşmasına başlarken bir kere havaya attı. "Ama bir sorun var. Belki bu sorun senin kendi vicdanını uyandırır. Anklav bir hesap hatası yaptı. Anklav, duvar içinde yaşayan çok az sayıda bir nüfusla kuruldu."

"Bunun neresi sorun ki?" diye sordu Gaia.

Yüzbaşı Grey konuşmasına devam etmeden önce sustu. "Çocuklarımız ölüyorlar. Hepsi değil elbette ama eskisinden çok daha fazlası ölüyor. Kısır annelerimizin sayısı da her geçen gün artıyor."

Yüzbaşı şimdi Gaia'nın dikkatini çekmişti. "Çocuklar ölüyor ne demek?" diye sordu. "Nasıl? Neden?"

"Değişik sebeplerden," dedi yüzbaşı. "Hemofilide artış var. En büyük sıkıntımız da bu zaten."

Gaia, "Hemofili nedir?" diye sordu.

Yüzbaşı hafifçe başını yana yatırdı. "Kan kaybından ölüyorlar. En ufak bir kesik yarası bile öldürmeye yetiyor."

Gaia bu duyduklarına inanmakta zorlanıyordu. Bir keresinde bebeğini doğurduktan sonra kanamadan ölen bir kadın görmüştü ama o farklıydı. Yüzbaşı Grey yüzünü pencereye dönünce dışarıdan gelen soğuk ışık profiline incecik bir hat çekti. Koyu saçlarının altında yakasıyla teninin buluştuğu açık renk ensesini görebiliyordu. Böylesine genç yaşta bir adama bu kadar büyük bir sorumluluğun verilmesi ona inanılmaz geliyordu.

Biri kapıyı çaldı. Yüzbaşı Grey elindeki iğne yastığını masaya bırakıp açmak için kapıya yürüdü ama Gaia, öteki tarafta kim olduğunu göremedi.

"Biraz daha. On dakika," dedi Yüzbaşı Grey kısık sesle.

Yüzbaşı kapatırken Gaia tekrar huzursuzluğa kapıldı. Elinde olmadan kapının öteki tarafındaki kana susamış, yabani sistemin onu yutup yok etmesine engel olan tek şeyin yüzbaşı olduğunu hissediyor ama yine de ona güvenmeye korkuyordu. Sonuçta o da bu sistemin bir parçasıydı.

"Dinle," dedi. "Çok önemli bir dönemdeyiz." Bir adım daha yaklaştı ve Gaia elinde olmadan geriye doğru kaçtı. Parmakları arkasındaki serin duvara değiyordu. Yüzbaşının yüzünde şaşkın bir ifade belirdi. "Sana zarar vermeyeceğim."

Gaia'nın ona inanmak için bir sebebi yoktu. Tek bildiği onun Anklav'la ilgili, infazdan tutun da ailesinin tutuklanmasına kadar tiksindiği her şeyi temsil ettiğiydi. Yine de çenesini kaldırdı. "Biliyorum," diye yalan söyledi.

Yüzbaşı Grey'in gözleri kendi gözlerini delip geçti ve genç adamın bakışları göğsünden sarkan saate kayınca birdenbire telaşa kapıldı.

"Bakabilir miyim?" diye sordu.

Gaia cevap vermeyi reddetti.

Yüzbaşı dikkatlice saati kaldırdı ve zincirini başından çekip çıkardı. Yüzbaşının kısacık dokunuşun ardından ensesinde tüyler ürperdi ve ondan uzaklaşıp yeniden masasının arkasına geçene kadar nefesini tuttu. Yüzbaşı iki elini de masaya dayadı ve başını hafifçe öne eğince koyu saçlarının tepesi garipsenecek kadar hassas bir şekilde ortaya çıktı. Acaba o da bu sorgulamadan Gaia kadar nefret ediyor olabilir miydi? Bu adamı hiç anlamıyordu.

"Bir de şöyle deneyelim," dedi nihayet. "Annen sana bugün meydanda bir işaret verdi mi? Bebeği kurtarmak onun fikri miydi?"

"Elbette hayır."

"Saatin? Nereden buldun onu?"

"Annemle babamın hediyesi. Kasılmaları ve bebeği teslim etmek için kalan vaktimi takip etmeme yarıyor."

Yüzbaşı saatin kilidini kaldırınca kapağı açıldı. Gaia, onun minik yuvarlak kapağın içinde yazan yazıyı okuduğunu biliyordu. "Önce hayat." Yüzbaşı saati avucuna alıp kapadı.

"Peki ya iğne yastığı?" diye sordu.

"Babamın," dedi Gaia. "O bir terzi. Unuttun mu? Onu da tutukladınız ya..."

Gaia, bir an sanki aklına yeni bir şey gelmiş gibi yüzbaşının kaşlarını bir an çattığını gördü. Saati iğne yastığıyla beraber cebine attı.

"Bütün bunların ailemle ne ilgisi var hâlâ anlamıyorum," dedi Gaia. Bileğinin acısı sabrını daha da zorluyordu. "Anklav'a karşı görevlerimizi her zaman sadık bir şekilde yerine getirdik. Bizi rahat bıraksaydınız asla duvardan içeri girmez ya da o bebeği kurtarmaya kalkışmazdım. Neden bizi bırakmıyorsunuz?"

Yüzbaşı Grey, Gaia'yı çileden çıkaran bir inatla başını iki yana salladı. "Olmaz. Bize cevap lazım. Sorun hem orijinal yerli aileler hem de teslim edilen çocuklar arasındaki akraba ilişkilerinden kaynaklanıyor," dedi. "Ebelerin kayıtları olmadan duvar dışından getirilen bebeklerin arasındaki akrabalığı tespit edemiyoruz. Şimdi hepsi büyüyor, kuzenler hatta bugün gördüğün gibi kardeşler evleniyor. Yetiştirmelerin evlenmeden önce genetik taramadan geçmeleri gerek. Bu genelde nişanlı çiftlerin arasında genetik bir yakınlık olmadığını göstermek için yapılan bir formalite ama bazı durumlarda evlilik yasak olabiliyor." Başını iki yana sallayarak kaşlarını çattı. "Düzgün açıklayamıyorum. Konu aslında yetiştirme insanların evlenmesinden çok daha büyük. Kendi nüfusumuzun genetiğini çeşitlendirmemiz lazım yoksa yakında hepimiz kısır, hemofili ya da kim bilir daha ne ucubeler olacağız..."

Gaia hayretler içindeydi. Derken öfkelendi. "Bana ne bundan? Anklav'ın içinde her türlü avantaja sahipsiniz ama duvar dışında yaşayan bizlere kıyasla hiçbir şey yapmamışsınız. Neden şimdi kurtarmaya çalışalım ki?"

"Hâlâ anlamıyorsun," dedi yüzbaşı. "Asıl avantajlı olan

sizlersiniz. Sizi rahat bıraktığımız için şükredin bence. Halkınız iklim değişiminin gerçek sağ kalanları ve bu sizi daha kuvvetli kıldı. Seni bile, Gaia. Kaç bebek seninki gibi bir yanıktan sonra sağ kalabilir?"

Gaia, acıyla irkilerek yüzünü çevirdi. "Bu hayati tehlikesi olan bir yanık değildi. Beni sadece çirkinleştirdi, bu yüzden de Anklav beni almak istemedi."

Yüzbaşı sabırsızca başını iki yana salladı. "Yanığın kendisinden bahsetmiyorum. Acısı. Sonrasında ortaya çıkabilecek olan enfeksiyonlar. Kanama..."

Gaia, hızlı hızlı nefes aldı, sanki yüzbaşı ona fiziksel bir zarar vermiş gibi canı yanıyordu. Yaralı olmaktan nefret ediyordu ve öne sürdüğü mantıklı gerekçelerin hiçbiri onu başına gelen kazanın iyi bir şey olduğuna inandırmaya yetmeyecekti.

"Bunu hiç istemedim!" dedi, sesi titriyordu. Ağlamamak için dudağını ısırdı.

Yüzbaşı Grey heykel gibi hareketsizdi. Derken masanın etrafından dolaşarak yanına geldi ama Gaia ona bakmayı reddetti.

Yüzbaşı usulca, "Gaia," dedi.

Yumuşaklığı Gaia'yı daha da şaşırttı. Gri duvarların köşelerine odaklandı ve yüzbaşının omzuna dokunan elini hissedince irkilerek geri kaçtı.

"Anlamıyorsun," dedi acıklı bir sesle. "Duvar dışındaki çocuklar da mağdur oluyor. Onların da yaraları kanıyor. Onlar da günlerce yüksek ateşle kıvranıp, sonunda ölüyor. Öldüklerinde annelerinin bağrı deliniyor. Hepimizi sefalete terk ettikten sonra bütün gücünüz neye yarar ki?" diyerek, başıyla lambayı ve bilgisayarı işaret etti. "Dokuz aylık hamile bir anneyi öldürebildikten sonra ne işe yarar? Nasıl bir toplumdur bu?"

Yüzbaşı kapıya doğru geriledi. Bir an için hayat dolu ve sıcak görünen gözlerinde yine puslu ve uzak bir ifade belirdi. "Bugün idam edilenler duvar dışından geldiklerini biliyordu. Hayatları boyunca bizim avantajlarımız ve kanunlarımızla yaşadılar ama tarama sonucu kardeş oldukları ortaya çıkınca bencilce evlenmeye ve çocuk yapmaya karar verdiler." Çenesi inatçı bir edayla kasıldı. "Çocukları uğruna değerli kaynak larımızı harcayabilirdik ve daha on yaşına gelmeden, kendibaşına sağlıklı bir evlat sahibi olduğu günü bile göremeden ölüp gidebilirdi. Ailesi de bunu biliyordu."

"Bu cinayeti çocukları sizin için kaynak kaybı olacağı için mi savunuyorsunuz?" diye sordu Gaia. "Bana söylediğiniz bu mu? Ne oldu bakın. Bebek yaşıyor. Şimdi ne olacak?"

Gaia, yüzbaşının yanaklarından kanın çekildiğini ve genç adamın onunla göz göze gelmekten kaçındığını fark etti.

Büyük ihtimalle doktorun bebeği öldürmesine izin verdiğini tahmin edince bir anda öfkeden deliye döndü. "Hepiniz korkaksınız," diye tısladı. "Yeter artık! Beni Kardeş Iris'e mi ya da adı her neyse, her kime vereceksiniz verin. Bana en kötüsünü yapın. Size söyleyecek daha başka hiçbir şeyim yok!" Duvara yaslanarak kapıya yürüdü ve bir tekme attı.

"Hey!" diye seslendi. "Çıkarın beni buradan!"

Yüzbaşı Grey, onu engellemek için herhangi bir girişimdi bulunmadı ve Gaia, adamın bu şekilde kılını bile kıpırdatmadan durmasından nefret etti. Tam kapının kolunu tutacakken bir an göz göze geldiler. "Senin için elimden geleni yapacağım, Gaia," dedi kısık sesle.

"Eminim çok şey yaparsınız," diye tersledi Gaia.

Böyle deyince Yüzbaşı Grey'in kısa bir an gülmesine neden oldu. Ancak o kadar sinirliydi ki, genç adamın bu şen kahkahasının ardında yatan burukluğu fark etmedi bile. Derken yüzbaşı kapıyı açtı ve gardiyana seslendi. "Yüzbaşı Bartlett," dedi. "Onu Q hücresine götürün. Bir şeyler yedirin. Ayrıca yıkayın ve temiz giysiler de verin. Bütün özel eşyalarını da bana getirin. Sonra bir de kuryeye ihtiyacım olacak."

"Derhal, Yüzbaşı," dedi Yüzbaşı Bartlett ve selam verdi. Gaia, koridora çıktığında sanki elleri bağlıyken bile önüne çıkan herkesi devirebilecek kadar tehlikeli biriymiş gibi çevresini üç gardiyan daha kuşattı. Gururla çenesini kaldırdı.

"Kendine iyi bak, Gaia," dedi Yüzbaşı Grey; sesi buz gibiydi. Gaia hâlâ ona bakmayı reddediyordu ama yanaklarının öfkeden kıpkırmızı kesildiğini hissedebiliyordu. "Gardiyanlara zorluk çıkarma. Kendi iyiliğin için," diye devam etti.

"Asıl siz kendinize iyi bakın, Yüzbaşı," dedi Gaia acı bir ifadeyle. "Nasıl yapacağınızı biliyorsanız."

9. BÖLÜM

Q HÜCRESİ DOKTORLARI

Gaia duşa girerken kadın gardiyan, "Acele et," dedi. Gaia çabucak kırmızı eteğiyle bluzunu, ayakkabılarını çıkardı ve hepsini toplu halde gardiyana uzattı. Ama kurdeleyi vermedi ve gardiyanın görmeyeceği şekilde kapının koluna astı. Boynundaki cep saatinin ağırlığını şimdiden özlüyordu.

Duşa girince duvardaki boruların içinden gelen sıcacık suya hayret etti. Böylesine bir enerji israfı karşısında ağzı açık kalıyordu. Mavi renkli kalıp sabun da o kadar yumuşaktı ki, daha tenine, saçlarına değer değmez köpürüyordu. Bir hapishanenin bu kadar lüks olacağını asla hayal edemezdi.

Gardiyan, "Dışarı!" diye bağırdı ve ona bir havlu uzatıp sonra da iç çamaşırı ve Gaia'nın dizlerine kadar inen gri bir elbise verdi. Kıyafetinin sert kumaşı cildini kaşındırdı ve öndeki üç düğmeyi aceleyle iliklemeye çalışırken parmakları birbirine karıştı. Saç fırçası gibi bir şey olmadığı için kendi kendine saçlarını elinden geldiğince düzeltmeye çalıştı ve sonra da yine kurdelesiyle topladı.

Tertemiz yıkanmış ve giyinmiş bir halde dışarı çıktığında gardiyan şüpheyle ona baktı. Ayakkabılarına uzanınca gardiyan ona kendininkiler yerine bir çift eskimiş makoseni işaret etti. Gaia daracık ayaklarını ayakkabıya soktu ve ayakkabıları giyerken büyük olduklarını fark etti.

"Kurdeleyi vermen gerekecek," dedi gardiyan. "Zaten Q koğuşunda saçlarını da kesecekler."

"O zamana kadar kalsın bari," dedi Gaia.

Kaslı kollara ve sert bir çeneye sahip yaşlıca bir kadın olan gardiyan gözlerini kısarak ona baktı. Homurdanarak arkasına döndü ve Gaia bir an kadının itiraz etmeyeceğini sandı. Derken gardiyan tekrar ona dönerek elinin tersiyle Gaia'nın sağ yanağına öyle sert bir tokat attı ki Gaia'nın başı yan yattı.

Soluğu kesilen Gaia yere düştü ve gardiyan kurdeleyi, saçından çektiği gibi aldı.

"Akıllı olmamayı öğreneceksin," dedi gardiyan.

Gaia, eliyle zonklayan yanağını tutarak gözyaşlarına engel olmaya çalıştı. Çaresizlik içinde gardiyanın kurdeleyi, ayakkabı ve giysileriyle beraber kaldırmasını seyretti.

"Gir!" diye bağırdı kadın ve Gaia'nın tanıdık gardiyan ekibi sanki hemen kapının dibinde bekliyormuş gibi anında içeri girdi.

Gaia ağrıyan yanağıyla adamları takip etmek için yerinden kalktı. Gardiyanlar, sanki temiz hava duvarın bu kadar derinine nüfuz etmiyormuş gibi her yer nem kokmaya başlayana kadar onu bir sürü koridordan geçirip, merdivenden indirdi. Son koridorun ucuna geldiklerinde gardiyanlardan biri geniş, ahşap bir kapı açtı ve içeri girdi.

Gaia göz ucuyla şöyle bir içeri baktı ama loş, gri bir gölgeyle kaplı boş bir koridordan başka bir şey göremedi.

"Yemek yemem gerekiyordu," diye hatırlattı Yüzbaşı Bartlett'a.

"Anca rüyanda!" dedi adam buz gibi bir sesle ve kızı hafifçe ileri itekledi.

Gaia ona dönerek, "Burası Q hücresi mi?" dedi.

Ama gardiyan kapıyı kapattı.

"Yüzbaşı Grey'i bir daha ne zaman göreceğim?" diye seslendi.

Bir kahkaha sesi duydu ve kapıdaki gözcü deliği çat diye açıldı. "Onu bir daha göreceğini sanmıyorum ama yine de onu sorduğunu söylerim. Eminim çok duygulanacaktır." Yüzbaşı Bartlett'ın sesi biraz daha derinleşti. Metal dikdörtgenden görünen gözleri bıçak gibi keskindi. "Umarım Grey' in kariyerini başına yıkmazsın."

Gaia, kapıdaki delikten yumruğunu uzatıp adamın gözlerini sökmek istedi ama Yüzbaşı Bartlett çoktan bölmeyi kapatmış, Gaia da karanlıkta gözlerini kırpıştırarak koridorda yalnız kalmıştı.

Bir yandan etrafındaki seslere kulak kesilerek bir yandan da gözlerinin karanlığa alışmasını bekleyerek arkasına döndü ve soğuk parmaklarını ağrıyan yanağına bastırdı.

Uzaktan kadın sesleri duyuyordu. Sessizce, merakla yürüdü ve açlıktan karnının guruldadığını duydu. Yüzbaşı Grey'in gardiyanlara verdiği emirden ötürü önüne yemek konmasını beklemişti ve şimdi de adamların mı emirlerine karşı geldiğini yoksa sırf kendi tarafında olduğunu sansın diye mi böyle bir şey söylediğini merak ediyordu.

Parmak uçlarını duvara değdire değdire köşeye kadar ilerledi ve koridorun sonuna geldiğinde karşısında geniş, yüksek tavanlı bir oda buldu. Bir an duraksadı. Sol tarafında, tavana doğru yükselen üç küçük demir parmaklıklı pencereden içeri yumuşak, gri bir ışık sızıyor, çiftler halinde ayakta duran ya da banklarda oturan yarım düzine kadını aydınlatıyordu. Kadınların hepsi onun gibi gri elbise giymişti ve hepsinin de gözlerinin önüne düşen, arkası da anca enselerine kadar gelen kısacık kesilmiş saçları vardı.

Gaia annesini bulma umudu içinde büyük bir hevesle kadınların yüzlerini inceledi fakat çoğu annesi yaşında ya da ondan biraz daha yaşlı olsa da içlerinden hiçbiri tanıdık değildi. Sanki derin bir nehre atılmış bir taş gibi içine yoğun bir hüzün çöktü. Kadınlar sessizdi, yüzlerindeki ifadeden hepsinin tetikte olduğu belliydi.

Nihayet oturan kadınlardan biri kalkıp ellerini açarak yanına geldi. "Hoş geldin demek isterdim," dedi kadın. "Ama burası bulunmaktan keyif alacağın bir yer değil maalesef. Ben Sephie Frank. Peki sen kimsin evladım?"

"Gaia Stone," dedi.

Odanın içinde anında bir mırıldanma oldu.

"Bonnie'nin kızı mısın?" diye sordu, Gaia'nın yüzüne yakından bakarak. "Şu anda nerede olduğunu biliyor musun?"

"Hayır," dedi Gaia. "Burada, hapishanede olduğunu sanıyordum."

"Birkaç gün öncesine kadar bizimleydi," dedi Sephie. "İlk tutuklandığında. Ama sonra onu Q hücresinden çıkardılar. Ne zamandı, bakayım? Üç hafta mı oldu ne... bu sabahki infaz sırasında uzaktan gördük ama konuşamadık."

"Peki ya babam? Onu gördünüz mü?"

Sephie çabucak öteki kadınlara baktı ve bir anda herkesin sesi kesildi. Biri eliyle ağzını kapatıp öksürdü. Dehşet duygusu ikinci bir yerçekimi gibi kemiklerine işledi. Durumun Derek'in ona söylediğinden çok daha kötü olma ihtimali de vardı.

"Ne biliyorsunuz?" diye sordu kısık sesle. Sesi taştan zeminde yankılanarak peşinden uğursuz bir sessizlik getirdi.

Sephie, Gaia'nın yanına yaklaşarak bir elini omzuna koydu. "Baban öldü," dedi. "Kaçmaya çalışırken öldürüldü. Birkaç hafta oldu."

"Olamaz," dedi Gaia. "Hayır, bu doğru olamaz." Bir anda dizlerinin bağı boşaldı ve Sephie, onu banklardan birine oturttu. "İnfazının gelecek hafta olduğunu sanıyordum."

Kadınlar birbirlerine baktı. "Üzgünüm," dedi Sephie.

Gaia, başını iki yana salladı. "Bunca zaman çalışmakla, bebekleri doğurtmakla meşguldüm. Mutlaka biri bana bunu söylerdi." Sesi kısıldı. Bu gerçekten doğru olabilir miydi?

Biricik babası, birbirinden güzel şeyler diken, sokakta herkesin yüzünü güldürüp dertlerine akıl veren, banjosunu sanki içine şeytan girmişçesine büyük bir şevkle çalan, annesinin yanındayken her yanından neşe fışkıran biricik babası nasıl ölebilirdi ve o bunu bilmezdi? Gaia acının yumruğuyla sarsıldı.

"Üzgünüm," diye tekrar etti Sephie.

Gaia duyduklarına inanamıyordu. Babası acı çekmiş bile olabilirdi. Bunu düşünmeye bile dayanamıyordu. Nerede öldürüldüğünü bile bilmeden onu yemyeşil başak tarlasından çöle doğru koşarken, kahverengi gömleği sırtında dalgalanırken, şapkası geriye doğru uçarken, kurşunlar onu başakların arasına sermeden evvel güçlü bedeni her bir atışta sarsılırken hayal etti.

"Lütfen, hayır," diye inledi. Anklav'a gelmek için bütün hayatını riske atmıştı. Babasını ve annesini kurtarmak için... Ve geç kalmıştı.

"Ama annen yaşıyor," dedi Sephie.

"Ne kadar daha? Onun da idam kararı verilmedi mi?"

Gaia teker teker yüzleri inceledi ve suratlarında gördüğü şaşkın ifade onu umutlandırdı.

"Biz öyle bir şey duymadık," dedi Sephie. "Doğru da olabilir elbette ama kimsenin bundan haberi yok." Elini kaldırıp göğsüne yasladı. "Bebeğin peşinden gidince eminim seninle gurur duymuştur."

"Bunu nereden biliyorsunuz?" dedi Gaia, sesi yay gibi gergindi.

"Çünkü kendi de aynını yapardı."

Diğer kadınlar da mırıldanarak aynı fikirde olduklarını dile getirdiler ama Gaia annesinin sessiz mesajını hatırladı: Bir şey yapma. Gaia babasının öldüğünü bildiği için artık her şey daha anlamlı geliyordu. Annesi, Gaia'nın güvende olmasını, kendisini korumasını istemişti.

"Gaia, bugün ne yaptığını, yani o bebeği kurtardığını herkes biliyor," dedi Sephie. "Biz bile burada duyduk. İnsanları düşünmeye teşvik ettin."

Gaia, o sırada şok geçiriyordu ama gözleri artık odanın kasvetli ışığına iyice alıştığı için sırayla etrafındaki kadınların yüzlerini incelemeye başladı. Kahverengi saçlı Sephie, birbirinden ayrı gri gözleri ve ufak ağzıyla Gaia'ya dolunayı andıran narin, efkârlı bir yüze sahipti. Bu kadın burada, bu hücrede annesiyle tanışmıştı ve şimdi, en çok ihtiyaç duyduğu anda aradığı şefkati Gaia'ya sunuyordu.

"Neden buradasınız?" diye sordu Gaia.

Sephie'nin kaşları hayret içinde kalktı. "Biz doktoruz."

"İyi de neden hapistesiniz?" diye üsteledi Gaia.

En arkadaki bankta oturan kadınlardan biri, "İnanılmaz bir şey," dedi. Dikkat çekici derecede kara gözlere ve daracık bir burna sahip beyaz saçlı bir kadındı ve Gaia'ya bakarken gözünü bile kırpmadı. Nasıl olduysa kadının bu sempatiden yoksun tavrı Gaia'nın kendini toparlamasını ve umutsuzluğundan sıyrılmasını sağladı.

"Sussana Myrna," dedi Sephie. Bankta Gaia'nın yanına oturdu ve dizlerini örten eteğini derli toplu bir şekilde düzeltti. "Hepimiz yönetime karşı işlediğimiz suçlardan ötürü cezalandırıldık. Genetik test sonuçlarını değiştirmek ya da kürtaj yapmak isteyen kadınlara veya özürlü çocuklarını öldürtmek istemeyenlere yardım etmek gibi."

"Peki bunları gerçekten yaptınız mı?" diye sordu Gaia afallamış bir halde.

"*Suçlandık* diyorum," diye düzeltti Sephie. "Ve suçlanan doktorlar olarak Anklav'ın isteği üzerine burada tutulup yalnızca ihtiyaç duyulduğunda dışarı çıkarılabiliyoruz. Gerçekten çok saçma ama ne yapalım..."

Gaia ne diyeceğini bilemedi. "Neden boyun eğiyorsunuz ki?"

Sephie gülümsedi ve diğer kadınlar da oturdukları yerde kıpırdandı. "Başka şansımız mı var?" dedi Sephie. "İsteklerine karşı gelirsek bugünkü çift gibi bizi de idam ederler. Artık ebelik yapacak yaşımızda da değiliz. Uzmanlığımız da olmasa bizi çoktan harcarlardı."

"Anlamıyorum," dedi Gaia. "Aileleriniz, arkadaşlarınız bu duruma itiraz etmiştir mutlaka. Sizi buradan çıkaramıyorlar mı?"

Sephie başını iki yana salladı. "Ne kadar safsın, Gaia. Korkarım Anklav'da her şeyin sandığın kadar gül pembe olmadığını kendin de göreceksin. Hem ayrıca ara sıra içimizden birini aklayıp serbest bıraktıkları da oluyor. Biz de o olasılık uğruna yaşıyoruz."

Gaia başını yukarı kaldırıp gri gökyüzünün uzak bir kare halinde göründüğü üç pencereye baktı. Anklav'la ilgili ne kadar çok şey öğrenirse, kendini o kadar ihanete uğramış hissediyordu. Sanki duvar dışındaki insanları kandırıp, onları duvar içinde muhteşem, ideal bir yaşam olduğuna bilerek inandırıyorlardı. Halbuki içerideki bütün güzellikler aslında acımasızlılığın ve haksızlığın diyarıydı. Burası, hayal edilebilecek en iyi, en sevgi dolu insanlardan birini öldürmüştü. Bastion Meydanı bugün görünürde normal ama aslında tamamen kalpsiz yüzlerce vatandaşla dolup taşmıştı. Kendi de burada yetiştirilseydi acaba bu insanlar gibi mi olurdu?

"Burayı hiç anlamıyorum," dedi Gaia.

En arkada oturan kara kaşlı kadın acı bir kahkaha attı. "Kulübe hoş geldin," dedi Myrna soğuk bir şekilde.

Gaia öne eğilerek yüzünü elleri arasına gömdü. Sağ yanağı aldığı darbe yüzünden şişiyordu. Sol yanağındaki yanık iziyse eskiden beri alışkın olduğu bir pütürtüyle avucuna değiyordu. Yeni kaybı dışta hiçbir yara izi bırakmamıştı belki ama acısı çok daha büyüktü. Saçları bir perde gibi önüne düştü ve çaresizce inledi. Babası. Sanki yüreğine bir yumruk oturmuş gibi nefes almakta zorlandı. Bu sabahki annesiyle yaşadığı o kısacık bakışma gerçekten de son görüşmeleri olabilirdi.

"Geçti, geçti," diye mırıldandı koyu saçlı bir kadın, eliyle Gaia'nın omzunu okşayarak.

Kadının şefkati Gaia'nın engel olmaya çalıştığı gözyaşlarını tetikledi ve hıçkırarak ağlamaya başladı. Sephie kızı kendine çekerek ona sarılmaya çalıştı ama Gaia, hepsinden uzaklaşarak tahta bankın bir ucuna kayıp, yüzünü de duvara döndü. Gaia uzunca bir süre kör, dilsiz bir ıstırabın içinde kayboldu. Sessizce kaybettiği babasına ağlarken kulağına fısıldayacakları hiçbir şefkatli söz onu duyduğu acıdan kurtaramazdı. Biri üzerine battaniye örttü, biri de başının altına yumuşak bir şey koydu. Çok geçmeden uykunun merhametine teslim oldu.

10. BÖLÜM

ESKİ GÖLDEKİ YABANMERSİNLERİ

Kız çocuğu olması nedeniyle Gaia, cibinliğin içinde dolanmadan uyuyabilmek için dikkatli bir şekilde yatmayı öğrenmişti. Ama gün ağarırken, gökyüzü pembeleşince artık kazık gibi yatmaya gerek duymadığından, yarı uyanık yatağında döndüğünde yanağı bazen umulmadık bir şekilde serin, tiril tiril kumaşa değerdi. Hemen ardından boğulma hissiyle uyanırdı. Aklına, "Oh, sadece cibinlikmiş," düşüncesi gelmeden de kocaman bir nefes alırdı. Sonra yastığına dayanıp uyuşmuş elini incecik çadırın tepesine doğru uzatırdı.

On birinci yaşına bastığı yaz, biraz hava alması için ailesi onun yatağını çatı arasından arka verandaya taşımışlardı. Rüzgârın sessiz estiği bir sabahtı, zincirin ucunda asılı su testisi kıpırdamadan yerinde duruyordu. Dış yüzeyinde yoğunlaşan sular testinin altında toplanıyor, Gaia onların şişerek büyük damlalar halinde yere düşmesini seyrediyordu.

Çıplak ayaklarıyla verandanın eski tahtalarına basarak tatlı yaz havasını hissedebilmek için cibinliğini kenara itti. Verandanın ucundaki yağmur varilini, biraz ötesinde tepeye doğru çıkan çamaşır iplerini ve tavuk kümesini görebiliyordu.

İki gün önce bir piliç ilk yumurtasını vermişti. Gaia, yeni bir yumurta verdi mi diye merak ediyordu. Çimlere sürünmesin diye mavi geceliğinin eteklerini toplayarak koşarken, nemli çimlerin serinliğini ayak bileklerinde hissetti. Kü mese tam yaklaşmıştı ki, kapısının ardına kadar açık olduğunu fark etti.

İçini kaplayan panik duygusuyla kümesin içine baktı. Piliç ve diğerlerinden biri daha kayıptı. Diğer altı tavuk rahatça tüneklerinde duruyorlardı. Gaia'yı gören tavuklar gürültü koparıp, ayaklarının altından kaçarak biçilmemiş otların arasındaki böcekleri yemeye koyuldular.

Gaia, bahçeyi koşarak geçip paldır küldür verandaya atladı. "Anne," diye bağırdı. "Baba! Birisi iki tavuğumuzu çalmış." Mutfaktan telaşla geçip, oturma odasının arkasında anne babasının yatağını gizleyen perdeyi araladı. Battaniyelerin altında iki koca yığın görünüyordu, babasının kolu da annesinin omzunda kıvrılmıştı. Gaia bir kez daha, "Anne," dedi.

Bonnie pencerenin yanında kocasından uzakta yatıyordu. Anne ve babasının kendisinden daha geç yatakta olması Gaia'ya garip geldi. Kararsız bir halde perdeye tutunup, bir ayağını ötekinin üstüne koydu.

Gaia sakince, "Birinin tavuklardan ikisini çaldığını düşünüyorum," diye yineledi.

Sonra annesi garip bir şey yaptı. Kolunu kaldırıp, gözünün önüne getirdi. Yüzü dirseğinin arkasında kaybolmuştu. Fısıldayarak, "Jasper," dedi.

Gaia'nın babası cevap olarak annesinin omzuna bir öpücük kondurdu ve dönerek ayaklarını yere bastı.

Gaia'ya "Güneş ışığım," dedi. "Bırakalım da annen biraz daha uyusun, olur mu? Dün gece geç geldi." Gömleğine uzanınca Gaia perdeyi bırakıp geri çekildi.

Kendini garip hissetti. Sanki anne ve babasının arasında kendini dışarıda bırakan daha önceden anlaştıkları sessiz bir dil olduğuna şahit olmuştu. Babası perdenin arkasından tamamen giyinmiş olarak çıktı. Ona gülümseyerek sakallı çenesini ovuşturdu.

Sakin bir şekilde, "Ayakkabılarını giy," dedi. Gaia mokasenlerini çıplak ayaklarına giydi.

Babası önden gidiyordu, geniş omuzlarında telaş yoktu. Onun sakinliği karşısında kendi sıkıntısının hafiflediğini hissetti. Babası sürgüyü kontrol ederek, kapıyı ardına kadar açtı. Gaia onun kolunun altından içerisinin loşluğunu ve boş tünekleri görebiliyordu. Güneş ışığı altında toz zerrecikleri uçuşuyordu.

Babası, "Kesinlikle yoklar," dedi. "Dün gece kümesi kapadığından eminsin değil mi?"

Gaia başını salladı. "O zaman hepsi içerideydi, eminim."

Babasının kaşları kalktı, dudaklarını uzattı ve sürgüye bir kez daha baktı. "Neyse, kim aldıysa sessizce yaptığı kesin. Gece bir şey duymadın mı?"

Gaia duymadığını söyledi. Babası yumurtaları toplarken Gaia dönüp verandaya ve yukarıdaki çengelden sarkan açık gri cibinlik tülüne baktı. Yabancı birinin kendisine bu kadar yaklaşmış olacağını fark edip babasına sokuldu.

Babası sakin sesiyle onu yatıştırmak için, "Endişelenme," dedi. Bir kolunda beş yumurtayı kucaklamıştı. Boşta kalan elini Gaia'nın omzuna koydu, o da kolunu babasının beline doladı. "Hadi gidip annene biraz yabanmersini toplayalım," dedi. "O daha gittiğimizi fark etmeden biz dönmüş oluruz."

Gaia geceliğini göstererek, "Böyle mi?" dedi.

Babası giysisine bakıp gülümsedi. "Kesinlikle, ama şapkalarımızı almalıyız, ayrıca kova da alalım. Dur ben alırım, beni evin önünde bekle," dedi.

Gaia evin önüne geçene kadar, babası yumurtaları bırakmış, şapkaları almış, birkaç tane birer litrelik kovayla ön kapıdan çıkıyordu. Uzanıp Gaia'nın elini nazikçe tuttu ve karmakarışık bir melodiyle ıslık çalmaya başladı. Gaia ahalisi uyanmış evlerin önünden geçerken geceliği yüzünden biraz utanmıştı ama tepeden aşağıya dar patikadan kurumuş göle indikçe dizlerinin üzerinde havalanan mavi kumaşın hafifliğinden hoşlanmaya başladı. Şapkasının kenarı gözkapaklarının üzerinde tanıdık bir gölge yapıyordu. Kayalıkların arasından çıkan hanımeli, böğürtlen ve yabani çiçeklerin kokularını duyabiliyordu.

Büyük kayaların altına indiklerinde yabanmersinlerinin içine dalmışlardı. Jasper ona bir kova verdi. İlk yabanmersini kovanın dibine düşerken metalik bir ses çıkardı. Gaia yabanmersinlerini çifter çifter, üçer üçer toplarken kovasını meyvelerin altına tutmaya dikkat ediyordu.

Gaia babasına, "Tavuklarımızı kim çalmıştır sence?" diye sordu. "Onlar hakkında bir şeyler yapamaz mıyız?"

"Ne gibi mesela?"

"Bilmiyorum, gidip arasak mı?" Kelimeler ağzından çıkar çıkmaz bu ona da pek mümkün gelmedi.

Babası, Gaia'nın yüzünü görebileceği şekilde başındaki şapkasını düzeltti. Koyu kahverengi kaşları kalın ve anlamlı bir kavisle çizilmiş gibiydi. Çene çizgisini belirginleştiren, fırça gibi sakalı yüzünü boyun kısmından ayırıyordu. Teninin rengi Gaia'nınkinden daha koyu, sağlıklı, bronzlaşmış bir renk almıştı. Sıvanmış kolları da iyice koyulaşmıştı.

Sakince dönüp, "Düşün Gaia. Tavukları alan kimsenin bizden daha çok ihtiyacı vardır belki," dedi.

Gaia şaşırmıştı. "Yani herhangi biri bizden bir şeyler alıp götürse, hiç umursamaz mısın?" dedi.

Babası dönüp yaban mersinlerini toplamaya devam etti. "Tabii ki hayır!"

Son zamanlarda ailesi hakkında merak ettiği bir sürü şey oluşmaya başlamıştı. Birkaç hafta önce Gaia arkadaşı Emily' nin doğum günü partisine gitmişti. Partide sadece Emily, Kyle ve Gaia vardı. Gaia çok eğlenmişti. Yalnız dün öğrendiklerine göre Sasha ve diğer iki kız arkadaşları da partiye davet edilmişler ama o gelirse gelmeyi reddetmişlerdi. Gaia' nın annesi bu habere hiç endişelenmemişti. Gaia bunu annesine söylediğinde, "Evet, o sinsi kızlar hakkında çok şey duydum. Emily gerçek bir arkadaş," dedi.

Şimdi babası da Gaia'yı endişelendiren olaylardan rahatsızlık duymamıştı. Gaia'ya kötü davranan insanlar ve çalınan tavuklar önemli olmalıydı. Neden ailesi kızmıyordu? Belki annesinin bir keresinde dediği gibi kişinin derinliğiyle ilgili olmalıydı.

Babasına tekrar baktığında uzaklaştığını gördü. Arkasında da eski göl aşağıya doğru uzanıyordu. Huş ağacı ve kavakların oval yaprakları titriyordu ama genel manzara çalılık, otlar ve yabani çiçeklerle kaplıydı.

Gaia, "Baba," diye seslendi. "Kurumuş göl su doluyken nasıl olduğunu bilen birini tanıdın mı hiç?" diye sordu.

Babası şapkasının kenarlığının altından ona bakıp yanına çağırdı. "Hayır, üç yüz senedir böyle boş duruyor," dedi. "Güneye doğru çoğunu pompalamışlar, sonra da kaynaklar kurumuş," diye işaret etti.

"Onlar kim? Onlara ne oldu?" diye sorup babasına yaklaştı ve yabanmersinlerini toplamaya devam etti.

Babası, "Doğrusu bilmiyorum," dedi. Hem konuşuyor, hem de toplamaya devam ediyordu. "Oralarda bir yerlerde başka insanlar var, zira bazılarını ara sıra buralarda görüyoruz. Geçen yüzyılda belki bir düzine vardı, örneğin Doğu Birinci Bölge'deki hikâye yazarı Josh gibi. Onu hatırlıyor musun? Bir kış eyerli bir at gelmişti ama hemen ölmüştü."

"Gerçekten mi? Binicisine ne olmuştu?"

"Bilmiyoruz. Ben o zamanlar daha genç bir çocuktum. Uzun bir süre kayıp topraklarda onu aradık, ama kimseyi bulamadık."

Başka yerler ve eski zamanlar Gaia'yı büyülüyordu. "Nasıldı acaba? O zamanları merak ediyorum."

Babası gülümsedi. "Serin çağında, insanların dünyanın üzerinde elektrik sinyalleri gönderen uyduları, arabaları, yolları ve Tvaltar'daki filmlerde gördüğümüz her şeyleri vardı. Ama hepsi yok oldu. Tüm enerjiyi bitirdiler. Sihir gibi," dedi.

Gaia, "Peki hepsine ne oldu?" diye sordu.

Babası elini beline koyup, geriye doğru eğildi. "Serin çağı, tüm yakıt harcandığında sona erdi. Zannedersem buna alışmak toplumlar için de çok geç olmuştu. Ürün verimi azaldı, hastalıklar başladı, birkaç savaş çıktı. Çok az ürettikleri yiyecekleri satamadılar. İnsanları doyurmak çok zor bir iş Gaia. Biz bunu unutuyoruz, aslında şanslıyız. Akıllı adamlar Anklav'da idareyi ellerinde tutuyorlar. Biz de duvarların dışında fena değiliz hani."

Gaia, "Yeterli yemeğimiz kalmaz diye endişelenmemiz gerekiyor mu?" diye sordu.

Babası ona gülümsedi. "Hayır. Birkaç tavuk daha kuluçkaya yatırırız," dedi.

"Hayır, hepimizi kastediyorum."

Babası alnını silip, şapkasını düzeltti. "Zannetmiyorum. Bir kez dolu yağdığında tüm buğdaylar yok olmuştu. Ama o zamanlar da çok mikoprotein vardı," dedi.

"Emily bana mikoproteinin bir çeşit mantar olduğunu söyledi."

Babası, "Doğru söylemiş," dedi. "Serin çağda bunu keşfedip arıttılar. Dünya bulut ile kaplansa karanlıkta yetiştirecekleri ürünleri araştırmak istediler. Şimdi mikoproteini Anklav'da gördüğün fermantasyon kulelerinde yetiştiriyorlar."

Gaia tepeye, duvarın üzerinden dikilitaşın ve Bastion kulelerinin sağına doğru baktı ve turuncu siloları gördü. "Yani, Anklav'la uyum içinde yaşarsak, biz dışarıdakiler de güvendeyiz," dedi.

Babası eğildi, saç örgüsünü çekiştirdi. "Bugün pek endişelisin, değil mi? Sadece birkaç tavuk kaybettik diye mi?"

Küçük bir kızken yaptığı gibi gözlerini kısıp beyaz dikilitaşı başparmağı ile ölçtü.

Babası, "Ne yapıyorsun?" diye sordu.

Gaia elini indirdi. "Bunu şans için yapıyorum," dedi. "Başparmağım dikilitaşla aynı büyüklükte."

Babası şapkasının kenarını düzeltti. "Hadi dönelim. Annen kalkmıştır."

Kurumuş gölün çalıları arasından kıvrılan patikanın bazı yerleri, iki kişinin geçmesine izin vermiyordu. Gaia öne fırladı.

"Annem iyi mi?" diye sordu.

Babası arkasından gelirken başını salladı. "Annen iyi," dedi. "Dün zor bir gece geçirdi."

"Bir bebek daha mı teslim etti?"

"Evet."

"Hep bebek kotası var mıydı?"

Babası yavaşça, "Hayır," dedi. Gaia sorduğu sorular ne kadar çapraşık olursa olsun, babasının verdiği cevapları çok seviyordu. "Zannedersem bu zamanla oldu. Annen ve ben çocukken, Wharfton'a gelen yeni aileler olurdu. Adetleri bizimkiler gibi değildi. Çok serttiler. Anne babalar içki içiyordu. Bunu söylediğime üzgünüm ama çocuklarını ihmal edebiliyor ve dövüyorlardı. Wharfton'da yaşayan insanlar Anklav'dan bu konuda bir şeyler yapmasını istediler. Anklav da kötü davranılan çocukları duvarların içine alıp yetiştirmeye başladı."

Büyükçe bir yabanmersinini ona verdi. Babası konuşurken Gaia, meyveyi açık avucunda tuttu ve soluk mavi kabuğunun tenine değdikçe daha koyu, parlak bir mora dönüşmesini seyretti. "Bu iyi olmuş," dedi.

Babası, "Çok yardımı oldu, çok," diye onayladı. "Ama bazı insanlar, çocuklarını beslemekte zorlanan bazı aileler, kendi çocuklarının neden duvarın içine alınmadıklarını sorgulamaya başladılar. Sorumsuz ailelerin çocuklarına kötü davranmaları karşılığında ödüllendirilmelerini haklı bulmuyorlardı."

Gaia bunu anlayabiliyordu. Tvaltar özel seanslarında, duvarın içindeki kızların kitap ve giysiler gibi istedikleri her şeye sahip oldukları görülebiliyordu. "Sonra ne oldu?"

Babası, "Anklav, çocuklar çok küçükken almanın daha iyi olacağına karar verdi. Daha çabuk uyum sağlıyorlardı.

Böylece bir yaşındaki bebekleri almayı teklif ettiler, ailelere de ödüller verdiler," diyerek elleriyle para işareti yaptı. "Başta bu iş gönüllü olarak yapılıyordu. Kardeşin Arthur doğmadan birkaç sene önce, Anklav, ailelere senede dört kez bir yaşındaki çocuklarını seçilmek üzere getirmelerini söyledi. Yarışma gibiydi. Anklav en güçlü, sağlıklı ve canlı bebeği alırdı," dedi.

Gaia burnunu buruşturdu ve yakın bir kayanın üzerine sıçrayıp ayaklarını kenardan sarkıttı. "Bazı aileler aldırmıyorlar mıydı?"

"Bazıları aldırıyordu tabii. Ama diğerleri bunu büyük bir fırsat olarak görüyordu. Biliyorsun Gaia, ister sinirli ve fakir, ister sevgi dolu ve sabırlı, ister çocuğu için en iyisini isteyecek kadar hırslı bir annenin çocuğu olsun, aslında her bebek o anneye bakan topluma ait sayılır."

Gaia, "Bilmiyorum," dedi. "Wharfton insanları sanki bebeklerini Anklav'a satıyormuş gibi geliyor bana."

Babası kovasını sallayıp içine baktı ve yavaşça, "Bugüne kadar kimse böyle düşünmedi," dedi. "Arthur ve Odin teslim edilmek üzere seçildiklerinde bebeği vermek bir görev ve onur olmuştu. Bebeklerimizin hiçbir şeylerinin eksik olmayacağını biliyorduk. Daha önemlisi, seçilmiş bebeklerin on üç yaşına geldiklerinde isterlerse eve geri dönebileceklerini söylemişlerdi."

Gaia, "Bunu bilmiyordum," dedi.

"Çünkü hiçbiri geri gelmedi. Hepsi içeride Anklav'da kalmayı seçti. Teslim edilen çocuklar içeride kendilerini evlat edinen aileleriyle daha mutlu."

Gaia ufuk çizgisine baktı. "Arthur ve Odin de kaldı, değil mi?"

Babası yavaşça başını salladı. "Sen doğduktan birkaç yıl sonra, Anklav bebek teslimlerini rastgele yapmaya karar verdi. Her ayın ilk bebeklerini almak için kota koydular. Bu daha adilane olmuştu; son on yıldır böyle sürüp gidiyor. İnsanlar buna alıştı artık. Hâlâ her bebek için ödüllendiriliyorlar. Bu durum ailenin diğer fertlerine de yardımcı oluyor."

"Yani siz de Arthur ve Odin için para aldınız, öyle mi?"

"Evet, aldık."

Gaia babasına bakıp, "Onları özlüyor musunuz?" dedi.

Babası yarım ağız gülümsedi. "Her gün. Ama sen varsın."

"Peki, annem niye daha çok bebek yapmadı?"

"Aslında denedi. Ama anlaşılan sen bizim için tek çocuk olacaksın gibi görünüyor."

Gaia bir ot sapını eline aldı, kök uçlarındaki yabani otları ayırdı. "Bu yüzden mi dün geceyi zor geçirdi? Kendisi bebek sahibi olamadığı için başka bebeklerin doğumuna yardım etmekten hoşlanmıyor mu?"

Babası şapkasını çıkararak, geri takmadan saçını düzeltti. "Bu soruna nasıl cevap vereceğimi bilemiyorum, Gaia. Annen çok güçlü bir kadın. En azından bunu biliyorum. Dün gece annen ve Yaşlı Meg, Amanda Mercado'ya yardıma gittiler. İkizleri olmuş."

Gaia, "İkizler mi?" dedi.

"Evet, ikizler. İki erkek."

Gaia'nın yüzü düştü. "Peki, annem ikisini de mi teslim etti?"

Babası derin bir nefes aldı, sonra içini çekti. "Sorun da buydu zaten. Amanda birini alıp diğerini vermek zorundaydı çünkü bu ayki kota iki bebek. Annen de zaten birini teslim etmişti."

"Peki, ne oldu?"

Babasının dudakları düşünceli bir gülümsemeyle inceldi. "Bu gizli kalmalı," dedi. "Anlıyorsun değil mi?"

Gaia, "Kimseye bir şey söylemem," diye söz verdi.

"Hatta annen kendisi bahsetmezse onunla bile bu konuyu konuşmanı istemiyorum. Onu sorularınla rahatsız etme."

"Söz veriyorum, sormayacağım." Merak ve gururla karışık olarak kovasını iki eliyle sıkıca tuttu.

Babası, "Annen, Amanda'nın yanında tutacağı bebeği seçmesine izin verdi," dedi. "İki bebek de küçüktü. Ama ilk doğan daha kilolu ve sağlıklı görünüyordu. İkincisi küçük, çelimsiz bir bebekti. Amanda'nın hangisini teslim etmeye karar verdiğini tahmin et bakalım."

Gaia güneşe doğru gözlerini kapatarak, birebir aynı gri battaniyelere sarılmış iki küçük yeni doğmuş bebek hayal etti. Gözleri kapalı, seçilmeyi bekliyorlardı. Tek fark biri daha irice ve tombuldu. Gaia gözlerini açtı.

"Amanda küçük olanı seçmiştir" dedi.

Babasının dudakları üzgün bir gülümsemeyle kaplandı.

"Haklısın. Neden böyle düşündün?"

"Düşünmüştür.." Gaia kelimelerini bulmakta zorlandı. "Daha büyük olanının, içeride Anklav'de yaşaması daha olası. Ama küçük olanı yaşamasa da kendisi ona sevgiyle bakabilir."

Babası başını öne eğdi ve onun kendisini görmesini engellemek için elini alnına götürdü. Bir an orada hiç kımıldamadan durunca Gaia yanlış bir şey söylediğini düşündü.

"Baba?" dedi.

Babası elini indirdi, bu sefer yüzünde daha yalnız bir ifade belirdi. Başparmağıyla Gaia'nın sol yanağındaki yarayı şefkatle okşadı. Çirkin olduğu için babasının gözünde daha değerliymiş gibi hissetmesine yol açan bir tavrı vardı ki, Gaia'nın içi burkulurdu.

Babası, "Sen çok zeki bir kızsın Gaia Stone," dedi. "Büyüyünce nasıl olacağını merak ediyorum."

Kovayı tutan eli gevşedi. "Sence Amanda'nın Anklav'da büyüyecek oğlu bir ikiz kardeşi olduğunu hiç bilecek mi?"

Gaia'nın babası elini geriye atarak üzerine yaslandı. "Hiç zannetmem. Ona dışarıdan evlat edinildiğini söylenecektir mutlaka. Bu sır değil ama dışarıdaki ailesi hakkında bilgisi olmayacaktır."

"Annem onlara çil yaptı mı?"

"Doğurttuğu bütün bebeklere yapar zaten."

Gaia kendi sol ayak bileğindeki dört tane çil izine baktı. "Arthur ve Odin'in anısına değil mi?"

"Evet doğru. Bu sırrı sakladın değil mi?"

Gaia doğrularcasına mırıldandı. Emily'nin bileğinde de aynı çilleri gördüğünde bile söylememişti. Hiçbir zaman da söylemeyecekti.

"Benim teslim edilebileceğimi hiç düşünmüş müydün?"

"Bu bir olasılıktı."

"Geçirdiğim kazaya kadar mı?"

"Evet."

Gaia yine ayak bileğindeki çillere baktı. "Sence o bebekler büyüyünce ayaklarında izleri karşılaştırıp, neden hepimizde aynı çillerden var, diye merak ederler mi?"

Babası, "Sanmıyorum," dedi.

"O zaman neden annem bu işareti koymaya devam ediyor?"

Babası yüzünü Wharfton'a dönüp Gaia'ya profilini göstererek, "Bence annen böyle kendini daha iyi hissettiriyor. Yemek vakti mumları da bu yüzden yakıyoruz ya," dedi.

"Benim de duvarın içinde bir ikizim var mı?"

Babası güldü. "Hayır, üzgünüm. Sadece Arthur ve Odin içeride."

Babasını güldürmek Gaia'nın hoşuna gidiyordu. "Onların benden haberi var mı?"

"Haberleri olduğunu sanmıyorum. Çok soru soruyorsun ama yine de senden haberleri olsaydı eminim seni çok severlerdi."

Gaia, "Hâlâ annemin dün neden zor bir gece geçirdiğini anlamıyorum," dedi. "Büyük bebek ilk doğandı, değil mi?

Böylece bu ay doğan ikinci bebeği de teslim ederek yapması gerektiği gibi kurallara uymuş."

Babası elini uzatıp kayadan atlamasına yardım etti. "Doğru. Ama annen seçimi Amanda'nın yapmasına izin verdi, ki zaten sorun da bu. Kuralları harfiyen yerine getiren bir insan olduğu için annen kendini kanunlara karşı gelmiş gibi hissediyor. Kuralları en ufak sebep için bile bir kere bozarsa, bu onun bütün düzeni sorgulamasına neden olur. Hadi gidelim."

Gaia, derin düşüncelere dalarak patikada yine öne geçti. Babasının onu akıllı bulup, sır saklayan biri olarak düşünmesi hoşuna gidiyordu. Konuştuklarını birbirine bağlayıp büyük bir soru yöneltmeye hazırlandı. Eski gölün ucuna yaklaştıklarında babasına döndü. "Dün gece, annemin Arthur ve Odin'i teslim ederek doğru olanı yapıp yapmadığını mı sorgulamasına neden oldu?" diye sordu. "Acaba seçme hakkı olduğunu mu düşündü?"

Hayatında ilk kez babası ona arkasını döndü ve ufka doğru bir adım atıp orada sessizce durdu. Pantolonunun ceplerini tutan parmakları kıpırdandı, sanki farkında olmadan kumaşı delmek ister gibiydi. Gaia, sorduğu soruyu geri alabilmeyi dileyerek olduğu yerde durdu.

"Affedersin baba," dedi yavaşça.

Babası geriye dönüp ona baktığında gözlerinde solgun bir ışık vardı. "Gaia, insanın her zaman seçme hakkı vardır. Her zaman hayır deme şansın var." Sesi daha da boğuklaşarak, "Seni öldürebilirler ama hayır diyebilirsin," dedi.

Gaia babasının gerginliğini anlamıyor ve bu hali onu korkutuyordu. "Ne demek istiyorsun?" diye fısıldadı.

Babası bir anda nerede olduğunu hatırlamış gibi derin bir iç çekti. "Boş ver, Gaia," dedi. "Bazı şeyler vardır, olduktan sonra sorgulayamazsın, düşünmeye devam edersen de hayatına devam edemezsin. Bizlerse hayata devam etmek zorundayız." Eskisi gibi gülümsedi ve kovasını alıp onunkine vurdu. "Erkek kardeşlerin Anklav'da daha iyiler. Onları oraya göndermekle doğru yapmış olsak da ara sıra özlüyoruz tabii."

Gaia dikkatlice babasına baktı. Sonra babası onun şapkasının kenarına vurdu ve adımlarını onunkine uydurdu. "Hadi gel." Sesi yeniden sıcak ve sevecendi. "Senin şu koca yeşil gözlerin karnımı acıktırıyor."

Gaia, "Baba," diyerek gözlerini yuvarladı, babasının saçmalıkları onu gülümsetiyordu. "Onlar yeşil değil, kahverengi."

"Doğru," dedi babası. "Kahverengi tabii. Karıştırdım, özür dilerim."

Eve vardıklarında Gaia'nın annesi biberli, mikoproteinli börekler kızartıyordu. Babası yabanmersinlerini yıkayıp kahve yaparken, Gaia da üzerini değiştirmek için merdivenlerden yukarı, çatı katına çıktı. Bisküvi, bal ve yabanmersini dolu börek tabaklarını alıp verandada yemek için dışarı çıktılar. Gaia cibinliğini iple bağlayarak kenara topladı, üç iskemleyi korkuluğa çevirip oturdular.

Rüzgâr belli belirsiz çınlıyordu. Gaia'nın gözleri çamaşır iplerinin altındaki bir tavuğa takıldı. Sanki hırsızlığı fark ettiği anın üzerinden uzun zaman geçmişti. Zaten yaşadıkları diğer kayıplarla kıyaslandığında bunun hiçbir önemi yoktu.

"Anne, tavuklarımızı kim çalmıştır sence?" diye sordu. Böreğinin bir parçasını bala batırdı ve dilinin üzerindeki biberli tadın keyfini çıkardı.

Annesi, "Birileri acıkmış galiba," dedi.

Babası da aynen buna benzer bir şey söylemişti.

Annesi rahat ve dinlenmiş görünüyordu. Annesinin biraz yalnız kalabilmesi için babasının onu özellikle evden uzaklaştırdığını anlamıştı. Normalde böylesine bir düşünce Gaia'yı rahatsız ederdi ama şu anda öyle hissetmiyordu. Merak ona yeni bir sakinlik getirmiş, sanki dünya bir anda tümüyle durmuştu. *Annem ve babam ne kadar da akıllılar*, diye düşündü. *Birbirlerine ne kadar nazik davranıyorlar.*

Annesi ona bakıp, "Acıkmadın mı?" diye sordu.

Gaia, "Yo, acıktım," dedi.

Olan biteni kavrayan annesi gözlerini kocaman açarak, "Baban sana Mercado ikizlerinden bahsetti, değil mi?" dedi.

Gaia şaşkın bakışlarını babasına çevirdi. Başını salladığını görünce, "Doğru yapmışsın," dedi.

Annesi fincanı iki eliyle dudaklarına götürerek kahvesinden bir yudum aldı. "Biliyor musun?" dedi. "Sen büyüyünce ebe olmak zorunda değilsin. Benim için önemli değil."

Ama Gaia, onun arkasından kirişte asılı duran su testisine bakıyordu. Buharlaşan son damla da uçup gitmiş, geriye pürüzsüz ve serin yüzey kalmıştı. Gaia'nın içini sessiz, sakin bir kesinlik kapladı. Tıpkı kendi görünmez gölü gibi güzel, mavi ve hoş bir duyguydu bu.

"Hayır," dedi. "Ben de ebe olmak istiyorum. Senin gibi."

Böylece eğitimi başlamış oldu.

11. BÖLÜM

YALDIZLI AYNA

Gaia için günler kâbus gibi hızla geçmeye başladı. Duvarın dışındaki hayatının tam karşıtı olan kasvetli Q hücresi o kadar gerçekti ki, bundan önceki yaşamını tamamen silip götürmüştü. Saçları kesilmişti. Kendisine bir yatak, bir tabak, bir kupa, bir kaşık verilmiş ve bunları temiz tutması söylenmişti. Günde üç kez tatsız tuzsuz bir mikoprotein yahnisi veriliyordu ama Gaia'nın iştahı yoktu. Yemeğini, yemeğe hevesli olan diğer kadınlarla paylaşıyordu. Yorgun, dertli ve ümitsiz olan Gaia, hücrede etrafında yaşanan hayatın farkında bile değildi. Sephie, ona her gün kendilerine izin verildiği gibi sabah ve akşam bahçede yürümeye zorluyordu. Annesinin infazı hakkında bir şeyler duymayı bekliyordu ama hiç haber yoktu.

Doktorlar genelde gündüzleri bir yerlere çağırılıyorlardı. Bazen yetenekleri doğrultusunda yerine getirdikleri işlerin verdiği canlılıkla geri geliyorlardı. Ama çoğunlukla sessiz ve üzgün dönüyorlardı. Myrna dışarıya çok sık çağırılıyordu ama devamlı hırçın ve suskun dönüyordu.

Sephie bir sabah, "Gel Gaia," dedi. "Yardımına ihtiyacım var."

Gaia bankta oturmuş dalgın dalgın bir yığının üzerinde duran dikiş parçasına bakıyordu ama hemen Sephie'nin sevecen yüzüne döndü. Hapse geldiğinden beri Sephie'nin ona çok nazik davrandığını bildiği için hareketlendi.

Sephie gülerek işaret etti. "Evet," dedi. "Bir yardımcı getirmem söylendi, hem de senin eğitimini genişletmenin zamanı geldi."

Gaia yavaşça kalktı. "Dışarı çıkmama izin var mı?"

Sephie gülümsedi. "Öyle görünüyor. Sıkı bir korumayla. Bu konuyu konuşuyorduk. Anklav'ın senin hakkında çözemediği bir şeyler olmalı. Bu yüzden çekimser kalıyorlar. Açıkçası, işlediğin suçlara bakılırsa seni şimdiye kadar çoktan öldürmüş olmaları gerekirdi. O yüzden neden hâlâ hayattasın, merak ediyorum. Anneni dize getirmek için belki seni kullanıyorlar, belki de anneni sana karşı kullanıyorlar. Sizin ikinizi böylesine değerli kılan nedir merak ediyorum. Yüksek yerlerde arkadaşlarınız yok değil mi?"

Bir an için Gaia'nın aklından Yüzbaşı Grey'in kendi hayatı için bir pazarlık yapmış olabileceği fikri geçti. Omuz silkti. Şu anda hayat pek anlamsız geliyordu; babası ölmüş, annesi de öldürülmeyi bekliyordu. Dolayısıyla şu saatten sonra artık kendi başına gelecek hiçbir şey umurunda değildi.

Sephie sert bir tavırla, "Hiçbiri değil herhalde," dedi. "Hadi kalk. Bir bebek doğurtacağız. Eminim bu keyfini biraz yerine getirecektir."

Gaia otomatik olarak çantasına bakındı ama sonradan onu aldıklarını anımsadı. Saatini de almışlardı. Yavaşça kalktı, sanki suyun altındaymış gibi hareket ediyordu. Sephie koluna girip Gaia'yı kapıya doğru götürdü. "Artık başını dik tutacaksın," dedi. "Daha çok yemen gerekiyordu. Yeni doğmuş bir kedi gibisin."

Gaia derin bir nefes aldı. "Aç değilim," dedi.

"Peki o zaman. Şimdi dik dur ve bir işe yarayacakmış gibi görün. Saçını da biraz düzeltmeye çalış."

Gaia gülümser gibi oldu. "Annem gibi konuşuyorsun," dedi.

"Öyle mi?"

Gaia elini saçında gezdirdi. Ensesindeki kısa saçlara hâlâ alışamamıştı. "Annem saçlarımı daha sık toplamamı isterdi. Saçımı önüme atarak insanların dikkatini daha çok yüzüme çektiğimi söylerdi."

Büyük ağır tahta kapı gıcırtıyla açılıyordu.

Sephie, "Doğru söylüyormuş," dedi.

Gaia çabucak nöbetçilere baktı. Yüzbaşı Grey'i görmeyi umuyordu ama kapıdakiler tanıdık değildi. Bir an durdu.

Sephie çabucak, "Hayır," diye fısıldadı ve koluna çimdik attı. Nöbetçilere kibarca, "Merhaba beyler," dedi. "Çantam, lütfen. Umarım bu kez fetoskopumu unutmamışsınızdır."

Sephie, büyük sapları olan kocaman çantayı taşıması için Gaia'ya verip, Gaia ve nöbetçilerin ona yetişmesini beklemeden koridorda yürümeye başladı. Gri holler ve merdivenler hayal gibi geçerek geride kalıyor, Gaia, Sephie'ye yetişmek için ağır adımlarını hızlandırmaya çalışıyordu. Son kapıya vardıklarında onlara gri ve siyah kenar bantları olan hasır şapkalar verilerek, başlarına takmaları söylendi. Kemerin altından geçip dışarı çıktıklarında, Gaia güneş ışığının parıltısı karşısında nefesini tuttu. Görkemli bir hava ciğerlerini doldurdu ve şaşırarak gözlerini kırpıştırdı. Sanki mezardan fırlamış, ölümden dönmüş biri gibi hissediyordu.

Meydanda pazar kurulmuştu, her köşeden renkler ve sesler yükseliyordu. Tvaltar'ın yanındaki avluda gerçekleşen basit değiş tokuştan on, hatta yirmi kez daha büyüktü. Dikilitaşın yanındaki alan masa ve tentelerle doluydu. Her sınıftan insan kendi aralarında alışveriş yapıyor, bir yandan da gülüşüp eğleniyorlardı. Bisikletinin arkası bir sepet ekmekle dolu olan bir çocuk, kornasını çalarak kendine yol açmaya çalıştı. Biri onu durdurup bir ekmek satın aldı. Etraftaki sesler canlı ve neşeliydi. Dört nöbetçi arasında Sephie'yle birlikte sokaktan hızla aşağı yürürken Gaia'nın gözüne gıdaklayan bir tavuk, parlak sarı ve yeşil kumaşlarla, bakır bir tencere çarptı. Birkaç meraklı gözün hem kendisine hem de nöbetçilere baktığı dikkatini çekti ama Sephie sanki nöbetçiler ve bakışların farkında değilmiş gibi davranıyordu. Nereye gittiğini biliyor gibiydi. Birkaç dakikalık yürüyüşün sonunda mavi boyalı bir kapıya geldiler. Kapıya nöbetçilerden biri yerine, Sephie vurdu.

Genç bir adam kapıyı açarken, "Persephone Frank mı?" dedi.

Sephie, "Başka kim olabilir?" dedi. Nöbetçilere doğru başını salladı.

Adam, "Şükürler olsun," diyerek Sephie'nin elini sıktı. "Tom Moulhardt. Size ulaşamayacağımızı sanmıştık. Karım Dora ilk bebeğini doğuracak. Herkes sizin en iyisi olduğunuzu söyledi." Sözü yukarıdan gelen bir çığlıkla kesildi. Adamın yüzü soldu. "Bu taraftan," dedi.

Gaia, Sephie'nin peşinden gitti. Nöbetçilerden biri kapıyı arkasından kapattı. Sephie merdivenlerden hızlıca yukarı çıkarken Gaia girişte oyalandı. Hapisten çıkmanın, nöbetçilerin dikkatli bakışlarından uzak kalmanın keyfini çıkarıyordu. Özlediği şey buydu: Özgürlük.

Yavaşça şapkasını çıkardı. Sola bakınca oturma odasının aydınlığını gördü. Tvaltar'daki özel seanslardan sonra görmeyi umduğu da buydu zaten. Büyük camlardan içeri güneş ışığı sızıyordu. Kahve sehpasının etrafında bulunan sarı koltukların üzerine vuruyordu güneş. Masada camdan bir satranç takımı vardı, yapılacak hamle hazırdı. Bir anda babası aklına geldi, oynamaktan çok hoşlanırdı. Tahta yerler beyaz halıyla kaplıydı, duvardaki kitaplıkların arasında duvarda televizyon asılıydı. Genç kız hayatında bu kadar çok kitap, bu kadar zarif heykeller görmemişti. Boyu beline kadar gelen bronzdan çıplak bir çocuk, çömelmiş kız kardeşinin üzerine su kabını boşaltıyordu.

Sephie, sabırsızca seslendi. "Çabuk ol kızım."

Gaia doktor çantasını kaldırıp telaşla Sephie'nin arkasından gitti. Doğum yapan kadının sesini takip ettiler. Köşeyi dönünce girdikleri yatak odası, evin diğer odaları gibi aydınlık ve havadardı. Kocaman dört ayaklı yatakta saçları sıçan gibi ıslanmış, gözleri kokudan açılmış genç bir kadın yatıyordu. Gaia odada başka birisinin olmamasına şaşırmıştı. Yardımcı olan bir anne veya bir teyze yoktu. Mutfakta yemek yapan veya yardıma hazır bir kız kardeş de bulunmuyordu. Duvarın dışında doğumlarına yardım ettiği birçok kadından daha yalnızdı bu kadın.

Sephie kadını yatıştırırcasına konuşmaya başlamıştı bile. "Kardeş Dora, her şey yolunda," dedi. "Gaia elbisemi arkadan bağla." Ona da bir önlük uzatıyordu. Sephie işini gayet iyi yapıyordu. Kadını daha rahat bir pozisyona getirmeye ve onu muayene etmeye çalıştı.

Sephie, Tom'a dönerek, "Sen kalıyor musun?" diye sordu.

Adam karısına doğru endişeli bir bakış attı ve başını salladı.

Sephie, "İyi o zaman. İşe yara. Arkasına destek koy. Yastıkları düzelt," dedi. Genç adam emin olamadan karısına bakınca Sephie dönüp sertçe, "Gaia," dedi.

Ama Gaia zaten harekete geçmiş, yapılması gerekenleri yapıyordu. Annesiyle beraber çalışıyor gibiydi. Doğumun ilerleyen süreci ve doğum yapan kadının korkuları tanıdık geliyordu ama yine de bir fark vardı. Duvarın dışındaki son haftalarında Gaia kontrolü elinde tutuyor, gereken kararları alıyordu. Şimdi tekrardan yardımcı rolüne geçmek onu rahatlatmıştı. Dora, Tom elini tuttuğu için sakinlemişti. Eve girdikleri sırada duydukları çığlıklardan doğum safhasına gelindiğini sanan Gaia, annenin doğuma henüz hazır olmadığını görebiliyordu.

Sephie aniden, "Ters doğum mu?" diye sordu. "Hamileliği tamamlandı mı, yoksa erken mi?"

Tom kafası karışmış gibi, "Gelecek hafta bekliyorduk," dedi.

Sephie başını salladı. Yeni bir kasılma geçiren kadının bacaklarını düzeltti. Gaia ters doğum, yani bacakların önce kafanın sonra gelmesi halinde işlerinin daha zor olacağını ve vakit alacağını biliyordu. En azından gelişmesini tamamlamış bebeğin kalçaları da başı büyüklüğünde olduğu için sıkışması daha az bir olasılıktı. Annesine bir düzine kadar ters doğumda yardım etmişti, ama kendisi yalnız başına böyle bir doğumu henüz gerçekleştirmemişti. Bebek geldikçe ne zaman döndürüleceğini bildiği için Sephie'nin orada bulunduğuna memnundu.

Sephie, "Açık bir ters doğum," dedi. "Kasılmaların sıklığına bakılırsa doğum yakın diye düşünüyorum." Duraksayıp, yoğunlaşmaya devam etti. Gaia, onun ellerini kadının karnında gezindirdiğini gördü, bazı yerlerde küçük dürtmelerle yokluyordu. "Evet," dedi. "Hadi döndürelim."

Gaia'nın gözleri şaşkınlıkla açıldı "Yapabilir miyiz?"

Sephie, Dora'nın yanına yatağa tırmanıyordu bile. Tom'

a dönerek, "Votka var mı?" diye sordu. "Ve de sıcak su torbası? Bu işi yavaşlatmalıyız."

Gaia daha da şaşkındı. Eğer Sephie yanılıyorsa ve doğumu herhangi bir şekilde geciktiriyorsa, bu bebek için daha tehlikeli olabilirdi. Ama Sephie hastayla sakince konuşuyor, ona bebeği rahminde yukarı iteceğini, yana çevirip yavaşça başını aşağı doğru döndüreceğini anlatmaya çalışıyordu. Gaia ellerini Sephie'nin tarif ettiği yerlere koyuyor, bebeğin küçük dirseklerini ve dizlerini kadının karnında kesin bir şekilde tespit ediyordu. Daha önce böyle bir şey yapmamıştı ve de yapabileceğini hayal bile etmemişti. İçerideki bebeğin karşı koyduğunu hissedebiliyor, kordonların bebeğin boynuna ve bacaklarına dolanacağından korkuyordu. Ama Sephie durmadan uğraşıyor, Dora'yı sakinleştiriyor, kasılmalar arasında onu dinlenmeye bırakıyordu. Sonrasında küçük bir kız dünyaya gelip, başı önce çıktığında Gaia, Sephie'nin yeteneğine hayran kaldı.

Tom, karısının elini sıkarak, "Çok güzel bir kız!" dedi. "O bir mucize."

Sephie bebeği yumuşak bir battaniyeye sardı ve onu Dora'nın kollarına verdi. Bu arada Gaia kendisinin tek başına doğurttuğu ilk bebeği hatırladı. O da birkaç dakika sonra alacağını bildiği bebeği annesine uzatmıştı. Bu çocuk evinde kalacaktı, onu seven ailesiyle zenginlik ve ayrıcalık içerisinde yaşayacaktı. Aslında zafer hissi duyması gerekirken, Gaia'nın içini neden bir üzüntü kaplamıştı?

Sephie sakince eşyalarını topluyordu. Gaia büyük siyah

çantada bir hokka ve iğne arandı ama bulamadı.

Gaia, "Hiç çil izi yapmıyor musunuz?" diye sordu.

Sephie, başını kaldırdı. "Ne demek istiyorsun?" Sonra başını bebeğe doğru çevirdi. "Ben çil falan görmedim, belki daha sonra ortaya çıkacaktır," dedi.

Annesiyle her zaman yaptıkları gibi Arthur ve Odin'i onurlandırmamak çok garipti. Ama elbette Sephie'nin annesinin nasıl çalıştığını bilmemesi normaldi. Gaia, "Ya çay?" diye sordu.

Sessizlik uzayınca Gaia, Sephie'nin neden bahsettiğini anlamadığını hissetti. Hemen içini pişmanlık kapladı. Babasına bu çillerden hiç kimseye bahsetmeyeceğine dair söz vermişti ama ağzından kaçmıştı bir kere. Gaia pencereye doğru döndü, aklına yeni bir olasılık gelmişti. Bu çil izleri sadece içeri teslim edilmiş kardeşlerini gizlice onurlandırmak için yapılmıyordu. Annesi o bebekleri işaretliyordu. Her doğurttuğu bebeğe dört kere batırdığı bir iğneyle belli belirsiz bir işaret koyuyordu. Çay ise hem anneyi hem de ebeyi rahatlatan bir avuntu, sadece bir ritüeldi. Annenin çayında uyku veren aslankulağı bitkisi hiç iz bırakmazdı ama o dövme hep kalırdı.

Sephie, "Neden bahsediyorsun?" diye pencerenin yanına geldi.

Gaia gayet doğal bir şekilde gülümseyerek, "Aslankulağı demek istedim," dedi ama yalan söyleme konusunu beceremediğini biliyordu. "Annenin çayına biraz aslankulağı ilave ederdik ve çiller oluşmaması için biraz da bebeğe sürerdik. Burada bunu yapmaz mısınız?"

Sephie ona son bir kez daha baktı ve çantasına döndü. "Sana aslankulağı hakkında ne söylendi bilmem ama çiller üzerinde bir etkisi yok." Gaia'nın kolunu tuttu. Kadının kolunun üzerindeki elinin soğuk kuvvetini hissetmek Gaia'yı şaşırtmıştı. "Gücenme ama duvarın dışındakiler batıl inançları olan barbarlar."

Gaia doğruldu ama Sephie onu bırakmıştı bile.

Sephie, Tom ve Dora'ya, "Biz artık gidiyoruz," dedi.

Evli çift minnetlerini bildirirken Sephie ilgisizce elini salladı ve şapkasını giydi. "Anklav'a hizmet eden bir sürü çocuğunuz olur umarım," dedi.

Tom onları aşağıya kadar geçirdi. "Size bir şey vermeme izin verin," dedi.

Sephie, "Hayır. Nasılsa el koyarlar," diye karşı çıktı. Şapkasını başına koydu, Gaia'ya da aynısını yapmasını işaret etti.

"Lütfen Persephone. Yapabileceğim bir şey olmalı. Dora ve ben çok minnettarız. Anklav'ı eleştiremem ama..."

Gaia kapıya döndü ve Sephie'nin elini Tom'un koluna koyduğunu gördü. Sephie, "Hayır," dedi. "Buraya gelmek benim için ayrıcalıktı. Şu anda sizin özel hayatınızda yer almaktan onur duydum. Lütfen çocuğunuz ve karınıza iyi bakın. Bize hiçbir şey borçlu değilsiniz."

Gaia, o kadar zaman beraber olmalarına rağmen bir anda Tom'un gözünde beliren o ani ifadeden sonra onun kendisine ilk kez dikkatlice ve yakından baktığını anlamıştı. Bakışı yüzündeki yara üzerinde kilitlendiğinde Gaia, gözlerindeki merakı ve acımayı hissetti.

Tom birden rahatsız olarak boğazını temizledi. Dudaklarında mesafeli bir tebessüm belirdi. "En azından yardımcınıza bir şey vermeme izin verin," dedi. "Özür dilerim, adınız neydi?"

Nazik davranmak için çaba göstermesi Gaia'nın gözünden kaçmadı. Gaia cevap vermeyince, Sephie ona sertçe baktı.

"Gaia Stone," dedi. "Dışarıdan bir kız."

Tom bazı parçaların yerine oturduğu edasıyla başını salladı. "Birkaç hafta önce gelen mi? Hani şu mahkûmun bebeğini alan?"

Sephie, "Evet," dedi.

Tom yanındaki çalışma masasının gözüne elini soktu. "Çok değil ama lütfen kabul edin," diyerek elini Gaia'ya uzattı. Gaia onun eline doğru bakınca Tom'un avucunda parlayan, hanımların makyajlarını tazelemek için kullandıkları kapaklı küçük bir ayna gördü. Ona bakarken yüzünün solduğunu hissetti. Aynayla ne yapacaktı? Onunla alay mı ediyordu?

Sephie aynayı alıp Gaia'nın eline sert bir şekilde koydu. "Teşekkür ederiz. Çok cömertsiniz," dedi.

Gaia, ona karşı yapılan bu ucube muamelesi karşısında duyduğu öfke ve utanç duygularını bastıramayacağı için gözlerini kaldırmaya cesaret edemedi. Yine. Kapının koluna yapışarak bir veda sözü mırıldandı. Gölgede dinlenen dört nöbetçi döndü. Hemen orada aynayı yere atıp üstünde tepinecekti ama Sephie onu kolundan tutup sert bir şekilde, "Kendine gel," diye fısıldayarak, koca siyah çantasını Gaia' nın eline tutuşturup aynayı aldı.

Sephie, Tom'a veda ederken adamlar geldi. Gaia'nın beyninde tüm sabah boyunca gördükleri ve keşfettikleri dolanıp duruyordu. Sephie ters gelen bebeği çevirmişti; ayak bileğindeki çiller bir işaretti; Gaia mahkûmun çocuğunu kurtarmasıyla ünlenmişti ve verdiği hizmet bir ayna parçası kadar değerliydi. Hasır şapkasının sertliğini hissederek yüzüne doğru indirdi. Keşke saçları daha uzun olsaydı da saçlarını kapasaydı.

Sephie adımlarını ona uydurarak acele etmeden yürüyordu. Nöbetçiler de hemen arkalarındaydı. Sephie kolunu uzatıp Gaia'nın koluna girdi.

Sephie, "Yardımcı olarak hiç de fena değilsin," dedi.

Gaia omuz silkti.

Sephie, "Ama davranışların hakkında öğrenecek çok şeyin var," dedi. "Orada beni çok utandırdın."

Gaia, "Seni utandırdım mı?" diye çıkıştı. Gerideki nöbetçilere bakıp sesini alçaltarak "O beni aşağıladı. Aynayı ne yapayım? Korkunç yüzümü yakından mı görmeliyim?" dedi.

Sephie ona garipçe baktı. "O bir hatıra parçasıydı. Daha fazla bir şey veremezdi. Sen bir mahkûmsun. Gaia, o ayna belki de karısına aitti. Sana saygı ve minnet hislerini göstermek için verdi," dedi.

Gaia onun söylediklerini bir anda kabul etmekte zorlanıyordu. Kolunu Sephie'nin kolundan çekti. Onun arkadaşıymış gibi görünmeden de yürüyebilirdi.

Sephie iç çekti. "Pekâlâ, insanlara bir şans tanıyabilirsin. Herkes sana korkunç bir canavar gibi davranmıyor."

Bastion Meydanı'na çıkan bir sokağa geldiler. Meydana yaklaştıkça Gaia pazar yerinden yükselen sesleri duyuyordu. Hapishaneye varmak üzereyken içeri girmek istemediğini düşündü. Dışarıdaki zamanını kötü hislere kapılarak boşa harcamak istemiyordu. Yanından geçen insanlara, vitrinlere, oluklardaki yemek yiyen güvercinlere baktı. Kendine itiraf etmese de Yüzbaşı Grey'in tanıdık siluetini görmeyi umuyordu. Göremeyince de hayal kırıklığına uğramış olduğuna şaşırdı. Fırında pişen ekmeğin kokusunu duyup, nereden geldiğini görmek için döndü. Sonra da, *aptal,* diyerek kendine kızdı. Bu kadar zamandır Derek'in fırıncı arkadaşını arayabilirdi.

Sokağa baştan aşağı baktı, kahverengi ekmek somunlarını veya buğday demetlerinin tanıdık gravürünü görmeyi umdu. Ama görünürde yoktu ve koku da kayboldu. Bastion Meydanı'na, pazarın kalabalığına gelmişlerdi. Gürültü biraz azalmıştı, esnafın bir kısmı da eşyalarını topluyordu.

Fıçılar lahana ve patates doluydu. Zarif, mavi ve beyaz renkte çocuk elbiseleri asılı bir tezgâh vardı. Öndeki güzel önlüğe bakıp, *babam bunu çok severdi,* diye düşündü. Bütün pazaryeri, özellikle terzilikle ilgili el emeği olanlar çok hoşuna giderdi. Mahkûm da olsa, babasına olan saygısını göstermek için hayatına devam etmesi gerektiğini düşünüyordu.

Gözüne elma va altı tane portakal dizilmiş bir tepsi ilişti. Bir yedincisi daha vardı ama o da dilimlenmişti. Hiç portakal yememiş ama resimlerini görmüştü. Şimdiyse bu canlı renkteki meyve onu kendine doğru çekiyordu.

O kadar yakınından geçiyorlardı ki, meyvenin kokusu birden burnuna geldi ve açlıktan ölmek üzere olduğu için ağzı sulandı.

Sephie'ye, "Bunlar hakiki portakal mı?" diye fısıldadı.

Sephie, Gaia'nın baktığı tarafa döndü. "Çok pahalılar," dedi. "Genelde portakal ağaçlarının sahipleri meyvelerini kendileri yer veya Anklav'n ailelerine hediye olarak verirler. Ama bazen de böyle satarlar. İştahın yerine geliyor galiba?"

"Evet."

"İyi. Endişelenmeye başlamıştım."

Hapishaneye yaklaştıkları için nöbetçiler Gaia ve Sephie'yi tekrardan aralarına aldılar. Ama o sırada Gaia kırmızı elbise giyen bir kızın portakal satıcısına yaklaştığını gördü.

Kız para kesesini çıkardığında nöbetçiler ilerlemesi için Gaia'yı dürtüyorlardı. Omzunun üzerinden alışverişi seyretti. Portakallardan birine eğildiğinde başlığı düştü, sarı saçları üzerine güneş vurdu. İdamın gerçekleştiği sırada ona susmasını tavsiye eden kızın ta kendisiydi bu.

Gaia kaldırım taşlarına takılıp düşecek gibi oldu ve tam o sırada Rita da dönüp arkasına baktı. Bir an koyu renk gözleri Gaia'nın bakışlarına takıldı. Ve dudaklarında sessiz bir "O," belirdi.

Sephie, "Dikkatli ol," dedi.

Nöbetçilerden biri Gaia'yı arkadan iterek kemerin altına doğru sürükledi. Gaia da bu sırada Rita'yı gözden kaybetmişti. Ama o anı aklından tekrar geçirdiğinde, kızın gözlerinde acıma duygusuna benzer bir şey gördüğünü hatırladı. Yoksa bir sempati miydi? Belki Sephie haklıydı. Gaia hemen telaşa kapılıp insanların kendisiyle alay ettiklerini sanıyor, insanların ona nasıl baktığını yanlış değerlendiriyordu.

Gaia, kemerin gölgesi üzerine düştüğünde başını öne eğdi ve şapkasını geri verip hapishanenin koridorundan içeri doğru yürüdü. Çok geçmeden Sephie'yle beraber Q hücresine girmişlerdi. Kocaman kapı üzerlerine gürültüyle kapandığında Gaia, babasının ölüm haberini aldığı zaman içine düştüğü ümitsizlik duygusuna artık esir olmadığını fark etti.

Karnı acıkmış, canlı ve hayatta olduğunu yeniden keşfetmişti.

Ayak bileklerindeki çillerin kardeşlerinin anısına yapılan bir işaretten daha fazla anlamı olduğunu öğrenmişti.

Bu esaretin üstesinden gelecek ve buradan bir çıkış yolu bulacaktı.

12. BÖLÜM

GÜVERCİN ZİYARETİ

O gece Gaia, günlerdir ilk defa yemeğinin tamamını yedi. Portakalların hayali onu bırakmıyor, onların tatlı kokusu burnunda tütüyordu sanki. Canı o portakallardan birini yemeyi o kadar çok istiyordu ki, amansız bir hastalığın pençesine kapılmış gibiydi. Böyle hissettiğine kendi de güldü.

Sephie, "Komik olan nedir?" diye sordu.

Gaia, "Bir portakal için katil bile olurum," dedi.

Doktorların gülüşmeleri, tabaklara çarpan kaşık seslerine bir farklılık getirmişti. Gaia, etli güvecini yerken bir yandan da parmaklarıyla Sephie'nin ona geri verdiği aynayla oynuyordu. Kapağını bir kapatıp bir açarken hayatının kısa zamanda ne kadar değiştiğini düşünüyordu. Üç hafta öncesine kadar, Tom ve Dora'nın evinde gördüğü lüks onun için Tvaltar'daki seanslarda seyrettiği şatafatlı ve ulaşılması imkânsız sihirli bir manzaradan ibaretti. Evinden beş kilometre ötede açık bir pazarda portakalların para karşılığında satılabileceğini hayal bile edemezdi. Rahimde ters dönmüş bir bebeğin içeride düzeltilebileceğini bilemezdi. Annesinin de babasının da hayatta olduğuna inanmıştı. Duvarın içerisindeki o farklı hayat acımasız olduğu kadar da cazipti.

Kadınlardan biri, "Güzel bir ziynet eşyası," dedi. Adı Cotty'ydi, kırışıklarla dolu yüzünü siyah kıvırcık saçları çerçeveliyordu. Aynayı alıp kendisini seyrederek kâkülleriyle oynaması Gaia'yı gülümsetti.

Gaia, "Sende kalsın," dedi.

"Yo, hayır. Alamam."

Gaia, "Bana lazım değil," dedi.

Cotty aynayı geri verdi ve Gaia'nın elini sevgiyle okşadı. Cotty'nin parmakları kalıncaydı, hatta rengi de Gaia'nın teninden iki ton daha koyuydu. Cotty, "Böyle söyleme," dedi. "Burada her şeyin kıymeti vardır. Göreceksin. İleride istediğin bir şeyle değiştokuş yapabilirsin."

Sephie, "Belki yiyecek ve bir yumak yün karşılağında gardiyanlardan birine verebilirsin."

Myrna, "Veya bir roman," diye ilave etti.

Gaia aynayı çekinerek elinde tuttu. Myrna'ya, "Günün nasıl geçti?" diye sordu.

Myrna ekmeğinden bir lokma ısırırken kaşlarını kaldırdı. "Patlayan bir apandisit ameliyatına girdim. Sorduğun için teşekkür ederim," dedi.

Gaia ilk önce şaka yaptığını düşündü. Ama Sephie ona prosedür hakkında birkaç soru sorunca Myrna tersçe cevap verdi.

Sephie, "Gaia bugün çok iyi asistanlık yaptı," dedi. "Bir dahaki sefer sen de onu yanına alıp bir-iki şey öğretebilirsin."

Myrna'nın siyah gözleri bir süre Gaia'yı inceledi. "Kimseye zarar vermemesi adına bu kızı duvarın dışında bırakmalılardı," dedi.

Gaia'nın içini hınç kapladı ama cevap vermedi.

Sephie sakince, "Gerçekten Myrna," dedi. "Ona bir şans ver."

Gaia, "Tutuklandığım zamandan beri benim bölgemdeki annelerle kim ilgileniyor?" diye sordu.

Cotty, Myrna ve Sephie bakıştılar ama bir şey söylemediler.

Gaia, "Hiçbiriniz dışarı gitmediniz mi?" diye sorup üsteledi.

Sephie elini Gaia'nın dizine koydu. "Sakin ol, Gaia. Hiçbirimiz duvarın dışına çıkmadık. Bu yeni bir şey değil," dedi.

Gaia, "O zaman benim doğumlarıma kim gidiyor?" diye sordu. "Anklav başka ebe mi gönderdi?"

Myrna ilgisizce, "Dışarıda bir düzine ebe vardır," dedi.

Gaia başını salladı. Üçüncü Batı Bölgesi'nde sadece annesi ve kendisi ebelik yapıyordu. Yetişemedikleri bile oluyordu.

Gaia sesli düşünerek, "Belki," diye başladı. Hamile anneler Batı İkinci Bölge'ye gidip ebe aramış olabilirler miydi acaba? Yoksa kendileri hiç yardım almadan mı doğurmuşlardı? Sinirli bir şekilde başını sallayıp son lokma ekmeği elinde, odanın içinde gezinmeye başladı.

Yukarıdaki pencerede bir tıkırtı oldu. Gaia başını kaldırdı ve orta pencerenin kenarında oturan bir güvercin görünce irkildi. Diğer kadınlar sanki içlerine işlemiş duyarsızlığı yok etmek için bir güvercinin yeterli olmadığını göstermek istercesine hiçbir yorumda bulunmadılar. Gaia içten içe kuşun ruhsuz hücreye girip kanatlarını çırparak bir karmaşa yaratmasını istedi. Oysa kuş pencerenin kenarında kendine özgü sesler çıkarıp yeninden kanatlanarak çekti gitti.

Gaia kadınları görebilmek için yavaşça döndü. Cotty, Sephie ve Myrna yemekleri önlerinde, iki bankın üzerinde, diğer dört kadın da öteki iki bankta oturuyordu. Hiç kimse konuşmuyordu.

Gaia, "En son ne zaman içinizden biri bu pencereden dışarı baktı?" diye sordu.

Hepsi dönüp ona baktı, sonra dikkatleri yukarı yöneldi.

Myrna bir şeyler mırıldandı ama kimse cevap vermedi. Gaia en yakınındaki banka yürüyerek altına bakmak için eğildi. Sephie ayağını çekti.

"Ne düşünüyorsun?" diye sordu.

Gaia bankı çekti, sonra itti. Yere çivilenmişti ama çiviler eski ve paslanmıştı. Eğer o pencereden çıkabilirse annesini arayabilirdi. "Ayağa kalkın," dedi. Sephie ve Myrna ayaklandılar.

Myrna, "Buna inanmıyorum," dedi.

Gaia kuvvetlice vurunca bank çivilerinden kolayca kurtuldu. "Bana yardım edin," dedi. Sephie'yle beraber bankı iki ucundan tutarak üçüncü pencerenin altına taşıdılar.

Bu arada diğer kadınlar da ayağa kalkmış, öteki bankları inceliyorlardı. İki tanesi yere iyice bağlanmıştı ama sonuncusu da eski çivilerinden kolayca kurtulmuştu. Serbest kalan bankı da pencerenin altına taşırken hücredeki heyecanlı hava açıkça hissediliyordu.

Gaia yukarıdaki pencerelere baktı, yerden yüksekliklerinin beş metre civarında olduğunu ölçebiliyordu. Her bank bir iki metre uzunluğundaydı ama üst üste konulduğunda ancak Gaia'nın göğsüne kadar gelirlerdi.

Geriye gidip oturan Myrna oldu. "İçinizden biri iki metre daha uzayınca bana haber verin," dedi.

Ama Gaia vazgeçmek niyetinde değildi. Bir bankı köşeye götürüp dikti. Sonra, merdiven olarak kullanmak üzere alt ucunu biraz dışarı çekti. Duvardan destek alarak, bankın ortasından yukarı tırmanıp üst ucunda dengesiz olarak durmaya çalıştı.

Sephie, "Aman düşme," dedi.

Myrna, " Hadi aşağı düş," dedi. "Cotty seni dikerek birleştirir. Sadece bankı kırma, yoksa oturacak bir şeyimiz kalmaz."

Gaia geri indi, her iki bankı da incelemeye başladı. Acaba bir iki tarafını kırarak bir merdiven yapmaya çalışmak çözüm olur muydu? Ama ne tırnakları vardı, ne de bir aleti. Banklar da sağlam yapılmış gibi görünüyordu. Yukarıdaki pencerelere özlemle baktı.

Cotty, kapı aralığının orada durup odaya doğru bir öksürdü. "Bunlar işe yarar mı?" dedi. Elinde iki adet battaniye vardı. Gaia her mahkûmun battaniyesi olduğunu biliyordu, yani toplamda sekiz battaniye vardı.

Cotty, "Gaia bekle. Duvarın dışında ne olduğunu biliyor musun?" diye sordu.

Myrna da, "Burada, içeride olanlardan farklı mı?" diye sordu.

Gaia, Myrna'nın karamsarlığını görmezden gelerek Cotty'ye cevap verdi.

"Fark eder mi? Dışarıya bakabilirsek, buradan da çıkabiliriz demektir. Bir yolunu bulacağız."

İmkânsız gibi görünen şeyler değişmeye başlamıştı. Akşam yürüyüşü sırasında durmaları gerekiyordu ama sonrasında yeniden kaldıkları yerden devam ettiler. Sephie, Cotty ve Gaia birlikte hareket ederek, iki bankı birbirine bağlamaya çalıştı. Tahtaları üst üste koyup, battaniyelerle bağladılar. Pencerelerden sızan güneş ışığı duvara kareler halinde vurarak gün boyu tavana doğru ilerledi ve sonunda güneş batınca da kayboldu. En sonunda meydana getirdikleri sağlam iskeleti hücrenin köşesine dayadıklarında akşamın karanlığı çökmüştü. Üç metre yüksekliği vardı, pencereye varması için de iki metre daha gerekiyordu. Aradaki fark ürkütücüydü.

Gaia, "Tamam," dedi. "Myrna, git kapıya göz kulak ol. Sephie, Cotty, bana çıkmam için yardım edin."

Dikkatlice banklara tırmanmaya başladı. Tahtaya kuvvetlice tutunuyor, battaniye katlarına dizlerini gömüyordu. Killi duvara değdikçe yüzü serinliyordu. Bir kere dengesini kaybetti, altındaki iskeletin çöktüğünü hissetti.

"Yerine oturtun," dedi aceleyle. "Duvara dayayın."

Diğer kadınlar da gelip alttan düzeltmeye yardım ettiler. Gaia nefesini tuttu. Duvara yaslanarak döndü. Birbirine bağlanmış bankların en üst ucunda topukları üzerinde doğrulurken yüzünden ve boynundan terler fışkırıyordu. Gözlerinin hizası hâlâ pencerenin alt kenarından on santimetre aşağıdaydı ama yine de sol elini kaldırıp sabah ona verilen aynayı dışarı tuttu. Kolunu biraz uzatınca elindeki küçük cam parçasından mor renklerdeki gökyüzünü ve şehrin loş damlarını görebiliyordu.

Gaia zevk ve şaşkınlık içinde heyecanlanmış, dengesiz duran ayaklarını unutmuştu.

Aşağıdan Sephie, "Bir şeyler görebiliyor musun?" diye sordu.

Gaia, "Evet. Şehri görüyorum," dedi. "Gökyüzünü de."

Kadınlar aşağıdan onaylarcasına bir şeyler söylüyor, heyecanla fısıldaşıyorlardı.

Cotty, "Pencereye uzanabiliyor musun?" diye sordu.

Gaia başını salladı. "Dönersem uzanabileceğime eminim. Ama buradayken dönemem," dedi.

Cotty, "Orada ip bağlanacak bir yer var mı?" diye sordu.

Gaia küçük aynaya dikkatle bakarak açıklığın kenarlarını inceledi. "Bilemiyorum," dedi.

Myrna, "Çabuk aşağı in, nöbetçi geliyor," dedi.

Gaia panik içinde aşağı indi.

Sephie, "Acele et!" dedi.

Sekiz kadın battaniyelere saldırıp çözerek, bankları aceleyle eski yerlerine koydular. Sephie, "Çabuk yataklarınıza," diye işaret etti.

Kadınların çoğu kaçışmıştı. Nöbetçiler geldiğinde sadece birkaçı loş odadada oturuyordu.

Gaia'nın kalbi küt küt atıyordu. Kollarını kavuşturup gözlerini de aşağı indirmişti. Bileğinde koyu bir leke gördü. İnce bir çizgi halinde kan sızdığını fark edince hemen diğer koluyla bastırarak bileğindeki yarayı kapattı. Nöbetçi, "Persephone Frank?" dedi.

Gaia bankta yanında oturan Sephie'nin kaskatı kesildiğini hissetti. Gururlu ve sakin yuvarlak yüzü hiç bu kadar aydede gibi görünmemişti.

Sephie, "Evet?" diye sordu.

"Benimle geliyorsun."

Gaia korkuyla başını kaldırdı, bunun ne anlama geldiğini bilmiyordu. Myrna kalktı. Kuru ve kalın sesiyle, "Onu neden götürüyorsunuz?" diye sordu.

Nöbetçi sesini çıkarmadı.

Myrna onu sıkıştırdı. "Geç oldu. Bu gece dönecek mi?" diye sordu.

Sephie dönüp Gaia'ya çabucak sarıldı. "Dikkatli ol," diye fısıldadı. "Kuvvetli ol."

Gaia bir anda onun için endişelendi. "Sephie!" dedi.

Sephie, Myrna'ya da sarılmak için döndü. Solgun parmakları Myrna'nın omuzundaki kumaşın büzgülerini kavradı. Nöbetçi de Sephie'nin kolunu çekiştirdi.

Sephie kolunu kurtarmaya çalışarak, "Bırakın beni," dedi. "Geliyorum."

Cotty hıçkırmaya başladı. Diğer kadınlar da gürültü üzerine odalarından çıkıp, "Sephie," diye bağrıştılar.

Ama Sephie nöbetçilerin arkasından dışarı çıkıyordu. Çenesi dik, sakin görünümü başına gelebilecek her şeye dayanabileceğini gösteriyordu. Koca kapı boğucu bir sesle sıkıca kapandı.

Gaia, Myrna'ya dönerek alçak sesle, "Ona ne yapacaklar?" diye sordu.

Myrna omuz silkti, köşeye dönerken eliyle duvara dokunuyordu.

Gaia, "Myrna! Ne yapacaklar?" diye sordu.

Myrna ona dokunaklı bir bakış fırlatıp, "Neden bana soruyorsun aptal? Ben bir şey bilmiyorum," dedi.

"Ama ilgilenmiyor musun?"

Myrna cevap vermeden döndü, gözlerini kapattı ve alnını duvara dayadı. Elini yumruk yapıp, yüzünün yanında koydu. Sanki bütün bu olanlara ancak kendini duvarla bütünleştirirse katlanabilecekmiş gibiydi. Bu yapayalnız ama bir o kadar da sabırlı haliyle Myrna'nın acı çektiğini belli etmesi Gaia'yı şaşkına çevirdi.

Gaia, "Olamaz," diye fısıldadı. Sephie'ye zarar verileceğine inanmak istemiyordu. Sephie öylesine iyi ve cömertti ki...

Gaia banklardan birine çöktü. Yavaş yavaş diğerleri yataklarına gittiler, Myrna bile. Ama Gaia gözünü üçüncü pencereden, koyulaşan gökyüzünün göründüğü mor kareden ayırmıyordu. Ne duyabildiğini bilmiyordu ama annesini aklına getirmeye cesaret edemeden ilerleyen gecenin sesini dinliyor, nöbetçilerin Sephie'yi geri getirmesini umuyordu.

13. BÖLÜM

DOĞUM LEKESİ

Sephie'nin götürüldüğü günün ertesi gecesi Gaia diğerlerinin yardımıyla bankları bağlamak için uğraşırken Myrna, inatla yerinde oturuyor, alçak ve keskin sesiyle, "Bu aptal oyunlarınla hepimizi tehlikeye atıyorsun," diye söyleniyordu.

Gaia, "Ama kaçabiliriz," dedi.

Myrna, "*Sen* kaçabilirsin," diye düzeltti. "Veya diğer tarafa düşüp ölürsün. Eğer düşündüğüm gibi battaniyelerden ip merdiven yapsan bile hepimiz duvardan yukarı çıkamayız. Bazılarımız oradan sığmayız bile. Nöbetçiler senin yokluğunu anladıkları anda da sana suç ortaklığı yaptık diye biz canımızdan oluruz."

Gaia odada gözlerini gezdirdi, gerçeği diğer kadınların gözünde görebiliyordu. Kendisinin kaçabileceğinden emindi. Ama diğerlerini nasıl tehlikeye atabilirdi?

Gaia gözleri yukarıdaki pencerede, hayalleri küllerin

arasında yok olmaya yüz tutmuş halde yerine oturunca Myrna, "En azından gerçeği bir parça kavrayabiliyorsun," diye mırıldandı.

Cotty, Gaia'nın dizine dokunmak üzere uzanıp yavaşça, "Tamam. Dışarı çıkmak için başka yol bulacağız. En azından sen bizi bu konuda uyandırdın," dedi.

Veya sizleri boş ümitlere sürükledim, diye düşündü Gaia. Kadınların o gelmeden evvel daha iyi mi, yoksa daha kötü mü olduklarından emin değildi.

Sonraki birkaç gün içinde ne gardiyanlardan, ne de hapishanenin dışında hasta bakmaya gittikleri yerlerden Sephie veya Gaia'nın annesine dair haber aldılar. Gaia geceleri sık sık uyanıp babası için üzülüyor, bir yandan da annesi için endişe duyuyordu. Gecenin yalnızlığında duvarın dışındaki hayatında yaşadıkları mutlu anları hatırlayarak kendini avutmaya çalışıyordu. Örneğin, babasıyla birlikte annesinin doğum günü için sahanda yumurta ve ballı çörekleri hazırlarken ne kadar mutluydular. Ama yanındaki yataktan Cotty'nin nefes alışını duyunca hayalindeki bu resimler kayboluyordu. Ardından aklı kaçma yolları üzerine takılıyor, sonucu olmayan bu düşünceler, yorulup uykuya dalıncaya kadar kafasında dönüp dolaşıyordu.

Myrna'nın yardımcısı konumuna gelene kadar önce kadının alaycı konuşmalarına haftalarca katlanması gerekmişti. Gaia hiç şikâyet etmiyordu. Çalışmak onun için aklından çıkmayan üzüntüsünden ve korkusundan uzaklaşmak demekti. Ne zaman dışarı çıksa annesinden bir haber almayı umuyordu.

İki kez hepsi hapishane çitinin arkasında toplanarak başka idamları seyretmişti. Bir adam duvarın dışından bir kadını fahişelik yapmak üzere içeri kaçak sokmak, diğeri de hemofili hastası oğlu için karaborsa kan almakla suçlanmıştı. Ayrıca kırbaç cezaları da vardı; genç bir âşık kız, arkadaşının evine gizlice girerken yakalanmış, bir kadın da fabrikada mikoprotein fıçısını dikkatsizce kirletmişti. Gaia her kamçı sesinde ürküyordu.

Ama iyi şeyler de olduğunu fark ediyordu. Ara sıra gardiyanlar doktorların kaldığı hücreye, onların yaptıklarının takdir edildiğini ve yakında serbest bırakılacaklarını gösteren kitap, küçük bir kavanoz bal, bir yumak yünle yeni şişler veya anatomi atlası gibi ufak hediyeler getiriyordu.

Sonra bir keresinde de bir mucize eseri portakal geldi.

Myrna, "Bu nasıl olur?" dedi. Portakalı kutusundan çıkarıp sarılı olduğu yeşil kâğıdı yere attı. Elindeki meyveyi pencerenin ışığına tutunca pütürlü kabuğun turuncu rengi kadınların gözünün önünde parladı. "Bunu kim göndermiş olabilir? Asıl, gardiyanların elinden biri iç etmeden bize nasıl ulaştı?"

Gaia turuncu yuvarlağa uzandı. Avucundaki meyvenin serin ağırlığını hissediyordu. Yüzbaşı Grey'in bir keresinde söylediği geldi aklına. Anklav içindeki işbirliğinin ödüllendirildiğini söylemişti. Bu doğru gibiydi. "Belki dün diktiğin adamın portakal ağacı vardır," diye önerdi.

Myrna kutunun içinden bir kart çıkardı, ışığa tuttu. Yakını göremediği için başını geriye doğru eğip okudu. "Bu senin için. Gaia Stone, Q hücresi. Ama kimden geldiği yazmıyor."

Gaia, şaşkın halde, "Bana mı?" diye sordu. Kartı alıp kimden geldiğine kafa yorarak, "Sephie'den olabilir mi? Sonunda serbest kaldı mı acaba?" diye sordu.

Cotty portakala doğru uzanınca Gaia ona verdi. Yaşlı kadının nazikçe burnuna götürmesini seyretti. "Nereden geldiğinin ne önemi var? Bu bir portakal ve ben de yıllardır portakal yemedim," dedi.

Gaia, "Hadi, hemen yiyelim," dedi. Sanki bir mücevheri paylaşır gibiydiler. Kadınların her biri kendi payına düşeni yemeden önce ışığa tuttu.

Gaia kendi payının zevkine varmak için, canlı ve sulu tadın dilinin üzerindeki her hücreyi büzüştürdüğünü hissederek, iki ısırıkta yuttu. Myrna'nın ona düşünceli bir şekilde baktığını fark etti.

Gaia, "Ne?" diye sordu.

"Hiç."

Ama Gaia kollarındaki tüylerin diken diken olduğunu hissetti. Myrna'nın ne düşündüğünü biliyordu. Sephie içeriye bir portakal gönderemezdi. Bu hediyenin de Myrna'nın hastasına iyi bakmasıyla ilgisi olamazdı. Biri Gaia'ya ilgi duyuyordu ve o kişi, hapishane duvarları içine portakal gönderebilecek kadar güçlü biriydi.

Gaia portakal kabuğunu ısırdı. *Acaba o kim olabilir*, diye düşündü. *Ve neden kendisini seçmişti?*

Myrna'yla Gaia'nın prematüre bir kız çocuğu doğurttukları bir öğleden sonra, Gaia kahvede oturan üçlü bir asker grubu gördü. Onlardan birinin Yüzbaşı Grey olduğunu fark edince irkildi. Gaia ve Myrna dört gardiyan arasında yürüyordu ama artık Gaia'nın gözü yanında yürüyenleri görmüyordu. Durunca gardiyanlardan biri topuklarına vurdu.

"Hey!" dedi.

Gaia, "Özür dilerim," diye mırıldandı ve topuğunu bol ayakkabısının içine sokmak için duraksadı.

Yüzbaşı Grey, küçük beyaz fincanı kaldırarak başını geriye doğru atıp yutkunduğunda, genç adamın keskin hatlarını net olarak görebilmişti. Daha zayıflamış gibi görünüyordu ama üstünde yine aynı siyah üniforma vardı, başındaki geniş kenarlı şapkası ve rahat tavırlarıyla dikkat çekiyordu. Hapishanede geçirdiği haftalar boyunca aklına her geldiğinde onun korkak bir makine çarkı, hatta masum bir bebeği ölüme terk edebilecek biri olduğunu düşünerek aklından çıkarmaya çalışmıştı. Ama şimdi kendisinin hapishanede, onun ise dışarıda serbest dolaşması büyük haksızlık olarak görünüyordu. Nasıl olur da keyifle bir fincan kahve içebilirdi! Hem de arkadaşlarıyla!

Yüzbaşı Grey, "Nöbetçi, dur!" diye emretti.

Nöbetçiler durup dikkat kesildiler. Myrna da durdu. Gaia onun yanında durmak zorunda olsa da yüzünü diğer tarafa çevirmişti.

Myrna kaba bir tavırla, "Yüzbaşı, ne oluyor?" diye sordu.

Gaia, Yüzbaşı Grey'in kaldırım taşında kendilerine doğru yaklaşan çizmelerinin sesini duyabiliyordu. Ama o hâlâ yanındaki duvarda çiçek açmakta olan asma dallarına gözlerini dikmişti. Yüzbaşı Grey beraberinde kahve kokusunu da getirmişti. Bu koku ne kadar da özgürlüğü anımsatıyordu! Elinde olmadan vahşi bir kıskançlık içini kemirmeye başladı.

YaklaşanYüzbaşı Grey'in sesi daha yumuşamıştı. "Yardımcın faydalı oldu mu?" diye sordu. Gaia onun kültürlü, düzgün ses tonuna şaşırmıştı. Alışmaya çalıştığı nöbetçilerin kaba seslerinden ne kadar farklıydı!

Myrna, "Oldukça iyi," dedi.

Gaia şaşırmıştı, kendinden büyük olan bu kadına dönüp baktı. Hasır şapkasının altından kendisine içten bir şekilde bakıyordu, sonra kaşlarını hafifçe kaldırdı. Bu sözler, Myrna'dan bu güne kadar duyduğu övgüye en yakın olan sözlerdi.

Yüzbaşı Grey, "Onu hapishaneye ben götüreceğim," dedi.

Gaia başını kaldırınca onun şaşkın gardiyana başıyla işaret ettiğini gördü.

Yüzbaşı Grey, kararlı bir şekilde, "İlerleyin Çavuş," dedi. "Kardeş Stone benim sorumluluğumda."

Gardiyan, "Peki, Yüzbaşım," diye selamladı.

Gaia kesinlikle onunla kalmak istemiyordu ama itiraz edecek bir durumu da yoktu. Myrna'ya bakınca onun tekrar alaycı ifadesine büründüğünü gördü. Otoriter bir puflamayla Myrna onun elinden doktor çantasını alarak her zamanki yükünden kurtardı. Gardiyanlar hemen Myrna'nın adımlarına ayak uydurmuşlar, birlikte köşeyi dönüyorlardı. Kaldırım taşları üzerinde adımları duyulmaz olmaya başlamıştı. Köşedeki kahveden gelen bir ses Gaia'ya hayatın devam ettiğini hatırlattı.

Gaia, Yüzbaşı Grey'le yalnız kalmıştı. Onun önünde durmak çok zor geliyordu. Gerçi yakalandığı ve hapsedildiği o kederli günden beri ilk defa özgürlüğe bu kadar yakın hissediyordu. Onun arkasından tepeden aşağıya baktı, kafasından kaçmayı geçirse de onun çevik fiziğine bir kere bakması kendisini kolaylıkla durdurabileceğini anlamasına yetti.

Yüzbaşı Grey sonunda, "İyi misin?" diye sordu.

Onun sakin sesi üzerine, şapkasının altındaki gölgeli çizgiye baktı. Mavi gözleri eskiden hatırladığı gibi, hatta o bakışların neye benzediğini bile bilmediği zamanki gibi ona ciddi bir şekilde bakıyordu. *Neden*, diye düşündü. *Neden ilgileniyorsun?*

Bir esintiyle gri elbisesi bacaklarına dolandı, Gaia hemen kumaşı düzeltti. "Gördüğünüz gibi," dedi.

Yanında çark edip eliyle davet ederek, "Benimle yürü," dedi yüzbaşı.

Gaia, "Başka seçeneğim var mı?" diye sordu. Hemen ardından sözlerini geri almak istedi. Ona kızgın olduğunu bilmesine gerek yoktu.

Ama o sadece, "Ah," dedi. Yürümeye başlayınca Gaia ona ayak uydurmak zorunda kaldı.

Berrak ve güzel bir öğleden sonrasıydı. Sakin bir sokakta tepeden aşağı iniyorlar, hiç gitmediği bir mahalleye doğru ilerliyorlardı. Bir pencereden gelen rüzgârın çınlama sesi duyuldu. Yakındaki taş duvarlardan mor ve mavi çiçekler sarkıyordu. Gaia'nın hasır şapkasından içeri güneş sızıyor, burnunun üzerinde ve gölgeler yanaklarında beliren çil misali yürüdükçe yer değiştiriyordu.

Anklav'a ilk sızdığında burası onun gözüne cennet gibi görünmüştü, beyaz duvarlarıyla her yer çok temizdi. Sonra ilk idamı seyredince altında yatan barbarlık karşısında şok olmuş, burada hiçbir şeye güven duyamayacağını anlamıştı. Günbegün, Sephie ve Myrna ile çıkışlarında Anklav'ın pratik yönünü görmüştü; pazarın rutin gelişimini, özgür olmaya hiç umutları olmadıkları halde Q hücresindeki doktorların değişmeyen görevlerini yerine getirdiklerinde duydukları memnuniyet ve gururu görmüştü. Çalışkan bir sürü düzgün insan; cam fabrikaları, dökümhaneler, değirmenler işleterek işlevsel üretimde bulunuyorlardı. Burada saygı duyulabilecek şeyler de vardı, her şey barbarca değildi.

Bu yeni yerleşim yerinin kendine göre bir güzelliği, hanımelinin baş döndürücü kokusu ile özdeşleşen davetkâr bir havası vardı. Daha eski, daha oturmuş, telaşsız bir yere benziyordu. Evlerin beyazlığı krem rengine bakıyordu, ağaçların gölgeleri daha fazla, kaldırımlar daha genişti. Tepenin ucunda bir park vardı, çocuklar canlı ve yoğun sesleriyle futbol oynuyorlardı. Her ne kadar aynı olmasa da burası ona eski gölü anımsattı. Eğer kendisi bir mahkûm, o da bir gardiyan olmasaydı sıcak bir yaz günü yürüyüş yapan iki arkadaş zannedilebilirlerdi. Ama Gaia gardiyanı hayal kırıklığına uğratmak istemiyordu. Bu adam arkadaşı değildi.

"Umarım portakal olgundu?" diye sordu yüzbaşı.

"Onu siz mi gönderdiniz?"

Elini cebine soktu. "Bir arkadaşım senin pazaryerinde portakala baktığını söylemişti," derken sesi rahattı. "Şey, bakmaktan ziyade 'ağzı sulanmıştı' demişti. Daha fazla da gönderirdim ama artık pek fazla bulunmuyor," dedi.

Gaia, doktorlara gelen diğer hediyeleri anımsadı. Başını kaldırıp onun profiline baktı. "Yünleri, kitapları ve diğerlerini de siz mi yolladınız?"

Bir an göz göze geldiler. "Koruyucu'ya önermiştim. Gaia sen birçok kişinin düşünmesine yol açtın. Son zamanlarda hapisteki doktorlar üzerlerinde baskı hissediyor, bazen bu küçük şeyler yardımcı olabiliyor," dedi.

Demek sorumlusu *oydu.* Portakalı aldıkları günü hatırladı. O günden beri Q hücresinde moraller biraz yükselmişti. Orası hâlâ hapishaneydi ve hâlâ korkunçtu ama şimdi biraz olsun umut vardı. Yolun kenarındaki çalıkuşlarının arasına bir güvercin katılmış, kırıntıları gagalıyordu. Onları geçip, köşeyi döndüler. *Ona teşekkür etmem lazım,* diye düşündü ama sözler boğazına takıldı.

Yüzbaşı, "Kurdelendeki kodu çözmekle görevlendirildim," diye ilave etti.

Gaia'nın sinirleri tehlike çanları çalmaya başladı. Demek kurdelenin şifreli olduğunu fark etmişlerdi. Onları çözmek ne kadar sürerdi, yoksa çözmüşler miydi? Yukarı bakınca yüzbaşının düşünceli olduğunu gördü.

"Daha doğrusu görevlendirilmiştim," diye düzeltti. "Sonra daha az hassas olan başka bir göreve atandım. Görünüşe bakılırsa senin olduğun yerde bana pek güvenmiyorlar."

Gaia ellerini önünde kavuşturup yolun yukarısına doğru ilerledi. "Minnettar olmalıyım sanırım," dedi.

"Neden?"

Gaia omuz silkti, cevabında alaycılık vardı. "Keskin zekânızla bir iki gün içinde deşifre ederdiniz."

"Demek onların birer kayıt olduklarını biliyordun?"

Gaia, hata yaptığını fark edebiliyordu. "Hayır," diye yalan söyledi.

"Neler yazılı olduğunu biliyor musun?"

Gaia kollarını kavuşturdu. "Bunları bana neden soruyorsunuz? Sizinle işbirliği yapmaya niyetim yok. Bana baskı yapmak isteyebilirsiniz. Ama kendiliğimden size bir şey söylemem. Anklav babamı öldürdü." Babasının adını ağzına aldığı anda eski öfkesi alevlendi.

Yüzbaşı Grey taştan bir duvarın önünde duraksadı, ellerini duvara yaslayıp manzarayı seyretmeye koyuldu. "Böyle olmamalıydı," dedi.

Genç kız boğuk bir sesle güldü. "Ya, olmamalıydı mı dersiniz?"

"Bizler de hata yapabiliriz," dedi Yüzbaşı.

Gaia az kalsın yine gülüyordu. Ne kadar gülünç olduğunun farkında değil miydi? Anklav sadece birkaç hata yapmamıştı. Tüm sistem tabiatı gereği hiç etik değildi ve o sadece ufacık bir çatlaktan söz ediyordu. Onun bakışını takip ettiğinde kurumuş gölün gri tepeciklerini, ufukta sisli mavi gökyüzünü, duvarın ve tepenin ardında gizli, yakınlardaki Wharfton evlerini gördü. Burada yaşayan ve bu manzarayı gören herhangi biri orada çabalayan insanların yaşadığından habersiz Wharfton'a tepeden bakabilirdi. Manzaranın garip güzelliği Gaia ile dalga geçer gibi kayıplarının önemsiz olduğunu düşündürüyordu.

Gaia parmaklarını bükerek, "Babamın öldüğünü bana söylemediniz bile," dedi. Sesi sitemli çıkmıştı. "Bana her an bildirebilirdiniz ama hiç söylemediniz."

Yüzbaşı Grey yavaşça ona dönüp baktı. "Üzgünüm," dedi.

O ana kadar duymak istediğinin bu sözler olduğunu fark etmemişti bile. Babasının öldürülmesinde Yüzbaşı Grey'in hatası olmadığını biliyordu ama biri ona söylemiş olmalıydı ve kendisiyle daha önce de konuşan kişi oydu. Bir an ağlamaklı oldu ama onun özür dilemesiyle içinden bir sürü cevap bekleyen sorular yükselmeye başladı.

Gaia, "Nerede gömüldü?" diye sordu.

"Öğrenebilirim."

"Annem nerede?"

Yüzbaşı gözlerini garip bir şekilde kırpıştırarak, "Bilmiyorum," dedi.

Gaia ona doğru küçük bir adım atarak, "Hâlâ hayatta mı?" diye sordu.

"Bunu da bilmiyorum. Öldüğünü duymadım."

"Pek bir şey bilmiyorsunuz, değil mi?"

Şapkasının kenarı gözlerini gölgede bırakıyordu ama sakince durup kıza baktı. Onun dikkatli bakışlarının aslında, kendisini rahatsız veya güvensiz hissettiğinde kullandığı öğrenilmiş bir kalkan olduğu aklına geldi.

Yüzbaşı Grey sakince, "Biliyor musun, seninle nazik bir şekilde konuşmak için gayret sarf ediyorum," dedi.

Gaia kollarını kendine daha sıkı sardı. Onun kendisine nazik olması veya ceza vermesi umurunda değildi. Keskin bir sesle, "Özür dilerim," dedi. "Unuttum, size minnettar olmam gerekiyor, değil mi? Bana bir portakal yolladınız. Ödeştik sayılır."

Yüzbaşının gözleri kısıldı. "Öyle..."

Gaia onun nefesini tuttuğunu hissetti. Bakışları omzunun üzerinden arkalarındaki yokuş yolda durup onlara bakan iki kadına yöneldi. Kadınların beyaz giysileri güneşte parlıyordu ve Gaia bu kadar uzakta olsalar bile güzel olduklarını görebiliyordu. Yaşlı olanı geniş kenarlı bir şapka takmıştı, genç olansa şapkasını eşarpla bağlamıştı ama saldığı sarı saçları rüzgârda uçuştuğu için ince parmaklarıyla onları tutmak zorunda kalıyordu. Aynı parmakların küçük hareketleri bir selamlama da olabilirdi ama Gaia emin olamadı.

Aniden Yüzbaşı Grey, "Hadi gidelim," diyerek yolda hızla yürümeye başladı.

Gaia, "Kimdi onlar?" diye sordu. Adımlarını açarak ona yetişmeye çalıştı.

"Annem ve kız kardeşim," dedi yüzbaşı.

Gaia'nın kafası karışmıştı. "Ama, onlar..." Kadınlar yüksek sınıfa mensup gibiydiler ve o sınıftakiler oğullarının gardiyan olmasına izin vermezdi.

Gaia, "Onlar Koruyucu'yu tanıyorlar mı?" diye sordu, Yüzbaşı Grey'in görevinden alınması için neden ricada bulunmadıklarını merak ediyordu.

Yüzbaşı Grey, Gaia'ya döndüğünde gözlerindeki büyük keder ve öfke açıkça görünüyordu. Sonra sanki garip bir şey söylemiş gibi ona bakarak, "Kendisi babam olur," dedi.

Gaia şaşkın bir şekilde dondu kaldı. Yüzbaşı Grey. Yüzbaşı Leon Grey'di. Diğer adıyla Leon Quarry, Koruyucu'nun en büyük oğlu.

Gaia düşünceli bir edayla, "Ben sizin hakkınızdakileri biliyorum," dedi.

Yüzbaşının cevabının alaycı heceleri yavaşça ağzından döküldü. "Öyle mi?"

Yüzbaşı Grey iki adım daha attı ve durup döndü. Omuzunun üzerinden baktı ama tepenin aşağısında kaldıkları için ailesinin gözlerinden uzaklaşmışlardı. Gaia, tanıdığı bu genç adamla yani gardiyanların başıyla Koruyucu'nun oğlu hakkında bildiklerini bağdaştırmaya çalışıyordu. O da evlatlıktı. Leon, yıllar önce Tvaltar programlarından kaybolan çocuktu. Şimdi onu ilk gördüğünde neden tanıdık biriymiş gibi geldiğini anlıyordu. Kendi çocukluğunda onun çocuk resimlerini, kocaman posterlerini görmüştü. Ama değişmişti. Hem de tümüyle.

Gaia, "Anlamıyorum," dedi.

Yüzbaşı Grey'in dudakları sanki bir karar vermeye çalışıyormuş gibi bir çizgi halinde inceldi.

"Gel," diyerek Gaia'nın kolundan tutup ilerlemeye başladı. Bu kez daha hızlı yürüyordu. Bir sonraki köşeden sola dar bir yola saptılar, aşağıya doğru gidiyorlar, şehrin merkezinden uzaklaşıyorlardı.

Gaia, "Beni nereye götürüyorsunuz?" diye sordu.

Ama cevap alamadı. Birkaç adımda büyük bir metal kapının mandalını bulup açarak Gaia'yı bir bahçeye soktu. Kapıyı kapatıp, onu tepeden aşağı bahçenin bir köşesindeki beyaz çam ağacının gölgesine götürdü. Yukarıdaki yeşil olanlar havayı mis gibi çam iğnesi kokutuyor, alttaki kahverengi iğnelerse ayaklarının altında yastık gibi bir tabaka oluşturuyordu.

Gaia, "Burası neresi?" diye sordu.

"Şimdilik güvenli bir yer," dedi yüzbaşı. Yanakları kızarmıştı. Kaşlarını silmek için şapkasını çıkardı. "Buranın sahibi Quirk'ler ailemin eski arkadaşları. Zamanlarını çoğunlukla Bastion'da geçiriyorlar, evlerine geç gelirler."

Gaia elma ağaçlarının arasından tepeye doğru baktı. Orada krem rengine boyanmış hoş bir taş ev görünüyordu. Beyaz kiremitli dam ve kemerli pencereler insanı kendine çekiyordu. Bu ev ve bahçe bütün sade zarafetiyle Gaia'ya, Tom'la Dora'nın eskiden kalma evlerinden daha kıymetliymiş gibi geldi. Her yerden morlu sarılı çiçekler fışkırıyordu. Bahçenin peyzajı için epey su harcandığı belliydi. Arada görünen beyaz kayalar da doğal oturma yerleri meydana getiriyordu.

Yüksek taş bir duvar bahçeyi üç taraftan koruyordu, dördüncü taraf açıktı ve tepeden aşağı eski gölle güney tarafın ufku görünüyordu.

Gaia yamaca doğru yürüdüğünde, "Gitme, kimseye görünmemeliyiz," dedi yüzbaşı.

Gaia son bir kere aşağı baktıktan sonra tekrar çam ağacının gölgesine geriledi. Şaşkınlıkla Yüzbaşı Grey'e döndü.

"Sizin Leon Quarry olduğunuza inanamıyorum," dedi.

"Bildiğini zannediyordum."

Gaia başını salladı. "Nasıl bilebilirdim ki? Tvaltar'da sizi son gördüğümden çok farklısınız. Size ne oldu?"

Yüzbaşı, temiz parmaklarıyla şapkasının kenarlarını sıktı. "Muhafız birliğine katıldım."

Hikâyenin bundan fazlası olduğu o kadar belliydi ki, Gaia az kalsın gülecekti.

"Koruyucu'nun oğlu benden ne isteyebilir ki?"

Yüzbaşı Grey ona baktı. "Kahvenin orada seni görmem bir tesadüf değildi. Seni bekliyordum. Bize lazım olan bazı cevapların sende olduğunu biliyorum. Sana yardım edebilirim," dedi.

Gaia kaşlarını kuşkuyla kaldırdı.

"Dinle, Gaia. Anklav seni son bir kez sorguya çekmek üzere hazırlanıyor," dedi. "Bu kişi ben olmayacağım. Bir uzmanları var. Kurdele hakkında bilgi edinmek ve mürekkep olarak ne kullanıldığını öğrenmek istiyorlar.

Gaia, "Mürekkep!" diye haykırdı.

"Çantanda hiç dolmakalem yoktu ama mürekkep şişesinin doğumlarda notlar aldığının kanıtı olduğunu düşünüyorlar. Bu bilgilerin daha sonra kurdeleye şifrelerle kaydedildiğini sanıyorlar."

Gaia, "Ama ben not almıyorum ki!" diye haykırdı. "Şifreler hakkında bir şey bilmiyorum," dedi.

Yüzbaşı Grey ona daha yaklaşarak, "Gaia," dedi. "Bu insanlar çok ciddi. Eğer bir şey biliyorsan, herhangi bir şey, senden bunu öğrenmesini bilirler. Onlarla en başından işbirliği yapman çok daha iyi olur. Sadakati ödüllendirirler. Her zaman böyle olmuştur."

Gaia gerileyerek çam ağacının gövdesine tutundu, başparmağına çamın reçinesinden bir damla geldi.

"Ben bir şey bilmiyorum," diye ısrar etti.

Yüzbaşı Grey'in dudakları ip gibi incelmişti. "O zaman öleceksin," dedi.

Gaia içgüdüsel olarak bir elini kalbine koydu. Gaia'nın ağzından çıkanların hiçbirini umursuyor gibi görünmüyordu ama yine de onu buraya kadar uyarmak için getirmişti. Bunların hiçbiri mantıklı değildi. Bir çözüm bulmak için çabalıyordu. Anklav'ı derhal terk etmeliydi. Annesi için tekrar gelmek zorundaydı, zira ona ölü olarak hiçbir faydası dokunamazdı. Soluna tepeye doğru baktı. Şimdi atlayıp Yüzbaşı Grey'den kaçmak için şansını denemekten daha kötüsü olabilir miydi? "Beni şimdi bırakamaz mısınız?" dedi. "Hemen şimdi?"

Yüzbaşı başını salladı. "Bıraksam bile kaçan mahkûmun vurulması emirleri var. Beş dakika sonra ölürsün," dedi.

Gaia tereddüt etti. Kararsız olarak, "Eğer onlara bir şeyler söylersem..." dedi yavaşça. "Nasıl yardımcı olacağını bilemem ama onlara bir şey söylersem beni serbest bırakırlar mı?"

Yüzbaşı Grey, yüzünü ellerine doğru indirdi. Parmaklarını alnına bastırdı. Şapkası yavaşça yere düştü. Kısık sesiyle, "Bu olamaz," dedi.

Onun tepkisi Gaia'yı daha da korkutmuştu. "Durun Yüzbaşı. Lütfen. Anklav'dan dışarı çıkmanın bir yolu olmalı."

Kızgın ve acı dolu bakışlarını Gaia'ya çevirip, "Ne biliyorsun?" dedi. Onu iki kolundan tuttu ve ayakları bir kök dalına takılıp sendeleyene kadar geriye itekledi. Şapkası yere düştü. Yüzbaşı Grey onu daha da sıkı tuttu. "Kendi iyiliğin için. Bana söyle," diye ısrar etti.

Bu anne ve babasının sırlarıydı. Onlara asla kimseye söylemeyeceğine dair söz vermişti. Söylerse işlerin daha da kötüye gitmeyeceğini nasıl bilebilirdi?

Yüzbaşı Grey onu bir kez daha sarstı. "Gaia, bana söylesene!"

"Çil izleri," dedi Gaia.

Kolları biraz gevşemişti ama ısrarcı tavrı devam ediyordu. "Ne demek istiyorsun? Hangi çil izleri?"

Gaia, "Her bebeğe bir çil izi yapıyoruz," dedi. "Nasıl yardımı olur, bilmiyorum. Bu izlerle teslim edilen bebeklerin sadece bir kısmının annemle benim doğurttuğum anlaşılır o kadar. Yani Batı Üçüncü Sektör'den gelenler ortaya çıkar."

Yüzbaşı artık kolunu sıkmaktan vazgeçmiş sadece tutuyordu. "Neden söz ediyorsun?"

Gaia farkında olmandan ayağını dışarı doğru uzatmıştı. "Kardeşlerim için bir onurlandırma işaretiydi. Yakın zamana kadar önemli olabileceğini düşünmemiştim," dedi. "Bir bebek doğduğu zaman annem yeni doğum yapan kadınla biraz oturur çay içerdi. Bebeğin cildine mürekkepli iğneyle işaret yapmamı beklerdi. Bu benim çıraklık eğitimimdi."

Yüzbaşı Grey, "Dövme gibi mi? Bir şey yazıyor muydu? Kurdele yanında olur muydu?" diye sordu.

Gaia başını salladı. Yüzbaşı onu bırakmıştı ama yakınında duruyordu. Şaşkındı. Gaia omzuna uzanıp onun sıkıca tuttuğu acıyan yerleri ovuşturdu.

Yüzbaşı Grey, "Bana gösterebilir misin?" diye sordu. "Sende de bu izler var mı?"

Gaia güneş ışığına çıkıp ayakkabısını bir taşa dayadı. Eteğini bacağının üzerine kaldırdı ve sol ayağını gösterdi. Sol ayak bileğinin içini işaret ettiği yerde dört küçük çil izi basit bir desen gibi görünüyordu.

Gaia, "Dört nokta," dedi. "Üçü düz bir çizgide, biri daha aşağıda. Orion'un üç yıldızı gibi, biri de kılıcın ucuna benziyor."

"Her bebekte aynısı mı var?"

Daha cevap vermemişti ki, Yüzbaşı Grey harekete geçmişti.

Gaia'nın önünde dönüp bir kayanın üzerine oturmuş sol ayağını diğer dizinin üzerine koymuştu. Çabucak bir hareketle ayağındaki botu çıkardı. Siyah çorabını da çıkardı. Hırsla pantalonunu sıyırıp bileğine baktı.

Orada, silinmiş gibi olsa da yan yana üç tane çil vardı ve dördüncüsü de sola doğru biraz aşağıdaydı. Gaia gözlerine inanamıyordu.

Yüzbaşı Grey fısıltıya benzer sesiyle, "Ben duvarın dışındanım," dedi.

Gaia'nın gözleri onun gözlerine takıldı kaldı. "Annem sizin doğduğunuzda oradaymış," dedi. "Size doğum izlerinizi yapmış."

Gaia olanların hepsini yerine oturtmak için mücadele ediyordu. Annesi Leon'u Anklav'e teslim etmişti. "Doğum gününüz ne zaman?"

Yüzbaşı Grey ondan tarafa bakıp gözlerini kırpıştırdı. "Doğum günüm mü? 12 Haziran 2390," dedi. "Neden sordun?"

Gaia hem hayal kırıklığına uğramış hem de rahatlamıştı. "Siz benim ağabeyim değilsiniz," dedi. Yanakları kızarmıştı. "Odin'le aynı yılda doğmuşsunuz ama farklı günlerde."

Yüzbaşı Grey kısa bir süre gözlerini kapattı. Gaia annesinin yaptığı izlere dokunmak için tarifsiz bir arzu duyuyordu. Uzanıp yavaşça onun ayak bileğine dokundu. Yüzbaşı gözlerini açıp ona merakla baktı.

Gaia elini çekti. "Özür dilerim," dedi. Onun tenine dokunmaktan parmakları ürpermişti.

"Bunun benim için ne demek olduğunu anlayabiliyor musun?" dedi.

Gaia başını salladı.

"Annem ve babamın kim olduğu hakkında bilgin var mı? Yani biyolojik anne ve babam demek istiyorum."

Gaia yine başını salladı. "Üzgünüm ama bilmiyorum," dedi.

Yüzbaşı Grey, "Bu bilgi kurdelenin üzerine yazılmış mıdır?" diye sordu.

Gaia tereddüt ederek, "Olabilir," dedi. Yalvaran gözlerini onun gözlerine kilitledi. "Şifreyi bilmiyorum," dedi. "Biyolojik ailenizi öğrenmeniz ne fark eder? Burada yetişmişsiniz. Babanızın Koruyucu olduğunu söylediniz. Bundan daha iyi ne olabilir?"

Yüzbaşı Grey çorabını ve botunu çabucak giymeye koyuldu.

"Eminim Koruyucu Ailesi Özel Bölümü, *Nasıl Aile Olduk*'u hatırlıyorsundur," diye sert bir şekilde konuşmaya başladı. "Koruyucu'nun ilk karısı çocuk sahibi olamıyordu. Beni evlat edindiler." Botunu yere vurmak için kalktı. "Sonra beni evlat edinen annem öldü. Babam ikinci kez Genevieve'le evlendi, üç çocukları oldu."

Gaia hızla düşünüyordu. "Yani demin gördüğümüz, annem ve kızkardeşim dediğiniz kadınlar aslında üvey annenizle üvey kardeşiniz, değil mi?"

"Teknik olarak, evet. Ama küçük Gaia, sihirli çubuğunu salla. Biz *aileyiz*." Son kelimeyi öyle söylemişti ki, sanki hepsi müzikli bir fon üstüne büyük harfle yazılmıştı.

Gaia onun alaycılığı karşısında geriye çekildi. Alçak sesle, "Bir ailenin ne demek olduğunu bildiğinden pek emin değilim, Leon," dedi.

Bir kahkaha attı. "Hadi canım! Teşekkür ederim. Sonunda 'Leon' olduk. Büyük ilerleme," dedi.

Gaia kollarını göğsüne götürdü. "Seni anlayamıyorum," dedi.

Yüzbaşı Grey, eliyle koyu saçlarını düzeltti ve kaşlarını çattı. "Benim için fark etmez," dedi. "Anlaman gereken şey, çil izleri onları kurdelenin şifresini çözmeye daha da yöneltecektir. Çiller bir çeşit marka çünkü."

Gaia donup kalmıştı. "Onlara söyleyecek misiniz?" diye sordu.

Leon, dönüp ona baktı. Gözleri Gaia'nın gözlerini delip geçiyordu. "Hayır. Sen söyleyeceksin," dedi.

Gaia ondan uzaklaştı. "Söyleyemem."

"Söyleyeceksin," diye üsteledi Leon. "Onları işbirliği yaptığına inandırmalısın. Şifreyi çözmeye çalışmalısın. Görmüyor musun? Bu senin tek şansın. Karşı gelirsen seni öldürürler. Ama yardım edersen daha değerli olduğunu anlarlar. Sephie'yi düşün."

"Sephie'ye ne olmuş?" diye sordu.

Leon, doğruldu, şaşkın bir ifadeyle, "Onu serbest bıraktılar," dedi. "Persephone Frank evine, ailesine döndü. Hiçbir şey olmamış gibi doktorluk yapmaya devam ediyor. Bilmiyor muydun?"

Gaia hayretle güldü. "Sana inanmıyorum," dedi.

"Bu doğru. Sana gösterebilirdim ama fazla zamanımız yok."

Ama Gaia şaşkındı.

"Sephie onlara çay ve aslankulağına bakmalarını söyledi," diye devam etti Leon. "Onları senin kendisinin bile bilmediği bilgilere sahip olduğuna inandırdı."

Gaia, "Bana ihanet mi etti?" diye sordu.

Leon başını salladı. Ona anlatmaya çalıştı. "Hayır," dedi. "İşbirliği yaptı. İşbirliği yapınca da serbest bıraktılar."

Gaia olaya bir de Leon'un gözünden bakmaya çalıştı. "Ama bu izlerin bir marka gibi olduğunu sen kendin söyledin. Anklav'a çillerden bahsedersem, annemden gelen tüm bebekleri belirleyebilirler," dedi. Onu hayrete düşüren bir şey vardı. "Ama zaten bunu bilmiyorlar mı? Kendi kayıtları yok mu?"

Leon başını salladı. "Kimlerin teslim edildiğini biliyorlar elbette. Bu bir sır değil. Doğum tarihlerini de biliyorlar. Ama doğuran aileyi veya Wharfton'ın hangi bölgesinden geldiğini bilmiyorlar," dedi.

Gaia kuşkuyla sordu. "Peki, çil izi olanlar? Bu bilginin onlara yardımı olabilir mi?"

Leon bıkkın bir ifadeyle başını salladı. "Burada, dışarıdan gelmiş insanların birbiriyle evlenmeleri engelleniyor. Dışarıdan teslim edilmiş birini Anklav'ın içerisinde doğan biriyle evlenmesi vatandaşlık görevi sayılıyor. Bu sayede teslim edilmiş olanlar içeride doğanlar için aranan eşler olmuş durumda. Anlatabiliyor muyum?"

Gaia, "Sanki insanların kime âşık olacağını kontrol edebileceğini düşünüyormuşsun gibi konuşuyorsun," dedi.

"Öyle değil. Birbirine âşık olan iki yetiştirme insanın genetik taramaları sonrasında akraba olmadıklarının kanıtlanması şartıyla evlenme imkânları var. Ama yine de böyle evliliklere genetik çeşitliliğin boşa harcanması olarak bakılıyor." Leon gözlerini kapayıp, başını salladı. "*Bizim* genetik çeşitliliğimiz," dedi. "Ben de onlardan biriyim. Teslim edilenlerden."

Gaia onun hâlâ gerçek kimliğini benimsemekte zorluk yaşadığını görebiliyordu.

"Duvarın dışından geldiğini hiç anlamadın mı?" diye sordu. "Evlatlık olduğunu zaten biliyordun." Leon'un yanakların hafifçe kızardığını gördü.

"Beş dakika öncesine kadar babamın piçi olduğumu düşünüyordum," dedi. Çam iğnelerini eliyle bükerek yere düşürdü.

Gaia yumuşak bir sesle, "Öylesi daha mı kötüydü?" diye sordu. "Duvarın içindeki piç olmak yani?"

Leon bir süredir uzaklara dalmıştı ama şimdi dudaklarında alaycı bir gülümsemeyle yeniden Gaia'a döndü. "Gözünden bir şey kaçmıyor değil mi? Daha kötüydü elbette. Dışarıdan kimliği belirsiz meşru biri olmayı, Koruyucu'nun piçi olmaya bin kat yeğlerim," dedi.

Gaia, "İşte bu da bir şey ifade eder," dedi.

Leon küçük bir kahkaha atarak ona baktı. Gözleri tedirgin bir minnet duygusuyla yumuşamıştı.

Gaia, "Hâlâ Koruyucu'nun dışarıdan birinden olma piçi olabilirsin," diye hatırlattı.

"Onu tanısan bilirsin. Duvarın dışından bir kadına elini bile sürmez."

Çam iğnelerinin arasından hafif bir esinti geldi ve Gaia bahçedeki kuşlardan birinin çıkardığı tıkırtı sesini duydu.

Leon alçak bir sesle, "Üzgünüm," dedi. "Bu onun düşüncesi. Benim değil."

"Sorun değil."

Gaia ellerine bakarak onu neden anladığını, onunla konuşmanın neden bu kadar kolaylaştığını merak etti. Hem de konuştukları konuların bu kadar kişisel olmasına rağmen... Leon dışa görünen yüzünün altında hiç de Gaia'nın tahmin ettiği gibi biri değildi.

Leon, "Neden Orion yıldızı?" diye sordu. "Neden başka bir takımyıldızı değil?"

Gaia ayağını kayaya dayayıp kendi ayak bileğindeki çil izlerine tekrar baktı. "Orion annemin kızlık soyadı," dedi. Yavaşça konuşuyor, desene bakıyordu. "Hayatın boyunca orada Orion dövmesini görürsün ve asla ne ifade ettiğini düşünmezsin," dedi.

Leon, "Ta ki öğrenene kadar," dedi. "Sonra çok şey ifade eder."

Gaia başıyla onayladı.

Ayağını yeniden yere indirdiğinde bileğinde acayip bir karıncalanma hissetti. Sanki kendi bileğindeki çiller, Leon'un bileğindeki gizli çillerin varlığını hissetmiş gibiydi. *Acaba onunki de karıncalanıyor mu*, diye merak etti.

Leon ona yorgun bir şekilde baktı, gözleri mesafeliydi. "Gitmemiz lazım," dedi. Yerdeki iki şapkayı aldı, Gaia'nınkini ona vermeden üzerindeki çam iğnelerini silkeledi.

Gaia, "Teşekkür ederim," dedi.

Leon ona uzun uzun gülümsemeden baktı. Nazikçe, "O zevk bana ait," dedi.

Gaia'nın içini ciğerlerinin sıkışması eşliğinde tanımadığı bir his kapladı ve eli içgüdüsel olarak boynundaki saatine gitti. Sadece elbisesinin düğmelerini bulabildi, farkında olmadan onlarla oynamaya başladı.

Leon, "Aklıma gelmişken..." dedi. Cebinden madalyon saati çıkarıp ona uzattı. "Bununla işimiz bitti."

Gaia elindeki tanıdık saate baktı, tereddüt ederek, "Sende kalsın," dedi.

Leon, "Neden?" diye sordu. "O senin. Hâlâ çalışıyor. Senin için hep kurulu tuttum."

Gen kız başını iki yana salladı. "O özgür birine ait. Artık ona ihtiyacım yok. Ayrıca..." Bir türlü söyleyemedi ama saat gözünde değerini yitirmişti. Yabancı gözler tarafından incelenmiş, tüm mahremiyetinin içine edilmişti.

Leon yavaşça parmaklarını saatin üzerine kapattı ve sonra cebine geri koydu.

"Gaia," diye başladı. "Bir keresinde bana becerebilirsem kendime iyi bakmamı, iyi olmamı söylemiştin. Keşke..."

Gaia gözlerini ondan kaçırarak devam etmesini bekledi. Ama susunca aralarındaki sessizlik örümcek ağı gibi uzadı. Benliğinin en karanlık köşelerinde kendisinin de keşke diyebileceği şeyler olduğunu fark etti. Bir esirden çok bahçelerde özgürce dolaşan bir kıza ait olacak türden keşkelerdi bunlar.

Leon boğazını temizledi. "O bebek," dedi sonunda. "Hani, idam mahkûmunun bebeği, biliyorsun. Bilmek istersin diye düşündüm. Karaborsaya düşmüş gibi görünüyor."

Gaia'nın gözleri büyüdü. Bunu o mu ayarlamıştı? Verdiği haberin değeri onun için büyüktü. Eğer o bebeği kurtardıysa bunu Gaia için yapmıştı. Sadece onun için. Bu da kolay olmamıştı elbet. "Teşekkür ederim," dedi.

Leon şapkasını elinde bir kez daha çevirdikten sonra tekrar başına taktı ve bahçede yürümeye başladı.

Gaia onu kapının dışına kadar takip etti. Kapıyı kapatmasını bekledi. Kaderine terkedilmiş bebeğe bir şans vermesi ona çok şey ifade ediyordu. Ve de portakal. Dediği gibi onun için yapabileceği her şeyi yapmıştı. Her ne kadar hâlâ bir gardiyan ve sistemin bir parçası olsa da, ona teşekkür borçluydu.

Şehir merkezine yaklaşırlarken Gaia soluklanmak için durdu. Leon'a bakarken artık onu daha rahat inceleyebildiğini fark etti. Burnuna bir anda fırından taze çıkmış ekmek kokusu gelince hemen başını çevirdi. Daracık bir aralıktan üzerinde başak resmi olan küçük bir tabela gördü.

"Bana ekmek alsana," dedi kısık sesle.

Leon ellerini cebine sokup sanki karşısındaki arkadaşıymış gibi rahat bir tavırla geriye eğildi. "Bu imkânsız, Kardeş Stone."

Leon'nun gülümsediğini görünce Gaia'nın içi bir hoş oldu. Genç adama yaklaştı, nerdeyse elbisesinin düğmeleri onun göğsüne değecekti. Gözlerini ona bakmak için kaldırdığındaysa şapkalarının kenarları çarpıştı. Leon'un da nefesini tuttuğunu hissetti. Bir an gözkapaklarını kırpıştırdı ama geri çekilmedi.

Gaia, "Leon," dedi yavaşça. "O hapishaneye gireceğim ve bir daha çıkamayabilirim. Biraz ekmek istiyorum."

Leon'un mavi gözleri kısıldı, Gaia altdudağını ıslattığını gördü. Gaia nefes almakta zorlanıyordu. Gülümsediği zaman ne kadar yakışıklı olduğunu fark edince bu sefer kendisi de onu cesaretlendirmek için gülümsemeye başladı.

Leon bir adım geriledi, gözlerini kapadı ve başıyla onayladı.

Gaia'nın üzerine bir utangaçlık geldi. Yanakları renklendi. Bir an için Leon'un gözüne çekici göründüğüne kendi de inanmıştı. Leon da büyük bir iyi niyetle kısa bir süre için yarısı iğrenç bir yüze sahip olduğunu unutur gibi davranmıştı. Fakat birdenbire gerçek dünyaya dönerek utancından başı döndü.

"Unut gitsin," diye mırıldandı.

Leon, "Hayır," dedi. Kızın gözlerine bakmadan bileğinden tutup dar sokaktaki fırına doğru sürükledi. İçeri girdiğinde ciğerleri ferah bir esinti gibi yüzüne çarpan ılık maya kokusuyla doldu. İçinde hissettiği utanç duygusu biraz azaldı.

Leon, Gaia'yı bırakarak, "Bir somun siyah ekmek istiyoruz, Kardeş," dedi.

Fırıncının gözleri bir ona bir de gri hapishane giysileri içindeki Gaia'ya çevrildi. Adam hiçbir şey belli etmedi. Bileğini ovuşturan Gaia, tezgâhın üzerinden bakınca görmek istediği şeyi gördü. Büyük bir taş fırını, hem de simsiyah. Fırıncı küçük somun ekmeği kese kâğıdına sararken Gaia onun yüzünü inceledi. Keskin burnunu ve çalı gibi kaşlarını beynine kazıyordu. Kolları kaslıydı, kurumuş hamurlar önlüğünü kirletmişti. Leon'un uzattığı bozuk parayı alınca başıyla selam verdi ve parayı tezgâhın arkasındaki kutuya attı.

Fırıncı, "Başka bir şey var mıydı, Kardeş?" dedi. Sesi gür ve konuşması anlaşılırdı.

Leon, "Hayır, teşekkür ederim," dedi.

Fırıncı, "Anklav'ın hizmetindeyim," dedi.

Leon, "Ben de," dedi.

Gaia da, "Ben de," diye fısıldadı.

Fırıncı küçük gözleriyle ona bir kez daha sertçe baktı. Sonra bir adım gerileyip eliyle fırının taş duvarına dayandı. O kadar. Küçük, doğal bir hareketti bu ama Gaia'nın kalbi kaburgalarına yapışmış gibi geldi. Bu bir işaretti, bir mesajdı. Gaia ile göz göze geldiğinde başını çaktırmadan eğerek kendince bir selam verdi. Gaia çabucak bakışlarını çevirip Leon durumu fark etmeden dükkândan çıktı.

Fırına geri dönüp bakmaya cesaret edemedi ama fırıncının hâlâ onu seyrettiğini biliyordu. O, Derek'in arkadaşıydı. İsmini unutmuştu ama ona güvenebileceğini biliyordu. Coşkusunu zorla saklamaya çalışıyordu.

Leon küçük somun ekmeği ona verdi. "Cebin var mı?" diye sordu. "Sana hediye aldığımı herkes görmeden içeri girmen zor olacak."

Gaia temiz, sıcak ekmeğin ve yeni umudunun leziz tadını çıkararak ekmekten bir ısırık aldı. İçten gelen bir hareketle ekmeği Leon'a geri vermek istedi. Leon'un kaşları hayretle yukarı kalktı. Sokağa bakıp da yalnız olduklarını fark edince, ekmekten bir parça kopardı ve beyaz dişleriyle ısırdı.

Gaia kalan ekmeği elbisesinin koluna tıktı. Q hücresine taze ve gerçek bir ekmekle girdiğinde diğerleri şaşırmaz mıydı? Kalan küçük parça herkese yeterdi.

Leon lokmasını yuttu ve yüzündeki ifade karardı. "Lütfen aklından çıkarma," dedi. "Onlarla işbirliği yap."

"Sorgulamayı ne zaman yaparlar?"

"Yakında. Yarın veya öbür gün."

Gaia ekmeğin tadını son kez alabilmek için dilini dişlerinin üzerinde gezdirdi. Hapiste derin bir sorgulamaya alınırsa bir fırıncı tanımanın kendisine faydası dokunamazdı. Bu yüzden en kısa zamanda ona ulaşmalıydı. Anayola çıktıklarında Leon belli bir tempoda yürümeye başladı, Gaia da onun yanında hızlandı.

Kız ona, "Anlayamadığım bir şey var," dedi. "Neden muhafız birliğindesin? Baban Koruyucu'ysa, neden dışarıdan gelen cahil biri gibi Anklav'a hizmet ediyorsun?"

Leon kuru bir sesle, "Unutuyorsun. Ben de dışarıdan gelen biriyim," dedi.

"Söylemek istediğim bu değildi."

Meydana gelmişlerdi. Hapishanenin kemerlerini görünce Gaia yavaşladı. Öğleden sonranın gölgesi meydanın yarısını kaplamıştı ama hâlâ güneşin sapsarı, parlak ışıkları Bastion'un sarı taş yapısı üzerine vurmaya devam ediyodu. Leon'un o binada Koruyucu'nun ailesi içinde büyüdüğünü bilmek Gaia'nın gözünde Bastion'a başka bir anlam kazandırmıştı.

Leon aniden, "Babam beni reddetti," dedi. "Bu bir sır değil. Ben gözden düştüm ama bana göz kulak olmak zorundalar. Bunun içinde muhafız birliğinden daha iyi neresi olabilir?"

Nerdeyse hapishane kapısına varmışlardı. Gaia diğer gardiyanlar etraflarını sarmadan konuşmasını bitirecek vakti olmazsa diye korkuyordu. Şimdi bile meydandaki insanlar bir bir gardiyanın mahkûmlardan biriyle baş başa konuşmasını yadırgamış, merakla onlara bakıyorlardı.

Gaia, "Ne yaptın ki?" diye sordu.

Leon'un yüzünü içindeki yaşayanları görüyor gibi Bastion'a doğru çevirdiğini gördü. Sonra tekrar gözlerinde alaycı ve derin bir bakışla Gaia'ya döndü.

Soğuk bir sesle, "Devlete karşı bir suç işledim," dedi.

Ondaki değişiklik şaşırtıcıydı. Gaia onun kendisine ne söylediğini anlamıyordu, hatta doğruyu söylediğinden bile emin değildi. Sadece çok derinden yara alan birisi böylesine acı dolu olabilirdi.

Gaia, "Üzgünüm," diye mırıldandı.

Leon'un kaşları hayretle kalktı, dalga geçercesine, "Üzülme. Hak ettiğim cezayı gördüm," dedi.

Taş kemerlerin altından geçtiler. Leon, tahta kapının önünde duran iki nöbetçiye işaret etti.

"Q hücresine götürün," diye emretti. "Kendisi temiz."

Gaia yavaşça şapkasını çıkardı. Leon ve günışığı dışarıda kalıp da kapı kapandığında, taş duvarların soğukluğunu hissetti.

14. BÖLÜM

YÖNETİME KARŞI İŞLENEN SUÇ

Gaia o gece Q hücresinde taze ekmeğini çıkarınca diğer kadınlar Leon'un ona bu ekmeği almasına çok şaşırdı. Onlara çil izlerinden ve yakında sorguya çekileceğinden söz etmek isterdi ama şimdi içinde başka bir korku oluşmuştu. Ya içlerinden biri anlattıklarını gardiyanlara aktarırsa? Sephie'ye güvenmişti. Leon onun kendisine ihanet etmediğini söylemeye çalışsa da Gaia kendisini aldatılmış hissediyordu. Kadınlar, Sephie'nin özgür bırakıldığını ve eski hayatına döndüğünü duyunca da çok şaşırdılar.

Cotty, "Bu durumda umut var demek," dedi. "Herhangi birimiz özgür bırakılabiliriz."

Kadınlar arasında bir uğultu başladı, Gaia onların gözünde beliren ışıltıları gördü. Ümit bulaşıcıydı. Kadınlardan biri kıkırdadı. Sadece, pencereden gelen ışığa tutarak bir korku kitabı okuyan ve ayrı oturan Myrna etkilenmemiş görünüyordu. Kafasını kaldırıp, kara kaşlarının altından baktığında Gaia, Myrna'nın aslında onlara anlattıklarının altında daha fazlası olduğunu tahmin ettiğini sezdi.

Myrna, "Ona dikkat et," dedi.

Gaia kafası karışık başka tarafa baktı. Yüzü kızarmaya başlayınca Myrna bunu bir kabullenme olarak algıladı. Başının sallayıp parmağını arasına koyarak kitabını kapattı.

Myrna, "Anklav'ı hafife alma," dedi. "Onlar Leon'u kullanıyorlar, tıpkı bizleri de kullandıkları gibi."

Gaia, "Seni bile mi?" diye sordu.

Myrna, Gaia onu eğlendiriyormuş gibi kısa bir kahkaha attı. "Öyle tabii. Benden her şeyimi aldılar, ama hâlâ onlar için alışıyorum."

Diğer kadınların sesi kesildi.

Cotty, "Ona aldırma," dedi.

Gaia, "Yo," diyerek karşı çıktı. "Neden Myrna? Neden yapıyorsun? Neden vazgeçmiyorsun veya yürüyüp gidip, arkandan vurmalarını beklemiyorsun? Seni tutan ne?"

Cotty, "Ya sabır," dedi.

Myrna çenesini uzatıp buz gibi gözleriyle kıza baktı. "Gerçeği mi istiyorsun? O salakların benden daha uzun yaşamasına katlanabileceğimi zannetmiyorum."

Cotty ve diğerleri gülmeye başladılar ve Gaia, Myrna' nın ne demek istediğini anladığını sandı.

Cotty, "Ben,Yüzbaşı Grey'in nasıl biri olduğunu duymak istiyorum," dedi. Meraklı ve temiz yüzü, koyu tenindeki çizgilere rağmen olduğundan daha genç görünmesini sağlıyordu. "Onu Koruyucu'yla birlikte görürdüm. Herkes görürdü. Ama hiçbir zaman senin gibi onunla konuşma imkânım olmadı. Çok yakışıklı bir genç adam."

Gaia, "Herkes onun Koruyucu'nun oğlu olduğunu biliyor mu?" diye sordu.

Cotty ve diğerleri bakıştılar. "Öyle zannediyorum," dedi.

Gaia kendini aptal gibi hissetti.

Cotty gülerek, "Sen bilmiyor muydun?" dedi. "Siz dışarıdakiler sanki başka bir dünyada yaşıyorsunuz."

Gaia kollarını kavuşturdu. "Hiç duymamış değildim tabii," diye açıkladı. "Sadece onun kim olduğunun farkında değildim."

Cotty, "Bu harika," dedi. "Tüm hikâyeyi duymak istiyorum."

Gaia nasıl cevap vereceğinden emin değildi. Ama Myrna hariç diğerlerinin kendisine dikkatle baktığını görebiliyordu. Onları sıkıcı beklentilerinden kurtaracak her konuya sıcak bakıyorlardı. Gaia, hapishanenin dışından gelen haberlerin içeride güç sağladığını öğrenmişti ama onlara ne söylemesi gerektiğinden emin değildi. Öte yandan bir şekilde Leon'un gerçekte kim olduğunu daha önce bilmesi gerekirmiş gibi hissediyordu. Kucağını örten gri kumaşın üzerindeki son ekmek kırıntısını aldı. "Bilmiyorum," dedi.

Cotty güldü. "Sen onu beğeniyorsun," dedi.

Gaia, "Hayır," diye itiraz etti.

Diğer kadınlar da gülüyorlardı şimdi. Gaia yanaklarının

kızardığını hissetti.

Gaia, " Bu çok gülünç" dedi. "Ben onu çok az tanıyorum. Ayrıca çok çirkin olduğumu da biliyorum."

Cotty başını duvara dayadı. Omuzları gevşemiş ve ilk defa rahatlamıştı. "Biliyor musun, önce ben de öyle düşünmüştüm. Ama yüzüne alışıyor insan. Ben hep yüzünün güzel tarafına bakıyorum. Diğer tarafın kör noktada yok oluyor."

Diğerleri de kendi aralarında benzer şeyler mırıldandı ama Gaia duyduklarına inanmakta zorlanıyordu. Gerektiğinde saçlarının arkasına sakladığı çirkinliğiyle öyle uzun zamandır yaşıyordu ki, kimsenin onu güzel bulabileceğine inanmıyordu. Birden Leon'la beraberken yürürkenki hali geldi gözünün önüne. Hep yüzünün yarasız tarafında durmuştu. Yüzünün şekilsiz yanından uzak durmak istemesi de çok normaldi; bu onu güzel bulduğu anlamına gelmezdi.

Neredeyse eğilip onu öpmeye kalkışmasına rağmen hem de...

Gaia gözlerini kapattı ve içinden yükselen iniltiyi bastırdı.

Bir başka mahkûm, Brooke, "Leon neye benziyor?" diye sordu. Brooke uzun boylu, gözlerinin altı torba olmuş, sivri burunlu sırık gibi bir kadındı. Anatomi atlasını kenara koyup, cesaretlendirircesine gülümsedi.

Gaia ellerine baktı. *Onları biraz şımartsam ne çıkar,* diye düşündü. "Söylemesi zor. Onunla ilk karşılaştığımda ailemi tutuklamış biri olduğu için ondan korkmuştum. O zaman bana ciddi ve soğuk görünmüştü. Aslında çok soğuk davranmıştı. Şimdi ise sadece mesafeli olduğunu düşünüyorum," dedi. "Çok terbiyeli ve kültürlü biri, ki artık bunun nedenini anlıyorum." İdam edilen annenin bebeğini doğurttuğu anı hatırladı, Leon onu kurtarmıştı. Ama Gaia bunu onlara anlatamazdı. "Onun acımasız olabileceğini düşünmüştüm," diye ilave etti. "Ama emin değilim." Gaia, Myrna'ya bakış atarak, *biraz da çıkarcı olabilir,* diye düşündü. Leon'un duvar dışından geldiğini keşfettiğini onlara açıklayamazdı, aynı sebepten dolayı portakalın da ondan geldiğini söyleyemezdi. "Leon'un nazik davranışlarıyla muhafız birliğinde olmasını bağdaştıramıyorum. Bana hiçbir yere uymuyormuş gibi geliyor."

Kadınlar başlarını salladılar. Brooke, "Evet, ekmek de güzel bir sürprizdi. Herhalde derilerinde bir yerde cömertlik de yatıyor. Sonuçta hepimiz Bastion'da yetiştiğini biliyoruz," dedi.

Cotty, "Kovulana kadar," dedi. "Ne zamandı? İki ve üç yıl önceydi galiba."

Gaia diğer kadınlara bakınca bunun herkes tarafından bilinen bir olay olduğunu anladı. "O zamandan beri de Tvaltar'a hiç çıkmadı. Nedenini biliyor musunuz?" diye sordu.

Cotty, Gaia'ya mavi renkte bir yün çilesi verdi. "Bunu bana sarar mısın lütfen?" dedi. "On yaşına kadar her şey düzenli gidiyordu. Sonra küçük çocuklar üzerinde daha bireysel biyografiler yapmaya başladılar. Bilmiyorum. Leon'u hep merak etmişimdir."

Brooke başını salladı. "Ben de. Ama çocuklar büyüdükçe 'özele saygı göstermek' diye bir âdet çıktı."

Gaia dalgın bir halde çilenin ucunu bulup üç parmağına doladı. "Neden onu reddettiler?" diye sordu.

Cotty kıkırdar gibi bir ses çıkardı. "Her şey sessiz sedasız oldu. On altı yaşındaydı galiba. Kız kardeşi Fiona'nın geçirdiği o şanssız kaza da aynı zamana rastlar. Korkunç bir olaydı o da," dedi.

Gaia etrafına baktı, diğer kadınlardan açıklama bekler gibiydi. Cotty'nin şişleri tıkırdıyordu. Myrna kitabını açmış oturuyor, dedikodudan özellikle kaçınıyordu.

Gaia, "Ona ne olmuş?" dedi. "Onun bir kazada öldüğünü hatırlıyorum, ama nasıldı?"

Brooke, "Fiona düştü," dedi. " Bir gece yatak odasının penceresinden düşüp boynunu kırdı."

Gaia tehlikeli bir ürperti hissetti. Leon'un bahçede tepeden aşağı düşmemesi için kendisini uyardığı aklına geldi. O anda kız kardeşi mi aklına gelmişti acaba? Gaia, "Kız kardeşinin ölümünden sonra Tvaltar'da Koruyucu ailesine dair pek bir şey gösterilmedi," dedi. Şimdi daha iyi hatırlamaya başlamıştı. "Genevieve. Hatırladığıma göre cenazede onun bir resmi dolanıyordu."

Brooke başını salladı, Cotty de sevimli bir şekilde homurdandı. "Çok talihsizdi," diye tekrarladı. "Tümüyle şanssızlıktı. Konuşmamak daha iyi."

Gaia, "Ama reddedilmek için Leon ne yaptı?" diye üsteledi. "Devlete karşı işlediği suç nedir?"

Kadınlar sıkıntıyla birbirlerine baktılar. Ama Myrna

siyah gözlerini Gaia'ya çevirene kadar hiçbiri konuşmadı. Myrna, "Genetik suç işledi," dedi.

"Ne gibi?"

Cotty ve Brooke'a baktı.

"Bizim de suçlandığımız gibi."

Gaia doktorların ona ilk söylediklerini hatırladı ama kafası karışmıştı. "Leon genetik testleri nasıl yanıltmış ya da kürtaj yapılmasına nasıl yardımcı olmuş olabilir ki?"

Cotty ve Brooke bir şey söylemedi. Gaia etrafındaki kadınlara baktı, sonunda Myrna'ya döndü.

Myrna, "Teyzesiyle yattı," dedi.

Ağzı bir karış açık kalan Gaia, "Olamaz," dedi.

Myrna omuz silkti, kitabına döndü. "Ben öyle duydum," dedi.

Gaia yalvarırcasına Cotty'ye dönüp, "Bu doğru mu?" diye fısıldadı.

Myrna'ya kaşlarını çatan Cotty, "Hayır," dedi. "Bu sadece söylentiydi. Bir sürü çılgın söylenti dolaştı, eminim yarısı doğru değildir. Teyzesi Maura ondan on yaş daha büyük, çok zarif evli bir hanımdı. Böyle bir şey yapmayacağından eminim. Myrna bu kızcağıza eziyet etmekten başka yapacak işin yok mu?"

Myrna her ikisini de sıkıcı bulduğunu ifade etmek için gözlerini devirdi.

Gaia, Cotty'ye, "Sonra ne oldu?" diye sordu.

Cotty, "Doğrusu bilmiyorum. Kimse bilmiyor," dedi. "Yüzümüz morarıncaya kadar dedikodu yapabiliriz ama işin aslını bilen kimse yok. Açıkçası ben bütün yorumların çok iğrenç olduğunu düşünmüştüm. Belli bir süre Bastion'daki tüm kızlarla yatmış gibi konuşuldu, ki bu doğru olamaz. Neyse, sonrasında annesinin kızlık soyadı olan Grey'i aldı, muhafız birliğine katıldı ve bir daha da onunla ilgili bir şey konuşulduğunu duymadık."

Gaia mavi yünden biraz daha parmaklarının etrafına sardı. "Neden bu dedikodular duvarın dışına sızmadı acaba?" dedi.

Cotty, "Mutlaka sızmıştır," dedi. "Mutlaka duyulmuştur. Belki sen dikkatli dinlememişsindir."

Gaia o zamanlar on iki, on üç yaşlarında olduğunu düşündü. Ailesi pek dedikoducu değillerdi ama bu konuda biraz konuşmuş olmalıydılar. Mesela Yaşlı Meg bu konuda kesin konuşmuş olmalıydı ama onun söylediklerinin Gaia'nın dikkatini çekmesi mümkün değildi. Fiona'nın öldüğünü biliyordu ama Leon'un yeni soyadını aklına yazmadığı kesindi. Belki bu skandal kız kardeşi için tutulan yasın gölgesinde kalmıştı.

Öğrendiği bu az ama yeni bilgiler üstüne derin düşüncelere daldı. Sevimsiz olasılıklar canını sıkıyordu. Leon'un teyzesi ile yattığına inanmak istemiyordu. Bu çok iğrenç bir düşünceydi. Onun hakkındaki saygın olarak bildiği her şey bu yüzden bozulabilirdi. İnanamıyordu ama mutlaka gözden düşmesine sebep olan bir olay olmuştu. Kendisi de karşılığında aldığı cezayı hak ettiğini hissediyordu.

Zaten can alıcı nokta da buydu. Elleri yün yumağının

üzerinde duraksadı, bakışları yukarıdaki pencereye çevrildi. Dedikodular ne olursa olsun, yanlış bir şey yaptığına inanıyordu. Ailesinden uzaklaşıp muhafız birliğine katılmak zorunda kaldığına göre gerçekten de kötü bir şey yapmış olmalıydı. Anklav'ın kanunlarına sorgusuz boyun eğerek yaşadığı o hayat kendi yaradılışındaki diğer her şeyi bastırmış olmalıydı ve aslında bu yolu seçen de Leon'du. Kendi etik davranışlarından vazgeçmeyi o seçmişti. Katı yürekli olmayı kendi seçmişti.

Myrna'ya bakınca yaşça büyük olan bu kadının yorgun gözlerle kendisini seyrettiğini gördü. Onun biraz önceki uyarısı aklına gelince yüreğinde bir ürperti hissetti. Bir keresinde, "Seni kullanacaklar," da demişti.

Myrna yavaşça, "Biraz bekle, vakti gelince bu yer seni bile yok edecek," dedi.

Gaia ayağa kalktı, yumağı Cotty'ye verip yatağının bulunduğu hücreye gitti.

Yemekten sonra diğerleri avluda yürüyüş yaparken Cotty de Gaia'nın elbisesinin belinin içine bir cep dikiyordu. Elbiseyi geri vermeden önce düzelterek, "Daha ekmek alırsan diye," dedi. "Veya başka bir şey için. Bize dışarıdan güzel şeyler getirirsin."

Gaia gülümseyerek ona teşekkür etti. Ama Cotty'nin ima ettiği gibi Leon'la tekrar baş başa yürüyeme fırsatı olacağından şüpheliydi. Genç kız elbiseyi başından geçirdi.

Düğmelerini iliklerken nazikçe, "Sana bir şey sorabilir miyim?" dedi. "Myrna'yı ne kadar zamandır tanıyorsun?"

Cotty küçük bir kahkaha atıp elindeki iğneyi gri iplik makarasına batırdı. "Onun neden bu kadar acımasız olduğunu merak ediyorsun, değil mi?" dedi.

O bunu bu kadar açık söyleyemezdi ama yine de başıyla onayladı.

Cotty kısık sesle, "İyi bir kalbi var, biliyorum," dedi. "Ama hayal kırıklığına uğratmamaları için insanları önceden kendinden uzaklaştırıyor. Bir zamanlar evli olduğunu duydum ama sonu kötü bitmiş. Bir klinik açmasına karşı çıkıldığını çok iyi biliyorum. Hemofili hastaları için bir kan bankasına ve doktorlar için de öğretici bir kliniğe ihtiyacımız olduğunu savunuyor ama Koruyucu bunu kabul etmiyor."

Gaia, " Neden?" diye sordu.

Cotty başını sallayıp, ip makaralarını ve makasını küçük bir kutuya koydu. "Burası kurulurken prensip böyleydi. Hastane açılmayacak, ağır ilaçlar olmayacak. Sadece antibiyotik ve morfin kullanılacak. Daha fazlasının sadece zayıflara verilebileceğini düşünüyorlardı. Kullanılacak imkânlarla ilgili yapılan seçimler acımasızdı tabii ama o zamanlar için gerekli gibiydi. Oysa Myrna şimdi bazı şeylerin değiştiğini düşünüyor."

Gaia yukarıdaki üç tane pencereye bakarken elinde olmadan o imkânları düşündü. "Myrna iyi bir doktor. Eğer ona yetki verilirse birçok insanın ömrü uzayabilir," dedi.

"Katılıyorum. Ama Koruyucu'nun da kendine göre haklı tarafı var. Ölüm utanılacak bir şey değil. O, halkın bütünüyle ilgileniyor, insanların bireysel çıkarları değil genel halk için neyin iyi olduğu önemli. Myrna'yla ikisinin bakış açıları farklı, o kadar."

Gaia kuru bir sesle, "Ve yetkili olan Koruyucu," dedi.

Cotty yumuşak bir kahkaha attı. Gaia ona bakınca sıcak ve çarpık gülümsemesini gördü. Cotty nazikçe, "Myrna için endişelenme," dedi. "Acımasız olabilir ama akıllıdır. Sephie gibi değildir."

Gaia şaşırarak, "Ne demek istiyorsun?" dedi.

Cotty özür dilercesine yan yan baktı. "Burada olmayan biri hakkında kötü konuşmak istemem. Sadece Sephie'yi sevmek çok kolaydır zira samimi ve dostça davranır. Ama zorlandığında daima en kolay yolu seçer," dedi.

Gaia biraz rahatsız hissetti, ne söyleyeceğinden emin olamadı.

Cotty, "Üzgünüm," diye devam etti. "Ben sadece Myrna'ya güvenebileceğini söylemek istemiştim." Burnunun ucunu sıvazlayarak, "Belki bu yüzden buradadır," dedi.

O gece herkes uyurken Gaia aynasını çıkarıp karanlıkta yüzünü incelemeye çalıştı. Ama imkânsızdı. Küçük oval cam onunla alay edercesine sanki kendisi görünmez biriymiş gibi sadece odanın içindeki gecenin karanlığını yansıtıyordu. Parmağını düz camın üzerinde gezdirdi sonra cebine koydu. Geceleri aklını çelen bir şey olmadığı için anne ve babasını daha çok özlüyordu. Yalnızlık içini soğuk ve sessiz bir sis gibi kaplıyordu. Myrna, Leon, Cotty, hayatındaki bu yeni insanlar onu tanımıyorlardı. Onlar Gaia'nın aslında kim olduğunu ve yüreğinin karmaşık işleyişini bilemezlerdi. Aslında yanında onu gerçekten seven kimse olmadığını fark etti.

Nerede olursa olsun onu seven annesinden başka kimse yoktu. Gaia annesinin arka verandanın kenarında durmuş, gözlerini kırpıştırarak güneşe bakarken, karışmış rüzgâr çanını açmaya çalıştığı halini anımsadı.

Gaia saçını arkaya doğru taraman gerekiyor. İzin ver de öreyim.

Beklenmedik gözyaşları Gaia'nın gözlerini doldurdu. Artık saçları kısaydı. Annesi de gitmişti. Dümdüz şilteye uzanırken bilinçsizce sağ yanağının üzerine yatarak yarasının hassas derisini yukarıda bıraktı ve kendisine ağlamayacağına dair söz verdi.

15. BÖLÜM

SARI İĞNE YASTIĞI

Gardiyanlar geldiğinde ortalık yarı aydınlıktı.

Bir adam, "Gaia Stone," diye bağırdı.

Gaia, çıplak ayaklarını soğuk zemine indirerek yataktan kalktı.

Myrna koşarak yanına geldi ve kızı kollarından tutup kendine çekerek sertçe sarıldı. Kısık sesle, "Senin için geldiler," diye fısıldadı. "Aklından çıkarma, ne yaparsan yap, ne söylersen söyle, ilk işin hayatta kalmak."

Gaia korkarak ona yapıştı. Nöbetçi odaya girip onu çekiştirdi ve "Ayakkabıların!" diye bağırdı. "Ayakkabıların nerede?"

Gaia ayakkabılarının olduğu yere baktı. Myrna onları alıp Gaia'ya attı.

Nöbetçi, "Çabuk!" diye bağırdı. Ayakkabılarını giyince de, onu kolundan tutup, ellerini arkasında bağladı.

Cotty, "Onu nereye götürüyorsunuz?" dedi.

Diğer kadınlar da odalarından çıkıp gardiyanların onu kapıya doğru götürmelerini seyrettiler. İçlerinden biri ağlamaya başlayınca, Gaia'nın aklına Sephie'nin götürüldüğü gün geldi. Gaia omuzunun üzerinden baktığında pencerelerin altında yalnız duran Myrna'yı gördü. Diğer kadınlar ürkek bir şekilde gruplaşmıştı. Myrna'nın taş kesilmiş yüzü acıyla bakıyordu ve elleri yine yanında yumruk olmuştu.

Myrna, "Beni duyuyor musun? İlk işin *hayatta kalmak* olsun!" diye tekrarladı.

Kapı arkasından gürültüyle kapandı. Şimdiye kadar yaşça büyük doktorun kendisine karşı kayıtsız olduğunu düşünmüş olsa da şimdi bu hissinde yanılmış olduğunu biliyordu. Cotty'nin söylediği doğruydu. Keskin emirler vermek, alaycı tavırlar; bütün bunlar Myrna'nın şefkat gösterisiydi ve şimdi Gaia onun son sözlerine sıkıca sarılacaktı.

Bir dakika içinde Gaia'yı merdivenlerden çıkarıp yeni bir koridora götürmüşlerdi. Ayakta durmakta zorlanıyor, yanındaki gardiyanlar yere düşmesini önlemek için kollarından sımsıkı tutuyordu. Ana girişe vardıklarında etrafına ümitsizce etrafına bakındı. Leon'u görmeyi umuyordu ama sadece tanımadığı bir sürü siyah giysili gardiyan vardı. Bir düzinesi de hapishaneden çıktıktan sonra kemerleri geçip, boş meydanın soğuğunda onlara ayak uydurmuşlardı. Meydanın ortasındaki dikilitaşı da bir sis bulutu kaplamıştı.

Ani bir dürtüyle, şafakta Bastion'a sürüklenerek götürülen bir adam gördüğü ilk gününü hatırladı. Şimdi de kendisi zorla götürülüyordu. Sonra da hamile kadın ve kocası asılmıştı. İçini kaplayan korkuyla adım atamaz oldu.

Solundaki gardiyan sertçe, "Hadi," diye sarsınca bol gelen ayakkabıları az kalsın ayağından çıkıyordu.

Gaia sıkıca bağlı elleri acıyınca sarsılarak gardiyanların arasına doğru sendeledi. Onu doğrultup Bastion'a götürürlerken içinde hissettiği tehlike, ciğerlerindeki soğuk havayla mantar gibi büyüdü.

"Hayır," diye fısıldadı.

Gardiyan kulağına eğilip, "Geleceksin, hadi fazla sorun çıkarma," dedi.

Gaia kollarını karnına çekerek kapanmaya çalıştı ama iki gardiyan onu kollarından kaldırıp merdivenden yukarı çıkardı. Yukarıya vardıklarında Gaia'yı kapının önünde ayaklarının üzerine diktiler. Kapının açılmasını beklerlerken Gaia nefes almaya ilk kez fırsat buluyordu. Gardiyanlardan biri eğilip gözünün önüne düşen buklelerini geriye attı.

Gaia başını geriye atıp dik dik ona baktı.

Adam, "Aman be," dedi. Ekşi kokan nefesi Gaia'nın yüzüne çarptı. "Burada güzel biri var zannettim ama aslında iğrençmiş."

Öndeki gardiyan da döndü. "O yüzden doğru kişiyi getirdiğimizi biliyoruz," dedi. "Yüzündeki yara izinden."

Gaia hınçla tutuştu ama hiçbir şey daha önce hissettiği o bilinmezliğin paniğinden kötü olamazdı. Şimdi daha dik duruyor, ilk gardiyanı soğuk bir şekilde süzüyordu. Adamın gözleri yerinden fırlamış gibiydi ve pis pis Gaia'yı süzerken dudaklarının üzerinden kocaman bir burun sarkıyordu. Gaia' nın baskın çıkan gururu adama ters bir şey söylemesinin önüne geçti. Bakışlarını önündeki kapıya çevirdi.

Gardiyan koluna bir çimdik atınca nefesini tuttu.

"Benden daha iyi olduğunu mu düşünüyorsun?" diye fısıldadı.

Gaia dişlerini sıktı. Bu adamın onunla uzun zaman ilgilenmemesini ümit ediyordu.

Adam, "Sen dışarıdan gelme ucuz bir fahişesin," diye tısladı.

Tam o anda kapı açıldı ve Gaia çok hoş kokan ışıklı bir hole alındı. Gardiyanlar sustu ve kızı son bir kere daha ittikten sonra ondan biraz uzaklaştılar.

Gaia binanın dümdüz ve gösterişten uzak dış cephesiyle tamamen alakasız olabildiğince geniş, açık bir alanda duruyordu. Tvaltar'da bu güne kadar gördüğü hiçbir şey onu bu görüntüye hazırlamamıştı. Her iki taraftan kıvrılarak yukarı doğru çıkan merdivenlerin ayağında duran iki saksı gardenya içeriyi mis gibi çiçek kokutuyordu. İçlerinde siyahlar olan beyaz karolar yere geometrik desenlerle döşenmişlerdi. Merdivenlerin arkasındaki Fransız kapılar çarptı gözüne. Camlı panoların arkasındaki solaryumun yeşil ışığını görebiliyordu. Gaia'nın hemen sol ve sağ yanında üzerinde ağaç ve insan figürleri olan, birbiriyle aynı iki tahta kapı vardı.

Gaia gardiyanların arasında durmuş bekliyordu. Sessiz durmalarına minnettardı ama birden evin arkasından hiç ummadığı şekilde çocuksu bir kahkaha duydu. Birdenbire köşeden açık mavi pijamaları içinde iki, üç yaşlarında bir erkek çocuk fırladı. Ayağında kendisine büyük gelen pembe terlikler, elinde de küçük sarı bir top vardı. Gaia'nın içinde bulunduğu ümitsiz duruma tamamen aykırı olan gülüşü parlak ve neşeliydi. Gaia sakince bekliyor, çocuğun kendisini ve gardiyanları görmesinin an meselesi olduğunu biliyordu.

O kadar hızla koşuyordu ki, orada duran grubun önünden geçtikten sonra ancak fark edebildi. Terlikleriyle kaydı, gülüşü dondu. Gaia ayaklarının birbirine dolandığını gördü. Derken mavi bir yığın halinde fayansın üzerine yapıştı ve topunu da elinden kaçırdı. İçgüdüsel olarak çocuğa doğru bir adım attı ama kuvvetli eller onu tuttu.

Küçük sarı top fırlayıp siyah beyaz karoların üzerinden yuvarlanarak Gaia'nın ayaklarının dibinde durunca, top sandığı şeyin aslında babasının limon şeklindeki iğne yastığı olduğunu gördü. Gaia şaşkınlıktan donakaldı. İğne yastığı hangi yollardan geçmişti de, Leon'un cebinden çıkıp bu çocuğun oyuncağı olmuştu?

Hemen ardından küçük oğlanın geldiği tarafta dokuz on yaşlarında bir kız çocuğu belirdi. Sarı kabarık saçları mükemmel pembe yüzünü çevreliyordu.

Soluk soluğa kalmış bir halde neşe içinde, "Michael!" diye seslendi. "Eğer bana terliklerimi hemen vermezsen..." Onları görünce tökezleyerek durdu. Küçük oğlan, kızın kollarına atlamadan önce uzanıp sarı iğne yastığını kaptı.

Kız, "Genevieve Teyze!" diye bağırdı. Küçük oğlan kucağında geldiği yoldan geri gidiyordu.

Nefes nefese üçüncü bir şahıs çıktı köşeden. "Ne oluyor?" diye sordu.

Gaia gözünü dikip bakıyordu. Bu kadın bir gün önce Leon'la dolaşırken gördüğü kadındı: Genevieve Quarry, Koruyucu'nun eşiydi ve çok kızgın görünüyordu.

Kıza dönüp, "Brita, çabuk onu mutfağa geri götür. Hemen!" dedi. Çocuklar bir adım gerileyip sonrasında kaçışınca Genevieve fırtına gibi ilerledi.

"Bu ne cesaret?" diye sordu. Görgülü sesi fısıltıda bile incitiyordu.

Gardiyan, "Özür dilerim, Kardeş Quarry," dedi. "Onu derhal Kardeş Iris'e getirmem söylenmişti."

Gaia, kadının keskin bakışlarının kendisine yöneldiğini hissedince içgüdüsel olarak geriledi.

Genevieve aşağılayıcı bir tavırla gardiyana, "Öyleyse işinizi yapın," dedi. Soldaki kapıya vurunca içeriden hemen açıldı.

Genevieve, "Winston, bu ayak takımını derhal benim evimden çıkar," dedi.

Winston rahatça bir sesle, "Özür dilerim efendim," diyerek Gaia'nın grubuna yol göstermek için kenara çekildi. "Bir daha böyle bir dikkatsizlik yaşanmayacak."

Genevieve evin içine doğru ilerliyordu. Omuzunun üzerinden, "Bunu Miles'a da haber vereceğim," dedi. Sesi, o gittikten sonra bile arkasından yankılanmaya devam etti.

Winston tombul, küçük ağızlı, hakaret duysa bile kılını kıpırdatmayan orta yaşlı uşaklarıydı. Hafifçe başını eğdi, onları aceleyle içeri aldı ve kapıyı kapattı.

Gaia, Winston'un diğer gardiyanları azarlayacağını sanmıştı ama bir şey söylemeden onları koridora doğru götürdü. Merdivenlerden önlerinden inerken nazikçe, "Basamağa dikkat edin," dedi. Değişik pasajlardan ve binanın yoğun siluetini belirginleştiren sisli ışığın içeri girdiği, bir sıra yüksek pencerenin önünden geçtiler. Winston onları kutu gibi, dar basamaklı başka bir merdivenden yukarı çıkartırken Gaia, Bastion'un iki farklı özelliği olduğunu fark etti. Genevieve ve çocukların yaşadığı güzel ve zarif bir ev; bir de yakalanmış bir mahkûm olarak girdiği anlamsız bu kısım. *Bir bakıma yaşadığım çevrenin bir uzantısı gibi, tıpkı dışarıda yaşayanlarla, içeridekileri ayıran başka bir bölüm,* diye düşündü. Biraz önce o iki dünyanın nasıl kesiştiğini de görmüştü.

Winston sonunda yüksek tahta bir kapının önünde durup, "Burası, bir dakika," dedi. Koridorda aynı kapıya benzer başkaları da vardı. İki ucu pencereli hole kırmızı bir de yolluk seriliydi.

Winston kapıya vurdu ve içeriden bir ses onlara girmelerini söyledi. Gaia geniş, havadar bir odaya girmişti. Duvarlarda kitaplar ve yerde ayak seslerini gizleyen tüylü bir halı vardı. Pencerelerden birinin yanındaki kafeste sarı bir kanarya ötüyordu.

Sinirli bir ses, "Bu nedir?" diye sordu. Gaia küçük, beyaz saçlı, gözlüklü bir adam gördü. Düşmüş omuzlarıyla masadan onlara bakıyordu. Beyaz giysisinin düzgün çizgileri üniforma görüntüsünü yumuşatıyordu. Oturduğu masa, üstü camlı, alttan ışık vuran garip bir masaydı. Alttaki ışık çenesine, burnuna, kaşlarına vuruyor, ona doğaüstü bir görüntü veriyordu.

Gardiyan, "Dışarıdan gelen, yüzünde yara izi olan kız burada," dedi. "Gaia Stone."

Adam huzursuz bir şekilde, "Bunu görebiliyorum," dedi. "Sizin burada ne işiniz var?"

Gardiyanlar bir an şaşırıp kaldılar.

Winston boğazını temizledi. Başgardiyana, "Teşekkür ederim," dedi. "Buradan sonrasını biz hallederiz."

Gardiyan inatçı bir edayla çenesini kaldırıp, "Çok tehlikelidir. Her türlü önlemi almam gerekiyor," dedi.

Winston, "Doğru," dedi. "İşinizi yaptınız. Size yolu göstereyim," dedi.

Kapı yavaşça kapanınca Gaia kapının yanında kaldı. Winston ve gardiyanların sesi koridorda uzaklaşıyordu. Gaia'nın elleri hâlâ arkasında bağlıydı. Gri elbisesi bütün yaşadığı olumsuzluklardan buruşmuştu. Derin bir nefes alıp kendi kendine sakin olmasını söyledi. Sessizce bekledi. Gardiyanın, Koruyucu'nun eşine söylediklerinden yola çıkarsa, karşısındaki adam Kardeş Iris olmalıydı. *Hiç de işkence yapacak birine benzemiyor, burası da hapishane yerine, bir kütüphaneyi andırıyor,* diye düşündü. Ama yine de buradaydı. Haftalar önce Leon'un önerdiği gibi güney kapısına gelip kurdelesini vermek için Kardeş Iris'i görmek istediğini söylemiş olsaydı acaba neler olurdu, diye geçirdi aklından.

Kardeş Iris, gözlüklerini yerleştirdi, dikkati hâlâ masasındaydı. Gaia bir adım öne gidince masanın üstünün koca bir televizyon gibi olduğunu gördü. Sanki bir düzine ekran üst üste gelmişti.

Kardeş Iris sabırsızca, "Yaklaş," dedi.

Gaia kalın halının üzerinde sessizce ilerlerken, adam parmağının ucuyla masaya dokundu ve bir ekran açıldı. Eski gölün kenarında bir baba duruyordu, yanında da kızıl saçlı bir kadın bebeğini hoplatıyordu. Güneş doğmak üzereydi, görüntüdeki anne ve baba iş elbiselerini giymişti. Kadının boynuna bir iple bağlı olan şapkası geri düşmüştü. İkisi de gülüyor, ağızları oynuyordu ama Gaia onların sesini duyamıyordu.

Adam, "Evet, buraya gel," dedi. Yanında ayakta durmasını gösteriyordu. "Tam tamına buraya, daha yakın değil," dedi. Adam, sanki Gaia kokuyormuş gibi burnunu buruşturdu.

Gaia, "Kardeş Iris siz misiniz?" diye sordu.

Adam ekranı göstererek, "Seyret," diye emretti.

Gaia daha dikkatli baktı, ekrandaki kadının Emily olduğunu fark edince gülümsedi. "Ah!" dedi. "Onları tanıyorum. Emily'nin bebeği olmuş demek ki. Oğlan mı?"

Adam, "Evet," dedi.

Gaia şaşırmıştı. "Ne zaman filmde oynadı?" diye sordu.

Adam kendi kendine mırıldandı. "İnanılmaz. Bu *şu an* kızım," dedi. "Kamera onlara yönelmiş durumda. İşe gitmeden önce sabah yürüyüşüne çıkmışlar."

Gaia adamın ne demek istediğini anladı. Demek ki

Wharfton'a kamera yerleştirmişlerdi. Hep Wharfton'da birilerinin Anklav'a haber uçurduğunu düşünürdü ama asıl onların etrafa kamera yerleştirip Wharfton'ı izlediğini hiç düşünememişti. Demek ki bu yüzden Anklav olan biteni anında öğreniyordu.

Gaia, "Her yerde kameralarınız var mı?" diye sordu.

Adam, "Seyret şimdi," dedi. "Bu senin için bir ders."

Gaia sinirli şekilde, "Eğer siz Kardeş Iris'seniz annemin nerede olduğunu biliyor musunuz?" diye sordu.

Adam, Gaia'nın kolunu beklenmedik bir kuvvetle sıktı ve onun yüzünü kendisininkine yaklaştırıp, "Tabii annenin nerede olduğunu biliyorum. Ama şimdi bunu seyretmen lazım," dedi.

Elini masanın üzerine öyle bir vurdu ki, görüntüler bir saniye kadar titredi. Gaia, annesi hakkında konuşurken adamın şimdiki zamanı kullanmasına ve yerini bildiğini gerçekten itiraf etmesine şaşırmıştı.

Bir ümit ışığıyla adamın isteklerine uyarak bakışlarını masanın üzerindeki ekrana çevirdi. Emily'nin ayağının yanına kocaman siyah bir kartal konduğunu gördü. Kyle hayvanı aptalca işaretlerle gösterdi ama bebek bir kuşu tanımayacak kadar küçüktü, annesine agucuklar yapıyordu. Gaia, Emily'nin bir şeyler söyleyip güldüğünü görebiliyordu.

Kardeş Iris, masanın ucundaki bir düğmeye basıp, "Kuşu ortadan kaldırın," dedi.

Önce hiçbir şey değişmedi, sadece Emily bebeği babasına verdi. Sonra ekranın köşesinde bir karaltı oldu, anneyle baba aynı anda panikle yerlerinden sıçradılar. Ayaklarının altında kuş koca bir tüy yumağı halinde hareketsiz yığılmış, bir eğri bacağı dışarı çıkmıştı. Kamera görüntüsü bir anda uzaklaştı. Anne ve baba bebekleri ellerinde Wharfton'ın evlerine doğru hızla koşmaya başladı. Emily'nin kızıl saçları vahşice arkasında uçuşuyordu. Gaia sesleri duymasa da panik ve korkuyla bağırdıklarını görebiliyordu.

16. BÖLÜM

İŞBİRLİĞİ

Gaia anlayamıyordu, "Bunu neden yapıyorsunuz?" diye sordu. Anklav'ın dilediği zaman acımasız olabileceğini biliyordu artık. Bastion Meydanı'nda mahkûmları idam ediyorlardı ama bu kuş zararsızdı. Zalimliğin bu kadarı anlamsızdı. Yaşadığı korku ve adamın gücünün büyüklüğü Gaia'nın buz gibi kesilmesine yol açtı. Kardeş Iris, kendisini incelemek üzere yüzüne dönünce elinde olmadan geriledi.

Gaia, "Duvardaki askerinize kuşu vurması emrini verdiniz," dedi. "Ya hedefi şaşırsaydı?"

Kardeş Iris çarpık gözlüklerini çıkartıp beyaz saçlarının üzerine yerleştirdi. Gözlerinin bebeği o kadar açılmıştı ki, iris tabakası küçücük mavi birer yuvarlak halkaya dönüşmüştü. "Seninle tam bir işbirliği yaptığımızdan emin olmalıyım," dedi.

"Yoksa?" diye sordu, nefes almaya korkuyordu. "Beni

öldürür müsünüz?"

Adam başını yana eğdi, anlaşılmaz gözlerle bakarak, "Hayır. Belki Emily'nin bebeğini. Veya Sephie Frank'ı. Onu sevmiştin, değil mi? Veya Leon'a ne dersin?" dedi. Sesi aldatıcı bir şekilde ilgisizdi.

"Yapamazsınız!"

Adam, "Ya annene ne dersin?"

Gaia başını sertçe salladı, her acı tehditle kafası daha da karışıyordu. "Hayatta olduğundan emin bile değilim," dedi. Katı gerçek onu bir kez daha sarstı. "Avantajlı duruma geçmek için yalan söylediniz."

Adam masaya daha da yaklaştı. "Belki de o kadar aptal değilsin," diye mırıldandı. Parmağıyla masaya dokundu.

Yeni bir görüntü geldi. Gaia düşünmeden masaya yaklaştı. Üç kadın taş duvarların içindeki yarım daire şeklinde bir alanda uyuyordu. Gaia onların açılır kapanır yataklarda üzerlerinde battaniyeler örtülü halde uyuduklarını görüyordu. Öylesine renksiz ve hareketsizdiler ki, sanki siyah beyaz bir fotoğraf gibiydi. Sadece perdenin rüzgârdan şişmesi görünüyordu. Gaia onların yüzlerini görmeye çalıştı. Nerede olduklarını anlamak için bir ipucu aradı. Yataklardan birinin ucuna bağlanmış siyah bir zincir gördü. Kadınlar zincirlenmiş olabilirler miydi?

Adam, "Şimdi fark edemiyorsun belki," dedi. "Ama ortadaki annen."

Gaia, "Onlar nerede?" diye sordu. Daha detaylı görmek için yakından baktı. Yüzünü görüp emin olmak istiyordu, bu yüzden de içinden ortada yatan kadının dönmesini diledi.

Adam masaya dokundu ve görüntü karardı. Gaia gözlerini kırpıştırarak, bacakları bir sandalyeye çarpana kadar birkaç adım geriledi.

Adam, gözlüklerini burnunun ucuna indirerek yavaşça, "Belki bizimle işbirliği yaparsan, onu görmeni sağlayabilirim," dedi.

"Yapabilir misiniz gerçekten?"

"Tabii ki yapabilirim."

Gaia, yüreği parçalanmış, arkasındaki ellerini iplerini zorlayarak yumruk yapmıştı. Ilımlı görünse de karşısındaki adamın ekranda görünen kişilerin hayatta kalmasına veya ölmesine sebep olacak kadar güçlü olduğunun farkındaydı. Halbuki Leon ona sadakat gösterenleri Anklav'ın ödüllendirdiğini söylemişti. Seçenekleri çok açıktı: *İşbirliği yaparsan anneni görürsün, direnirsen ölür*. Gaia midesinin bulandığını hissetti.

Kardeş Iris, "Otur lütfen," dedi.

Arkasındaki kapitone sandalyeye dikkatlice oturup, dengesini kaybetmemek için de parmaklarıyla sırtındaki saten kumaşa dokundu. Şu anda ailesi onun ne yapmasını isterdi, keşke bilebilseydi. Babası kaçarken vurulmuş olduğuna göre, ölümün bile Anklav'la işbirliği yapmaktan daha iyi bir seçenek olduğuna inanmış olmalıydı. Ama annesi hâlâ hayattaydı. Acaba direnmiş olsa bile hayatta kalmayı başaracak bir yol mu bulmuştu? Gaia annesini daha da tehlikeye atacak bir şey yapmayı düşünemezdi bile. Alçak sesle, "Ne yapmamı istiyorsunuz?" diye sordu.

Kardeş Iris'in dudağında ilk defa bir gülümseme belirdi. "İşte bu. Akıllı davranacağını biliyordum. İdam edilen mahkûmu doğurtmanın dışında Anklav'a her zaman iyi hizmetler verdin."

Gaia'nın yanakları kızardı. "Evet. Üzgünüm. O zaman kanunları bilmiyordum," dedi.

Kardeş Iris omzunu silkti. "Aslında senin eğitimin şansa bırakılmış. Anlaşılan bir bebeğin hayatını kurtarmanın Anklav'ın kanunlarına uymaktan daha önemli olduğuna dair yanıltıcı bir etik düşünce edinmişsin. Ama bizim kanunlarımız çoğunluğun iyiliği içindir, senin küçümsemen için değil," dedi.

Gaia başını eğdi. Yeterli derecede alçak gönüllü göründüğünü umdu. Bu adam tümüyle doğru davrandığına inanıyordu. Bu da onu daha korkutucu yapıyordu. Kardeş Iris burnunun ucundaki gözlüğünü düzeltip ekrana dokunmak için döndü.

"Annenin kurdelesi hakkında bildiklerini anlatmanı istiyorum," dedi.

Gaia, Leon'un uyarılarını hatırlayınca gerildi. "Çok bir şey bilmiyorum," diye başladı. "Şifreli olduğunu sanıyorum. Bana bunu iyi saklamam, kaybetmemem söylenmişti," dedi. Annesinin onu yok etmesini istediğini özellikle söylemedi.

"Bunu sana kim söyledi? Annen mi?"

Başını salladı. Yaşlı Meg çoktan Ölü Orman'a gitmiş olmalıydı. Gidemediyse de yolda helak olmuştu herhalde... Bir an tereddüt etti, sonra Kardeş Iris'in kılını bile kırpmadan kuşu öldürtmek için verdiği emir aklına geldi. Ona karşı gelemezdi. "Yaşlı Meg," dedi. "Annemin arkadaşıydı. Kurdeleyi bana verdiği akşam da ailem tutuklanmıştı."

Kardeş Iris kaşlarını çattı. Gaia'nın söylediklerini daha önce bilmediği anlaşılıyordu. Bu Gaia için küçük bir ümit ışığı oldu. Belki Gaia'nın onun için yararlı olacağına karar verebilirdi.

"Yaşlı Meg şimdi nerede?"

Gaia gözlerini kaçırdı, sağındaki pencerelere baktı. Sisler arasında dikilitaşın tepesini görebiliyordu. Elleri hâlâ arkada bağlı olarak sandalyesinde huzursuzca kıpırdandı.

Kardeş Iris keskince, "Cevap ver!" dedi.

Gaia sıçradı. Kanaryanın da kafesten sesi geldi. "Gitti," dedi. "Şehri terk edeceğini söylemişti."

"Kimse şehri terk etmez. Nereye gideceğini söylemiş miydi?"

Zorlukla yutkundu. "Yitik araziye. Ölü Orman'a gitti," dedi.

Kardeş Iris'in kaşları keyifle kalktı.

Gaia, "Ne oldu?" diye sordu.

"Ölü Orman diye bir yer yok," dedi. "Sadece masallarda adı geçer."

Gaia'nın kafası karışmıştı. "Ama..."

Kardeş Iris başını sallıyordu, gözlüklerinin arkasındaki gözleri yumuşamıştı. "Senin bir çocuk olduğunu unutuyorum," dedi. "Hem de duvarın dışından bir çocuk." Durup çenesini ovuşturdu. "Görüyorum ki, bu iş zaman alacak," diye devam etti. Masanın üzerine eğilip bir düğmeye bastı. Sakin bir sesle, "Bir oda hazırlanmasını istiyorum," dedi. "Hayır, üçüncü katta. Ayrıca bir de duş ve temiz giysiler ayarlansın. Biraz kokuyor."

Gaia yüzünün kızardığını hissetti ama duyduğu utancı bastırmaya çalıştı. Hapishanede sık sık temizlenme olanağı olmaması onun kusuru değildi. Adam onu inceliyordu.

Kardeş Iris, "Susadın mı?" diye sordu.

Gaia başını salladı. O sabah kahvaltı etmemişti. Adam, daha önce fark etmediği bir yerden çaydanlık çıkarıp bir fincan çay doldurdu. Güzel koku odaya yayıldı. Elleri arkada bağlı olarak çayı nasıl içebileceğini düşünürken adam fincanı kendi dudaklarına götürdü.

"Bana kurdeleden biraz daha bahset," dedi.

Daha önce hissetmediği susuzluk daha da çoğaldı ve adamın elinde tuttuğu fincana kıskançlıkla bakmaya başladı.

"Daha fazla bir şey bilmiyorum."

Kardeş Iris, "İşbirliği yapacağına söz vermiştin," diye hatırlattı.

Gaia, "Biliyor ve de yapıyorum," dedi. Doğru kelimeleri bulmak için uğraşıyordu. "Bana istediğinizi sorun."

"Çocukları doğurtmaya gittiğinizde annen kurdeleyi yanında getiriyor muydu?" diye sordu.

"Hayır."

"Yaşlı Meg'in sana kurdeleyi verdiği geceden önce annen sana hiç göstermiş miydi?"

"Hayır. Varlığından bile haberim yoktu."

"Annen sana alışılmışın dışında bir alfabe ile notlar yazar mıydı?"

Gaia'nın kalbi yerinden çıkacak gibi oldu. Dudaklarını yaladı, "Hayır," dedi.

Kardeş Iris sakince, "Yalan söylediğin zaman anlaşılıyor," dedi.

Gaia, "Hayır," diye yineledi. "Harfler ve şarkılarla oyun oynamasını seven aslında babamdı," dedi.

Kardeş Iris'in kaşları yine kalktı. "Yani bu kurdeleyi baban hazırlamış olabilir mi?" diye sordu.

Bu fikir Gaia'nın aklını karıştırmıştı. Bakışlarını kaldırıp ona baktı. Yavaşça, "Mantıklı geliyor," dedi. "Kendisi terziydi. Ailemizin dikiş işlerini o yapardı." Şimdi düşündükçe olası geliyordu. Annesi bebekler hakkında babasına bir şeyler anlatıyor, o da bunları ipek iplikle kurdeleye işliyor olabilirdi. Asıl kayıt tutan babasıydı.

Kardeş Iris görüntü masasına dayanıp bir ayağını diğerinin üzerine koydu. Kuru bir sesle, "Çok yazık," dedi. Mutlaka Gaia'nın vardığı sonuca o da ulaşmıştı.

Gaia gözlerini kısarak, " Onu öldürdüğünüz için mi?" dedi.

Adam yine çenesini ovuşturuyordu.

Gaia, "Neden?" diye sordu. "O yaşayan insanlar içinde en nazik olanıydı," dedi.

Kardeş Iris gözlerini ondan yana çevirip, "İki gardiyanımızı öldürdü," dedi.

"Kaçarken mi? Size inanmıyorum."

"Annene ulaşmaya çalışırken."

Gaia'nın yüreğindeki ağrı göğsünü daha da sıkıştırdı. Bir an için gözlerini kapattı ve babasının annesine ulaşmak için gardiyanlarla boğuşmasını hayal etti. Bu onun aklına yatıyordu. Babası buydu. Gaia gri saçlı küçük adama kızgın bir şekilde baktı. Kanarya yine ses çıkartıp, kuşların dilinde bir nota seslendirdi.

Kardeş Iris, çay fincanını masaya koyup küçük bir dolaba giderek, çekmeceyi açtı ve içinden küçük bir şişe çıkardı. Pencerenin kenarına doğru gidip onu ışığa tuttuğunda, Gaia da nefesini tuttu. Mürekkep şişesini tanımıştı.

"Bu mürekkep hakkında sana bir şeyler söyleyeyim," dedi. " Bu aşı boyası, kil, alkol ve antibiyotiklerle karışmış." Şişeyi ışıkta çevirdi, mat kahverengi rengini inceliyordu. "Çok basit ama işlevsel," dedi. "Antibiyotik ilave edilmesi olağandışı, özellikle de antibiyotikler duvarın dışında yasakken. Bu mürekkebi annen mi hazırladı?"

Gaia hızla düşündü. Karşısındaki adamın, bahçede konuşmalarından önce Leon ne biliyorsa, o kadarını bildiğini anlamıştı. Leon'a bir gün önce söylemiş olduğu çil izlerinden haberi var mıydı? Eğer Leon ona anlattıklarını Kardeş Iris'e ilettiyse, bu onun için bir sınav olabilirdi. Diğer yandan eğer Leon bu bilgiyi kendisine sakladıysa, o zaman da düşmanına gereksiz yere bilgi vermiş olurdu.

Adam, "Gaia?" dedi. Onun yanına gelip, şişenin kapağını açtı. "Zamanımı boşa harcama Gaia," dedi uğursuzca.

Pembe parmağının ucunu mürekkebe batırıp, gözünün önünde bakmaya başladı.

Gaia, "Bu çil izleri için," dedi.

Kardeş Iris memnun bir şekilde gülümsedi. "Şimdi anlaşmaya başladık," dedi. "Anlat."

Kısaca annesinin geleneğini anlattı; doğum yapan anneye çay içirip, bebeğin ayak bileklerine küçük iğnelerle dört tane çil yaptığını söyledi. Konuşurken bir yandan da karşısındaki adama bakıyordu, ama daha önceden bilmediği bir şeyi açıklayıp açıklamadığını anlayamamıştı. Korkuyordu. Çil izlerinin deseni, bildiği son gizemdi. Söyleyebileceği başka bir şey yoktu. Başka açıklama yapmasını isterlerse, yardımcı olamayacaktı. Sonra ne olacaktı? Onu öldürebilirlerdi. Önce işkence ederler miydi? Veya değer verdiği insanlara zarar verirler miydi?

Gaia lafını bitirince odada bir sessizlik oldu. Sadece görüntü masasından gelen vızıltı ve dışarıda meydandan gelen çekiç vuruşlarına benzer sesler duyuluyordu.

Gaia korkarak, "Artık annemi görebilir miyim?" diye sordu.

Kardeş Iris, soğuk bir kahkaha ile döndü. "Acelen ne sevgili çocuğum? Daha yeni başlamıştık," dedi.

Mürekkebin kapağını kapatıp dolabın çekmecesine geri koydu. Bir kâğıt ve kalem çıkardı, Gaia'nın yanındaki masaya koydu. Kollarına bakıp kaşlarını çattı. Görüntü masasının üzerindeki bir düğmeye bastı.

"İçeriye bir gardiyan gönderin," diye emretti. Gardiyanı

bekledikleri arada Gaia oturduğu sandalyede huzursuzca kıpırdandı. Kardeş Iris çay fincanını alıp pencereden dışarı bakmaya gitti. Kendisine karşı duyarsızlığı Gaia'nın yüreğinin buz kesmesine yol açıyordu. Onun beyaz giyinmiş küçük omuzlarına, ciddi gözlüklerine bakınca şimdiye kadar hissettiklerinden daha fazla nefret duydu. Bu duygu onu üşümüş parmakları titreyecek kadar korkutuyordu.

Myrna'nın söylediklerini hatırlayarak buna tutunmaya çalıştı; *hayatta kal*. Amaç buydu. Şimdiye kadar başarmıştı ama ailesinin sırlarını paylaşma pahasına. Annesi buna ne derdi acaba?

Arkasındaki kapı vuruldu. Kardeş Iris gardiyana Gaia'yı çözmesini söyledi. Serbest kalan kolları ve omuzları uyuşmuş, ağrıyordu. Soğuk ve taş kesmiş ellerini birbirine sürttü.

Gardiyan, "Oda hazır Kardeş," dedi.

Gaia tanıdık sese baktı. Dönünce saçı özenle taranmış, her zamanki doğal ifadesiyle karşısında duran Yüzbaşı Bartlet'i gördü. Hemen bakışlarını çevirdi. Tavırlarıyla onu tanıdığını belli etmek istemiyordu. Leon arkadaşının orada bulunmasını ayarlamış olabilirdi ama yüzbaşının ona yardımcı olacağına dair bir ipucu yoktu.

Kardeş Iris, "İyi. Kapının yanında bekle," dedi.

Gaia gardiyanın arkasından çekildiğini duydu. Kardeş Iris, dikkatini Gaia'ya çevirdi. Kalemi ona uzatarak, "Çillerin desenini çizmeni istiyorum," dedi.

Gaia şaşkınlığını gizledi. Kendi ayağındaki izleri göstermek çok kolay olurdu ama anlaşılan karşısındaki adamın bundan haberi yoktu. Demek Leon ona bundan bahsetmemişti. Gaia kalemi soğuk elleriyle tutmaya çalıştı. Arkasındaki nöbetçinin de onu izlediğini hissederek tanıdık deseni çizmeye koyuldu.

Kardeş Iris, "Hepsi bu mu?" diyerek şaşkınlığını gizleyemedi. Kâğıdı kendisine çevirdi. "Çok basitmiş," diye kayıtsızca ilave etti. Sanki bu daha aklına yatmıştı. "Manası nedir?" diye sordu.

Gaia omuz silkti. "Bilmiyorum. Sanki bir karenin köşesi gibi."

Kardeş Iris hâlâ kâğıda bakıyordu. Yalan söylediğini hemen fark edeceğinden emindi. Orion takımyıldızının annesinin kızlık soyadını çağrıştıracak olmasından dolayı eğer Kardeş Iris deseni kendi fark etmezse Gaia bu bilgiyi ona vermeyecekti.

"Demek annenin Anklav'a teslim ettiği, yani Batı Üçüncü Bölge'den gelen her bebek bu çil izlerini taşıyor. Aynen bunları değil mi?" diye sordu.

"Evet. Annem gerektiğinde bazen diğer bölgelerde de doğuma yardımcı olmaya giderdi. Ama bu nadiren olurdu."

Kardeş Iris, "Ama o bebekler de annenin kodunda yer alıyordur," dedi.

Gaia emin olamıyordu. "Öyle olmalı," dedi. "Bilmiyorum." Onunla işbirliği yapmak Gaia'yı huzursuz ediyordu. Dürüstlük ona hiç bugünkü kadar yanlış gelmemişti. Bakışları özlemle pencereye doğru döndü. Sis kalkmıştı. Dikilitaşın üzerine güneş ışığının vurduğunu görebiliyordu.

Gaia, "Size kurdeledeki kodların, kota bebeklerinin kaydı olabileceğini düşündüren nedir?" diye sordu.

Kardeş Iris, "Gel şuna bak," dedi. Görüntü masasının yanında duruyordu, Gaia'nın yakınlaşmasını bekledi. En üstte annesinin kurdelesinin görüntüsü vardı ama büyütülmüş olarak duruyordu. Her bir kısmı elinden daha büyük olduğu için üzerindekiler kolayca görünüyordu.

Gaia kalemi elinde sıkıca tuttu. Küçük çizgilerin çözülüp anlayabileceği şekillere girmesini diliyordu ama semboller bildiği harflerden daha çok karalamalara benziyordu. Kardeş Iris, onun yüzünü incelediği için elinden geldiğince baktığı ekrana odaklanmaya çalışıyordu. Ama çabası onu daha da şaşkın ve endişeli yapmaktan başka bir işe yaramıyordu.

Adam, Gaia'nın yanında iç çekti.

Gaia da, "Özür dilerim," dedi. "Deniyorum."

"Yakında deşifre edeceğimizden eminim," dedi adam. "Doğumların kaydı olduğunu anlayabiliyoruz." Bir grup sembolü göstererek, "Bunların rakamlar olduğunu açıkça anlayabiliyoruz. Değişerek tekrarlanıyorlar," dedi. Bir grup, ardından başka bir grup, sonra bir tane daha gösteriyordu ama Gaia bunların arasındaki bağlantıları göremiyordu. "Diğer şekiller de ailelerin isimleri. Bizdeki çocuk bakım bölümünün teslim edilen bebeklerin geldiklerinde kaydettikleri tarihlerle karşılaştırıldıklarında çocukların duvarın dışındaki aileleri hakkında bilgi sahibi olabiliriz. En azından Batı Üçüncü Bölge'den gelenleri görebiliriz. Bugüne kadar sadece senin annen kayıt tutan ebemiz oldu."

"Diğerlerine de sordunuz mu?"

"Tabii ki."

Gaia annesinin bu soruşturmaları duymuş olduğu için mi tutuklanmasından bir iki hafta önce Yaşlı Meg'e kurdelesini verdiğini düşünüp, kaşlarını çattı. Kardeş Iris başını yana eğmiş, onu seyrediyordu.

Kuru bir sesle, "Başka sorun var mı?" diye sordu.

"Neden daha önce biyolojik ailelerin kaydını tutmadınız?" diye sordu. Bunun yapılmasının önemi çok açıktı.

Kardeş Iris, bir kaşını kaldırıp, "Evet, neden?" dedi. "Eskiden yanıltıcı bir eşitlik ve adalet düşüncesi vardı. Duvarın dışından gelen tüm bebekler eşdeğerdi. Bu yüzden teorik olarak kimse onların nereden ve nasıl geldiğini bilmeye gerek duymuyordu. Kan bağları haklarıyla Anklav'daki ailelerinin gerçek üyeleriydiler. Dışarıyla bağlantı olmamalıydı. Yıllar önceki genel düşünce yapısı böyleydi. Anklav'ın çocukları onlara kötü davranan ailelerden kurtardığı dönemdi. Dahası bu belirsizliğin sözü mona herkesin sorumluluk duygusunu artırması gerekiyordu. Toplum sorumluluğu olarak tüm çocuklar iyi yetiştirilecek, herkese yararlı olacak bir Anklav sağlanacaktı. Gülünç, tabii. Resme büyük ölçekte bakınca anne-babanın bir önemi yoktur. Herkes doğası gereği bireyseldir. Yine de Koruyucu'nun ailesi bile bir zamanlar gerçek ismin saklanmasına inanıyordu."

Gaia, Leon'u düşündü. Koruyucu ve ilk eşi tarafından evlat edinilmişti. Hiç kimse onun biyolojik ailesini bilmiyordu.

Kardeş Iris, "Tabii daha gerçekçi nedenler de vardı," diye devam etti. "Duvarın dışındaki bazı dar görüşlü insanlar çocuklarını vermek istemedi. Evlat edinen aileleri bulup, bebeklerini geri istediler. Bir keresinde dedelerden biri duvarın içine sızıp torunu sandığı iki yaşındaki çocuğu kaçırmak istedi. İçerideki aileler böyle bir olayın tekrarlanmayacağından emin olmak isteyince biz de kayıt tutulmadığına dair söz vermek zorunda kaldık. Belirli bebekleri dışarıdaki belirli biyolojik aileleri ile bağdaştıracak doğum kayıtları tutulmayacaktı."

Kardeş Iris, Gaia'nın yüzüne daha karamsar bakıyordu. "Demek istiyorum ki, annenin kodu veya babanınki, şu anda çok önemli."

Gaia hüsran dolu şaşkınlığını saklayamadı. "Hâlâ nedenini anlamıyorum," dedi. "Anne babanın kim olduğunun bilinmesi neye yarayacak? Eğer sizin için sadece insan genleri önemliyse, her insanın DNA'larını incelemek daha basit ve geçerli bir yöntem olmaz mı?"

Adam ona merakla baktı. Sonra düşünceli bir edayla parmağını görüntü masasının kenarına sürdü. "Sen cahillikle bilginin ilginç bir karışımı olmaya başladın," dedi. Sesinde garip bir tını vardı. "DNA'nın ne olduğunu tam olarak biliyor musun?"

Gaia, anne ve babasıyla akşamları kurumuş gölün etrafında yürürlerken konuştuklarını hatırlamaya çalışırken lafı dolandırıyordu. "İnsanın genetik kodu olduğunu biliyorum. Her insanın kodu özgündür, tıpkı parmak izi gibi," dedi.

Kardeş Iris kaşlarını çattı. "Başlangıç olarak doğru. Duvarın içindeki ailelerin çoğundan DNA örnekleri aldık. Endişe duyduğumuz ailelerden. Şimdi sağlık problemlerinin özelliklerini genlere bağlayabiliyoruz. Uzun zamandır tanıdığımız basit olanları, örneğin gerileyen hemofili hastalığınınkini. Diğerleri, kısırlık gibi genler biraz daha karmaşık."

Gaia, "O zaman duvarın dışındaki insanlardan da DNA örnekleri alamaz mısınız?" diye sordu. "Bu çok da saldırgan bir davranış olmaz, değil mi? Böylece insanların aralarındaki bağlantıyı görebilirsiniz."

Kardeş Iris, başını salladı, "O zaman samanlıkta bir iğne aramaya benzer. Aile bağlantısı olmadan, belirli bir geni tanımlamak için DNA tek başına değersizdir. Senden Batı Üçüncü Bölge'den teslim edilen bebeklerin biyolojik ailelerini öğrenmemiz gerekiyor," dedi. "Bu önceliğimiz olmalı. Senin kodların da bu bilginin anahtarı."

Gaia'nın kafası hâlâ karışıktı. "Ama..."

Kardeş Iris, gözlüklerini burnunun ucunda düzelterek,

"Bana güven," dedi. "Sen elinden geleni yap. Kodu çöz." Bir düğmeye bastı, masanın yanındaki delikten uzun bir kâğıt çıktı. Sonra bir tane daha. Onları alıp Gaia'ya verdi. "Bu büyütülmüş olarak, bir yüzünün yarısı. Eğer daha fazlasına gerek duyarsan bana haber ver."

Gaia kurdelenin büyütülmüş kopyasını aldı. Her bir ipek iplik net olarak görünüyordu ama tümüyle anlaşılmazdı. Kardeş Iris arkada duran Yüzbaşı Bartlett'a işaret yapınca adam Gaia'ya doğru ilerledi.

Gaia, "Eminim annemden de aynısını yapmasını istemişsinizdir. Annem çözemediyse benim nasıl yapabileceğimi düşünüyorsunuz?" dedi.

Kardeş Iris'in gülümsemesi dudaklarından yukarı çıkmadı. "Çünkü sen daha akıllısın," dedi. Gözlüklerini çıkardı. Mendiliyle temizledi. Başını kaldırıp baktığında Gaia onun garip buğulu gözlerinin, ruhunun derinliklerini görüyormuş gibi hissetti. "Bize yardım edebileceğini göstermen için yirmi dört saatin var. Bu bir oyun değil."

17. BÖLÜM

BEBEK KODU

Yüzbaşı Bartlett, Gaia'yı küçük temiz bir odaya götürdü. Duvarlar uçuk sarı renge boyanmıştı, büyük bir penceresi vardı. Bir duvarın önünde bir tahta masa ve iskemle sıralanmıştı. Diğer tarafta ise çarşafları geçirilmiş, açık gri battaniyesi ve yastıklarıyla hazır bir yatak yer alıyordu. Dar bir kapı banyoya açılıyordu. Gaia açık kapıdan küvetin yanındaki katlanmış beyaz havluları görebiliyordu. Temiz gri bir elbise duvarda asılmıştı, altında ise bir çift siyah ayakkabı duruyordu.

Gaia, aynı meydana daha yüksekten bakan pencereye doğru gitti. Altı bir karış açıktı ama daha fazla açılmaması için sabitlenmişti. Hapishanenin ve diğer evlerin beyaz damları görünüyordu. Güneşin henüz ulaşamadığı, sakin bir bahçede kırmızılı bir kadın ipe çamaşır asıyordu. Şimdi o kadının yerinde olmak için neler vermezdi.

Yüzbaşı Bartlett kapı aralığında boğazını temizledi. Gaia sertçe döndü. Onun hâlâ orada olduğunu fark etmemişti.

"Temiz giysiler duştan sonra giymen için. Başka bir şeye ihtiyacın var mı?" diye sordu.

Gaia onun kahverengi gözlerine sorgular gibi baktı. İlk kez onlarda bir teslimiyet hissetti. Onun da genç olduğunu fark etti. Belki Leon'dan biraz büyüktü. Dudakları daha dolgun, daha renkliydi. Yüz hatları düzgün ve teni güneşten yanmıştı. Leon'dan daha uzun ve geniş omuzluydu. Leon'un soluk, kasvetli ve ciddi olmasına karşın Yüzbaşı Bartlett önemli bir görevi olduğu halde kendine güveni ve doğal kayıtsızlığıyla dikkat çekiyordu.

Gaia, "Leon burada olduğumu biliyor mu?" diye sordu.

Doğal nazik tavrını takınmadan önce gözleri parladı. "Ona haber veririm," dedi.

Gaia, "Bir şeyler yiyebilir miyim?" diye sordu. "Biraz da su?"

"Tabii," diye cevap verdi.

Gaia sandalyeye çöktü. En azından onu açlıktan öldürmeyeceklerdi. Parmaklarının arasında Kardeş Iris'in verdiği basılı kâğıdı tutuyordu. Çok okuyan biri olmamıştı bu güne kadar, duvarın dışındayken birkaç kitabı olmuştu ama kodu çözme işi hiç de çekilecek iş değildi.

Gaia, "Yazmak için kaleme ihtiyacım var," dedi. "Bir de kâğıda."

Yüzbaşı Bartlett masayı göstererek, "Çekmecede var," dedi.

Gaia, "Peki," dedi. Sarışın gardiyana baktı yine. Gereksiz yere oyalanıyordu sanki. Elleri yanda pantolonunu çekiştiriyor, kumaşını kırıştırıyordu. Bu hareket Gaia'ya tanıdık geldi ama neden olduğunu bilemedi.

Sonunda, "Başka bir şey mi vardı?" diye sordu.

Onun bir an için duraksadığını gördü. Sonra içeri girip kapıyı arkasından kapattı. "Ayak bileğindeki çiller, o insanın Batı Üçüncü Bölge'de doğmuş olduğu anlamına geldiği doğru mu?" diye sordu.

Gaia şaşırarak, Yüzbaşı Bartlett'ın Kardeş Iris'le konuşmasının neresinde içeri girdiğini hatırlamaya çalıştı. Yüzbaşı elini çözdükten sonra çil desenini yaptığını anımsadı. Yavaşça başını salladı. "Evet," dedi.

Yüzbaşı kısa bir süre gözlerini kapattı. Sorduğu sorunun öylesine sorulmuş bir sorudan öte olduğu belliydi.

"Eğer bende de bu çillerden varsa, ki var demiyorum ama eğer varsa, anne-babamın kim olduğunu öğrenmek isterim," dedi. "Bana yardım edebilirsen çok sevinirim."

Gaia, o sırada yüzbaşının pantolunun paçasını sıvayıp botunu çıkarmasını ve bileğindeki çillerini incelemesini bekledi. "Şifreyi bilmiyorum," dedi.

Yüzbaşı hayal kırıklığına uğramış, kafası karışmıştı. "Ama bir şeyler bilmelisin mutlaka," dedi. "Baban sana bir şey anlatmadı mı?"

Gaia masaya gitti, kâğıtları düzeltti. İlk satıra dikkatle baktı.

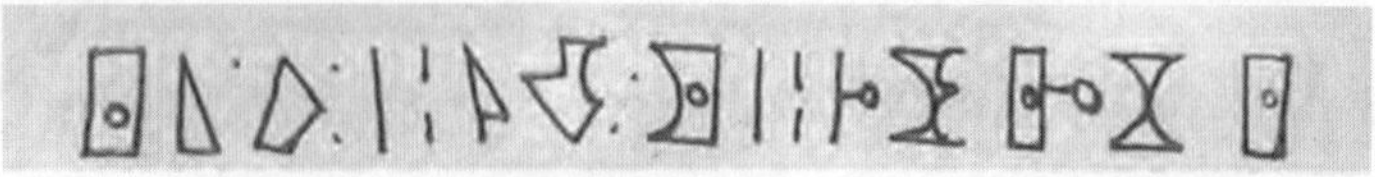

Semboller, şimdiye kadar gördüğü hiçbir alfabeye benzemiyordu. Alnını sıvazlayıp, korkularını ve umutsuzluğunu bir kenara atmaya çalıştı.

Yüzbaşı Bartlett, "Düşün," dedi yavaşça. "Babanın sana öğrettiği her şeyi düşün. Bir şekilde hepsi beyninin bir köşesinde duruyor olmalı. Eğitimli biri miydi? Başka dil konuşabiliyor muydu?"

"Sadece bir terziydi," dedi.

Babası otodidaktik bir terziydi. Kumaşı kesmek için patrona gerek duymazdı. Kafasında kesilecek kumaşın her bir parçasını tasarlar, en zorlu giyside bile hata yapmazdı. Ama aynı zamanda oyunları, şakaları, kodları ve desenleri severdi. Alfabe şarkısını tersten söylemesini anımsadı yine. Saatlerce banjo çalar, kendi bestelerini yapardı.

Gaia sandalyeyi çekip masaya oturdu. Kaşlarını çattı, bunu yapabilirdi. Bir şekilde yapmak zorundaydı. Babasını gözlerinin önüne getirecek, dikişlerini, kemikli geniş ellerini düşünecekti. Her ipucunu değerlendirecek, babasının kafasından geçenleri okumaya çalışacaktı. Bakışları bulanıklaşınca, makinede ayaklarının gidiş gelişlerinin çıkardığı ritmik sesleri duymaya başladı. Ama bir anda, yeraltı suları gibi aklına süzülen acı, düşüncelerini yavaşlattı. Birçok sebepten dolayı şu anda babasının yanında olmasını dilerdi.

"Keşke hayatta olsaydı," diye mırıldandı.

Yüzbaşı Bartlett, "Yaşıyor. Senin içinde. Bir şekilde," dedi. Kızı cesaretlendirmek istercesine gülümseyen yüzüne bakınca kahverengi gözlerinde bir parıltı belirdi. "Gitmem lazım," diye kapıya yöneldi. "Birazdan yemekle dönerim. Eğer başka bir şeye gereksinim duyarsan, sözlük gibi veya başka bir şey, sana bulup getiririm," dedi.

Gaia yutkundu, başını salladı. Gözleri semboller üzerinde dolaşmaya başlamıştı bile. Tanıdık bir şeyler arıyor, ipucu olacak bir şeyler bulmak için çabalıyordu. Yüzbaşı çıkarken kapıyı yavaşça kapattı. Gaia çenesini soğuk ellerinin arasına bıraktı.

Kendi kendine, *Çalışan saati unut, annemin hayatının benim işbirliğime bağlı olduğunu unut. Sadece babanı düşün,* dedi. Gözlerini kapadı, dikiş makinesinin sesini duyuyordu. Onu pencerenin yanında makinesinin başında otururken hayal etti. Kumaş makinenin iğnesi altında gidip geliyordu. Gaia yanına geldiği zaman hep durur, geriye gider, kollarını başının üzerine koyardı. Kahverengi gözleri nazik ve sıcaktı. Sesi kahkaha ile dolardı. Eğilip örgülerinden birini çekiştirdiğini hâlâ hissedebiliyordu.

Onu düşünmek, mutlu anılar bile olsa Gaia'ya acı veriyordu. Ama bildiklerini toparlamaya çalıştı. Annesinden, Danni O hakkında gelen haber notundan sonra babasının söylediği ters alfabe şarkısını hatırladığı gibi mutlaka harflerle de bir çeşit oyun yapmış olmalıydı. Birden ilham gelmiş gibi cebinden aynasını çıkardı ve onunla sembollere bakmaya çalıştı.

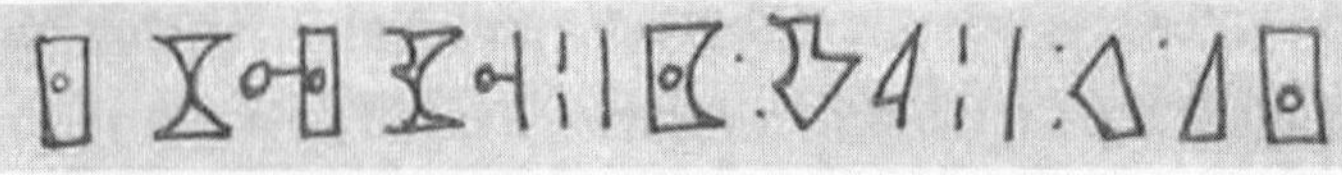

"Bu imkânsız," diye mırıldandı. Bu şekilde çözmek imkânsız gibi görünüyordu.

Bir saat daha geçti. Tek kazancı, sıkıntıyla oluşan boyun ağrısıydı. Kollarını kaldırıp gerindi ve geriye yaslandı. Bazı sembollerin tekrarlandığını bulmuştu ama anlam ifade etmiyorlardı. Bir yere varamıyordu.

Acıkmıştı da. Kalkıp sarı kapıya yöneldi, tokmağı çevirmeye çalıştı. Kilitliydi. Kapıya vurdu, eğer orada değilse, bir şey gerektiğinde soracağı Yüzbaşı Bartlet'e nasıl haber verebileceğini düşündü. Kimse cevap vermedi.

En azından musluktan su içebilirdi. Banyoya girince de temizlenmeye karar verdi. Duştaki sıcak su derisinin üzerine değince çok hoşuna gitti. Karışmış kafasını biraz olsun rahatlatmıştı. Duşun altında ağzını açıp sıcak sudan içti. Biraz sonrasında tertemiz giyinip cebinden çıkan top olmuş çorabı görünce babasının sarı iğne yastığını anımsadı. Yine bu iğne yastığının küçük oğlanın eline nasıl geçmiş olabileceğini düşündü. Kardeş Iris'e vereceği her bilgiye de aynı şey olabileceğini fark etti. Bir kere elinden çıktığında, nereye gidip, nasıl kullanacağına dair kontrolü kendinde olamayacaktı.

Yine de bu aşamada bir seçeneği yoktu. Kodu deşifre edene kadar pazarlık yapacak bir bilgi yoktu elinde. Eğer annesini görebilecekse en azından işbirliği yapıyor gibi görünmeliydi. Denemeye devam etmeliydi.

Küçük sarı odaya döndüğünde kısa ve ıslak saçlarını nemli havluyla kurularken kodların yazılı olduğu en üst kâğıdın uçup yere düştüğünü fark etti. Gözleri yarı açık, kodu kısık gözlerle uzaktan seyredince bir an için bir şey gördüğünü sandı. Gözlerini kırpıştırarak yaklaştı. Kâğıda eğildiğinde kaybolmuş, ne gördüyse yok olmuştu, semboller eskisi gibi karışık halde duruyordu.

"Ne görmüştüm acaba?" diye kendi kendine sordu.

Kâğıdı yine yere bıraktı. Banyoya gidip odaya geri döndü, biraz önceki adımlarını tekrarladı.

Banyo kapısının aralığında durup gözlerini kısarak yerdeki kâğıda baktı. Bu açıdan ve uzaklıktan bakılınca kodlar kahverengi bir arka planda düzgün çizgiler halinde görülüyordu.

"Satırların arasını oku," dedi kendi kendine. Gözleriyle normal bir şekilde bakmaya başladı.

Bu sefer kâğıdı masaya koyunca, sembollere ayrı ayrı bakacağı yerde, satır aralarındaki boşluklara da bakmaya çalıştı.

Kapıya vurulduğunu duyunca pencereye doğru gitti. Havluyla ıslak saçlarını düzeltmeye çalıştı.

Leon elinde bir tepsiyle kapıyı açtı. Bu beklenmedik sürpriz karşısında şaşıran Gaia'nın ağzı bir karış açık kaldı. Son konuşmalarının anısı, ona aldığı ekmek ve Myrna'nın anlattıklarıyla onun devlete karşı işlediği suçlardan kafası karışmıştı.

Leon, tepsiyi ona doğru iterek, "Bunu al," dedi. Gaia havluyu kolunun altına sıkıştırıp, Leon koridoru kontrol edip, kapıyı kapatırken yemek tepsisini aldı.

Gaia, "Burada ne yapıyorsun?" diye sordu.

Leon, "Bir yardımım olabilir mi diye bakmaya geldim," dedi. "İlerleme kaydedebildin mi?"

Gaia'nın yüreği kuşkuyla sıkıştı. "Kardeş Iris mi gönderdi seni?" Tepsiyi masaya bıraktı. "Annem hakkında bir şeyler öğrenebildin mi?

Leon garip ve şaşkın bir edayla, "Ben kendim geldim," dedi. "Bartlett bana senin burada olduğunu söyler söylemez geldim. Annen hakkında bir şey duymadım."

Leon ciddileşerek hafifçe doğruldu.

Gaia nemli havlusunu elinde tutarak çabucak, "Üzgünüm. Sadece..." dedi. Ustaca bir oyuna yem olmaktan korkuyordu. Aslında Leon'un kendi üzerindeki etkisini de kabul ediyordu. Şimdi bile yanında olmasıyla daha iyi hissetmeye başlamıştı. Leon onu düşünceli ve çekimser bir halde süzüyordu. Sonunda Gaia düşünmekten vazgeçti. Ya Leon da Anklav'ın bir uşağıysa? Gerçi Gaia'nın kaybedecek bir şeyi yoktu.

"Bir şey gördüğümü zannettim," diye itiraf etti. "Bir çeşit görsel illüzyon ama emin olamadım."

"Ne gibi?"

Gaia çorba tasına uzandı ve siyah ekmekten bir parça aldı. Kodun üzerinde gözlerini gezdirdi. "Bilmiyorum," dedi. "Öylesine bakarken gördüm sandım." Ekmekten bir parça daha kopardı. Bir anda kendini aç kurt gibi hissedip koca bir ısırık daha aldı.

Leon, "Dikkat et, boğulacaksın," dedi. Şapkasını çıkarıp tepsinin yanına koydu. Kaşlarını çatarak onu izledi. Kuru bir sesle, "Bu durumun iştahını açtığına sevindim," dedi.

Sinirleri bozulan Gaia bir anda kahkahalarla gülmek istedi. Veya içinden gelen ağlamak ya da her ikisi birden olabilirdi. Çiğnemeyi ve yutkunmayı bitirdi.

Leon, "Ekmek lezzetli miydi?" dedi.

Gaia başını salladı. Ona güzel bir şey söylemeye kalkışsa, herhangi bir kibar laf etse o anda ağlayabilirdi.

Leon da başını sallayıp, "Bu gizemli kodu görelim bakalım," dedi.

Gaia iyice yutkundu. Leon masaya yaklaşıp kâğıtları incelemeye başlayınca ona yaklaştı. Leon bir elini masaya dayamış, en üstteki kâğıdı çevirip değişik yönlerden inceliyordu. Gaia ekmeğinin son lokmasını yedi. Leon'un geniş omuzlarına baktı. Ceketinin temiz kokusunu duyabiliyordu. Güneş ışığı hâlâ üzerindeymiş gibiydi.

Bir bakıma bu da genç kızı endişelendirip, şaşırtıyordu. Kendi güneş ışığını yaratmak istiyordu.

Kesin bir tavırla, *Kendine hâkim ol*, diye düşündü. Banyoya girmek üzere dönüp, havlusunu astı. Bunu yaparken de kaçamak olarak aynada kendi görüntüsüne baktı. Camın üzerindeki buğu haşin görüntüsünü biraz olsun yumuşatıyordu. Belki ilk kez, kendi yüzüne açıkça bakmaya zorladı kendini. *Yakında ölecek olan bir kızın yüzü olabilir bu*, diye düşündü. Güzellik göreceliydi. Sağ yanağı duşun sıcak suyundan dolayı kızarmıştı. Kumral, ıslak saçları dalgalar halinde kahverengi gözlerinin önüne dökülüyordu. Sol kulak memesinden çenesine kadar uzanan ve tüm sol yanağını kaplayan kırmızıesmer bir lekesi vardı. Hassas derisi sanki bir parça kumaş buruşturulmuş, renkli tutkala bulanmış ve yüzüne yapıştırılmış gibi duruyordu. Kalıcı bir *maske* takıyormuş gibiydi. Herhangi birinin o kadar da kötü görünmediğini söylemesi açıkça yalan geliyordu.

Gaia'nın sinirleri soğuk ve iç karartıcı gerçekle bir kez daha yatıştı. Kodu çözmesi gerekiyordu, başka hiçbir şeyin önemi yoktu.

Kapı aralığından Leon'un kısık sesi duyuldu. "Gaia? Ayna ne için?" dedi.

Gaia kendine gelerek sıçradı. Sonra onun masanın üzerinde duran el aynasından söz ettiğini anladı.

"Sadece bir düşünceydi," dedi. "Ama faydası olmadı. Babam her şeyi tersten yapmayı severdi. Alfabe şarkısını bile tersten söylerdik."

Leon, "Belki daha büyük bir ayna lazımdır sana," dedi. Kod kâğıtlarını tutarak lavabonun üzerindeki aynayı işaret etti.

Gaia düşündü, onun elinden kâğıtları alıp aynaya tuttu. Camın üzerindeki buğuyu silmek üzereydi ki, gözüne tanıdık gelen harfler çarptı. Şaşkın halde daha yakından baktı ama şekiller değişti, yeniden anlaşılmaz semboller oldu. Yine sıkıntıyla yakındı.

Leon, "Ne oldu?" diye sordu. Hemen omuzunun dibinde duruyordu.

Gaia, "Hep bir şeyler gördüğümü sanıyorum," dedi. "Ama hemen kayboluyor."

Leon daha da yanına eğildi, kolu neredeyse onun omuzuna değecekti. Gaia içgüdüsel olarak kaçınarak bakışlarını aynada onun gözlerine dikti.

Nazikçe, "İzin verir misin?" diye sordu. Sonra havlu ile aynadaki son buharları da sildi. Gaia'ya küçük banyoda çok sıkışmışlar gibi geldi. Elini çektiğinde bile onun yanında nefes alma çabası ciğerlerini daraltıyordu.

Gaia aynaya odaklandı, gözleri satır aralarını tarıyordu. Aniden bir şey gördü. Nefesini tuttu. Yakından bakınca, birden emin oldu. Sembollere bakıyordu, bir kalıp arıyordu ama asıl şablon semboller arasındaydı.

Aynayı işaret ederek, "Bak!" dedi.

Leon şaşkın bir şekilde baktı.

Gaia, "İşte!" dedi. Kâğıdı çevirmiş semboller arasındaki boşluğu gösteriyordu. "Şimdi bakacaksın. Tersten görülüyor ama semboller arasında harfler var. Bak!"

Leon, "Göremiyorum," dedi.

Gaia'nın heyecandan yüzü kızardı. Düşünmeden Leon'un kolunu tuttu. "İşte, göstereyim," deyip, kolundan tutarak oğlanı masaya götürdü. Kâğıdı masaya yayıp iki kalem aldı. Semboller arasındaki boşluğa kalemleri koyup, semboller arasında üst ve alt sınırlar oluşturdu.

Gaia, "Sembollerin arasına bak," dedi işaret ederek. "Arada tersten okunan harfler var. Geriye doğru gidiyorlar."

Sağdan sola doğru tek tek okudu. G, L, M, V, Y, L, M, M, R, V, L , I , R.

Gaia onun yüzünü seyrederken anladığı anı yakaladı. Leon'un yüzü sıcak bir gülümsemeyle kaplandı. Mavi gözleri heyecanla parladı.

"Ne yazıyor?" diye sordu. "İzin verir misin?" diyerek kâğıdı yine eline alıp banyoya gitti. Gaia onun ne göreceğini bildiği için bir sonraki adımı düşünüyordu. Masadan temiz bir kâğıt alıp kalemle yazmaya başladı.

"Ah, babacığım," diye kendi kendine mırıldandı.

Üzüntü ve başardığı işin arasında kalmıştı. "Eğer çözüm buysa, sen gerçekten harikasın," dedi. Gaia artık sabırsızlanmıştı. Leon kâğıdı getirdiğinde elinden kaptı.

Leon, "Şimdi ne yapıyorsun?" diye sordu.

Ama Gaia cevap vermedi. Kâğıdın üzerindeki kodun ilk satırlarındaki harfleri temiz bir kâğıda geçirdi. Oradakileri ters alfabesini kullanarak tekrar yazdı. Şaşkın, morali bozuk olarak yeni satırı da yazdı. İkinci satırın yarısındayken tanıdığı isimler olduğunu fark etti. Sağdan sola giden harfler tersten gidiyordu, ama tarihlerde bir sorun vardı. Ama işte oradaydılar.

– R E P S A J – R S X Y – X W
I R O – E I N N O B – E N O T S
O L – L L I W – R S X Y – W T – N O
Q Z – E L O O P – Y M A – O C R U T

Onun ailesiydi. Jasper Stone ve Bonnie Orion. Kulaklarının arkası karıncalandı, sanki oradaki tüyler mezardan haber getiriyorlardı.

Leon, "Gaia. Ne oluyor?" dedi.

Leon onun yanında masada büzülmüştü. Yüzü onunkinin hizasındaydı. Gaia kafasını kaldırıp baktığında gözleri yaşlarla dolmuştu.

Gaia, "Bunlar benim annem ve babam" dedi. "İlk çocuklarını Anklav'a verdikleri zaman kayıtları kodlamaya başlamışlar. En büyük kardeşim. Babamın ilk adı, sonra da anneminki yazılı." Bir sonraki grup harflere baktı. "Her kelime bir daire veya kutuyla birbirinden ayrılmış," diye işaret etti. "Buradaki tekrarlayan, R S X Y kısmı tarih gösteriyor olmalı. Kardeş Iris bu kadarını keşfetmişti. Rakamların nasıl bulunacağını henüz bilmiyorum, ama bu tarih kardeşimin doğumunu belirtiyor."

"Adı burada yazılı mı?"

"Hayır. Teslim edilen bebeklerin isimleri verilmiyor, sadece doğum tarihleri yazılıyor. Babam bunu düşünmüş olmalı. Bebekler hakkında fazla bir şey yok. Daha doğrusu..." Doğru kelimeleri bulmaya çalıştı.

Leon, "Ne?" diye sordu.

Gaia kodun üzerinde ellerini gezdirdi, her ismi deşifre edebileceğini biliyordu. Kendi bölümündeki anne-babaların isimlerini bulabileceğinden emindi. "Daha doğrusu bu kayıpların kaydı. Anne babaların birbiri ardına kaybettikleri bebeklerin kaydı bunlar."

Gaia'nın içinde derin bir uçurum oluşmuştu. Kodların kendi ailesinin isimleriyle başladığı için şaşkındı. Ama bu ona anlamlı geliyordu. Gaia ailesinin çocuklarını evlatlık verdiklerini hep biliyordu ama gözlerinin önündeki dikişlerde bunların yazılmış olması evdeki kayıplarını başka bir duygusal boyutta anımsatıyordu. Her gece mumlar yakılıyordu.

Gaia'nın annesinin yardım edemediği bebekleri belirlercesine, yeni doğanlara çil izleri dövmesi yapılıyordu. Yalnız annesi ayda iki veya daha fazla bebek teslim ediyordu. Sadece Batı Üçüncü Bölge'deki bebekler. Tüm o kayıplar.

Gaia üzgün bir sesle, "Ben ne yaptım?" diye mırıldandı. Kendi de bu işi devam ettirmişti. O, Gaia Stone, aylık kotasını doldurmak adına, bizzat altı bebeği Anklav'a teslim etmişti.

Leon, "Gaia sakin ol. Senin bir suçun yok," dedi.

Gaia, "Hayır," dedi. Yumruklarını sıkıp, kollarıyla kendini sardı. Ancak şimdi anlayabiliyordu. Masum bebekleri basit ama sevecen ailelerinin yanından alıp, hamile kadının idam edildiği o Bastion Meydanı'nı dolduran birer Anklav vatandaşı olmak üzere teslim etmişti. O insanlar ki, dışarıdaki çocukları acı çekmeye bırakıyorlar, annesini hapiste tutuyorlardı. Babasını da öldürmüşlerdi. Gaia, "Ben ne yaptım?" diye tekrarladı.

Leon, "Şşş," dedi.

Leon onu kollarından tutup kaldırınca, Gaia kalbinin yerinden çıkacağını sandı. Ona sarıldı. Kulağına, "Hayır Gaia," dedi. "Kendini suçlamamalısın. Sen doğru olanı yaptın."

Gaia ağlamamak için kendini zor tutuyordu. "Ama bu benim de sorumlu olmadığımı göstermez. Ben bu bebekleri annelerinden aldım. Onları bu çılgın topluma verdim." Sesi tizleşmişti. "Ya şimdi ne olacak? Onlara kodları çözmeleri için yardım da ediyorum."

Gaia kendini Leon'un kollarından kurtardı, kodların yazılı olduğu kâğıtları kaptığı gibi yırtmaya başladı. "Ben de senin kadar kötüyüm," dedi. "Hepiniz kadar kötü." Kâğıtları buruşturup uzağa attı.

Leon ellerini açıp, kaşları şaşkınlıktan yukarı kalkmış, incinmiş bir tavır takındı. Bir şekilde kendine ihanet etmiş olduğunu bilerek içi yanıyordu. Gerçeği içinden çıkarabilseydi çok sevinecekti. Suçu kanunları çiğnemekten veya uymaktan daha büyüktü. O bebekleri teslim ederek içlerindeki düzgün ve insani olan bir şeyleri yıkmıştı. Teslim edilen! Bu kelimenin kendisi bile gülünçtü.

Leon, "Hepimiz kötü değiliz," dedi. Sesi sessiz bir ikna gibi çıkmıştı. Sanki bütün olanlardan sonra gerçeği ancak görmüş gibiydi.

Gaia, " Öyleyse neden hâlâ burada konuşuyoruz?" diye sordu. "Neden o kapıyı açıp, benim kaçmama yardım etmiyorsun?"

İşbirliği yapma zamanı bitmişti.

İşbirliği demenin suç ortağı olmak demek olduğunu anladığında, Anklav'ı desteklediği için Kardeş Iris kadar suçlu olduğunu kabul etmiş oluyordu.

Aşağıdaki meydandan bir ses geldi.

Leon dönüp baktı.

Gaia, "Ne oluyor?" diye sordu.

Leon'un yanına gelip aşağıya baktı. Kırmızı elbiseli bir grup kız Bastion Meydanı'na götürülüyordu. Pencerenin altındaki açıklıktan kızların panik içinde olduklarını, birkaç nöbetçinin de onları susturmaya çalıştıklarını görebiliyordu.

Gaia yineledi. "Ne oluyor?"

Leon, "Bilmiyorum," diye cevap verdi. Gaia ona bakınca bakışlarının yoğun ve üzgün olduğunu gördü. "Ama öğreneceğim," diyerek şapkasını aldı ve dışarı çıktı.

Gaia, "Beni burada mı bırakıyorsun?" dedi.

Leon elindeki anahtarı kilide soktu. "Gitmeliyim," dedi. "Seni şu anda çıkaramam. Çok zor. Unutma, annenin iyiliği senin elinde. Kodlar üzerine çalışmaya devam et. Eğer bulabilirsen, benim..." diyerek duraksadı. Gözlerini ondan kaçırdı. Yere attığı buruşmuş kâğıtları alıp, masanın üstüne yan yana koyu.

Gaia'nın kalp atışları bir anda hızlandı. Şimdi anlaşılıyordu. Bu yüzden ona yardıma gelmişti. O da Yüzbaşı Bartlett gibiydi. Veya Kardeş Iris gibi. Onu kullanmışlardı, tıpkı Myrna'nın onu uyardığı gibi.

Gaia sessizce bir kalem aldı. "İyi. Ailenin kim olduğunu mu öğrenmek istiyorsun?" dedi.

Leon, "Dur, Gaia," dedi. "Öyle değil."

Yüreği göğsünde bir taş gibi ağırlaşmıştı. Bilgiyi kendi için de kullanabilirdi. Nasıl olacağını bilmiyordu ama bir yolunu bulacaktı. Her türlü donanımı vardı. Soğukça, "Doğum tarihin neydi?" diye sordu.

Gaia onun yanaklarının ve dudaklarının pembeleştiğini gördü. Gözlerinin mavisi daha da canlanmıştı. Leon'un endişeli mi yoksa utanmış mı olduğunu anlayamıyordu. Umurunda bile değildi. Onun dış görünüşüne aldırmadan kalemi alıp bekledi. Aşağıdaki meydandan bir gürültü daha duyuldu.

Leon, "On iki Temmuz, 2390," dedi.

Gaia başını eğdi ve not aldı. Tarihleri nasıl bulacağını bilmiyordu ama bulacaktı. Buruşmuş kodları düzeltip, kenarda sıraya koydu. Hissiz bir şekilde, "Ne yapabileceğime bakacağım," dedi.

Leon, "Senin için geri geleceğim," dedi. "İlk fırsatta."

Gaia kuşkuluydu. Sırtını ona döndü. Masaya oturdu. Artık kodun nasıl çözüldüğünü bildiğine göre Kardeş Iris'e söyleyebilirdi. Onunla birlikte bütün şifreleri çözerlerdi. Ona artık gereksinim duymazlardı. Gayet rahatlıkla harcanabilirdi. Leon'un kapıyı açtığını duydu ama dönüp de ona bakmadı bile.

Leon fısıltı gibi bir sesle, "Lütfen Gaia. Şimdilik burada emniyettesin. Bana biraz güven," dedi. Bir dakika sonra çıkmıştı.

18. BÖLÜM

BİR ŞANS

Gaia ilk iki ismin anne ve babasına ait olduğunu anladıktan sonra bu kaydın en büyük ağabeyinin doğumuna ait olması gerektiğini düşündü. Rakamların ince bir şekilde ama gayet açık belirtildiğini fark etti. En büyük kardeşi 12.02.2389 günü doğmuştu. Babasının isminin yanındaki semboller şöyleydi:

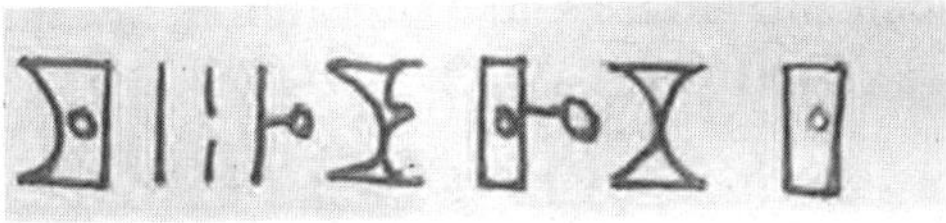

Önce *I H C B – C D* harflerini tersten alfabe sistemi ile *R S X Y – X W* olarak çevirmişti, ama ağabeyinin doğum gününü ayna etkisiyle tersten okuyunca rakamlar için babasının kullandığı harflerin anlamını çözmüştü. B C H I, 2389 yılı olması gerekiyordu. Buna göre yerine koyma sistemi kolaydı; A = 1, B = 2, C = 3 diye J = 0'a kadar gidiyordu. D C de 43 sayısının karşılığıydı. Şaşkın bir şekilde düşünürken, şubatın on ikinci gününün yılın 43. günü olduğunu fark etti. Babası ayları kullanmak yerine 365 gün için birer numara kullanmıştı. Bu durumda büyük ağabeyinin Şubat 12, 2389 olan doğum günü en basit şekilde 43-2389 olarak kaydedilmişti.

Gaia kodu çözdüğü için sevinmesi gerekirken, içinden bozguna uğramış gibi hissediyordu. Bebek kotasının ne kadar yanlış bir sistem olduğunu fark ettiğinden beri içinde oluşan suçluluk duygusundan kurtulamıyordu.

Anne ve babası konusunda çok şaşkındı, keşke geriye dönüp ağabeylerine dair babasının anlattıklarını daha dikkatli dinleyebilseydi. Belli ki babası ona kurdeleden özellikle bahsetmemişti, ama çil izlerini açıklamıştı. Çocuklarını evlat verdikleri için anne ve babasının Gaia'ya anlattıklarından çok daha fazla iç çatışmaları olduğu apaçıktı. Ya da gittiklerinden beri onları çok özledikleri halde, onları sevmeye devam ediyor olsalar da, çocukları için en doğrusunu yaptıklarını düşünmüşlerdi. Bu iki karşıt duygunun, her ikisi de doğru olabilir miydi?

Kodların üzerinden daha aşağılara doğru taramaya devam etti, 2390 yılına gelince Leon'un doğum gününe rastlayan kayıtla karşılaşınca onun anne ve babasının kim olduğunu buldu; Derek Vlatir ve Marry Walsh. Gözlerini kapatıp, geriye yaslandı. Boynundaki kasları açmaya çalışırken Leon'un, Derek'in oğlu olduğunu içine sindirmeye çabalıyordu. Vlatir'ler, Leon'un doğumu sırasında büyük bir olasılıkla Batı Üçüncü Bölge'de yaşıyorlardı. Eğer Leon evlat verilmemiş olsaydı duvarın dışında fırıncının oğlu olarak büyüyecekti. Bambaşka bir insan, hatta güvenilir birisi olabilirdi.

Gaia şifreleri çözerken hava kararmıştı. Çorbası çoktan bitmişti ama güneş battığında tepede asılı duran tek bir ampul kendiliğinden yanmıştı. Eğer uzun süre yoğunlaşıp hareket etmeden durursa ışık sönüyordu. Elini kolunu salladığında da yine yanıyordu. Odanın köşesinde içinden kırmızı ışık sızan beyaz bir kutu vardı ki, bunun devinim sezinleyici olduğunu sanıyordu.

Pencerenin kenarında durup, sessiz şehre baktı. Yorgun gözlerle Bastion'dan aşağıya giden yolların sokak lambalarını seyrediyordu. Dışarıda kimse yoktu. Kırmızı şapkalı kızlar tekrar görünmemişlerdi. Etrafın sakinliği aşağıdaki meydandaki taşlar gibi kokuyordu.

Leon geri dönmemişti.

Buna şaşırmadım, diye düşündü.

Gaia elini düzgün camın üzerinde gezdirirken, babasının Derek Vlatir olduğunu bilebilmek için Leon'un neler verebileceğini düşündü. Aynı zamanda kendisinin Derek'i bir daha görebilmek için yaşayıp yaşamayacağını da düşündü. Ona oğlunun büyüyüp de...

Gaia gözlerini kapadı ve başını serin cama yasladı. Leon hakkında ne düşüneceğini bilemiyordu, ama o aklına her geldiğinde göğsünde garip bir sıkıntı oluşuyordu. Ona sadece kızmıyordu, aynı zamanda hayal kırıklığına uğramıştı. Hem de derinden yara almıştı. Herhangi bir asker gibi işini iyi yapması önemli değildi. Ona güvenebileceğini sanmıştı. Daha da kötüsü; kendisi aptallık etmişti.

Gaia masanın üzerindeki kâğıtların dağınıklığına bakıp, kendini yatağa attı. *Her şeyi küçük parçacıklar halinde kırparak tuvalete atmalıyım*, diye düşündü. Böylece artık işbirliği yapmayacağını gösterebilirdi. Ama orada kimse olmadığına göre bu hareketi ona bir şey kazandırmayacaktı.

Yüzünü elinin içine gömerek, gözlerini ovuşturdu.

Biri kapıya sessizce vurunca yatakta doğruldu, ışık yandı. Uyumuş olmalıydı. Kapı açılıyordu, kalbi hızla atmaya başladı. Yüzbaşı Bartlett'ın elinde bir tepsi ile girdiğini görünce, içi ezildi. *Seni aptal*, diye düşündü. Leon gelmiyordu. Tepsiyi almak için uzanınca, yüzbaşının gözü masaya ilişti, sonra Gaia'ya baktı.

Yüzbaşı, "Bir şeyler bulabildin mi?" diye sordu.

Gaia "Belki, ama emin olması zor," dedi. Bir parça ekmek kopardı. Bayat ve kuru ekmek ağzında büyüdü ama çok acıkmıştı. Burada yemekler değişik zamanlarda geliyordu. "Saat kaç?"

"Gece yarısı. Benim ailemin kim olduğunu söyleyebilir misin?" diye sordu.

Gaia'nın aklına bir düşünce gelince çiğnemeyi bıraktı. Yutkundu. "Annem hakkında bir şeyler biliyor musun?"

Yüzbaşı şaşırmıştı "Hayır. O burada mı? Bastion'da mı?"

Gaia, "Kesin olarak bilmiyorum. Onu bulmaya çalışıyorum," dedi. "Kendi aileni ne kadar çok öğrenmek istersin? Beni buradan çıkaracak kadar olabilir mi?"

Yüzbaşı geniş omuzlarını kapıya dayadı, kollarını kavuşturdu. Siyah kumaşın altından kasları fırlıyordu. "Çok tehlikeli olabilir," dedi.

Gaia kuru bir kahkaha attı. "Senin için mi, yoksa benim için mi?"

Yüzbaşı bunu düşünür gibiydi. Sonra parmaklarını sarı saçlarında gezdirdi, çok genç görünüyordu. "İkisi de," dedi. "Bu imkânsız, bana inan. Senin buradan çıkmana yardım edecek birisi Anklav'ı sonsuza dek terk etmeyi göze almış demektir. Bunu sormamış ol."

Gaia, Leon'un da aynı duygular içinde olabileceğini düşündü. "O zaman sen de anne ve babanın kim olduğunu sorma," dedi. "Sen de diğerleri gibi Kardeş Iris'in bu bilgileri sizlerle paylaşacağı zamana kadar bekleyebilirsin."

Yüzbaşı ona uzun ve dikkatle baktı. Sonra tepsiden boş bardağı alıp banyoya girdi.

Aşağılık, diye düşündü. Gaia beyaz peynirden bir parça aldı. Banyodan akan suyun sesi geliyordu. Yüzbaşı Bartlett geri geldiğinde yanmış tenine rağmen solgun görünüyordu. Gaia suyu almak için uzanınca, bir süre bırakmadı. Kendisine dikkatli baktığını fark edince, belli belirsiz bir baş hareketiyle içerideki camı işaret ettiğini gördü.

Gaia aniden dikkat kesildi. Tekrar bardağa uzandı. Yüzbaşının avucunda bir mesaj yazılıydı:

K A M E R A ...

Gaia'nın bakışları onunkiyle karşılaştı. Yüzbaşının dudakları ince bir çizgi gibiydi, onu yakından takip ediyordu. Normal bir sesle, "Susamış olmalısın," dedi.

Gaia dönüp bakmaya çekinerek, titreyen parmaklarıyla bardağı ağzına götürdü. *Olamaz,* diye düşündü. Bunca zamandır onu hep seyretmişlerdi. Demek ki hareket dedektörünün içinde bir de kamera vardı. Onu Leon'la birlikte görmüşlerdi, onun çıktığını da fark etmişlerdi. Gaia'nın aklından bir sürü düşünce geçiyordu. Şimdi de onu Yüzbaşı Bartlett'la görüyorlardı. Neler konuştuklarını da duyuyor olabilirler miydi?

Hayal kırıklığıyla bağırmamak için kendini zor tuttu. Peynirden bir parça daha aldı, yavaşça çiğnedi. Yüzbaşı Bartlett da geriye dönüp eskisi gibi kapıya yaslandı. Gaia onun cebindeki elini yumruk yaptığını gördü. Gerçekte, ona şimdi daha dikkatli baktığı için yüzbaşının biraz sinirli olduğunu görebiliyordu. Seyredenlerin bunu fark etmemelerini umuyordu.

Gaia, "O kızlara ne oldu?" diye sordu. Sıradan bir konuşma başlatmak ister gibiydi.

"Hangi kızlar?"

Gaia, "Daha erken bir zamandı, onları meydanda görmüştüm," dedi. "Sanki bir araya getirilmişlerdi ve Bastion'a zorla geliyorlardı."

Yüzbaşı başını salladı. "Kimleri gördüğünü bilmiyorum," dedi.

Gaia sabırsızlandı. "Önceden. Leon buradayken. Onunla

konuşmadın mı?" diye sordu.

Yüzbaşı Bartlett aniden başını çevirip başka yere bakınca Gaia telaşlandı. Söyleyeceklerini düşünüyor gibiydi. Gaia, yüzbaşının kendilerinin takip edildiğini söylediğini belli etmemeye çalıştığını hissetti. Neden ona kamerayla izlendiklerini söylemişti? Sanki karar vermeye çalışıyordu. Kahverengi gözleriyle ona bakarken çok ciddi görünüyordu.

Yüzbaşı, "Koruyucu'yla buluşmaya götürüldü," dedi. O zamandan beri onu gören olmadı."

Gaia kuru bir sesle, "Öyleyse babasıyla nazik bir görüşme yaptığını umalım," dedi.

Yüzbaşı kapıya dönüp, "İzin verirsen," dedi. Başıyla banyoya doğru işaret ederek, "Tepsiyi almak için on dakika sonra dönerim. Su içmek istersen lütfen kalk al," dedi.

Su mu? Gaia bağırmak istiyordu. Ona gereken tek şey buradan kurtulmaktı. Yumruklarını sıkıp döndü.

Arkasındaki kapı yavaşça kapandı. Gaia sıkıntıyla pufladı. Şimdi ne yapması gerekiyordu? Her hareketi kamera ile izleniyordu. Odanın köşesindeki beyaz kutuya bakmaya cesaret edemiyordu, ama artık kameranın orada olduğuna emindi.

Aniden aklına kameranın banyoyu göremediği düşüncesi geldi. Yüzbaşı Bartlett da oraya gitmişti. Doğal görünmeye çalışarak önce pencereye doğru yürüdü. Sonra son ekmek lokmasını almak için tepsisine gitti. Bardağını alarak banyoya yöneldi. Köşeyi dönüp kapıyı kapattı. Aynada gördüğü yazıya bakakaldı:

Bir Şans
Ekim 24, 2390

Yüzbaşı Bartlett, mesajını lavabo musluğunun yanındaki mavi sabun ucuyla yazmıştı. Gaia'nın kalbi çarpmaya başlamıştı. Havlunun ucunu ıslatarak, aynadaki sabunları silmeye çalışırken bir yandan da *Ekim 24, 2390* diye tarihi ezberliyordu.

Aynadaki eli dondu.

Bu tarihi biliyordu. Bu ağabeyi Odin'in doğum tarihiydi. İçgüdüsel olarak yumruğunu dudaklarına götürdü.

"Buna inanamıyorum," diye fısıldadı. "O benim ağabeyim."

Acaba emin olabilir miydi? Ya aynı günde evlat verilmiş başka bebekler varsa? Cevap kodlarda yazılı olmalıydı.

Gaia aynaya son kez baktı, izlerin tamamen silindiğine emin olunca sarı odaya döndü. Küçük bir tıkırtıyla bardağını tepsiye koydu. Masaya gidip kodlara baktı. Yüzbaşının doğum tarihini bulmak birkaç saniyesini aldı. Bu tarihin karşısında sadece kendi anne ve babasını adı yer alıyordu. Yüzbaşı Bartlett onun ağabeyi Odin'di. Şüphe yoktu. Aklından bir sürü düşünce geçiyordu.

Ailesinin koyu renklerine karşın Yüzbaşı Bartlett'ın sarı saçları, açık teni konusunda Gaia'nın kafası karışmıştı. Ama olabilirdi. Tüm çocuklar ailelerine benzemiyorlardı. Bu haberle hayretler içinde kalacaktı.

Geri döndüğünde, her şeye hazırlıklı olmalıydı. Küçük aynayı cebine koydu. Kardeş Iris veya seyreden kimse, şu anda Gaia'nın keşfettiklerini çoktan öğrenmiş olmalıydılar. Leon'la konuşurken çok açık davranmıştı. Daha fazlasını kendiliğinden açıklamamak için her şeyi göze alabilirdi. Notlarını topladı, alması kolay olacak şekilde dizdi.

Kapıda bir tıkırtı duyuldu, Yüzbaşı Bartlett kapıyı açtı. Yüzüne baktığında bir planı olduğunu sezmesi hiç de zor olmadı. Aynı anda onun kahverengi gözlerinde babasının bir havasını da gördü. Artık kim olduğunu bildiği için benzerliği de görebiliyordu. Hem zevkten uçuyor, hem de korkuyordu.

Yüzbaşı yavaşça, "Buradan çıkmak için on yedi saniyemiz var," dedi.

Gaia kâğıtlarını kapıp, onun arkasından hole çıktı.

Yüzbaşı onu dar bir merdivenden indirdi. Ardından bir merdivenden çıktılar, bir sürü kapı geçtiler, yarım düzine köşeden geçtiler. Bir bölmeye gelince Bartlett ona başlığı olan kırmızı bir pelerin verdi.

Yüzbaşı, "Okulun bahçesinden geç. Okulun içinde yavaş yürü, karşıki kapıdan sokağa çıkacaksın. Oradan sonra yolunu kendin bulacaksın artık," dedi.

Gaia, "Sen nereye gidiyorsun?" diye sordu. Ondan bu kadar kısa zamanda ayrılmayı beklemiyordu.

Kahverengi bir gömlek giyiyor, koyu renk bir şapka takıyordu. "Bu benim sorunum. Çabuk söyle. Ailem kimler?" dedi.

Gaia onun eline yapıştı. "Batı Üçüncü Sektör'den Bonnie ve Jasper Stone. Sen benim ağabeyimsin," dedi.

İnanılmaz ve şaşkınlık yanaklarının solmasına neden olmuş, kaşları kalkmıştı. Gaia'nın yüzüne özellikle bakıyor, sanki tüm hatlarını ezberlemeye çalışıyordu.

"Bu nasıl olur?" dedi.

"Bu doğru," dedi. Kemiklerinde, vücudunun her bir telinde onun varlığını hissediyordu. "Sen Odin Stone'sun. Daha büyük bir ağabeyin de var. O da Anklav'a evlat verilmiş. Onun kim olduğunu bilmiyorum. Babamız öldü. Annemiz hapiste, ama nerede olduğunu bilmiyorum," dedi.

Yukarıdan sesler gelmeye başlamıştı. Korkarak ona uzandı, yüzbaşı bir an için ona sarıldı. Çatlak sesle, "Kız kardeşim," dedi. "O zaman buna değer," diyerek onu kendinden uzaklaştırdı. "Hadi git artık."

Yukarıdaki merdivenlerden bağırışlar ve ayak sesleri yaklaşıyordu. Gaia kapının kolunu açtı. Arkasında daha çok sesler duyuluyordu ama dönüp bakmaya cesareti yoktu. Sadece Yüzbaşı Bartlett'ın kaçabilmesini diliyordu. Pelerinini kafasına geçirip gecenin gizemli gölgeleri içinde bahçeden geçti. İçinden koşmak gelirken, doğal bir şekilde yürümek ne kadar zordu. Yukarı bakınca bir kadının penceresini kapattığını gördü, ama aşağıdan geçen Gaia ile ilgilenmedi.

Gaia kapıya varınca, tokmağı çevirip, kolayca açtı. Ağır tahta kapıyı açmak için omuzuyla abanması gerekti. Korkusu çoğalmıştı. Ya sonraki kapı kilitliyse ve Yüzbaşı Bartlett onu çıkmaza yolladıysa? Holde bir ışık yandı, krem renkli duvarları aydınlattı. Sağında bir odada kömürlerin korlaştığı bir şömine yanıyordu.

Beyazlar içinde yaşlı bir kadın şöminenin yanından ona baktı. Uykulu bir sesle,"İyi akşamlar kardeşim," dedi.

Nefes almaya korkan Gaia, "Anklav'a hizmet ediyorum," dedi.

Kadın şöminedeki ateşe dönerek, "Ben de," diye mırıldandı.

Gaia, sahtekâr gibi yakalanmamak için koridorda ilerledi. Sessizlikte çalışan sesi duyulan bir büyükbaba saatinin ve bir dizi kapının önünden geçti. Koridorun ucundaki geçit iki yöne ayrılıyordu. Gaia, içinden gelen bir hisle sola karanlık yöne doğru yürüdü. Birkaç adım attıktan sonra yanlış yaptığını anladı. İki tarafında yataklar olan bir yatakhanede olduğunu anladı. İçeri girdiğinde bir ışık yandı, en yakın yataktaki battaniyenin altında yatan kimse ona döndü.

"Nerelerdeydin?" diye fısıldadı. Sesinde şaşkınlık ve merak vardı.

Gaia bir adım geriye gitti. Yataktaki doğruldu, Gaia onun kendi yaşlarında beyaz gecelikli bir kız olduğunu gördü. Oval yüzünü çerçeveleyen kahverengi bukleleri, düz burnu ve geniş bir ağzı vardı. Gözleri gittikçe büyüdü ve battaniyeyi boğazına çekerek, sakince, "Sen kimsin?" dedi.

"Benim hatam," diyerek bir adım daha geriledi.

Eğer kız alarma geçerse Gaia yakalanabilirdi. Pelerinin başlığını yüzünün sol tarafına doğru çekti, ama bu da bir hata oldu. Kız nefesini tuttu.

"Sen yaralı yüzü olan kızsın," diye cıyakladı.

Gaia, "Şşşt!" dedi. "Lütfen."

Gaia döndü ve elinden geldiğince çabucak geldiği yönden kaçtı. Diğer taraftaki ilk girdiği tahta kapının aynını bulup açtı. Dışarıda askerler koşuşturuyordu, geri çekilip onların gitmesini bekledi.

Kapıdan süzülüp sokağa çıktı. Askerlerin gittiğinin aksi yönünde yürümeye başladı. Her adımda kalbi yerinden çıkacak gibi oluyor, nerede olduğunu kestiremiyordu. Yokuş aşağı gitmek istiyordu, ama her deneyişinde askerleri görüp yukarı doğru gitmek zorunda kalıyordu. Sonunda tanıdığı bir sokağa geldi. Işıklı bir kafenin barında bir grup adam gürültülü kahkahalar atıyorlardı. Eğer geri dönerse siyah ocaklı fırını görebilirdi. Ama orası Bastion Meydanı'na yakın bir yerdeydi, askerler civarda olabilirdi. Gaia ne yapacağını bilemiyordu.

Tam o sırada kafedeki bir adam korkunç bir kahkaha attı, diğer ikisi de veda ederek dışarı çıktı. Sol tarafa yöneldiler, Gaia da batıdaki meydana doğru gitti. Artık acele ediyordu, sinirleri de bozulmaya başlamıştı. Sanki her taraftan insanlar ve ayak sesleri duyar gibiydi. Sağında duvarlar vardı, devinim sezinleyici olan her sokak lambasının altına gelince de tepesinde ışık yanıyordu. Köşeyi dönünce karşı taraftan gelen bir grup asker gördü. Kalbi yerlerde sürünecek gibi oldu, ama yapacak bir şey yoktu. Başlığını çekip, omuzları dik onlara doğru yürüdü.

Tam sokak lambalarından birinin altındaki ışığa geliyordu ki sağ arkasından keskin ve kısık bir ses duydu. "Stone!"

Dolgun vücutlu, kısa boylu bir adam karanlık bir kapı aralığında duruyordu. Gaia öylesine rahatlamıştı ki, nerdeyse ağlayacaktı. İleride askerler hızlanmış, Gaia'yla karşılaşmak üzereydiler.

Adam yine, "Çabuk!" dedi. Zaten Gaia ona doğru hızlıca gitmeye başlamıştı bile.

Adam kuvvetli eliyle onu içeri çekip, kapıyı kapattı. Alçak tavanlı bir geçitteydi şimdi. Havada çöp ve idrar kokusu vardı, ama telaşla adamın arkasından gidiyordu. İleride sımsıcak ve sarı bir ışık görebiliyordu. Adam onu bir kapıdan içeri çekip, sıkıca kapayarak sürgüledi.

Gaia hayatında hiç bu kadar mutlu olmamıştı. Tam önünde ılık ve kocaman siyah ocaklı fırın duruyordu.

19. BÖLÜM

JACKSON'LARIN FIRINI

Tuğla fırının koca bacası, daha önce Leon'un onu getirmiş ve küçük bir somun ekmek almış olduğu öndeki dükkânla, şimdi Gaia'nın nefes almak için durduğu arkadaki çalışma alanını ayırıyordu. Ilık ekmek kokusu onu kucaklar gibi karşılamıştı. Odanın ortasında büyük tahta bir masa duruyordu. Yukarıdan sarkan lambadan masanın ortasına daire şeklinde bir ışık vuruyordu. Lambanın beyaz ipine çekme kulağı yerine bir ölçü kaşığı bağlanmış olup metali de aşınmaktan parlıyordu. Bir erkek çocuğu ve sıradan bir kadın ocağın önünde sessizce duruyorlardı. Kolları sıvanmış, elleri un ve hamur parçacıkları ile benek benekti. Tam o sırada arka kapı açıldı ve dokuz on yaşlarında bir kız çocuğu telaşla içeri girdi. Pelerininin yeşil başlığını geriye atıp, gülümsedi. "Onu bulmuşsunuz," dedi.

Fırıncının, kızın açık kumral saçlarını sevgi ve gururla

okşaması Gaia'ya babasını anımsattı. "Sana geleceğini söylememiş miydim?" dedi.

Gaia, "Nasıl bildiniz?" diye sordu.

Odadaki kadın ellerini bol önlüğüne sildi. "Senin Bastion'a götürüldüğünü duyduğumuzdan beri takipteydik. Eğer gardiyanlardan kurtulmak için şansın varsa, ya şimdi olacaktı ya da asla. Mace senin bize geleceğini umuyordu," dedi.

Küçük kız heyecanla, "Ben de sana bakıyordum. Sana 'Stone' diye seslenecektim. Yaralı yüzünü gösterdiğinde de seni içeri alacaktım," dedi.

Gaia başlığını yavaşça geriye attı, küçük kızın yüzündeki yarayı merakla incelemesini seyretti.

Küçük kız onaylarcasına, "Tamam," dedi.

Gaia gülümsedi ama orada uzun süre emniyette olarak kalamayacağını biliyordu. Fırıncıya dönüp, "Sizinle buraya girdiğimi gördüler," dedi. Beni burada saklayamazsınız, yoksa başınız derde girer."

Fırıncı, "Hiç sanmam," dedi. "Seni bulduğum yer bir sauna salonuydu. Onlar senin gece mesaisinde çalıştığını düşüneceklerdir."

Gaia şaşırmıştı. "Sauna salonu mu?"

Fırıncının ve karısının çekimser kaldıklarını görebiliyordu.

Küçük kız çocuklara özgü bir açıklıkla ona cevap verdi. "Bir randevu evi demek istiyor," dedi.

Fırıncı bir eliyle alnına vurdu.

Küçük kız, "Ne yani? Orası çok gizli, yüksek sınıfa ait

bir randevu evidir. Onlara anlat Oliver," dedi.

Genç oğlan kızardı. "Çok iyi, Yvonne, teşekkürler," dedi. Annesi ona öldürecek gibi bakıyordu. "Anne bak. Oraya gittiğimden değil. Sadece ona söylemiştim..."

Annesi, "Yeter," dedi. "Neden çatıya çıkıp, etrafı gözetlemiyorsun?" dedi. "Eğer bizim sokağa gardiyanlar gelirse bize haber ver."

Genç oğlan başını önüne eğip, dar merdivenlerde kayboldu.

Fırıncı boğazını temizleyerek, küçük kızı işaret etti. "Ailemizle güzel bir tanışma oldu. Bu benim kıymetli kızım Yvonne," dedi. "Ben Mace Jackson, bu da karım Pearl. Yukarı çıkan da Oliver'dı."

Pearl gelip Gaia'ya sarıldı.

Boğuk bir sesle, "Neler çektiğini düşünmek bile istemiyorum," dedi. Gaia'ya ılık, tarçınlı ve şekerli bir çörek verdi. Onu bir tabureye oturttu. Onun nezaketi karşısında Gaia'nın rahatlatması gerekirdi, ama otururken tüm damarlarında karıncalanma hissediyordu. Ağzı sulandığı halde, tarçınlı çörekten bir ısırık bile alamıyordu.

Gaia, Mace'e dönüp, "Planımız nedir?" diye sordu.

"Ne yapmak istediğine bağlı," dedi.

Gaia derin bir nefes aldı, çöreği parmaklarının arasında tutuyordu. "Seçeneklerim neler?"

Fırıncı, "Seni şafakta şehir dışına çıkarabilirim," dedi. "Oliver ve yardımcım Jet, genelde odun bulmaya giderler, seni bisiklet çekçeklerinde götürebilirler. Riskli olabilir ama yapılmayacak bir iş değil."

Gaia bisikletlerin çektiği yük arabalarını bazen duvarında dışında gördüğünü anımsadı. Kendisini, onların birisinin içinde, belki bir iki çuvalın altında saklanırken hayal etti. Çekçek her çukurda sallandığında veya gardiyanların çuvallara sopa ile vurduklarında tehlikede olabilirdi.

Gaia, "Başka bir seçeneğim var mı?" diye sordu.

Küçük Yvonne, " Bizimle kalabilirsin," dedi. "Benim odamda boş bir yatak var."

Gaia'nın bakışları küçük kızdan annesine çevrildi, zira Pearl geri durmuştu. Her ne kadar Pearl'ün yüzünde endişeli ve nazik bir ifade olsa da onun gözlerindeki hüzün Gaia'nın dikkatinden kaçmamıştı.

Gaia nazikçe, "Teşekkür ederim Yvonne," dedi.

Küçük kız bir adım yaklaştı, başını eğip gülümsedi. "Kız kardeşimin yatağıydı," dedi. "Senin kullanmanı isteyeceğini biliyorum."

Pearl boğazını temizledi.

Gaia, "Ama uzun bir süre olmaz," dedi. "Sizin için tehlikeli olur."

Pearl, "İçeride kaldığın sürece emniyette oluruz," dedi. Bir an duraksadı, sonra yumruklarıyla düşünceli şekilde çenesine dokundu. "Diğer kızım, Lila'm geçen sene hemofili sorunlarından öldü. O zaman hepimiz, dışarıdan birilerine yardım edebilirsek elimizden geleni yapmaya karar verdik. Bir kızın kapımıza geleceğini hiç düşünmemiştik. Özellikle de bu kız bir mahkûmun bebeğini kurtarmış birisiyse. Ama işte buradasın."

Gaia bakışlarını indirdi, onların nezaketine layık olup olmadığını düşündü. "Dışarıdaki insanların kızınızı kurtarabileceğini mi sanıyordunuz? Bu yüzden mi?" diye sordu.

Pearl başını salladı, gözleri kuru ve boş bakıyordu. "Hayır. O kadar basit değil. Sadece başka ailelerin de bizim başımıza gelenleri yaşamamasını istiyoruz," dedi.

Mace kollarını sıvıyordu. "Gelecek nesilleri düşünüyoruz. Ne demek istediğimi anlayabilirsin. Tüm Anklav'dakiler için. Olması gerektiği gibi. Benim ailemde hemofiliye yatkın bir resesif gen var. Bu yüzden..." derken sustu. "Burada da değil, orada da."

Gaia, "Yo, lütfen. Duymak istiyorum," dedi.

Pearl ve Mace'in bakıştıklarını gördü. Sonra Pearl yumruklarıyla masaya dayanarak tabureye oturdu.

Pearl, "Birçoğumuz hemofili taşıyoruz," dedi. "Anklav'da Lila gibi bir sürü çocuk var ve onların aileleri üzülüyor. Bir ton kadar çocuk mu evlat edinmemiz, yoksa kapıları tamamen açmamız mı gerekiyor bilemiyorum. Ama artık duvarın dışındakilerle birlikte hareket etmemizin zamanı geldi. Eninde sonunda bizleri kurtaracak olanlar onlar."

Gaia, Pearl'ün fedakâr açıklaması üzerinde kafa yorarken, Anklav'daki insanların hakkındaki fikirleri değişiyordu. Bu ailenin kaybı tüm şehirde de yaşanıyordu. Her yerde çocuklar ölüyordu. Akraba evliliklerinin gerçek aileleri nasıl zedelediğini fark edebiliyordu.

Kardeş Iris bu problemi büyük ölçekte çözmeye çalışıyordu. Yine de, batı Üçüncü Bölge'den evlatlık verilen çocukların anne-babalarını bulmanın ne işe yarayacağını bilemiyordu. Bu işin içinde Kardeş Iris'in açıklamadığı daha başka şeyler olduğunu sanıyordu.

Mace, Yvonne'a bakarak, "Bunları anlatmak bizler için çok tehlikeli. Bunların bu odadan dışarı çıkmaması gerekiyor," dedi.

"Biliyorum baba. Bir şey demedim."

Gaia, "Bugün bazı kızların tutuklandığını duydunuz mu?" diye sordu.

Pearl, "Onlar tutuklanmadılar. Özel bir okula gönderildiler," dedi. "Bazı erkek çocuklar da götürüldü.

"Peki neden onlar seçilmişlerdi."

Pearl, kelimeleri seçerek, "Hepsinin ayak bileklerinde bir çeşit dövme vardı," dedi.

Gaia, "Olamaz," diye homurdandı. Gözlerini kapayıp, yüzünü ellerinin içine eğdi. "Başlamış," diye fısıldadı. Anklav, onlara anlattıkları üzerine bir adım atmıştı bile. Hepsi kendi hatasıydı. Tekrar yukarı bakarak, gözlerini kırpıştırdı. "Gittikçe daha da kontrolü sağlayacaklar," dedi. "Fark edilmeden kim götürülecek, kiminle evlenilecek, kim çocuklarına sahip çıkacak. Göremiyor musunuz? Onları durdurmalıyız."

Maçe güldü. "Bunu çok büyütüyorsun," dedi.

Gaia aynı fikirde değildi, masaya yaklaştı. "Hayır. Kontrolden çıkmadan önce onları durdurmalıyız," dedi. Aklı durmadan çalışıyordu. "Duvardan kurtulmalıyız."

Mace elini kaldırdı. Sakince, "Kimse duvarı yıkmıyor," dedi.

Yvonne, "Anlayamıyorum. Çillerin evlenmeyle ne ilgisi var?" diye sordu.

Gaia, Yvonne'a yaklaştı. Gözlerinin içine bakarak sakin bir sesle, "Çiller evlat verilmiş çocukların benim yaşadığım bölgeden geldiğini gösteriyor," dedi. "Sadece bu kadar. Ama bir nedenden dolayı Koruyucu bu insanlara önem veriyor olmalı ki, onları bu gece zorla götürmelerine yeterli oldu."

Yvonne gözlerini açarak, "Onlar üzerinde deney mi yapacak sence?" diye sordu.

Gaia ona ne diyeceğini bilemedi. Pearl'e baktı.

Pearl onu rahatlatmak istercesine "Hayır," dedi. Ellerini kızın omuzuna koyarak, "Öyle bir şey yapmak istemez. Gaia biraz heyecanlandı, ama sadece tahmin yürütüyor, değil mi Gaia?"dedi.

Gaia kızın büyük, üzgün gözlerine baktı. Gerçek aslında Koruyucu'nun planının ne olduğu hakkında fikri olmamasıydı. Ama bir planı olduğu kesindi ve Gaia bilmecenin bir parçasını yerine oturtamıyordu.

Gaia bir karar vererek, "Sanırım, beni dışarı çıkarmak için yardım etmemiz en iyisi. Hem de en kısa zamanda. Sizleri tehlikeye atmak istemiyorum," dedi.

Pearl, "Hayır," dedi. "Bu duvar yıkım işine inanmıyorum. Bizimle kalman gerek. Burada emniyette olursun ve planlarını daha iyi düşünerek yapabilirsin. Acil bir şey yok. Gerek olursa da biz sana yardım ederiz. Değil mi Mace?"

Mace'in kaşları bir çizgide gibiydi. Başıyla onayladı.

Gaia derin bir nefes aldı. Elindeki ekmekten bir parça ısırdı. Çok lezzetliydi; hem ıslak hem yağlı ve bol malzemeliydi. Zevkten boğazında bir mırıldanma sesi çıkardı.

Yvonne güldü. "Bak anne. Bu sesi sadece ben çıkarmıyormuşum. Bu tarçınlı çörekleri ne kadar lezzetli yapıyoruz, değil mi?" dedi.

Gaia gülerek lokmasını yuttu. Yvonne'un bazı hareketleri Gaia'ya Emily'nin çocukluğunu anımsattığı için bu küçük kızı sevmemek elinde değildi. "Evet, harikalar," dedi.

Mace, "Saate bakar mısın?" dedi. "Yapılacak işlerimiz var. Yvonne, git Oliver'ı çağır. Sonra okuldan önce gidip biraz uyumayı dene. Gaia'yı da yanına al. Her halükârda bugün gitmeyecek."

Pearl büyük bir hamuru unlanmış tahtaya koymuştu bile. Yumruklarıyla kuvvetle vurup dörde bölerek yoğurmaya başlamıştı.

Gaia onların önünden çekildi.

Yvonne bir tarçınlı çörek kaparak onun elinden tuttu. "Hadi gel," dedi. Dar merdivenlerden yukarı koştu. Her basamağı neşeyle ve gürültüyle çıkıyordu. Bu, mutluluğun sesiydi. Uzun zamandır böylesine neşe ve kahkahalarla dolu vakit geçirmemişti. Gaia derin bir nefes alarak, omuzlarındaki gerginliği atmaya çalıştı ve küçük kızın arkasından yukarı çıktı.

Gaia aşağıda bir kapının kapanmasıyla uyandı. Yvonne'la paylaştığı oda, fırının üst katında arkadaki dairedeydi. Son üç gecedir de rüya görürken fırındaki ekmek kokularını alıyordu; yüreğini rahatlatan ve her şeyin yoluna gireceğini dair umutlandıran sıcak, yoğun rüyalar görüyordu. Anne babasını, çılgın bir sebeple de olsa Leon'u özlüyordu. Onu Bastion'da bıraktığı için Leon'u en büyük hain olarak suçlamıştı. Ama Yüzbaşı Bartlett'ın dediğine göre babası onu alıkoymuştu. Şimdi babası ve Kardeş Iris'le bir fincan çayı yudumlayıp, tekrar onların arasında olduğuna seviniyor da olabilirdi. Diğer yandan, belki de, Leon da kendisi gibi Koruyucu'nun ağlarına takılmış olabilirdi.

Yüzbaşı Bartlett'tan, Odin'den, daha fazla bilgi almış olmayı isterdi. Ağabeyine kafası takıldı. Evlat verilmeden önceki hayatına dair bir şeyler hatırlıyor muydu acaba? Eski adı onun beyninde bir şeyler çağrıştırmış mıydı? Gaia onun hakkında çok az şey biliyordu. Ama ona yardım etmekle çok cesurca bir iş yapmıştı. Henüz kız kardeşi olduğunu bilmeden ona yardım etmişti. Onun da şimdi iyi olduğunu umuyordu.

Sabahın geç ışıkları pencereden içeri dolmuştu. Camın alt kısmındaki beyaz perde nazikçe sallanıyordu. Hemen dışarıda kavak ağacının yaprakları titreşiyordu. Bir arı yanlışlıkla pencereye çarptı, alttaki açıklığı hesaplayamamış, sonra uçup gitmişti.

Mace ve ailesiyle kendini emniyette hissetse de Gaia orada kalamayacağını biliyordu. Onlar için çok tehlikeliydi.

Kendi hayatını bir yerlerde yeniden kurmalıydı. Artık hapishanede olmadığına göre annesini kurtarmak için de bir yol bulmalıydı. Anklav'ın tekelliliğini yok etme olanağı olmadığına göre gerçekçi bir plan yapmalıydı.

Seçeneklerinin hepsini gözden geçirdi, en kötü olanları bile. Eğer Anklav'ı ve Warfton'u terke ederse, Ölü Orman'ı nerede bulacağını bilemiyordu. Hatta var olduğundan bile şüphe ediyordu. Kardeş Iris bunun bir efsane olduğuna emindi. Gaia'nın bildiğine göre büyükannesi Dani Orion, yıllardan beri ölüydü. Ama şimdi anne ve babasının bu deyimi alternatifli olarak kullandıklarını düşünüyordu. Ölü ve Ölü Orman. Başını salladı. Büyükannesi kaybolduğunda kendisi çok küçüktü. Gaia'nın onun hakkında tek anımsadığı şey, boynunda boncuklu zinciriyle asılı yaldızlı kenarları olan tek gözlüğüydü, zira güneş ışığının cama vurması dikkatini çekerdi. Sonra Gaia yavaş yavaş anlamıştı ki büyükannesi gitmişti ve geri gelmeyecekti. Sanki ölmüş gibi.

Gaia, dönüp yaşlı Meg'in şifresini düşündü. Ölü Orman var olmalıydı. Yaşlı Meg'in diğer söyledikleri gerçekleşmişti. Gaia annesini bulup kurtarınca kendisinin bile bilmediği bir yere onu nasıl götürebilecekti?

Bir tarçınlı çöreğin yardımı olabilirdi.

Gaia doğruldu ve Pearl'ün verdiği yumuşak gri elbisesini üzerine geçirdi. Önünde bir sıra beyaz düğme vardı. Elbisenin beli içeri doğru girmiş, sonrasında kumaş bolca kullanılmış olarak genişliyordu. Etek uçlarını çevirip merakla işçiliğine bakmaktan geri kalmadı. Duvarın dışında babasının yaptığından daha iyi değildi ama modeli dışarıdakilerden çok farklıydı. Daha kadınsıydı.

Merdivenlerde ağır ağır çıkan ayak sesleri duyuldu. Ayaklarının ucuyla pabuçlarını giymeye çalışırken Mace'in eli kapının kenarında göründü ve kendisini yukarı çekerek odaya girdi.

Tatlı, kocaman gülüşüyle, "Merhaba," dedi. Nefes nefeseydi. "Kalkmışsın demek."

Gaia ona gülümsedi, kahverengi saçlarını düzeltti. Gözlerinin içine girecek kadar uzamıştı saçları, ama kulaklarının arkasında duracak kadar uzun değillerdi. Mace karşısında Yvonne'un yatağına oturdu. Kızcağız, kardeşiyle çoktan okula gitmişti. En azından Gaia'nın Anklav'a dair bildiklerinden biri gerçekti; çocuklar her gün okula gidiyorlardı. Yvonne, Gaia'ya baldan alınan glukozları mikoproteinlere karıştırmayı öğrendiğini anlatmıştı. Oliver ise güneş enerjisi panel teknolojisi okuyordu.

Birkaç gündür, tehlikede olmalarına karşın, Gaia onlarda kalıyordu. Onu ailenin içine sokmuşlardı. Ama onların kaybı, kendi ailesinin kayıpları olan Odin ve Arthur gibi eski değil, aksine taptazeydi. Lila'nın yaşadığını ve başka bir yerde daha iyi olduğunu düşünerek kendilerini rahatlattıkları besbelliydi. Bu yüzden de Jackson'ların kaybı daha acı vericiydi.

Gaia, Lila'nın yastığının ucuyla oynuyordu. Mace uzanıp yastığı onun elinden alıp kendisi tuttu. "O senden biraz daha küçüktü. Henüz on üçünde bile değildi," dedi.

Gaia yavaşça, "Üzüldüm," dedi. Mace'in kolunda büyükçe bir yara gördü, onun da hafif derecede hemofili olup olmadığını düşündü. "Kızınızın hastalığını tedavi etmek için yapabilecekleri bir şey yok muydu?" diye sordu.

Mace başını salladı. "Bir doktor deniyordu. Hastalara kan pıhtılaştıran protein şırınga etmek istedi, ama çoğu antikor geliştirip öldüler. Koruyucu da onun araştırmalarını durdurup, hapse attırdı. Bir hastane kurmakla suçladılar, dedi.

Gaia, "Myrna," dedi.

Mace yüzünü eğip, ilgilendi. "Myrna Silk, evet," dedi. "Koruyucu'nun kararını kabul ediyorum. Bir çocuğu kurtarmak önemli değil. Problemi daha büyük ölçekte düşünüp, belki hepimizin genetik çözümünü bulmak gerekiyor." Mace yastığı çevirip, mor iplikle işlenmiş baş harflerine elini sürdü: L.J. "Ama kızımı çok özlüyorum."

Gaia yatakların arasındaki boşlukta uzanıp ellerini Mace'in ellerinin üzerine koydu. Ne söyleyeceğini bilemiyordu, öyle sessizce oturdular. Uzun bir aradan sonra Mace yastığı Lila'nın yatağının üzerine koydu.

Nazik bir sesle, "Bana bir şey söylemeni istiyorum," dedi. "Annenin hâlâ hayatta olduğuna inanıyor musun?"

Gaia saçını alnından geriye doğru itti. "Onu yuvarlak bir hücrede uyurken gördüm. Kardeş Iris'in camlı masasında. Onun ve başka iki kadını üzerlerindeki kameralardan seyrediyordu. Bu dört gün önceydi, o zaman annem hayattaydı," dedi.

Mace şaşırmıştı. "Yuvarlak bir hücre mi?" dedi.

"Duvarlar yuvarlaktı. Perdenin rüzgârdan oynadığını gördüm, demek ki bir pencere var. Parmaklıkları var mı bilmem," dedi. Ayağa kalkıp, adımlamaya başladı. Kollarıyla kendini sarmaladı. Küçük odada bir iki adım atıp, dönmek zorunda kalıyordu.

Mace boş boş bakarak kulaklarını çekiştiriyordu. "Annenin nerde olduğunu biliyorum galiba," dedi.

Gaia derin bir nefes alarak, "Nerede? Ne biliyorsun?"

Mace düşünceli bir sesle, "Bastion'un güneydoğu kulesinde üç kadın tutuklu olduğunu duydum. Tarif ettiğin oda orada olabilir. Önemli kimseleri tuttukları özel bir hücre. Hamile bir politikacı, bir ebe ve bakıcısıyla orada tutuklu bulunuyor. Böylece kendisine ve bebeğine bir şey yapması önlenmiş oluyor.

"Siz de ebenin annem olabileceğini düşündünüz?"

Mace, "Büyük olasılıkla," dedi. "Annenin hapisten çıkarılmasıyla o politikacının oraya götürülmesi aynı zamana rastlıyor."

Gaia, "Bütün bunları nasıl biliyorsunuz?" diye sordu.

"Çocuk bakım evinde karımın bir arkadaşı var. Çok eskiden beri tanışıyorlar. Birkaç haftada bir birlikte kahve içiyorlar. O bize politikacı tutukludan söz etti."

Gaia, "Kardeş Khol mu?" diye sordu.

Mace'in gözleri parladı. "Onu tanıyor musun?"

Gaia'nın yüreği ümitle doldu. "Bir keresinde annemden haber getirmişti. Bize yardım edebileceğini sanıyorum. Annemin gerçekten nerede olduğunu biliyor musunuz?"

Mace kollarını göğsünde kavuşturdu. "Neredeyse eminim. Annen hamile bir tutukluya nazik davranacaktır, değil mi? Kendisi de bir mahkûm olsa bile?"

Gaia güldü ve saçlarını yüzünden geriye attı. "Koruyucu kendisi de hamile olsa, annem ona bile nazik davranır. İşi bu," dedi. İleriyi düşünen beyni çok çalışıyordu. Annesini ne kadar kısa zamanda kurtaracağını, özgürlüğüne kavuşturabileceğini düşünüyordu. Kule zor görünüyordu, ama Q hücresinden daha kötü olamazdı. Heyecanı biraz olsun dindi.

Gaia, "Kamera," dedi. Ellerini elbisenin cebine soktu. "Kuledeki kadınların üzerine kamera yöneltilmiş."

Mace, "Ah!" dedi. "O zaman bu da başka bir problem oluşturur."

Gaia sadece kamerayı kapatmanın yetmeyeceğini anlamıştı. Bastion'a geri nasıl gideceğini bile bilmiyordu. Yeniden yatağa oturdu. Keşke Leon yanında olup ona yardım edebilseydi.

Yanlış, diye düşündü. Leon ona yardım edemezdi. Şimdi Koruyucu'ya kek vermiyor olsaydı, ona işbirliği yapmasını söylüyor olurdu. Bunu yapmak Gaia'ya ne kazandırmıştı?

Gaia, "Ölü Orman hakkında ne biliyorsunuz?" diye sordu. Kardeş Iris öyle bir yerin var olmadığını, bunun peri masalından alıntı olduğunu söyledi. Ama bir arkadaşım da oraya gideceğini söylemişti."

Mace'in kaşları kalkıp indi, dudaklarını düşünceli şekilde ileri uzattı. "Doğrusu bilmiyorum," dedi. Gaia'ya dikkatle baktı. "Eğer öyle bir yer varsa, kayıp şehrin çok ötesinde bir yerlerdedir. Oraya gitmeyi düşünmüyorsun herhalde."

Gaia, "Başka neresi var gidilecek?" diye sordu. "Burada kalamayız. Eğer bizi tekrar yakalarlarsa, bu sefer öldürürler. Hâlâ öldürmemiş olmaları şaşırtıcı. Onlarla işbirliği yaptığım sürece beni bırakmaları için bir şansım vardı, ama kaçtım."

Mace, "Öldüreceklerini bilemezdin," dedi.

"Neden olmasın? Daha az bir nedenle bile insanları asıyorlar. Neden beni öldürmesinler ki, ben bir *hainim* zaten.

Mace bütün ağırlığını bir eline vererek geriye yaslandı. "Bakış açına bağlı," dedi. Anklav tarafından düşünürsen, mahkûm edilen birinin bebeğini kurtardın. Çok sansasyonel bir manevraydı. Ve Bastion'dan kaçtın. Diğer yandan, ebe olarak çok iyi becerilerin var. Genetik olarak da yüksek potansiyele sahipsin."

Gaia ona merakla baktı. "Yani hamile kalabilirim diye mi beni hayatta bırakırlar demek istiyorsun?"

Mace elini salladı. "Neden olmasın?"

Gaia'nın utançtan yüzü kızardı. "Ben damızlık bir inek değilim. Benim duvarın dışından biri olmam, genlerimin harika olduğu anlamına da gelmez."

Mace omuz silkti. "Belki değil ama Batı Üçüncü Bölge'densin. Bir suçlu veya bir kahraman olmanın birçok yolu var. Bunu unutma."

Gaia kapının kenarına dayanmış, mavi tahtanın üzerinde bir çentikle oynuyordu.

Mace, "Birlikte kaçtığınızı söylediğin asker var ya?" dedi.

Gaia, "Yüzbaşı Bartlett," dedi. Onlara ağabeyi olduğunu söylememişti.

"Bugün onun kaybolduğunu duydum. Tutuklanmış demiyorum. Duvarın dışında görülmüş, senin ailen hakkında sorular sorduğunu duydum. Şimdi de gitmiş dediler."

Gaia ağabeyi için bir rahatlama hissetti, biraz da umutlandı. Duvarın dışına çıkmak için başka yollar da vardı demek. Belki Yüzbaşı Bartlett, Ölü Orman'a gitmiş olabilirdi.

Gaia, Mace'e dönüp, "Ölü Orman'a dair her şeyi bilmem gerekiyor. Ne kadar uzakta? Oraya kimler gidiyor? Orasını nasıl bulacağız? Odunlarınızı oradan mı topluyorsunuz?" diye sordu.

Mace başını salladı, şaşkın bir ifadeyle, "Buranın doğusunda yıllar öncesindeki felaketten kalma değirmenler var, biz odunlarımızı oradan alıyoruz," dedi.

Gaia onun olduğu tarafa gelip yanına oturdu. "Orada ne olduğunu öğrenmem gerekiyor," dedi yavaşça. "Çünkü annemi bir şekilde bulup, sonrasında onu Ölü Orman'a götüreceğim," dedi. Bunları söylerken de, kulağa ne kadar çılgınca gelse de, uzun zamandır yaptığı planının aslında bu olduğuna karar verdi.

Gaia, onun büyük burnu ve kırmızı yanaklarıyla dolgun profilini inceledi. Mace onun ellerini kendi kocaman ellerinin arasına aldı. "Ölü Orman hakkında fazla bir şey bildiğimi söyleyemem ama merak etme. Etraflıca düşünürüz. Pearl'le konuşur, bir yolunu buluruz," dedi.

Gaia'nın gözü yine Lila'nın işli yastığına takıldı, elle tu-

tulur kayıpları anımsadı. Ve cesareti. Annesi hâlâ orada bir yerlerdeydi, Gaia vazgeçmeyecekti.

Gaia, "Ben onun tek varlığıyım," dedi. "Ben onu kurtaramazsam, kimse kurtaramaz."

20. BÖLÜM

KIRK ALTI KROM KAŞIK

Maskeyi yapmak Yvonne'un fikriydi. Önce Gaia'nın yarasını sadece un ve tarçınla kapamayı teklif etti fakat yanağının pürüzlü yüzeyi bile dikkat çekmeye yeteceği için gerçek bir maske yapmak gerektiğini öne sürdü.

Oliver, "Ne gereği var anlamıyorum," dedi. "Anklav'da herkes onu arıyor zaten. Üç gecedir ne kadar televizyon kanalı varsa hepsine çıktı. Güneydoğu kulesinin yanına bile yaklaşamaz. Biri, onu durdurup da yüzüne yakından baktığı anda maskesini görür ve onun yüzü yaralı kız olduğunu anlar."

"Eğer maske iyiyse anlamaz," diye karşı çıktı Yvonne.

"Ve erkek kılığına girerse," diye ekledi Pearl.

Gece olmuş ve fırının pencerelerinin panjurlarını kapatmışlardı. Tuğla fırının demir kapağının etrafındaki çatlakların arasından alevler parlıyor ve içeride de tepsilere dizili ekmekler pişiyordu. Hamurun geçmişi hatırlatan mayalı kokusu mutfağı ısıtırken, masanın üstündeki lamba da gölgeleri köşelere itiyordu. Akşam yemeğinden artan bir tencere çorba da soğusun diye ocağın üstüne bırakılmıştı. Gaia ahşap küreklere, tekerlekli bir rafın üstüne dizilmiş tepsilere, pişmiş ekmeklere ve fırına girmek için sırasını bekleyen diğer beyaz ekmek hamurlarına baktı. Mace ve ailesi ne zaman uyuyacak merak ediyordu. Saat neredeyse gece yarısı olmuştu ve hepsi hâlâ ayakta, Gaia'nın annesine ulaşmasını sağlamak için bir plan yapmaya çalışıyordu. Mace de Kardeş Khol'a ulaşmak için çıkmıştı.

Gaia şüpheyle Pearl'e baktı. "Çirkin olabilirim ama erkek değilim."

Pearl masada yanına oturdu ve Gaia'nın narin parmaklarını kendi sıcacık avuçlarının arasına aldı. "Mace'in çırağı senden pek büyük değil," dedi. "Burada ona ayırdığımız kıyafetler de var. Gereken yerlere ufak tefek takviyeler yaparak vücudunun şeklini de değiştirebiliriz."

Gaia, onların ne kadar ciddi olduğunu fark edince sinirlerinin bir anda gerildiğini hissetti. Titreyen parmaklarıyla elbisesinin kumaşını kurcaladı. "Peki ama maske gerçekten işe yarayacak mı?"

Pearl, Gaia'nın çenesine dokundu ve yüzünü hafifçe ışığa doğru çevirdi. Gaia, bu göz muayenesine teslim oldu ve bakışlarını Pearl'ün gözlerinden ayırmadı. Pearl'ün ne gördüğünü çok iyi biliyordu.

"Bu nasıl oldu evladım?" diye sordu Pearl usulca.

Bu artık o kadar eski bir hikâyeydi ki, Gaia'nın artık anlatmaya alışmış olması gerekirdi fakat bu insanlar artık arkadaşı olduğu için nedense anlatmak bu sefer ona zor geldi. "Bebekken yürümeyi ilk öğrendiğim zamanlarda, sıcak bal mumuyla dolu bir fıçıya çarpmışım. Sıvının içine düşmemişim tabii ama sıcak mumun bir kısmı fıçıdan dışarı dökülmüş. Ben de işte fıçının kendisine girmişim."

Pearl kaşlarını çatarak başparmağını usulca Gaia'nın hassas çenesinde gezdirdi. Endişeli ve ciddi ifadesinden aklından geçenleri anlamak zordu. Derken Gaia'nın ellerine uzandı ve falcılar gibi avuçlarını açarak iki elini de teker teker inceledi.

Pearl yüksek sesle düşünerek, "Bir gariplik var," dedi. "Neden ellerin yanmamış o zaman?"

Gaia elini çekip parmaklarını kapadı. Kafası karışmıştı.

"Bebekler düşerken elleriyle bir şeye tutunmaya çalışırlar," diye açıkladı Pearl. "Önce ellerini yakman gerekirdi."

Gaia, başını iki yana salladı. "Bu fıçının yüksekliğine ve nasıl düştüğüme de bağlı. Tam olarak ne olduğunu hatırlamıyorum ama bana anlatılan bu."

Pearl, Gaia'yı bırakmadan önce yüzünü son bir kere daha ışığa doğru tuttu. "Yanıkları tanırım, Gaia," dedi. Elbisesinin kollarını sıyırdı ve kendi kaslı kollarındaki kahverengi sıyrıklarla, pek çok sayıda eski ve yeni yarayı gösterdi. "Bütün gün sıcak tepsi ve fırınlarla çalışınca doğal olarak yanıklardan kendi payına düşeni de alıyorsun. Hatta zaman zaman bunlar çok kötü yanıklar da olabiliyor. Hele seninki gibi bir yanık... Açıkçası biri bunu sana bilerek mi yaptı, merak ettim."

Gaia, kadından uzaklaştı. Ona bu şekilde zarar verebilecek iki insan vardı, onlar da annesiyle babasıydı.

"Bu bir kazaydı," dedi Gaia kısık sesle.

"Artık ne önemi var ki?" diye sordu Oliver. "Kapatabilir misin, kapatamaz mısın, onu söyle..."

Pearl, iriyarı vücudunu tekrar taburenin üstüne yerleştirdi ve yavaşça başını salladı. Gaia ise az önce Pearl'ün söylediklerini beyninden silebilmeyi dileyerek gözlerini kucağındaki ellerine indirdi.

Yvonne ellerini çırptı. "Biliyordum! Annem bir keresinde bana okul için muhteşem bir maske yapmıştı. Hayalet kız olmak gerekiyordu ve beni kimse tanıyamadı. Anne söylesene ona... kreple yapacaksın, değil mi? Doğru rengi tutturabilmek için una da baharat karıştırırsın. Değil mi?"

Odadaki sessizlik gitgide uzarken Gaia, başını kaldırıp bakmasa bile Pearl'ün gözlerini üstünde hissedebiliyordu. Bileklerindeki ip yaraları iyileşmişti ama izlerin üstüne elini değdirdiğinde hâlâ biraz acıyordu. Öz ailesinin onu yaktığını düşünmeye dayanamıyor ama bu düşünceyi kafasından da atamıyordu.

"Üzgünüm," dedi Pearl usulca.

Gaia burnunu çekti. "Yanıldığını biliyorum," dedi.

Pearl, şöyle bir omzunu okşadı. "O halde yanılıyorumdur," dedi. "Gel hadi. Şu maskeni bir halledelim."

Tam o sırada biri kapıyı tıklattı. Herkes olduğu yerde

donakaldı. Gaia'nın bakışları hemen Pearl'e döndü fakat kadının yüzündeki sert görüntüden dışarıdakinin Mace olmadığını anladı. Pearl, sesini çıkarmadan Gaia'ya üst katı işaret etti ve Gaia da merdivenden olabildiğince sessizce koşarak çömelip aşağıyı da seyredebileceği bir yere çıktı. Pearl ışığı söndürürken kalbi az daha göğsünden fırlayacakmış gibi geldi. Bir süre sonra büyük kapının açıldığını duydu.

Biri fısıldayarak, "Lütfen," dedi. "Beni içeri alın."

Gaia elleriyle tırabzana sarıldı.

Pearl katı bir sesle, "Kapalıyız. Yarın sabah gel," dedi.

Ses bir kere daha duyuldu. "Durun! Derek Vlatir gönderdi beni."

Gaia'nın kalbi ilk önce sesi tanımanın sonra da muazzam bir korkunun etkisiyle duracak gibi oldu. Leon! Neden gelmişti? Ay ışığının yere yansıyan silik ışığından başka hiçbir şey göremiyordu. Pearl kapıyı açarak oğlanı içeri aldı. İçeri süzülen ay ışığı biraz daha büyüdü, derken Pearl'ün kapıyı kapatmasıyla yeniden kayboldu.

"Oliver. Mum getir," dedi Pearl.

Duyulan kibrit sesinin ardından bir alev parladı. Leon, sırtını duvara dönmüş kapı eşiğinde duruyordu.

Pearl, genç adamın kalbine bıçak doğrulttu.

"Derdini açıklarsan iyi edersin evlat," dedi Pearl.

Oliver bir mum yakıp fırından çıkıntı yapan tuğlalardan birinin üstüne koydu. Bir elinde de kasap satırı vardı. Gaia, loş ışıkta Leon'un yüzünü ve perişan giysilerini görebiliyordu. Ceketiyle şapkası yoktu. Bulunduğu yerden dağınık saçlarının altında kalan gözlerini göremiyordu ama huzursuzluğu hareketsiz bedeninden ve tıraşsız çenesinin gerginliğinden belli oluyordu.

Pearl kısık sesle, "Bizden ne istiyorsun?" diye sordu.

"Mace Jackson babamı tanır."

Pearl dimdik duruyordu. "Koruyucu'yla tanışma şerefine nail olmadık maalesef," dedi.

Leon, ellerini arkasındaki duvara yasladı. "Gerçek babam Derek Vlatir'dir. Beni size o yolladı."

Pearl bıçağını indirdi. Gaia da tırabzanı bırakmadan bir basamak aşağı indi ve başını kaldırdığında şok geçiren Leon'un yüzünü gördü. Az kalsın kızı gördüğüne sevindiğini sanacaktı ama yüzündeki ifade hemen yok oldu.

"Demek buradasın," dedi sessizce.

Pearl bir hışımla Gaia'ya döndü. Gaia da geri kalan basamakları inip Yvonne'un yanına geçti. Küçük kız kolunu Gaia'nın beline doladı. Yaşadığı duygu fırtınası Gaia'nın konuşmasını engelliyordu ama heyecandan kesilen nefesi çabucak yerine geldi ve büyük bir dikkatle Leon'un cılız, perişan kılığına baktı. Hiç kıpırdamadan olduğu yerde dururken yanan mumun alevinden tenine ve siyah gömleğine zayıf bir ışık yayılıyordu.

Leon tekrar Pearl'e döndü. "Derek Vlatir'ı bu gece sorguya çektiler çünkü Koruyucu yardım istemek için ona gideceğime inanıyordu ki haklıydı da. Ben de az kalsın gardiyanlara yakalanıyordum. Fakat Derek beni duvardan içeri gönderdi ve şimdi de..." Birden sustu. Tekrar Gaia'ya baktı.

"Mace'in bana yardım edebileceğini düşünüyor."

Gaia çabucak düşündü. Eğer söyledikleri doğruysa o zaman son dört gün içinde Leon şifrenin geri kalanı kendi başına çözmeyi başarmış, Anklav'ın dışına çıkmış, babasını bulmuş ve tekrar geri dönmüştü.

"Neden Bastion'a dönmedin?" diye sordu Gaia.

"Dönemem.

"Neden çöle gitmedin?"

"Gidemezdim," dedi Leon, sesi alçaktı. "Nerede olduğunu bilmiyordum."

Gaia'nın boğazına tuhaf, ağır bir yumru oturdu. Zorlukla yutkundu. Ne diyeceğini bilmiyordu.

Pearl bıçağını rafa koydu ve yeniden ışığı açmak için duvarda asılı duran minik ölçü kaşığını çekti.

"Demek birbirinizi tanıyorsunuz," dedi. "Kaldır o satırı Oliver."

"Ama Koruyucu'nun oğlu o," dedi Oliver. "Evimizde bir kaçak barındırıyoruz. Bizi istediği an öldürtebilir."

"Oğlanı duydun. Bu akşam pek de Anklav taraftarı gibi bir hali yok, değil mi?"

Oliver satırını kaldırdı ve Yvonne da Gaia'dan uzaklaşarak masanın yanına gitti.

"Sen de mi kaçaksın?" diye sordu.

Leon, başını kaldırıp kıza baktı ve sesi bir anda yumuşadı. "Öyle görünüyor."

Kız başını salladı ve Gaia biraz daha rahat nefes almaya başladı. Pearl bu sırada fırının yanına gitti ve kömürleri karıştırmak için kapağını açarak, ocağın üstünde soğuyan çorba tenceresini yeniden ateşe koydu.

"Otursana," dedi. "Ne haberlerin varmış dinleyelim bakalım."

Leon, sanki Gaia'dan bir işaret beklermiş gibi bir an tereddüt etti ve Gaia başını sallayarak ona oturması için işaret verdi. Leon kendisine uzatılan sandalyeyi aldı ve masaya çekti. Gaia da huzursuzca tam karşısına oturdu. Aydınlık ışığın altında siyah gömleğinin kumaşının, duvar dışındaki erkeklerin giydikleri gibi sert olduğunu fark etti. Bir sandalye alıp yanına oturan Yvonne'a hafifçe gülümsemesine rağmen ne kadar tedirgin olduğu belliydi.

"Annenin yerini biliyorum," dedi. "Hayatta ve sağlığı da yerinde."

"Güneydoğu kulesinde," dedi Gaia.

Leon, parmağını hafifçe masaya vurdu. "Sen nasıl öğrendin?"

"Mace söyledi."

Leon başını salladı, bakışları yavaşça fırına kaydı. "Ayrıca babanın nereye gömülü olduğunu da öğrendim," dedi.

Gaia bekledi. Gerilmişti ve Pearl yanına gelip bir elini omzuna koydu.

"Duvarın dışındaki çömlekçi arazisinde," dedi Leon. "Fakirleri gömdükleri yerde."

Gaia, keder uzunca bir süre içindeki her şeyi sessizleştirirken gözlerini kapadı. Babasını düşünmek zaten canını acıtıyordu ve cesedinin nerede gömülü olduğunu bilmenin inanılmaz korkunç bir kesinliği vardı. Duvar dışında olduğunu bilmek Gaia'yı belki biraz olsun rahatlatmalıydı fakat tek hissettiği içinde eriyen kaya kadar sert ıstırabıydı, ki bu da en kötüsüydü.

"Hadi bakalım," dedi Pearl. "O artık huzuruna kavuştu, hayatım. Sakın bunu unutma."

Gaia gözlerini açtı ve Leon'a döndü. "Annemle babamı neden tutukladılar ki?"

Leon, siyah kollarını sıvayıp dirseklerini tahta masaya dayadı ama konuşmadı.

"Annemle babam yanlış bir şey mi yaptı?" diye sordu Gaia.

"Sanmıyorum. Hayır..."

"O zaman niçin..."

"Kayıt tuttular. Bu yüzden tutuklandılar."

Gaia, "İyi ama kayıt tutmanın nesi yasadışı?" dedi. "Hem Anklav bunu nereden biliyordu?"

"Ebelerden bir ya da birkaçının kayıt tuttuğuna dair bir söylenti duyduk ve sonra da annenle babanı sorguya çektiğimizde bizden bir şey sakladıkları çok barizdi. Annenle baban bizimle işbirliği yapmayı reddettiği anda teknik olarak hain damgasını yediler."

Gaia, Leon'un bakışlarından kaçtığını, hatta geldiğinden beri bir kez olsun gözlerinin içine bakmadığını fark etti. Son dört gün içinde ona bir şeyler olmuştu. Tez canlılığını yitirmişti. Ayrıca aralarında bir duvar oluştuğunu da hissediyordu, aynı duvar yüreğine bir serinliğin yerleşmesine de yardımcı oldu.

Sesini kıstı. "Annemin şifresinin olayı ne?"

"Ben de nasıl açıklayacağımı bulmaya çalışıyorum," dedi Leon. "Biraz karmaşık."

Oliver karanlık köşelerden birine çekilmiş sessizce etrafı gözetlerken Pearl de Leon'a bir kâse çorba getirdi.

"Teşekkür ederim, Kardeş," dedi Leon.

"Gaia'nın sorularına cevap verirken bir yandan da bir şeyler yesen iyi olur," dedi Pearl. "En baştan başla, biz de sana yetişmeye çalışalım."

Gaia, Leon'un dalgın bir ifadeyle kızın omuzlarının gerisine bakarken Gaia'nın göremediği anılarının arasından gerekli olanları seçmeye çalıştığını hissedebiliyordu. Birden çorba kâsesinin içindeki kaşığı kaldırdı. Küçük Yvonne parmağını kaldırıp, "Sakın dökme," dedi.

Leon, Yvonne'a bakarak, "Annenin sana doğum gününde yirmi üç tane kaşık hediye ettiğini hayal et," dedi. Kaşığı dudaklarının arasına götürdü.

Yvonne'un gözleri parladı. "Ne garip bir hediye."

Leon kaşığı kasenin kenarına dayadı. Gaia da kazağının boynunu çekiştirip arkasına yaslandı ve Leon'un ufak kıza cevap vermesini seyretti.

"Evet," dedi Leon, Yvonne'a. Sesi gitgide ısınıyordu. "Ama bunlar çok enteresan kaşıklar, hepsi kromdan yapılmış ve her birinin kendine özgü farklılıkları var, böylece onları birbirinden kolayca ayırabiliyorsun. Sonra da babanın hediyesini açıyorsun ve bir de bakmışsın ki, içinden yirmi üç tane daha krom kaşık çıkıyor. Hepsine yakından bakınca babanın kaşıklarıyla annenin kaşıklarını birbirleriyle çiftleştirebiliyorsun."

Yvonne taburesinden indi ve birkaç tane kaşıkla geri geldi. "Böyle mi?" dedi, kaşıkları aydınlık masaya dizerek.

Leon başını salladı, "Evet. Ama unutma, toplamda kırk altı tane var. Yarısı annenden, yarısı da babandan gelmiş."

Oliver, tereddüt içinde saklandığı köşeden çıkarken, "Kromozom," dedi. "Bunu okulda öğretmişlerdi bize. Krom kaşıklar aslında kromozom, vücudumuzun her hücresinde onlardan var."

"Devam et," dedi Pearl.

Leon, çorba kaşığını ışığa doğru kaldırınca, kenarları parladı. "Her kaşığın yanında boydan boya çentikler var. Sayıları o kadar fazla ki, göremiyorsun. Kimi uzun, kimi kısa... Bu çentikler de genler aslında. Kaşıklardaki çentikler eşi olan kaşıktaki çentikle birleşince senin özelliklerini belirliyor. Ona göre kahverengi gözlü oluyorsun ya da kulakmemelerin birleşik oluyor."

"Ya da kanın doğru düzgün pıhtılaşıyor," dedi Pearl.

Gaia, başını çevirince Pearl'ün pür dikkat Leon'u seyrettiğini gördü.

"Evet," dedi Leon.

Gaia, Pearl'ün Lila'dan bahsetmesini bekledi fakat kadın daha fazla bir şey söylemedi. Yvonne dibinde huzursuzca kıpırdanınca, Gaia kızı sakinleştirmek için dizini okşadı.

"Konuyu aileme bağlayacak mıyız?" diye sordu Gaia.

"Karmaşık olduğunu söylemiştim," dedi Leon.

Sesinin tonu Gaia'nın nabzının bir nebze olsun hızlanmasına neden oldu. İşte böylesi daha Leon'a daha çok benziyordu.

"Oraya da geleceğiz, Gaia," dedi Yvonne. "DNA nedir? Ben onu bilmek istiyorum."

"Kaşığın kromu," dedi Leon, parmağının ucunu kaşığın kenarında gezdirerek. "Her çentiği oluşturan madde, bir geni boydan boya meydana getiren ana madde. Seninle ilgili her şeyin genlere bağlı olduğunu söylemiyorum tabii ama yine de genlerin önemi çok büyük."

Gaia, gözlerini kaşıktan ayırmadan Leon'un söylediklerinin kendi bildikleriyle örtüştüğünü fark etti. DNA'nın ne olduğunu asla tam anlamıyla kavrayamamıştı ama birbirinden farklı kaşıkları, çentikleri meydana getiren kromu düşününce her insanın DNA'sının birbirinden farklı olduğunu kolayca görebiliyordu.

"Tamam, devam et," dedi Yvonne.

Leon bir an kaşlarını çattı. "Hikâyenin bir de öteki tarafı var. Anklav'da Nolan diye ufak bir çocuk buldular. Hemofili olması gerektiğini gösteren genler taşıyor ama hasta değil. Kanı sağlam."

Pearl'ün ağzı açık kaldı. "Bu nasıl olabilir? Yoksa onu tedavi mi ettiler?"

"Hayır," dedi Leon. "Ağabeyinin hastalığı belirginleşince ailesi onu Kardeş Iris'e götürmüş. Ağabeyinin hemofilisi ağır değilmiş ama yine de Nolan'ınkinin daha kötü olmasından korkmuşlar. Laboratuarda yapılan deneylerde aksine Nolan'ın hemofiliye karşı direnç geliştiren faydalı bir baskılayıcı gen taşıdığı ortaya çıkmış." Leon bir süre sustu. "Yani kaşıklardan birinde hemofili çentiğinden çok uzakta, hemofiliyi devre dışı bırakan başka bir çentik var."

Gaia kaşlarını çattı. "Bu mümkün mü?"

"Evet. Kardeş Iris'in bu kadar heyecanlı olmasının sebebi de bu." Sesi karardı. "Nolan'ın annesi dışarıdan gelme ve bileğinde de çil dövmesi var."

Gaia derin bir nefes verdi ve sandalyesine yaslandı. "Olamaz, hayır," diye fısıldadı. Çil dövmelerine odaklandıkları takdirde tüm gözler Batı Üçüncü Sektör'e çevrilecek ve bu durum oradaki insanların hayatını daha da korkunç bir hale getirecekti.

"Hâlâ anlamıyorum," dedi Yvonne. "Bunun ne önemi var ki?"

Leon, kulağına düşen siyah saçlarını geriye attı ve kıza döndü. "Sırada ne olacaksa hepsi üç basamakta olacak. Bir, Anklav genleri aksini göstermesine rağmen hemofili hastası olmayan Nolan gibi başka çocuklar bulmak zorunda. İki, bu baskılayıcı geni tanımlamak istiyorlar," dedi. "Bunu da iki şekilde yapabilirler. Ya Nolan'ı ona benzer çocuklarla çiftleştirecekler ya da eliminasyon yöntemiyle geni bulmak için aile ağaçlarını çıkarmaya çalışacaklar. Bu iki seçenekten en insancıl ve hızlı olanı ikincisi elbette. Baskılayıcı geni belirledikleri anda üçüncü adım için hazır olacaklar. Herkesi test edip kimde baskılayıcı gen varsa ortaya çıkaracaklar ve doğacak çocukların hemofili olmaması için hemofili geni taşıyıcısı olanlarla bu insanları evlendirecekler."

Leon, sanki iştahını kaybetmiş gibi kaşığını çorbasına daldırıp çıkarırken Gaia da onu seyrediyordu.

"Kafam allak bullak oldu," diye itiraf etti Pearl. "Peki bu bizim için ne anlama geliyor? Duvarın içindeki bütün dostlarımız için ne demek bu?"

Leon, kâseyi kenara itti. "Çil dövmeli kızları ve erkekleri, Nolan gibi baskılayıcı gene sahip olup olmadıklarını anlamak için topluyorlar. Çok saldırgan bir çalışma olmayacak. Sadece kan ve yanaklarının içinden tükürük örneği alacaklar. Nolan gibi birkaç kişi daha bulunca da bu sefer onların gerçek ailelerinin izini sürecekler."

"Duvarın dışındakilerin mi?" diye sordu Pearl.

"Evet. Duvar dışındakilerin. Ve bu aileler üstünden de aile ağaçlarını çıkaracaklar."

"İyi ama çiller hiçbir şeyin garantisi değil ki," diye itiraz etti Gaia. "Çiller ve genler arasında bir bağlantı yok."

"Biliyorum," dedi Leon. "Kardeş Iris'le Koruyucu da biliyor bunu. Fakat bir tek çil dövmesi olanlarla çalışabiliriz, bir tek onların gerçek ailelerini bulabiliriz."

"Annemin şifresi yüzünden," dedi Gaia.

Leon başıyla onayladı. "Kilit oydu," dedi. "Bizi kamerayla seyrediyorlarmış. Tahmin etmem gerekirdi. Bartlett'ın bana söylemesi gerekirdi. Şimdiye kadar şifreyi çoktan çözmüşlerdir."

"Seni de mi yem olarak kullanıyorlardı?" diye sordu Gaia.

Leon bir kere başını salladı. "Kendiliğimden odana girdiğimi gördüklerinde herhalde şanslarının bu kadar yaver gitmesine çok şaşırmışlardır."

"Yüzbaşı Bartlett sana tuzak mı kurdu?"

"Emin değilim. Tuzak kurmak pek ona göre şeyler değil. Yani kasten yapmaz bunu. Sadece sana olan ilgimi biliyordu."

Gaia'nın nabzı bir kere daha hızlandı. *Leon, Yüzbaşı Bartlett'a acaba benimle ilgili söyledi*, diye kendi kendine merak etti.

"Baskılayıcı geni ve onu taşıyan insanları bulduktan sonra ne yapacaklar?" diye sordu Gaia.

Leon, parmaklarını birleştirince masanın üstünde sivri gölgeler oluştu. "Uzun sürece göre düşünüyorlar. Baskılayıcı geni tespit ettikleri anda duvar dışındaki bebeklerin hepsini test edecekler ve bu gene sahip olanları içeri alacaklar. Acele etmiyorlar," dedi.

Gaia'nın içine çöken dehşet duygusu bir an dilini kaybetmesine neden oldu. "Hepsini mi?"

"Gelmiş geçmiş en gözde, en değerli yetiştirme çocuklar olacaklar," dedi Leon, keyifsiz bir edayla. "Bu çocukların anneleri mümkün olduğunca bebek doğursunlar, bu bebekleri de teslim etsinler diye teşvik edilecekler. Bu bebekler büyüyünce birçok seçkin aile arasından gelin ya da damat olmak istedikleri aileyi seçecekler."

Pearl, Leon'un kâsesini kaldırdı. "Dereyi görmeden paçaları çok ama çok yukarı sıyırmışlar gibime geliyor."

"Durumu kabul edeceksiniz. Sonuçta gerçek bu," dedi Leon.

Gaia öne eğildi ve ellerini masada birleştirdi. "Beni bıraktıktan sonra sana ne oldu?" diye sordu.

Leon'un çenesindeki kaslar seğirdi. "Baba... Koruyucu ve Kardeş Iris'e gittim. Kardeş Iris, seninle ilgili kaydettiği gelişmeden ötürü beni kutladı ve baskılayıcı genin ne kadar önemli olduğundan bahsetti." Sesinde alçak, alaycı bir tını vardı. "Bana ailemin kimler olduğunu söyledi. Konu Kardeş Iris olunca işin ucunda her zaman bir ödül vardır. Sonra da senin kurtardığın, şu idam edilen çiftin bebeğini bulup bulamayacağımı sordu."

"Şaka yapıyorsun," dedi Gaia.

Leon, eliyle gözlerini kapadı. Yeniden açtığında hâlâ Gaia'ya bakmaktan kaçınıyordu. "O bebek, Nolan gibi olabilir. Seni de geri istiyorlar, Gaia. Onu kurtardığın için seni kahraman ilan etmek istiyorlar."

"Hayır," diye mırıldandı Pearl.

Gaia'nın nefesi kesildi.

Leon başını iki yana salladı. "Onlara bebeğin öldüğünü söyledim."

Pearl sırtını lavaboya yaslamıştı. "Öyle mi gerçekten?" diye sordu.

Leon, Pearl'e dönüp kısık sesle sorusunu yanıtladı. "Bilmiyorum. Kara borsaya düşen bebeklerin izini sürmek pek kolay değil. Tabii Kardeş Khol bir kayıt falan tutuyorsa, o zaman başka. Ama tutuyorsa da aptallık ediyor demektir."

Tekrar Gaia'dan yana döndü. "Bu yüzden gitmek zorundasın. Ne burada, ne Anklav'da, ne de Wharfton'da güvendesin. Seni bulduklarında kullanacaklar. Başka tercih hakkın kalmayacak."

Gaia diğerleriyle beraber sessizce otururken düşünceler beyninde birbirini kovalıyordu. Anklav politik sebeplerden ötürü onu kullanmak istiyordu ve bu onu öldürmek istemelerinden de daha kötü bir şeydi. Fakat o sırada kafasını asıl kurcalayan mesele Batı Üçüncü Sektör'deki ailelerin başına geleceklerdi. Gidişat böyle olursa hepsi daha fazla bebek kaybetmeye gebeydi.

"Durdurulmaları gerek," diye homurdandı.

"Nasıl?" diye sordu Oliver.

"Bilmiyorum. Ama mutlaka bir yolu olmalı."

Leon başını iki yana salladı. "Bunu yapamazsın, Gaia. Çok güçlüler. Ve insanları böylesinin en iyisi olduğuna ikna edecekler. Her zaman ettiler." Leon kısa bir süre gözlerini kapatıp sanki yorgunluktan tükenmek üzereymiş gibi alnını ovaladı. "Belki de böylesi gerçekten en iyisidir. Uzun vadede yani."

"Buna inanıyor olamazsın," dedi Gaia.

Leon'un sesi biraz daha alçaldı. "Neye inandığımı ben de bilmiyorum artık. Onlara güvenmiyorum ama baskılayıcı genin bulunmasının ne kadar önemli olduğunu anlayabiliyorum."

"Doğurganlık köleliğinin normal olduğunu mu söylüyorsun?" diye hırslandı Gaia. "Bu annelerin daha fazla bebeğine el koymakta kötü bir şey yok mu, diyorsun?"

Leon en sonunda pek istemeyerek de olsa Gaia'nın gözlerinin içine baktı. Gaia, başından beri Leon'un içinde yitik bir şeyler olduğunu fark etmiş olsa bile, bunlar, şu anda gözlerinin içinde beliren o kapkara, hissiz boşluğun yanında sıfır kalırdı. İçinden, *sana ne oldu*, diye sormak geliyordu.

Pearl bir elini Gaia'nın omzuna koydu. "Çok üstüne gitme, Gaia," dedi. "Böyle şeyler insanın bir anda sindiremeyeceği kadar derin mevzular. Açıkça söylemek gerekirse şu anda birileri bana duvar dışında günün birinde Yvonne'un evlenebileceği ve sağlıklı bebek sahibi olabileceği genç bir oğlanın yetiştiğini söylese, bu benim için kapıları kapatmaz, aksine sonuna kadar açar. Çoğumuz Anklav'ın uzun vadede doğru olanı yapacağına güveniyoruz. Her zaman öyle yaptılar çünkü."

"Eğer bu doğruysa neden şu anda bana yardım ediyorsunuz?" diye sordu Gaia. "Şu dakikadan sonra artık bir taraf seçmek zorunda olduğunuzun farkında değil misiniz?"

Pearl, fikrinin kolay kolay değişmeyeceğini belli etmek istercesine kaslı kollarını göğsünde kavuşturdu. "Kendimi bildim bileli burada yaşadım," dedi Pearl. "Hayatım burada. Belki mükemmel değil ama yine de sahip olduğumuzun en iyisi. Sana yardım ediyorum çünkü hem yüreğim bunun doğru olduğunu söylüyor hem de bunu yapabiliyorum. Bu kadarı da benim için yeterli sebepler."

Gaia allak bullak olan düşüncelerinin arasından kurtulup kendini ileriyi düşünmeye zorladı. "Yine de annemi kurtarmak zorundayız," dedi. "Bu bizim ilk önceliğimiz. Anlaştık mı?"

Yvonne ve Oliver aynı anda rahat bir soluk verdiler, Pearl de yerde sürüyerek kendine yeni bir tabure çekti. "Al bakalım," dedi geniş bir kâğıt rulosu uzatarak.

"Bu nedir?" diye sordu Leon.

"Harita," dedi Oliver. "Sen gelmeden önce bakıyorduk."

Geldiğinden beri ilk defa eski Leon ortaya çıkar gibi oldu. "Tam olarak planınız nedir?" diye sordu, haritayı kendine çevirerek.

Gaia da haritayı onun baktığı açıdan görebilmek için hafifçe başını yana yatırdı. Kâğıdın kenarları parçalanmış ve çizgilerden bazıları da zaman içinde yapılan değişikliklerden ötürü silinip, yeniden çizilmişti. Ama yine de Anklav ve Wharfton'ın şu anki halini sokaklarına ve sektörlerine varıncaya kadar gösteriyordu. Gaia, hayatını iki bölüme ayrılmış bir şekilde görünce bir an bunu garipsedi. Kâğıtta eski gölden duvar kapısına doğru yükselen, Anklav'a girip yavaşça Bastion'a doğru tırmanışa geçen gözle görülür bir eğim yoktu elbette ama yine de bazı şeylerin ne kadar yakın ve uzak olduğuna dair açık bir perspektif sunuyordu. Parmağını hafifçe Batı Üçüncü Sektör'deki evinin bulunduğu Sally Row'un üstünde gezdirdi. Babası görse bu haritaya bayılırdı kesin.

"Mace, beni annemin yanına çıkarmasını istemek için Kardeş Khol'un yanına gitti," dedi Gaia. "Ona çanta getiren çıraklardan birinin kılığına gireceğim. Karşımıza zincir, kilit falan çıkarsa diye yanımıza bir de kesme aleti alacağız ve sonra da camdan bir halat atıp annemle beraber aşağı ineceğiz."

Leon, kuşkuyla bakıyordu.

"Ne?" diye sordu Gaia kollarını göğsünde kavuşturarak. "Daha iyi bir fikrin mi var?"

Leon, genzini temizledi ve Gaia, oğlanın yüzündeki pis gülücüğü saklayamadığını fark edince iyice sinir oldu. "Kardeş Khol kısmı çok kötü bir fikir değil," dedi. "Ama asla halatla aşağı inemezsiniz. Tabii bilmediğim bir dağcılık deneyiminiz varsa o zaman başka..."

Oliver kahkaha attı. Gaia, oturduğu sandalyede kaskatı kesildi ve Pearl de kızın dirseğini dürttü. "Onların halatla kuleden inmesiyle ilgili bizim de şüphelerimiz vardı," diye itiraf etti.

Leon sanki, *bak gördün mü*, dermiş gibi bir elini havaya kaldırdı.

"Tek güçlü kolları olan sen değilsin," dedi Gaia.

"Eminim seninkiler de epey kuvvetlidir," dedi Leon. "Ama asıl anneninkiler nasıl?"

Gaia, haritayı kendine doğru çekti. "Bize yardım edecek misin, etmeyecek misin? Bastion ve hapishane burada. Güneydoğu kulesi de burada." Parmağıyla yerleri işaret etti. "Annemi aldıktan sonra ana güney girişindeki gardiyanları oyalarsak oradan çıkabiliriz. Ya da buradan çıkarız. Burada da çöp kuyusunun arkasında gizli kalan bir geçit var." Başını kaldırınca, Leon'un yerinden kalkıp yanına geldiğini ve Yvonne'un tepesinden haritaya baktığını gördü.

"Neden kuzey kapısından çıkmıyorsunuz?" diye sordu.

"Wharfton'da arkadaşlarımız var. Saklanmamıza ve yolumuza devam etmeden önce erzak toplamamıza yardım edeceklerini düşünüyorum. Derek'ten çıkınca sen nasıl duvarın içine girdin?" diye sordu Gaia.

Leon, parmağıyla duvar hattında farklı bir yere dokundu. "Buradan. Güneş enerjisi şebekesinin yanından," dedi. Bir an tereddüt etti ama sonra haritanın üstünde sırayla bir sokağı ve arı çiftliğini işaret etti. "Buradan buraya da bir tünel var. Aynı tünel Bastion'un içindeki şarap mahzenine kadar gidiyor. Buraya kadar." Yine bir yer işaret etti.

Gaia başını iki yana salladı. "Orası kuleden çok uzak kaldığı için bize faydası olmaz." Haritayı ve duvarın iç cephesinde biten uğursuz sokakları inceledi. "Mace, çırakları odun toplamaya gönderdiğinde beni de bisikletin arabasında kaçırmayı önerdi."

Leon yavaşça başını salladı. "Üçümüzü birden kaçıramaz. Buradaki geçidi kullanmak zorundayız." Güneş enerjisinin oradaki, Anklav'ın güneydoğu sınırında kalan geçidi işaret etti.

Gaia içinden, *üçümüz mü,* diye düşündü. Leon da onlarla beraber duvar dışına çıkmayı mı planlıyordu? "Herhalde," dedi.

"Peki sonra ne yapacaksın?" diye sordu Leon. "Çölde nasıl hayatta kalacağını hiç düşündün mü?"

Gaia parmağıyla kuzeyde haritanın son erdiği yeri işaret etti. "Ölü Orman buranın kuzeyinde. Biz de oraya gidiyoruz.

Oradaki halkı bulacağız."

Leon hafifçe arkasına yaslandı. Yvonne taburesini biraz daha masaya yaklaştırdı ve haritanın üzerine doğru eğilerek pür dikkat kâğıdı inceledi. Oliver ve Pearl de bir an göz göze geldiler.

En sonunda Leon konuştu. "Buranın kuzeyinde çölden başka bir şey yok, Gaia," dedi kısık sesle. "Ölü Orman dedikleri efsane."

Gaia, Pearl'le diğerlerine bakıp onların Leon'a karşı çıkmasını bekledi ama herkes sessizdi.

"Bir zamanlar ben de öyle düşünürdüm," dedi. "Ama orası gerçek." Şüpheli yüzlerinin karşısında ormanın gerçek olduğunu nereden bildiğini hatırlamaya çalıştı. "Duvarın dışındakiler bunu biliyor," dedi. "İnsanlar oraya hep gidiyor."

"Çünkü ölüyorlar," dedi Oliver.

"Hayır. Yaşlı Meg diye bir arkadaşım vardı, oraya gideceğini söylemişti." Birden sustu ve Leon'a bakarak Wharfton'dan ayrıldığı gece ona Yaşlı Meg'le ilgili soru sorduğunu hatırladı.

Leon imalı bir şekilde, "Peki şu Ölü Orman'dan dönen var mı hiç?" diye sordu.

Gaia elinde kanıt olmasa da gerçeğin ne olduğunu biliyordu. "Hayır," dedi.

21. BÖLÜM

MUTLULUK

Küçük Yvonne, Gaia'ya biraz daha yaklaştı ve incecik kolunu kızın omzuna doladı. Tatlı bir şekilde, "Ben Ölü Orman'a inanıyorum," dedi.

Pearl kısık sesle bir kahkaha attı. "Gel bakalım, balkabağım. Birazdan taburenin üstünde uyuyakalacaksın. Açıkçası hepimiz biraz dinlenmeliyiz bence. Yvonne, Oliver, hadi çocuklar, siz de yataklarınıza gidin artık."

Yvonne birkaç dakika söylendi ama Pearl kararlıydı ve çok geçmeden iki kardeş iyi geceler dileyip odadan ayrıldılar. Gaia, planlar hâlâ tamamen hazır değilken uyuyabileceğini sanmıyordu. Haritayı tekrar önüne çekti. Pearl, elini kapıya yaslayıp bir kere daha mutfağa döndüğünde Gaia başını kaldırdı. Leon da ayağa kalkmış, saygıyla Pearl'e bakıyordu.

"Başka yatağımız yok," dedi Pearl. "Ama Oliver'ın odasında yerde yatabilirsin. Ona söylerim sana bir battaniye çıkartır. Üzgünüm ama elimden gelenin en iyisi bu."

"Lütfen beni dert etmeyin," dedi Leon.

Gaia, Leon'un bilerek ayağa kalktığını anladı. Pearl'e göre bu bir beyefendinin bir hanımefendi karşısında rutin olarak yaptığı jestlerden biriydi. Pearl şöyle bir doğruldu ve Gaia'ya doğru bir bakış attı.

"Sen de biraz uyu, Gaia," dedi. "Yarın uzun bir gün olacak."

"Olur."

"Yatarken ışığı söndürür müsün? Biraz ışık gelsin diye fırının kapağını açabilirsin. Sadece korlara dikkat et, düşmesinler. Yatağa giderken de kapıyı kaparsın. Mace bir saate kadar gelir herhalde ama sen yine de kapıyı kilitle."

"Tamam," dedi Gaia.

Bir dakika sonra koridorun sonundaki kapanan kapının alçak, boğuk sesi duyuldu. Gaia artık Leon'la yalnız kaldıklarının farkındaydı. Leon tepelerindeki lambayı söndürdü ve Gaia, oğlanın kendi son mumu üflemeden evvel fırının kapağını açmasını bekledi. Fırının yere saçılan o sıcacık, altın rengi ışığı, duvarlarda asılı duran tava ve diğer kapkacakların kenarlarına yansıdı. Gaia, arkasında kabarmaya bırakılan bir tepsi dolusu ekmek hamurunun farkına vardı, odaya yaydıkları o mayamsı kokuyla hepsi birer canlıydı sanki.

Leon yavaşça tekrar yerine oturdu ve yüzünü avuçlarına gömünce kopkoyu saçları parmaklarının arasından fışkırdı. Gaia da ikide bir eliyle sıkıp durduğu kazağının yakasını bıraktı, bu sefer de elbisesinin düğmesini kurcalamaya başladı.

Pearl'ün ailesiyle konuştukları süre boyunca neredeyse hiç yüz yüze gelmemişlerdi ve Gaia, bu durumun yalnız kaldıklarında değişip değişmeyeceğini merak ediyordu.

Leon, bir süre sonra hafifçe yana yatarak sakalları uzamış yanağını avucuna dayadı ve gözlerini haritaya dikti. Tıpkı Gaia'nın yaptığı gibi bir parmağını Sally Row'un üstünde gezdirdi. "Duvarın dışında yaşamaktan mutlu muydun?" diye sordu.

Bu o kadar beklenmedik bir soruydu ki, Gaia kendini birazcık gafil avlanmış gibi hissetti. "Neden soruyorsun?"

"Elimde olmadan acaba Derek'in ailesiyle büyüseydim daha iyi bir hayatım mı olurdu, diye merak ediyorum."

Gaia gülümsedi. "Bu çok saçma. Her türlü imkânın vardı senin."

"Var mıydı?"

"Bu soruyu nasıl sorabilirsin? Anklav'a verildiğin andan itibaren önüne hep doğru düzgün yemek geldi. Sıcak kıyafetlerin, adam gibi bir eğitimin oldu. Zengin, güçlü ailenden hiç bahsetmiyorum bile. Tvaltar'daki *Koruyucu Ailesi Özel* programlarında nasıl ihtişamlı bir hayatın olduğunu gördüm, o yüzden sakın bana hayatının kusursuz olmadığını söylemeye kalkışma."

Gaia elini uzatıp masa örtüsündeki minik yanık izine dokundu. Gözleri yarı-karanlığa daha yeni alışıyordu ve fırına bakmadığı sürece gördüklerini kolayca algılıyordu. Zaten Leon'u da bakışlarından kaçtığını fark edecek kadar iyi görüyordu.

"Ee, çocukluğun nasıl geçti?" diye sordu Leon. "Gerçekten."

Gaia, bütün çocukluğunu nasıl özetleyeceğine karar vermeye çalışarak, "Gerçekten," diye yineledi. "Açıkçası çok küçükken her şey harikaydı. Herkes gibi biz de fakirdik ama ben bunu bilmiyordum. Evimiz de... Biliyorsun işte, Batı Üçüncü Sektör'ün en uzak köşesindeydi ve mahallemizi çok severdim. Büyürken keşfedecek bir sürü yer vardı." Başıyla haritadaki o bölgeyi işaret etti. "Ailem gündüzleri çalışır, beni de yanlarına alırlardı. Ama akşamları ne yapar eder birini benimle beraber etrafı gezmeye ikna ederdim. Çok severdim, hele eski gölün oralara bayılırdım."

"Peki arkadaşların da var mıydı?"

"İki arkadaşım vardı. Şey, daha doğrusu bir tane. Emily, bizim karşı sokakta otururdu. Babamın artık kumaşlarıyla giysi oyunu oynardık."

"İkiniz hâlâ yakın mısınız?"

Gaia merak içinde Leon'a baktı. "Bütün bunları neden soruyorsun?"

Leon'un sesi, suskun odada sakindi. "Sadece hayatını gözümün önüne getirmeye çalışıyorum. Bugüne kadar tanıştığım herkesten neden bu kadar farklısın anlamaya çalışıyorum."

Bu söylediği Gaia'yı şaşırttı. "Öyle miyim?"

Leon, sandalyesinde yer değiştirince profilini fırına dönmüş oldu ve çizmelerinden biri de ocağa doğru uzandı. Fırının kapağı açıktı ve içindeki kıpkırmızı korlar sıcaktan parlıyordu. Siyah gömleğinin yakası hafifçe açıldı ve ensesinin kökünden aşağı kaydı.

"Çocukluğundan sonra neler değişti?" diye sordu.

Gaia, bir yandan ona ne söyleyeceğine karar vermek istiyor, bir yandan da sanki Leon içindeki hassas bir şeyi koparmaya çalışıyormuş gibi garip bir şekilde ona karşı koyma ihtiyacı duyuyordu. Lavabonun yanına gitti ve bir bardak su doldurmak için musluğu açtı. "Su ister misin?" diye sordu.

"Lütfen."

İkisine de su doldurdu ve bardakları masaya getirdi. "Şu mutfakta musluktan su içebiliyor olmak benim için ne kadar inanılmaz bir şey hayal edebiliyor musun?"

Leon, bardağı ağzına götürdü ama suyu içmeden, "Anlatsana," dedi.

Gaia yeniden sandalyesini çekti ve bir yudum su içti. "Duvar dışındayken su temin edebilmek için boyunduruk sopamı ve iki de dev gibi şişeyi alır bizim sektördeki çeşmeye giderdim. Genelde bizim sucu yaşlı Perry, kocaman kovaları ve hunileriyle orada olur ve bana şişelerimi doldurmam için yardım ederdi. Ben de ona karşılığında fesleğen ya da yumurta falan verirdim. Ama o orada olmazsa, çeşmenin başında oturup her şişenin kırk saatte dolmasını beklerdim. Bizim çeşmeler gerçekten çok yavaş... Neyse işte, bazen sıra da olurdu. Şişelerimi dolduracağım diye on beş yirmi dakikam boşa giderdi ve sonra da boyunduruğumla birlikte şişeleri eve kadar taşımak zorunda kalırdım."

"Ailene su verildiğini sanıyordum. Annenin ebelik hizmetlerinin karşılığında yapılan ödemelerden biri de suydu çünkü."

Gaia güldü. "Sence bir aile ne kadar su harcar dersin? Sizin verdiğiniz su bir hafta zor dayanırdı. Hele babam kumaş boyarken şişelerce su kullanırdık."

Dirseklerini masaya dayadı ve suyundan bir yudum daha içti.

"Tamam, su taşımışsın," dedi Leon. "Başka?"

Gaia omuz silkti. "Anneme bitki bahçesinde yardım ederdim. Tavuklarla ilgilenirdim. Babamın işlerine bakardım. Ne bileyim... temizlik yapardım. Çamaşır asardım. Mutfakta yardım ederdim. Tanıdığım çocukların hepsi bir işte çalışırdı."

"Ama mutluydun?" diye sordu Leon.

Gaia ona nasıl cevap vereceğini bilemedi. Acaba mahallesindeki çocuklardan biri havale geçirip öldükten sonra aylarca kâbus gördüğünü bilmek ister miydi? Ya da çocukların Gaia'nın yüzüyle ilgili onunla sürekli dalga geçtiğini? Hele omzunda sularla yürüdüğü zamanlar en kötüleriydi. Ne koşup kaçabilir ne de domuzun teki ona bir şey atmak istediğinde kendini savunmak için kollarını kullanabiliyordu. Ömrü boyunca fikirlere, bilgiye aç kalmış, hiçbir konuda merakını asla doyuramamıştı. Ayrıca adaletsizliğe karşı içten içe onu kavuran gizli bir hınç duygusu da vardı çünkü yaşı ilerledikçe duvarın içinde yaşayanların Wharfton'dakiler kadar zor durumda olmadığını fark ediyordu.

Ama diğer bir yandan da ailesini tüm kalbiyle sevmiş,

onlarla geçirdiği her anın keyfini çıkarmıştı.

Gaia, bardağını bir kenara itti. Leon sorularıyla onu sıkıştırmaya devam etmediği için minnettardı. İyi ya da kötü, mutlu ya da değil, o hayat artık onun için sona ermişti. Wharfton'a geri dönüp Batı Üçüncü Sektör'ün ebesi olarak çalışmaya kaldığı yerden devam edemezdi.

Gaia'nın saçları açıktı ve gözlerine düşen kâkülleri onu sinir ediyordu. Elini uzatıp saçlarını örerek, yüzüne düşen kâküllerin bir kısmını kulağının arkasında kalacak şekilde örgüye kattı. Fakat bir süre sonra hepsi yine yerinde çıktı. "Duvarın içinde duvarın dışında olacağından çok daha mutlu olduğundan eminim," dedi. "Bence ailenle aranı hâlâ düzeltebilirsin. Eminim çok da affedilmeyecek bir şey yapmamışsındır, değil mi?"

"Düşünmeye ve gerçek babamı bulmaya ihtiyacım vardı, o yüzden evi terk ettim. Sence bu kulağa çok mu affedilmeyecek bir şey gibi geliyor? İzimi bulmak için arkamdan asker yolladılar." Leon bir daha yer değiştirip kolunu masaya uzattı ve parmaklarını üzerine vurdu. "Yarınki planlarımız üstünde çalışmalıyız."

Gaia, evet anlamında başını salladı. "Annemi almak için Kardeş Khol'un yanına gideceğim ve sonra da onunla beraber merdivenlerden inmeye çalışacağım. Sonra onu buraya getireceğiz ve duvardan kaçmanın bir yolunu bulacağız."

"Gerekirse Bastion'un içine de girebilirsin. İçeride de kuleye giden kapılar var." Yönünü göstermek için haritayı işaret etti.

"Bunu bildiğim iyi oldu."

"Eğer dışarı çıkmazsan, seni bulmak için ben içeri girerim. Seçeneğin kalmazsa yukarı, çatıya doğru çıkmaya çalış. Böyle yapacağını tahmin etmezler. Ben de seni ararken yukarıdan başlarım."

İkisi de lafını etmiyordu ama aralarındaki gerilim oradaydı. Neden şimdi ona yardım ediyordu da, daha önce etmemişti? Yüzbaşı Bartlett bile onu Bastion'dan çıkarmanın bir yolunu bulmuştu. Aynı şeyi neden Leon yapamamıştı?

"Yine de halatı alacağım," dedi Gaia.

"Al. Sadece boynunu kırma yeter. Senin yerine benim girmeme izin vermezsin sanıyorum."

Gaia başını iki yana salladı. Bu konuda ona güvenemezdi.

"Ben de öyle düşünmüştüm," dedi Leon. "Halbuki güçlü kollarım olduğunu söyledin."

Gaia şaşırarak başını kaldırdığında, Leon'un onu seyrettiğini gördü. "Bunu iltifat olsun diye söylememiştim aslında."

"Öyle mi?"

Fırının içindeki korlar yer değiştirirken odanın içi bir an aydınlanır gibi oldu ama onun dışında hiçbir kıpırtı yoktu. Gaia, Leon'nun söylediklerinden ne anlam çıkarması, ne hissetmesi gerektiğini bilmiyordu ama onu meraklı, ilgili bir ifadeyle kendisini izlerken gördükçe kafası daha da karışıyordu.

"Benimle alay mı ediyorsun?"

Leon hafifçe gülümsedi. "Etmeli miyim?"

Gaia'nın bir süre nutku tutuldu. Sonra da kaşlarını çattı. "Yüzbaşı Bartlett'la ilgili ne biliyorsun?"

"Sana yardım etmesi dışında mı? Bu arada biliyorsun, o olay yüzünden ortalık birbirine girdi."

"Bu olaya nasıl baktığına göre değişir," dedi Gaia.

"İkiniz arkadaş mısınız?"

"Sayılır. Nasıl biri?"

Leon ayağa kalktı ve ocağın üstündeki rafta duran ıvır zıvırlardan birini aldı. Aletten çok oyuncağa benzeyen ufacık bir yumurta çırpıcı... Aletin küçük tekerliğini çevirdi. "Jack' in diğer erkeklerden bir farkı yok," dedi. "Çok çalışır. İyi nişancıdır. Sanırım şarkı söylemeyi de seviyor. Niye ki?"

Keşke Gaia onu daha yakından tanımış olsaydı...

Leon, aletin tekerliğini öyle hızlı çevirdi ki, çırpıcılardan biri kırıldı. Kendi kendine söylenip yere düşen ufak parçayı aldı. "Unut bunu, Gaia. O senin tipin değil."

"Peki benim tipimin ne olduğunu sen nereden biliyorsun?"

"Jack değil işte."

"Niye, bana karşı iyi davrandığı için mi?"

Leon, kırılan yumurta çırpıcısının parçalarını Gaia'ya uzattı. "Şunu tamir edebilir misin?"

"O benim ağabeyim, tamam mı? Jack Bartlett benim ağabeyim, Odin Stone."

Leon yüzünde şaşkın bir ifadeyle tekrar yerine oturdu. "Jack mi? İyi ama hiç benzemiyorsunuz ki."

"Teşekkürler. Harika bir gözlem. Aferin."

"Tamam peki... Hemen alınmana gerek yok."

"Jack Bartlett beni hapishaneden kurtardı. Jack Bartlett hiç açıklama yapmadan beni bırakıp gitmedi."

Gaia, parçalara uzandı ve masanın üstünde sıraya dizmeye başladı. Leon da boş bardağını kaldırıp elinde çevirdi. Sessizlik gitgide uzamaya devam ederken, Gaia ne kadar hassas olduğunu belli etmek pahasına olsa bile sebebini bilmek zorunda olduğunu hissetti.

"Neden beni bırakıp gittin?" diye sordu gergin bir ses tonuyla.

Leon'un elindeki bardağı son bir kere daha yavaşça çevirip başparmağını tutacağına geçirmesini seyretti. Başını kaldırıp Gaia'ya baktığında bu sefer gözlerinin içi pişmanlıkla parlıyordu. "Üzgünüm," dedi usulca. "Bir hata yaptım."

"Ama neden?"

Leon'un parmakları kaskatı kesildi. "Sen ve annen için pazarlık yapabileceğimi sandım. Avludaki kızları görünce Kardeş Iris'in senin verdiğin bilgiler doğrultusunda çalışmalara başladığını anladım ve bu yüzden çok mutlu olacağını sandım. Babamı ve Kardeş Iris'i seni serbest bırakmaları için ikna edebileceğimi düşündüm."

"Ama kabul etmediler, değil mi?"

Leon başını iki yana salladı. "Karşı çıktılar. Daha önce de dediğim gibi yeni kahramanları olarak onlara dönmen için seni ikna etmemi istediler."

"Ve sen de hayır, dedin."

Leon bakışlarını kaçırdı. "Gaia," dedi. "Tamamen çaresiz durumdaydım. Sana ihanet ettiğimi, benimle kukla gibi oynadıklarını hissettim. Sonra bana şu baskılayıcı genden ve annenin tuttuğu kayıtların onlar için ne kadar önemli olduğundan bahsetmeye başladılar." Tekrar Gaia'ya baktı. Dudakları hafif aralanmış, yanakları fırından gelen sıcağın etkisiyle kızarmıştı ve kopkoyu mavi gözleri yaşam doluydu. "Babam inanılmaz derecede insanı tesiri altında bırakan bir adamdır. Nasıl biri olduğunu unutmuşum işte..."

"Seni yaptıkları planın iyi olduğuna o zaman mı ikna ettiler?" Gaia, içinde giderek büyüyen öfke dalgasını hissedebiliyordu.

"Bilmiyorum," dedi. "Ne düşündüğümü bile bilmiyorum. Baban gelse sana derinden inandığı bir şey anlatsa onu dinlemez miydin?"

Gaia, sandalyesini bir hışımla geriye itti. Leon'u anlamaya çalışıyordu ama bu çok zordu. Bütün sorunların başı dönüp dolaşıyor, yine babasıyla arasındaki ilişkiye çıkıyordu. Ne kadar inkar ederse etsin, Koruyucu onun gerçek babasıydı. Onu büyüten tek kişi oydu ve yıllardır araları açık olsa bile Leon'un iplerini hâlâ elinde tutan da yine oydu. Bu kadarı Gaia için gayet netti. İlişkileri ne kadar zor olursa olsun Leon'un hâlâ baba diyebileceği biri varken kendi babasını yitirmiş olmasıysa onun gözünde tarifi olmayacak kadar büyük bir adaletsizlikti.

"Ben de biraz senin aileni dinlemek istiyorum," dedi. Bu soruyu sorması çok normaldi.

"Çok sıkıcı bir hikâye, boş ver."

"Geçmişten kalan herhangi bir şey anlatsan da olur," dedi Gaia. "Demin de ben sana çocukluğumu anlattım."

"Pekâlâ... belki Koruyucu Ailesi Özel programlarıyla ilgili bir sır öğrenmek istersin."

Gaia, Leon'un sesinin tonundan seyrettiği programların pek de göründüğü gibi olmadığı izlenimine kapıldı. Bastion bahçelerindeki güneşli aile sahnelerini, bembeyaz şortlar giyen oğlanları, tıpatıp aynı sarı elbiseler giyen ikizleri hâlâ dün gibi hatırlayabiliyordu. Özellikle de aklına elma topladıkları bir sahne geldi. Çocukların elmalarla dolu ağaç dallarından sarktığı o sahne en sevdiği sahnelerden biriydi.

"O programlar için haftalarca prova yapardık," dedi Leon. "İçlerinde tek bir tane bile prova edilmemiş, doğal an yoktu."

"Şaka yapıyorsun."

"İnan bana. Çocukken o çekimlerden nefret ederdik ve nihayet Rafael yedi yaşına girdiğinde bir daha çekim yapmayı direkt reddetti. Hayatımda kavga çıkardığına sevindiğim ilk ve tek zaman odur."

"Peki kız kardeşlerin? Çocukken onlarla da oynar mıydın? Bastion'da saklambaç falan oynar mıydınız?"

"Saklambaç," dedi yavaşça Leon. Gaia o basit kelimelerin ardında gizli karmaşık duyguların varlığını sezebiliyordu. O sırada Leon'un gözlerini görebilmeyi çok isterdi ama yine fırına dönmüştü yüzünü.

"Saklambaç oynardık. Satranç da... aklına gelecek ne

kadar oyun varsa hepsini oynardık. Ben kaybedince çok hoşlarına giderdi." Çizmesinin ucuyla fırının kapağına dokundu. "Yarın Fiona'yla Evelyn'nin doğum günü."

Gaia, şaşırdı. "Yani bugün mü demek istiyorsun?"

"Evet. Herhalde. Fiona öldüğünden beri ilk defa bu sene kutlayacaklar," diye devam etti. "Evelyn on dördüne giriyor. En zengin ailelerin yarısını parti için Bastion'a davet ettiler. Parti sonunda havai fişek gösterisi bile olacakmış."

"Senin de gitmen gerekiyor mu?" diye sordu Gaia.

Leon omuzlarını silkerek yavan bir gülücük attı. "Evelyn beni çağırdı ama gelmemi istemediklerini açık ve net bir şekilde belli ettiler."

Gaia, Leon'un konuşmasını devam ettirmesini umut ederek bekledi. "Anlatsana," dedi. "Daha fazlasını bilmek istiyorum. Küçükken nasıl biriydin?"

Leon yarım ağız gülümsedi. "Hayal edebileceğin en sakar çocuktum. Futbol oynamaya ilk başladığımda ne zaman topa vursam peşinden hemen düşerdim. Gerçekten düşerdim. Ama yine de inat ettim. Okumayı sökmem de yıllar sürdü. Bir türlü harfleri doğru düzgün yerine oturtamıyordum. Aptal olduğumu falan sandılar hatta. Rafael bile okumayı benden erken söktü."

"Bunu bilmiyordum."

Leon omuzlarını silkti. "Bunları o programlarda göstermediler tabii. Gerçi bir kere söktükten sonra bütün o yılların acısını çıkardım. Okulu çok severdim zaten."

Gaia, bu yüzden onu kıskandı. Yumurta çırpıcısının parçalarını teker teker birleştirdi. "Rafael senden kaç yaş küçük?"

"Genevieve, Rafael'i ben dört yaşındayken doğurdu ve ondan bir yıl sonra da ikizler doğdu." Fırından gelen altın rengi ışık burnuna ve çenesine yansıyordu. Bakışları dalgındı. "Genevieve bugüne kadar anne olarak tanıdığım tek kişi ve küçükken bana karşı da çok nazikti. Bu konuda asla hakkını yiyemem. Ama babam yeni ailesine çok düşkündü ve ben de..." Birden sustu. "Üçünün birbirine bu kadar yakın olması doğal bir şeydi herhalde."

Leon'un ailesiyle ilgili konuşmasını dinlerken Gaia'nın merakı daha da artıyordu. Leon'un, Tvaltar programlarında gördüğü çocuk versiyonunu hatırlamaya çalıştı. Genelde arka planda gözüken, koyu saçlı ağabeydi. Gaia her zaman sapsarı kıvırcık saçları ve güleç yüzleri olan ikiz kızlarla ilgilendiği için onu fark etmemesi normaldi. O yüzden Leon'un kendi ailesinden sinsice dışlanmasına inanmakta zorlanmıyordu.

"Peki ya Fiona?" diye sordu. "Onu özlüyor musun?"

Leon hemen başını salladı. "Onunla ilgili konuşmam."

Birden Gaia'nın aklına Q hücresindeki kadınların söyledikleri geldi ve bütün o dedikoduların arkasında yatan asıl gerçeği öğrenip öğrenemeyeceğini merak etti. "Peki ya teyzen?"

Leon yüzünde şaşkın bir ifadeyle ona döndü. "Maura Teyzem mi? Ne olmuş ona?"

Gaia zorlukla yutkundu, keşke lafını geri alabilseydi.

"Teyzemle ilgili ne duydun sen?" diye sordu, sesi bir

anda buz kesmişti.

"Hiçbir şey."

"Hayır. Bazı söylentiler duydun, değil mi? Ne duydun?"

Gaia çaresizce ellerine baktı ve oyuncak aleti bir kere döndürdü. Sorunsuz çalışıyordu. Bu arada yanaklarının da giderek kızardığının farkındaydı.

Leon acı bir kahkaha attı. "Tahmin etmeliydim," dedi. "Ben sana ailemden, daha önce kimseye anlatmadığım şeylerden bahsediyorum, sense ensest söylentilerinin doğru olup olmadığını merak ediyorsun."

"Ben öyle bir şey demedim."

"Hepsi yalan, tamam mı? Akrabam olsun olmasın kimseyle yatmadım. Bana inanıp inanmaman umurumda değil ama gerçek bu."

Keşke yer yarılsaydı da Gaia o anda içine girip yok olsaydı. "Affedersin."

Leon ayağa kalkıp minyatür çırpıcıyı ocağın üstündeki rafına geri koydu ve sonra lavabonun yanına gitti. Gaia, onun sessizce bardağını yıkadığını ve musluğun belli belirsiz uğultusunu duydu. Hareketlerinin sakinliği, sessizliği Gaia'nın kendini daha da kötü hissetmesine sebep oldu. Onun bardağını almak için elini uzatınca, Gaia tek kelime bile etmeden bardağını ona verdi. Leon onu da yıkadıktan sonra tepetaklak kurutma rayına yerleştirdi.

Gaia, "Bana yarın yardım etmek zorunda değilsin," dedi.

Leon, arkasına dönüp kollarını kavuşturdu ve tezgâha

yaslandı. "Ne biliyor musun? İnsanları kendinden uzaklaştırmak konusunda çok başarılısın. Bunu biliyor muydun? Çocukken de sadece bir arkadaşının olmasının nedeni budur belki de."

Gaia başını iki yana salladı. "Çok acımasızsın."

Leon, bir elini siyah saçlarının arasında gezdirip sonra da alnını ovuşturdu. Yorgun, halsiz ve kırgın görünüyordu. Gaia ne söyleyeceğini ya da aralarındaki eski rahatlığı yeniden nasıl oluşturabileceğini bilmiyordu. Tek bildiği Leon'un ona kızmasını istemediğiydi. Bu da kendini zayıf ve hassas hissetmesine yol açıyordu ki bundan nefret ediyordu.

Ayağa kalktı ve Yvonne'la paylaştığı odaya çıkmak üzere merdivenlere doğru ilerledi. "Geç oldu," dedi.

"İyi. Git yat o zaman."

"Oliver'ın odasına uyumayacak mısın?"

"Hayır."

Gaia, masaya, sandalyelere, taburelere ve yemekle ilgili aktiviteler için son derece kullanışlı olan mutfağa baktı. Burada rahat rahat uyuyabileceği hiçbir yer olmadığını biliyordu. Tam itiraz etmek üzereyken koridorda bir tıkırtı, hemen ardından da ayak sesleri duydu. Mutfak kapısından içeri Pearl girdi.

Tedirgin bir ses tonuyla, "Mace mi geldi?" diye sordu. "Sanki onun geldiğini duyar gibi oldum."

"Hayır," dedi Gaia. Ama bir dakika sonra kapıda belli belirsiz bir yumruk sesi duyuldu.

Pearl, "Fırını kapat," diye fısıldadı.

Leon fırını kapar kapamaz içerisi karardı ve Pearl kilidi açarak kapıyı dışarı doğru itti. Mace Jackson, beyaz pelerin giyen bir kadınla beraber içeri girdi. Kapı yeniden kapanırken mutfağa tertemiz hava cereyan etti ve derken karanlık oda yeniden duruldu. Mutfağın içindeki tek ışık fırın kapağının kenarlarındaki kesik alevlerdi.

Mace, karanlıkta, "Pearl?" dedi.

"Nihayet gelebildin."

Gaia, fırının tuğlasının üstünde duran küçük mumu yakmak için bir kibrit çaktığında, Mace ve Pearl birbirlerinin kollarındaydı. Pearl'ün geniş omuzları ve Mace'in iri cüssesi yüzünden birbirine sarılmış iki ayıyı andırıyorlardı. Gaia bu manzarayı görünce gülümsemeden edemedi.

"Bu kim?" diye sordu Mace. Sesi kalın ve alçaktı, simsiyah gözlerini de Pearl'ün omzu üstünden Leon'a dikmişti.

Pearl çabucak, "Gaia'nın bir arkadaşı," dedi.

"Leon Quarry o," dedi Mace, birden Pearl'ü bırakarak. "Onu burada bulurlarsa eğer başımıza geleceklerden haberin var mı senin?"

Gaia hafifçe Leon'un önüne geçti. "Sandığın gibi değil," dedi. "Üzgünüm, Mace. Niyetim asla..."

Leon, "Beni Derek Vlatir gönderdi," diyerek lafını kesti. "O benim babam. Bana size gelmemi söyledi."

Mace, Leon'u yakından inceledi ve sonra da eline bir bıçak aldı. "Derek'in ne dediği umurumda değil."

Pearl, bir elini kocasının koluna koyarak, "Mace," diye çıkıştı.

Gaia da, "Lütfen," dedi. "O da artık bizimle. Benimle. Sadece annemi kurtarmak istiyoruz. Sonra da buralardan gideceğiz."

Mace'in gözleri bir anda Gaia'ya çevrildi, yüzünde dertli bir ifade vardı. "O olmaz, Gaia. Pisliğin önde gideni o." Sanki karşısındaki uyarmak istermiş gibi sesini biraz daha kıstı. "Onun nasıl biri olduğunu bilmiyorsun."

"Evet, biliyorum," dedi Gaia. "Ve bana güvenmeni söylüyorum."

Yanında duran Leon'a döndü ve gözlerinin zorla bastırdığı öfkesinden ötürü kısıldığını gördü. Leon, kendini savunmak için hiçbir şey söylemedi. Mace ise tiksintiyle homurdanarak bıçağı yerine koydu. O sırada kapının yanında bekleyen beyaz cüppeli kadın mum ışığına yaklaştı. Gaia, Kardeş Khol'u hemen tanıdı. Kadın gördüğü manzarayı küçümsercesine dudak büküyordu.

"Kimin aklına gelirdi? İkiniz de buradasınız," dedi Kardeş Khol. Önce Gaia'ya sonra da Leon'a baktı. "Bütün şehir ikinizi arıyor."

Leon'un sesi sakindi. "Bize yardım etmeye mi tehdit etmeye mi geldiniz?"

Kardeş Khol daha da ağırbaşlı bir tavır takındı. "Kızla bir alâkan olduğunu bilmiyordum," dedi.

Gaia, tekrar öne çıkarak, "Durun, lütfen," dedi. "Bir tek beni annemin yanına çıkarmanız için yardımınız gerekiyor. O kadar. Bu kadarını bizim için yaparsanız minnettar olurum."

"Asla bu kadarla kalmaz," dedi Kardeş Khol. "Bir keresinde de sana annenden bir not getirmiştim ama o kadarla kaldı mı?"

Gaia ne diyeceğini bilemedi. Pearl'e döndü. Kadın, Kardeş Khol'un yanına giderek ona Gaia'nn duyamayacağı kadar kısık bir sesle bir şeyler söylemeye başladı.

Gaia, Leon'a baktı fakat onun da yüzünden bir şey anlamak imkânsızdı. Mace o sırada tepelerindeki lambayı yaktı. Kaşlarını çatarak Leon'un yanından geçip, diğerlerini de görmezden gelerek rafın tekinden geniş, düz bir tahta çıkardı ve masanın üzerine yerleştirdi. Tezgâhın üzerinde duran çuvalın içinden biraz un alıp tahtaya serpti ve kollarını sıvadı.

Gaia, eli kolu bağlı halde öylece ayakta duruyor, Pearl ile Kardeş Khol'ü seyrediyordu. Sonunda iki kadın onlara döndü.

Kardeş Khol, sanki odada ondan başka kimse yokmuş gibi Mace'le konuşmaya başladı. "Bu sabah bir ara elimde ağır bir sepetle Bastion Meydanı'ndan geçeceğim. Eğer meydanda sepeti taşımama yardım edecek bir çocuk görürsem onu da beraberimde güneydoğu kulesine götürürüm. Başka da bir şey yapmam. Çocuk kulede en fazla beş dakika kalabilir. Anklav için yapmam gereken bir sürü önemli işim var, vaktimi böyle saçmalıklar için harcayamam. Ayrıca herhangi bir suç işlendiği takdirde sorumlu tutulmayı da reddediyorum."

Mace başını eğdi. Gaia'nın soracak milyonlarca sorusu vardı ama Mace ona öyle sert bir bakış attı ki, kız çıtını çıkaramadı.

"Teşekkür ederim Joyce," dedi Pearl. "Sana minnettarım. Gerçekten."

Kardeş Khol kapıya döndü. Bir eliyle kapının sürgüsünü tutarken Pearl'ün yüzüne baktı. "Gerçek kaybının acısını biraz olsun azaltabilseydim, Pearl," dedi, "bunu yapardım, biliyorsun. Keşke kendini böyle bir dalavereyle fark yaratabileceğine inandırmasaydın." Bir dakika sonra da evden ayrılmıştı.

Pearl çabucak elinin tersiyle gözlerini sildi ve ellerini kenetledi. "Joyce'u duydunuz," dedi. Sonra da önlüğüne uzandı. "Hiç vaktimiz kalmadı sayılır. Seni yukarı çıkaracak ama ondan sonrası sana bağlı, Gaia. Onun da diğerleri gibi oyuna getirildiğini söyleyebilmesi gerek. Hadi Oliver'la Yvonne'u da kaldıralım."

Herkes bir anda işe soyunmuş, mümkün olduğunca seri ve sessiz bir şekilde hareket ediyordu. Oliver'ı Gaia için Jet'ın çırak kıyafetlerinden ve Leon için de kendi giysilerinden birkaç tane bulmaya gönderdiler. Yvonne da bir sürü çamaşır ipini kalın bir halat olacak şekilde örmekle meşguldü. Mace ise sessiz, aceleye gelmeyen hareketlerle önündeki hamuru yoğurdu ve diğer kabaran hamurların bulunduğu iki tepsiyi fırına attıktan sonra pazara götürmek üzere el arabasını doldurmaya başladı. Pearl, Gaia'nın üstüne kalın, kahverengi bir kumaş sararak belini ve omuzlarını destekle doldurdu. Gaia çırağın kıyafetleriyle beyaz fırıncı önlüğünü ve kahverengi paltosunu üzerine geçirince Yvonne, çamaşır ipi ağının içinden ona döndü ve gülmeye başladı.

"Jet'in kötü günündeki haline benzemişsin," dedi. "Saçların bile benzemiş."

"Sağ ol," dedi Gaia.

Gaia, pantolonuyla birkaç adım atarak o hisse alışmaya çalıştı. Wharfton'daki kadınlar da bazen işleri gereği ya da kışın çok soğuk olduğu zaman pantolon giyerdi fakat pek de olağan sayılan bir şey değildi bu. Gaia çocukluğundan beri külotlu çorap bile giymemişti.

Yvonne, "Bacaklarını böyle ayırarak yürümelisin," dedi. Sonra da kıkırdayarak nasıl yürüyeceğini gösterdi.

Pearl çabucak, yoğun bir hamur hazırlamıştı. Hamuru kızgın tavaya döktüğü anda bir cızırtı sesi duyuldu.

Aksi bir şekilde, "Şapka," dedi ve Yvonne hemen yukarı fırlayıp elinde geniş siperlikli, kahverengi bir erkek şapkasıyla geri döndü.

Gaia, rahat etmeye çalışarak giysilerini çekiştirdi ve Pearl'ün iki tane incecik krepi soğuması için temiz bir havlu üzerine yerleştirmesini izledi. Krepler yuvarlak ve açık renkliydiler. Şaşırtıcı derecede deriye benzer bir esnekliği ve dokusu vardı.

Leon, "Renkleri çok açık," dedi, bir kucak dolusu baget ekmekle mutfaktan geçerken.

"Sen ne anlarsın? Çekil önümden hadi," dedi Pearl. "Sen önce git de bir tıraş ol, olur mu?"

Leon, adeta gülümseyerek Gaia'ya bir bakış attı ve sonra da Oliver ve Mace'le birlikte el arabasını hazırlamaya devam etti. Pazar günlerinde ekmek yüklerken hep yaptıkları gibi ikide bir dükkân kapısını açıp kapatıyorlar ve içeri giren serin hava Gaia'nın tüylerini ürpertiyordu.

Pearl, Gaia'ya ışığın önündeki tabureyi işaret ederek, "Otur," dedi. Gaia'nın çenesine dokundu ve o da gözlerini kapatarak başını hafifçe yukarı kaldırdı. Sol yanağındaki yaranın üzerine sürülen soğuk, hamurumsu şeyi hissedebiliyordu. Fakat Pearl'ün elinin bu kadar hafif olmasına çok şaşırdı. Ardından bütün yüzünün soğuk, nemli bir bezin altında boğulduğunu hissetti. Elinde olmadan büyüyen içgüdüsel bir korkuya hâkim olmaya çalıştı. Hemen sonrasında bezin sağ tarafında kalan kısmının kalktığını hissetti. Pearl bu arada kreplerden birini yüzüne yerleştirmiş ve burnuna denk gelen yerini de kesmişti. Gaia, gözleri hâlâ kapalı olduğu halde Pearl'ün pür dikkat, yüzünde bir şeyler yaptığının farkındaydı. Kadının nefesini boynunda, bazen de kulağında hissediyor ve işine odaklanırken genzinden çıkan belli belirsiz tıklama sesini duyabiliyordu.

Gaia, bir süre sonra sağ yanağıyla alnına değen pudra fırçasını hissetti. Fırça sol tarafına neredeyse hiç değmemişti. Pearl keyifsizce bir şeyler homurdandı ve Gaia, kadının yeniden unla baharatların başına geçtiğini duydu. Bir dakika sonra biraz daha fırça darbesi hissetti ve Pearl, yüzüne üfleyince birden irkildi.

Yvonne, "Korkunç görünüyor," deyince, Gaia da telaşla gözünü açtı.

Yvonne karşısında durmuş ona sırıtıyor ve Pearl de suratının dibine girmiş, Gaia'nın sol yanağındaki maske benzeri yeni deriye dokunuyordu.

"Alelacele yapıldığı kesin," dedi. "Ama şapkanı takarsan ve kimse sana yakından bakmazsa işini görür." Gaia'nın karşısındaki tabureye oturdu. Gaia da dikkatlice doğruldu. Krep yüzüne o kadar ince bir şekilde uygulanmıştı ki, her an düşecek diye hazırda bekliyordu. Yvonne ona bir ayna verdi ve parlak gözleriyle aynanın kenarından Gaia'yı seyretti.

Gaia, aynada bronz tenli, yuvarlak suratlı bir genç delikanlıya bakıyordu. Uzun kirpikli, solgun dudaklı ve geniş alınlı bir delikanlı... Burnu sanki kırılmış gibi bir acayip duruyordu ve gözlerinin altı da bir süredir doğru düzgün uyuyamıyormuş gibi kararmıştı. Aynaya yakından bakınca krepin çenesinden başlayarak dudaklarının sol kenarı boyunca devam ettiğini, burnuna, sol gözünün altına ve kaşlarının üzerinden sağ şakağına kadar devam ettiğini fark etti. Kara kirpiklerinin altından kendi kahverengi gözleri ona bakıyordu. Gaia heyecanla elini yüzüne götürdü ama Pearl onu durdurdu.

"Çok hassas," dedi. "Dokunma. Sakın gülümsemeye de kalkışma yoksa dudaklarının kenarı büzüşür."

"İnanılmaz bir şey bu," dedi Gaia ve aynada sol yanağının konuşurken bir acayip göründüğünü fark etti. Demek ki, elinden geldiğince konuşmaktan da kaçınması gerekecekti.

Pearl, kibarca öksürerek, "Pekâlâ," dedi. "Bence tenini biraz daha koyultmak akıllıca oldu. Al bakalım. Biraz da ellerine sür. Şapkanı da düzelt. Yvonne, şu halat hazır mı?"

Pearl, Gaia'ya paltosunu yine çıkarttırdı ve kızın gömleğinin arkasına halatla Gaia'nın annesi için ayırdığı cüppelerinden birini tıkıştırdı. Pearl, başını iki yana salladı. "Ellerin hiç olmadı," dedi. "Çok inceler."

Tam o sırada dükkânın kapısından içeri Mace seslendi. "Pearl!" diye bağırdı. "Pazar kurmaya gidiyoruz. Çırağım nerede?"

Gaia'nın kalbi korkudan bir an durur gibi oldu ve Pearl, çabucak elini sıkıverdi. Onu kapıya doğru çekiştirdi.

"Seni burada bekliyor olacağız," diye fısıldadı Pearl. Yvonne da sarılmak için öne çıktı ama annesi ona engel oldu. "Hayır, hiçbir yerini bozma şimdi," dedi. "Al bunları." Gaia'nın avucuna üç tane şeker küpü yerleştirdi.

"Şeker mi?" diye sordu Gaia şaşırarak. Kapıdan dışarı çıktı ve avucundaki şekerleri ay ışığının altına tuttu. Normal şeker küplerinden daha küçük ve sert görünüyordu. Gaia, merakla Pearl'e baktı.

"Şeker değil onlar. Uyku ve ağrı için. Çok hızlı tesir ediyorlar ve çok güçlüler, o yüzden kullanırken dikkat et."

Gaia, şekerleri pantolonunun cebine attı. Onların ne işe yaracağını anlamaya çalışıyordu. "Ne ki bunlar? Kuledeki mahkûmlar için mi? Kardeş Khol için mi?"

"Evet," dedi Pearl. "Ya da kendin için kullanırsın... Neyse, kendi kararını kendin verebilirsin herhalde."

Yvonne'un gencecik yüzü kapının gölgesinde donuk bir maviye dönmüştü. "Lila'dan sonra bir tek onlar kaldı," dedi.

"Ya," dedi Gaia usulca. İlaçları alsa mı, almasa mı emin

olamadığı için dikkatle Pearl'ün yüzünü inceledi.

"Al," dedi Pearl. "Bize lazım değiller." Gözlerini kısarak Mace ile Oliver'ın kıyafetlerini giyen Leon'a baktı. İkisi de el arabasıyla beraber daracık sokakta onu bekliyordu. Oliver ise görünürde yoktu.

Gaia, Pearl ve ona hafifçe el sallayıp bütün içtenliğiyle gülümseyen Yvonne'a son bir kere daha baktı ve ardından geç kalmış, suçlu bir çırak gibi arabanın arkasından koştu.

22. BÖLÜM

GÜNEYDOĞU KULESİNİN KADINLARI

Dikilitaş gökyüzünün şafak öncesi eflatununda ağır, simsiyah bir varlık halinde Bastion Meydanı'nda yükseliyordu. Gaia'nın kulakları, nemli çakıltaşlarında tekerleri üstünde tangır tangur ilerleyen el arabasının sesiyle çınlıyor ve hemen yanında Mace'le birlikte arabayı kuleye doğru iten Leon'un ritmik nefeslerini duyuyordu. Hedefleri belliydi: El arabasını en yakın kulelerden birinin oraya çekecekler, Kardeş Khol de rastlandı eseri yanlarından geçecek ve eşyalarını kulenin merdivenlerinden çıkaracak sağlam, güvenilir bir oğlana ihtiyaç duyacaktı. Gaia, şapkasının tepesini avuçlayıp biraz daha itti ve siperliğin altından etrafına bakındı. Parmak uçları cebindeki Pearl'ün ona verdiği minik toz küplerini mıncıkladı.

Meydanın köşesinde, Bastion'un güneydoğu kulesinin dev tahta kapıları önünde iki gardiyan duruyordu. Gaia, onlarla göz göze gelmemeye çalıştı. Meydanın öteki tarafındaysa hapishanenin tanıdık kemerleri vardı ve bir daha oraya girmek zorunda kalmamayı dileyerek o tarafa bakmaktan da kaçındı.

Meydanda halihazırda birkaç el arabası daha vardı ve pazar için diğerleri de gelmeye devam ediyordu. Bir tane kabzımal, yumurta ve civciv satan bir tane tavuk yetiştiricisi, aletlerini ara sıra Wharfton'a da getiren ve şimdi de dikilitaşın dibinde kendine bir tezgâh kuran saatçi... Saatler ilerledikçe renkler ve kokular daha da canlı olacaktı ama şimdi o gri aydınlığın altında, tencerelerin bakır altları bile ne olduğu belirsiz bir kül rengine bürünmüştü. Gaia başını kaldırmadan Mace yardım ediyordu.

"Kardeş Khol'un ne zaman geleceğini biliyor musun?" diye sordu.

"Bilmem. Ama şu anda bulunduğumuz yer çok iyi. Unutma, anneni sessizce bize getireceksin," dedi Mace, en son anlaştıkları planı bir kez daha gözden geçirerek. "Düzgün bir şekilde dışarı çıkmayı başarırsanız, Pearl'ün cüppesini giyip sanki bizden biriymiş gibi burada gölgede oturabilir. Sonra da hep birlikte acele etmeden buradan gideriz."

"Ya gardiyanlar fark ederse?" diye fısıldadı Gaia. "Ne tarafa kaçalım?"

"O tarafa," dedi Mace, omzunun üstünden işaret ederek. "Pazarın içinden geçip kemeraltındaki mumcu dükkânın içinden geçersiniz. Dükkânın arkasında kapı var. Annen hızlı bir koşucu mudur?"

Gaia annesinin narin ama güçlü tavırlarını, kahverengi etek ve elbiselerinin içindeki ağırbaşlı, sakin hareketlerini anımsadı. Kırk yaşlarına merdiven dayamış tıknaz, güçlü ve fit bir kadındı ya da en azından tutuklanmadan önce öyleydi. "Gerekirse koşar. Kısa mesafede ama," dedi gergin bir ses tonuyla.

Mace gülümseyerek tezgâha dizsin diye ekmekleri ona uzattı. "O zaman umalım da gardiyanlar sıradışı bir şey olduğunu fark etmesinler. Bastion'un içinden kuleye açılan başka kapılar da olduğunu sakın unutma. İnsanlar sürekli bu kapıları kullanıp duruyorlar. O yüzden fazladan iki kadının daha oradan geçmesi pek de anormal olmamalı."

Meydandaki tezgâhların sayısı giderek artıyordu. Güneş doğudaki binaların üstünden yükseliyor ve sabah saatleri ilerledikçe gölgeler de çekiliyordu. Sonunda bütün meydan öğlen güneşi ve kavurucu temmuz sıcağıyla doldu. Mace, Gaia'nın biri öndeki müşteriler, öteki de arka tarafta onlar için olacak şekilde iki ayrı tente kurmasına yardım etti. Ağustosböcekleri her zamanki gibi sıcağa lanet etmeye başladılar. Kulenin girişindeki kapıdan sürekli insanlar çıkıp gardiyanların önünden geçiyor ama kimse içeri girmiyordu.

Gaia, birileri yanlarına gelip onu ya da Leon'u fark edecek diye ödü kopuyordu ama yine de tezgâhın arkasından kıpırdamadılar ve Mace de sıcaktan bunalmış, ağırkanlı müşterilerle kendi başına idare etti. Bekleyiş devam ettikçe Gaia'nın midesi bulanıyor, ne zaman Kardeş Khol'e benzeyen birini görse önce heyecana sonra da hüsrana kapılıyordu.

Gaia, "Bize yalan söylemez, değil mi?" diye sordu Leon'a. "Neredeyse öğlen oldu ve bu sabah geleceğini söylemişti, değil mi?"

Leon tıraş olmuştu ve mavi gömleği, gözlerinin Oliver'ın ödünç verdiği şapkasının altından bile Gaia'nın alıştığından daha açık renk görünmesini sağlıyordu. "Meşgul biri ama eninde sonunda gelecektir. Garip bir gurur anlayışı var."

Mace, alnındaki teri sildi. "Benim de ekmeğim bitmek üzere. Yakında gelmezse geri dönmek zorundayız. Zaten normalde bu kadar bile kalmam pazarda ben."

Nihayet meydanın ilerisinde Kardeş Khol'ün beyaz cüppesi belirdi. Elinde kapaklı, yuvarlak bir sepetle beraber tuhaf bir şekilde yürüyordu. Kardeş Khol, güneydoğu kulesinin kapısından birkaç adım uzakta durdu ve sepeti yere koydu. Bir elini sırtına yaslayarak meydana bakıp kaşlarını çattı. Gaia, Mace'in arabasının yanında beklerken ensesinde bir karıncalanma hissetti. Gardiyanlar şöyle bir doğruldu.

"Kuledeki mahkûmlardan birine bakmaya geldim," dedi Kardeş Khol.

Gardiyanlardan birini öne çıktı. "Sepetin içinde ne var?"

Kardeş Khol, sepeti ayağıyla öne itti. "Silah ve birkaç tane de bıçak," dedi alay edercesine.

Gardiyan güldü ve kapağı kaldırdı. "Ayçekirdeği ve patates mi? Bu nasıl bir yemek böyle?"

"Buğday diyeti," dedi Kardeş Khol. "Vitamin takviyesi olsun diye. Ona biraz daha B vitamini lazım."

Gardiyan başını salladı. "Sürekli bir şeyler gerekiyor

zaten. Bebek ne zaman doğacak?"

"Bir ay daha var. Dinle. Bunu benim için yukarı taşır mısın?"

İki gardiyan başlarını salladı. "Emirler," dedi birinci özür dilercesine.

Kardeş Khol, bir elini kalçasına koydu ve huzursuzca meydana döndü. Gaia, pür dikkat konuşmayı dinliyordu ve Kardeş Khol ona seslenince az kalsın yerinden fırlayacak gibi oldu.

"Sen! Oradaki!" dedi Kardeş Khol.

Gaia başını kaldırdı ve sonra da doğal görünmeye çalışarak Mace'e baktı. Pazarın hengâmesi eskisi gibi devam ediyordu.

"Evet, sana diyorum evlat," dedi Kardeş. "Buraya gel de şu sepeti taşımama yardım et."

Gaia, elindeki ekmeği bıraktı. Heyecandan parmak uçları bile karıncalanıyordu.

"Önlüğünü de bırak da acele et," dedi Mace. "Kardeş'i bekletme."

Gaia, fırıncı önlüğünü çözüp Leon'a attı ve adımlarını uzatarak sepeti almaya gitti. Ağır şeyi dengede tutabilmek için vücudunu hafifçe geriye yatırması gerekti.

Gardiyanlar kahkahalarla güldü.

"Biraz kas yaparsın evlat," dedi gardiyan. "Hadi bakalım, buyurun." Sonra da Kardeş Khol'e kapıyı açtı. Gaia, tam yanından geçerken gardiyan şapkasına eliyle şaplak attı ve tekrar güldü. Gaia bir an korkudan ne yapacağını şaşırıp alnındaki maskenin garipleştiğini hissetti ama sonra da normal bir oğlan gibi tepki vermeye çalıştı. Şapkasını düzeltip öfkeyle gardiyana baktı.

"İşte böyle," dedi gardiyan, sesi dalga geçer gibiydi ama hiç de düşmanca değildi.

Kılık değiştirmesi işe yaramıştı. Gaia, içten içe gizli bir sevinç duyarak elinde sepetle Kardeş Khol'ün peşinden gitti. Merdivenler saat yönünde kıvrılarak yukarı çıkıyor, iki yanı da kuşatan taş duvarlarda on iki basamakta bir uzunlamasına, dikdörtgen pencereler beliriyordu. Attığı her adımla sepet daha da ağırlaşıyordu ama Gaia sepeti koluna takıp kalp atışları iyice ağırlaşana kadar merdivenleri çıkmaya devam etti. Nefesi de gitgide kesiliyordu fakat attığı her adımın onu annesine biraz daha yaklaştırdığı düşüncesi bacaklarındaki kaslar ağrıdan yansa bile onu yukarı çekiyordu. Gözleri Kardeş Khol'ün beyaz eteğiyle hemen önünden basamakları çıkan ayakkabılarının siyah tabanlarına takılmıştı. Tam Gaia'nın daha fazla devam edemeyeceğini düşündüğü sırada üçgen bir alana geldiler ve Kardeş Khol durdu.

Kadın bir şey söylemeden bir süre kendine gelmeyi bekledi ve sonra da kapılardan birinin üstündeki ufak paneli iterek aradan birine seslendi.

"Benim, Kardeş Khol," dedi. "İçeri geliyoruz."

Gaia, kadının demir sürgüyü sola çekmesini seyretti ve kapı bir anda dışa doğru açıldı.

Sonunda kulenin içindeydiler. Gaia'nın kalbi heyecandan hızlandı. *Annem! Hangisi annem?* Önce sallanan sandalyede oturan kadına baktı. Nerede görse tanıyacağı yuvarlak yüzü ve kahverengi saçlarıyla Persephone Frank'ti bu. Elindeki örgüyle ilgileniyordu ve onlar içeri girince başını kaldırıp Gaia'ya öylesine bir baktı. Gaia, kadını orada görünce şok geçirdi. Haftalar önce Leon ona Sephie'nin özgür bırakıldığını, evine dönüp yeniden doktorluk yaptığını söylemişti. Ama işte karşısındaydı. Ya Leon yalan söylemiş ya da Sephie bekçi köpeği gibi Anklav'a hizmet etmeyi kendi seçmişti. Sephie eliyle yünü kavrayıp iplerini gevşetti ve örmeye kaldığı yerden devam etti.

Gaia'nın bakışları incecik bir battaniyenin altında en uzaktaki yatakta yatan diğer kadına kaydı. Yabancı kadın elinde bir dergiyle yavaşça yattığı yerden doğruldu ve dağınık bir şekilde örülmüş uzun, kahverengi saçları omzuna döküldü. Gözkapakları düşük, iri cüsseli bir kadındı. Hiç de Gaia'nın umduğu tipte bir politik mahkûm değildi.

Kadın, "Kim geldi?" diye mırıldandı.

"Kardeş Khol geldi, seni tembel," dedi Sephie. "Bakalım biraz saygıdeğer olmayı becerebilecek misin?"

Onlara daha yakın bir yatakta yatan üçüncü kadın kimin geldiğine bakmak için arkasına dönme girişiminde bulunmayınca Gaia'nın kalbi korkudan daha da hızlı atmaya başladı. Gaia, yanlış bir şey yapmaktan ya da söylemekten korkarak elindeki sepeti yere bırakıp kapının yanında dikildi. Çabucak yukarı bakarak tavanda Bastion'da kaldığı odadakine benzer ufacık beyaz bir kutu gördü. Bunun kamera olduğunu biliyordu. Kardeş Iris'in ya da asistanlarından birinin odayı yakından takip etmesi normaldi tabii. İçten içe inledi.

"Kalksana Bonnie," dedi Kardeş Khol. Sesi o kadar alçaktı ki, neredeyse şefkatli bile sayılırdı. "Sana getirdiğim ayçekirdeklerine bak. En son ne zaman ayçekirdeği yemiştin?"

Yataktaki beden kıpırdamadı. "Aç değilim."

Tanıdık sesi duyunca Gaia'nın nefesi kesildi ve koşup annesine sarılmamak için kendini zor tuttu.

Derken Kardeş Khol, mahkûmu yavaşça yattığı yerde kaldırdı ve Gaia gördüğü manzara karşısında gözlerine inanamadı. Mavi elbisesinin altından annesinin yusyuvarlak, geniş hamile karnı fışkırmıştı. Gaia keskin bir nefes verdi. Bu mümkün değildi. Ya da öyle miydi? Gerçck bir anda beynine dank etti. Annesi buradaki yardımcı ebe değildi. Annesi bahsettikleri politik mahkûmdu. Ne kadar imkânsız gibi görünse de, annesi onu duvar dışında son gördüğünde yaklaşık beş aylık hamile olmalıydı ve Gaia'nın bundan hiç haberi olmamıştı. Beyninin derinliklerinde yankı yapan küçücük bir ses annesinin bunu ona neden söylemediğini sorgulamaya devam ediyordu fakat bir süre sonra Gaia'nin içini kaplayan empati duygusu diğer bütün sorularını yok etti. Farkında olmadan ileri doğru bir adım attı.

Gaia'nın annesi yorgun, sönük bakışlarını Gaia'ya doğru çevirdi ve Gaia, annesindeki değişiklikleri görünce şok geçirdi. Bir zamanlar capcanlı, hayat dolu olan annesi şimdi bitkin ve tamamen cansız görünüyordu. Eskiden güçlü ve çevik olan kolları artık incecik bir kemik yığınıydı. Yanakları, dudakları bembeyazdı, feri sönmüş gözlerinin altı harelerle çeviriliydi. Upuzun saç örgüsü gitmiş yerine ensesine doğru uzayan cansız kırpıklar gelmişti. Resmen bütün canı bedeninden çekilip alınmış ve hayatta kalmaya devam etmesi için karnındaki çocuğa verilmiş gibiydi. Geriye de işte karşısında gördüğü bu kabuk kalmıştı.

"Kim bu?" diye sordu annesi, ölü gibi donuk bir sesle.

"Pazardan bir çocuk," dedi Kardeş Khol.

Annesi uzaklara dalıp giderken Gaia'nın yüreği sızladı.

"Gel bakalım," dedi Kardeş Khol. "İdrar örneğin lazım."

"Hiçbir şey lazım değil." Gaia'nın annesi yatmak için tekrar yana döndü.

Kardeş Khol çabucak onu tutarak, "Olmaz," dedi. Sephie de Kardeş Khol'e yardım etmek için ayağa kalktı ve ikisi birlikte Gaia'nın annesini aralarına alarak yataktan kaldırmaya çalıştılar. Sephie, ayaklarına kahverengi terliklerini giydirdi.

"Bir dakikanı bile almaz," dedi Sephie kısık sesle. "Gerçekten, Bonnie. Buna mecbursun. En azından bebek için."

Bonnie'nin dudakları ip gibi çekildi ve Sephie'nin, peşlerinden gelen Kardeş Khol'le birlikte onu yandaki küçük odaya götürmesine izin verdi.

Korkunç gerçek Gaia'ya bir tokat daha attı. Annesi hamileydi ve inanılmaz zayıftı. Gaia onun kaçmasına nasıl yardım edecekti?

"Her şey tamam mı?" diye sordu Kardeş Khol.

Gaia, Kardeş Khol'ün neden annesinin hamile olduğundan bahsetmediğini hatırlamaya çalıştı ama çok geçmeden onun Gaia'nın bildiğini sandığını anladı.

"Hadi onu biraz rahat bırakalım," dedi Sephie. Dışarı çıkarken kapıyı da arkasından kapadı, sonra da şöminenin yanında sandalyesine dönerek örgüsünü eline aldı.

Sephie, şöminenin yanında duran çaydanlığa uzandı, "Gitmeden önce bir bardak çay ister misin, Joyce?" diye sordu.

Kardeş Khol o sırada Gaia'nın taşıdığı sepeti karıştırmakla meşguldü. Ufak bir siyah teneke kutu çıkarıp sevinçle salladı. "Ben de soracaksın diye tahmin ediyordum," dedi. "İçine biraz da vanilya koyunca çok güzel oluyor."

Diğer kadın da gülümsedi ve saçlarını geriye attı. "Sen bir mucizesin."

Sephie çaydanlığın kapağını kaldırıp çaya biraz vanilya katmak için kutuyu alırken Kardeş Khol de öteki kadına döndü. "Sen nasılsın Julia?"

"Daha iyi işlerde de çalışmıştım. Açıkçası burada çok sıkılıyorum," dedi Julia. Tombul parmaklarıyla saçlarını yeniden örüyordu. "Kendine ve çevresindeki herkese tehlike arz ediyor sanıyordum."

Sephie, Gaia'nın tahminiyle Julia'yı azarlarcasına kaşlarını kaldırdı. Ateşin önüne üç tane tabakla fincan yerleştirirken tekrar Gaia'ya baktı ve gözleri bir anda kısıldı.

"Hey, sen," dedi.

Gaia'nın kalbi durur gibi oldu. "Evet, Kardeş?" dedi kısık sesle.

Sephie kaşlarını çatarak ona baktı ve Gaia endişe içinde bekledi. Bakışlarını yaşlı doktordan kaçırmamak için kendini zorluyordu ve Sephie yüzünü hafifçe sola çevirdiğinde, kendi de aynı hareketi yapmamak için zor dayandı.

Sephie'nin kaşları bir kere daha kalktı, kısa bir süre gözlerini kıstı ve ardından genzinden tıklamaya benzer bir ses çıkarıp, "Benim de eskiden çok çalışkan bir yardımcım vardı," dedi. Sonra sesi tekrar değişti. "Gel de bir işe yara, evlat," dedi Sephie çayları doldururken. "Şunları dağıt bakalım. Sonra da git."

Gaia'nın kalbi bir kere daha gümbürdedi. Sephie onu kesin tanımış olmalıydı ama yine de kimseyi uyarmaya kalkışmıyordu. Peki ama neden? Gaia birden Cotty'nin bir keresinde Sephie'yle ilgili söylediklerini anımsadı. Onun her zaman işin kolayına kaçtığını söylemişti. Peki ama şimdi onun için kolay olan neydi? Gaia'ya karşı etrafı ayaklandırmak mı? Yoksa sabredip olacakları görmek mi? Gaia bu sorunun cevabını bilmiyordu. Cebindeki beyaz küpleri yoklayarak sıcak suda ne kadar hızlı çözüneceklerini ve en önemlisi ne kadar çabuk etki edeceklerini merak etti.

"Sağır mısın, oğlum?" dedi Kardeş Khol sertçe. "Aptal gibi dikilip durma orada. Sana diyoruz!"

Julia kıkırdayarak, "Herhalde canı ayçekirdeği çekti," dedi. "Şahsen benim çekti."

Banyonun kapısı yavaşça açılmaya başladı. Sephie ateşin başından kalkıp, "Bekle, Bonnie," dedi. "Sana yardım edeyim."

Sephie banyoya girdiğinde Gaia bu işi artık daha fazla erteleyemeyeceğini biliyordu. Ateşin yanına gelerek ilk fincanı aldı ve kimseye çaktırmadan beyaz küplerden birini içine attı. Fincanı Julia'ya uzatıp aynı işlemi Kardeş Khol için de tekrarladı. Annesi Sephie'nin yardımıyla yeniden ortaya çıktığında, Gaia sırtını kameraya döndü ve üçüncü küpü de son fincana attı.

Annesi hayatında hiç olmadığı kadar yorgun görünüyordu ve en yakındaki yatağa oturarak sanki dengesini kaybetmekten korkuyormuş gibi iki eliyle şilteye tutundu. Gaia, çekinerek elinde Sephie'nin fincanıyla öne çıktı. Annesi fincana uzanınca Gaia donakaldı ve kadın merak dolu bakışlarla başını kaldırıncaya kadar fincanı elinden bırakmadı.

"Hayır, Bonnie," dedi Sephie, fincanı Gaia'nın titreyen parmaklarından alırken. "Şu anda ihtiyacın olan son şey idrarını söktürecek bir şey."

Gaia az kalsın mutluluktan gülecekti.

Annesi şaşkın bir ifadeyle Gaia'yı seyrediyordu. "Seni tanıyor muyum?" diye sordu kızına.

Gaia çenesini kapatıp başını iki yana salladı.

Sephie güldü. "Sırf doğduklarında birkaç saat gördün diye Anklav'da karşına çıkan herkesi tanıdığını sanıyorsun," dedi. Sonra da Gaia'ya döndü. "Eh, ünlü hamilemizi de ziyaret etmiş oldun. Artık git, dedim."

Gaia olan biteni anladı. Sephie, annesini birkaç saniyeliğine görmesine izin veriyordu ama daha fazlasına boyun eğecek değildi. Telaşla Kardeş Khol'e baktı ama kadın sanki

Gaia umurunda değilmiş gibi keyifle çayını yudumluyordu. Bir anda çaresizliğe kapıldı ve korkuyla annesine baktı. Kadın yorgun başı olduğu yerde sağa sola sallanıyordu.

Gaia'nın beynindeki çarklar hızla dönmeye başladı. "Çay içemeyecekse ona su vereyim mi?" diye sordu Gaia, sesini fazla yükseltmeden.

Sephie gözlerini kısarak başını kaldırdı. Sanki bir karar veriyormuş gibi başını salladı. "Aferin, kadınlara karşı böyle nazik olacaksın işte," dedi ve raftaki bardaklardan birini işaret etti. "Su ver bakalım ona."

Gaia, bardağı banyoya götürürken odadan ayrılışını biraz daha nasıl geciktirebileceğini düşündü. Kadınlar kule dışındaki havadisleri konuşuyordu. Julia'nın kısık sesi ara sıra kahkahalarla kesiliyor ve Kardeş Khol'ün konuşması biraz daha alçak ve net duyuluyordu. Metal bardağa su doldurdu. Kadınlar normal bir şekilde hayatlarına devam ederken annesini dışarı çıkarmanın bir yolunu bulabilirse, güvenlik kamerası bir terslik olduğu fark edene kadar biraz zaman kazanabilirdi.

"Bana battaniyeyi uzatır mısın, Joyce?" dedi Sephie, Kardeş Khol'a. "Yoruldu yine. Bence onun asıl ihtiyacı olan biraz demir. Tabii güneşi hiç söylemiyorum. Yatak istirahatı günün her saniyesini içeride geçirmesi gerektiği anlamına gelmez."

"Koruyucu'yla konuşayım mı? Yoksa sen mi konuşmak istersin?" diye sordu Kardeş Khol.

Gaia, elinde su dolu metal bardakla banyodan çıktı.

"Buraya gelse ben kendim söylerdim," dedi Sephie. "Ama gelmediğine göre görev sana düştü." Battaniyeyi Bonnie'nin sırtına örttü ve Bonnie de solgun eliyle onu biraz daha göğsüne çekti.

Julie esneyip gerinerek, "Benim de uykum geldi," dedi. "Şu anda pazara çıkıp biraz dolaşmak için neler vermezdim!"

Kardeş Khol, "Neden yine biraz şekerleme yapmıyorsun?" dedi.

Julie alay ettiğini anlamamış gibiydi. "Yo, yo," dedi başını beyaz yastığına yaslayarak. "Sephie'ye yardım etmek istiyorum." Ayaklarını da yatağa kaldırdı ve yüzü bir anda uykuya dalmasıyla donuklaştı.

"Amam da tembel bir kadın yahu," dedi Kardeş Khol. Bir dakika sonra onun da başı sandalyesinin arkasına yaslandı. Gaia büyük bir heyecan içinde gözlerinin kapanmaya başladığını gördü. Çay fincanı hafifçe yan yattığı için kucağı ıslandı ama Kardeş Khol o kadar derin bir uykuya dalmıştı ki, fark etmedi bile.

"Seni sinsi," dedi Sephie, Gaia'ya. "Kimliğini belli etmedim. Ufak ziyaretine izin verdim."

Gaia, Sephie'nin sallanan sandalyesine doğru sendelemesini ve kollarına tutunarak yavaşça oturmasını izledi. Kapakları ağırlaşan gözlerini kaldırıp Gaia'ya baktı.

"Al o zaman onu," dedi Sephie. "En azından beni suçlayamazlar."

Ve uyuyakaldı.

23. BÖLÜM

MAYA

Gaia'nın annesi gözlerinde yeni bir telaşla, "Neler oluyor?" diye sordu.

Gaia çabucak yatağın üzerine fazladan bir battaniyeyle yastık koyup, sanki biri uyuyormuş gibi eşyaların üstüne bir battaniye daha örttü.

"Hadi anne," dedi Gaia. Kadının kolunu tutup onu ayağa kaldırarak. "Hiç vaktimiz kalmadı."

"Gaia?" dedi annesi, sesi merakla yükseldi.

Gaia, telaş içinde, "Lütfen," diye fısıldadı, bir kolunu kadının beline dolayıp onu kapıya kadar resmen taşıyarak. "Buradan çıkmamız gerek. Şimdi. Kimseye görünmeden."

"Ah, Gaia!" dedi annesi nefesi kesilerek. "Sen olduğuna inanamıyorum!"

Gaia, kapının sürgüsünü çekti, annesini dışarı itti ve kapıyı arkalarından kapattı. Yataktan hole çıkmaları altı saniye bile sürmemişti ve kamerayı seyreden kişi o sırada başka tarafa baktıysa kule hücresindeki insanlarda hiçbir terslik olduğunu fark edemezdi. Ta ki kadınlara yakından bakıp konuşmak yerine uyuduklarını anlayana kadar...

"Anne," dedi. Nihayet cesaret edip kadına sarılabilmişti. Annesinin tenine sinmiş yorgunluk ve kasvet kokusunu içine çekerken, kadının bir deri bir kemik kalmış bedeni, elbisesinin mavi kumaşı altında tir tir titriyordu.

Annesi, "Sen olduğuna inanamıyorum," diye tekrar etti. İncecik kollarını kızına doladı. Sonra da merakla yüzüne baktı. Gaia'nın yanağına dokundu. "Yüzüne ne oldu?"

"Dikkat et. Maske var. Çabuk, gitmemiz gerek." Kendi beraberinde annesini de çekiştirdi ve kadının belinden sımsıkı tutarak merdivenlerden aşağı inmeye başladı.

"Çok halsizim," dedi annesi fısıldayarak. "Özür dilerim."

"Sorun değil," dedi Gaia. Aklı karmakarışıktı. Annesini Kardeş Khol'le birlikte girdiği kapıdan çıkartamazdı çünkü gardiyanlar ikisini gördüğü anda şüphelenirdi. Ama bir şekilde Leon'la Mace'e ulaşmak zorundaydı. Annesi sendeledi ve Gaia onu yakalayınca inledi.

"Sen iyi misin?" diye sordu Gaia.

"Kestirme işini biraz abartmışım," dedi annesi. "Yatak istirahatındaydım. Ne zamandır yaptığım en büyük egzersiz bu oldu."

Gaia, annesine bir adım daha atması için yardım ederken, "Bütün bunlar nasıl oldu?" diye sordu.

Annesi belli belirsiz bir kahkaha attı. "Her zaman nasıl oluyorsa öyle oldu... Bir ömür önce..."

"Hayır, demek istediğim, bebek babamdan değil mi?" diye sordu Gaia. Buna mecburdu. "Neden bana hamile olduğunu söylemedin?"

Dikdörtgen pencereye yaklaştıklarında annesi pervaza tutundu ve karanlık taşlara yaslanırken soluk elleri pencereden yansıyan ışığın altında şeffaf bir maviye büründü. Gaia, annesinin ne kadar ufak ve narin göründüğüne inanamıyordu.

Annesi güçsüz bir sesle, "O kadar çok düşük yaptım ki, kendim bile umuda kapılmaktan korktum. Fakat sana söylemek üzereydik. Baban çok heyecanlıydı. Ama şimdi her şeyin üstünden sanki bir ömür geçmiş gibi geliyor. Tutuklandığımız zaman bu bebek hayatımı kurtardı benim. Ama baban..."

Alttan tıkırtı sesleri duyuldu. Gaia, koruyucu bir güdüyle annesine sarıldı. Kadının nasıl titrediğini hissedebiliyordu. Annesi bir kolunu Gaia'nın boynuna dolayarak, yüzünü de sessizce kızının yanağına yasladı.

Kulenin merdivenlerinde kahkaha sesleri yankılandı. "Sana inanamıyorum!" dedi, neşeli bir kız sesi. "O nasıl bir hediye öyle?"

Bir itişip kakışma sesi yükseldi ve sonra bir erkeğin sessiz kahkahası, ardından da keskin bir şıngırtı sesi duyuldu.

Genç kadın cilveli bir edayla, "Çok ciddiyim!" dedi.

Ne olduğu belirsiz bir homurtu duyuldu, sonra biri kısık sesle, "Yemin ederim ölümüme sebep olacaksın, Rita," dedi.

"Sus!" dedi Rita. "Tamam. Şimdi."

Ayak sesleri ve ardından kapanan kapının sesi duyuldu ve her yer tekrar sessizleşti. Gaia, bir keresinde pazar yerinde karşılaştığı kızın sesini hemen tanımıştı. İdam edilen çiftle ilgili bir şeye karışmaması için onu uyaran, güzel yüzlü Rita'ydı bu. Annesi birden öne eğildi ve kısık sesle inledi.

"Olamaz!"

"Sorun nedir?" diye fısıldadı Gaia.

Annesi yalvaran gözlerini ona çevirdi. "Bırak beni, Gaia. Bırak beni burada. Acele et, hâlâ kaçabilirsin." Solgun, mavi damarlı elini karnının altına indirdi.

"Hayır," diye karşı çıktı Gaia, paniklememeye çalışarak. Annesi erken doğum yapıyor olamazdı! O sırada, orada olamazdı bu! Annesini iyice kendine yaklaştırdı. "Seni bırakmayacağım. Bir yolunu bulacağız."

Annesi onunla beraber birkaç basamak daha indi ve derken kadının aniden çöktüğünü hissetti. Gaia'nın alnından fışkıran terler maskesini gevşetiyordu. Çaresizce, *Ben ne yapacağım şimdi?* diye düşündü. Annesi yavaşça basamaklardan birine oturarak başını avuçlarının arasına aldı ve onca acıya rağmen konsantre olmaya çalışırmış gibi hiç kıpırdamadan durdu.

Gaia, annesinin bebeğini ortalık yerde basamakların üstünde doğurtamazdı. Bu saatler sürerdi ve kuledeki kadınlardan biri herkesi alarma geçirecek kadar ayıldığı anda her yer asker dolacaktı.

"Seni Sephie'ye çıkarayım mı?" dedi Gaia. "Anne?"

Annesi başını iki yana salladı. Bu pek de net bir cevap değildi ve Gaia, annesi için hangisinin daha iyi olacağına karar vermek için kendini yiyip bitiriyordu.

"Emin misin?"

"Geri gitmem oraya," dedi Bonnie.

Gaia, Rita'yla sevgilisinin girdiği kapıyı görebiliyordu. Kapının Bastion'un üst katlarından birine açıldığını tahmin ediyordu çünkü şu anda kadar karşılarına çıkan ilk kapı buydu. Bu kapı onları özgürlüklerinden iyice uzaklaştıracaktı ama yine de başka şansı yoktu.

Merdiveni çabucak inip kapının sürgüsüne dokundu ve kapı hemen açıldı. Başını uzatıp bakınca sarı odaya giderken geçtiğine benzer uzun bir koridora açıldığını gördü. Sapsarı duvarların ve yolluğun insanın aklını çelen bir çekiciliği varduç

"Gel anne," diye fısıldadı Gaia.

"Nereye gidiyoruz?"

"Seni saklayacak bir yer bulmalıyız," dedi Gaia. Sesinin hissettiğinden daha emin çıktığını umuyordu. "İyi misin?"

Annesi başını olumlu anlamda salladı. "Şimdilik." Bir elini karnının altına götürürken, öteki elini de Gaia'ya verdi.

Koridoru bir kere daha kontrol etti ve kamera olup olmadığını anlamak için şöyle bir etrafına bakındı ama bir tane bile göremedi. Yolunu nasıl bulacağına dair en ufak bir fikri yoktu ama avlunun ve daha önce kaçarken geçtiği okulun nerede olması gerektiğini biliyordu ve bu yüzden o tarafa yani binanın kuzeyine doğru ilerledi. Annesinin daha fazla ilerlemesi mümkün değildi. Yine bir köşeye geldiğinde kamera var mı diye etrafına baktı ve hiç görmedi. Ya Kardeş Iris Bastion'un güvenli, üst katlarında herhangi bir yeri gözetlemeye gerek duymuyor ya da Bastion sakinleri mahremiyetlerinin bozulmasına karşı çıkıyordu.

Bir sürü kapının önünden geçtiler, hiçbirinden ses gelmiyordu. Derken koridor upuzun, kapalı bir balkona açıldı.

"Biraz dinlenmeme izin ver," dedi annesi balkona yaslanarak.

Gaia, üç kat aşağıdaki avluyu görebiliyordu. Gaia'nın bulunduğu katta avlunun etrafını saran bütün kemerler ve sütunlar tek bir uzun balkon olacak şekilde birleşiyordu. Aşağıdan insan sesleri yükselince, Gaia annesini de çekerek tırabzanın arkasına saklandı.

Bonnie, "Neredeyiz?" diye sordu.

"Okulun yanındayız," dedi Gaia. "Eğer balkonun öteki tarafına koşmayı başarırsak, okulun üzerinde oluruz ve aşağı inmek için başka bir yol bulabiliriz."

Tam o sırada bir ıslık sesi koptu ve alt kattan insan koşuşturmaları duyuldu.

"Dikkat! Kaçak bir mahkûmumuz var. Kimsenin Bastion'a girmesine ya da çıkmasına izin vermeyin! Bütün gardiyanlar yerlerine geçsin! Derhal!" Islık sesi bir kere daha duyuldu.

Gaia, arkalarındaki koridorda birilerinin koşturduğunu duydu ve arkasına döndüğünde Rita'yla genç bir adamın önlerinde durduğunu gördü. Rita'nın kırmızı, kolsuz elbisesinin ağzı burnu bir yana kaymış, genç adamın gömleğinin de düğmelerinin yarısı açık kalmıştı.

Çömeldikleri yerde annesini arkasına almaya çalışarak, "Olamaz," dedi Gaia.

Rita'nın bal sarısı saçları çatık kaşlı yüzünü çevreliyordu. Genç adam aceleyle öne çıkarak Rita'ya kalkan oldu.

"Onlar!" diye bağırdı.

Annesi bir kere daha inleyince Gaia yalvaran gözlerle Rita'ya baktı. Tam o sırada genç adam gardiyanlara seslenmek için tırabzana yaklaşınca Rita onun gömleğine yapışıp geri çekti.

"Tek kelime bile etmeyeceksin, Sid," dedi kısık sesle. "Eğer aşağıdakilere seslenirsen ikimizi birlikteyken yakalarlar. İstediğin bu mu?"

Sid, yüzünde karmaşık ve öfkeli bir ifadeyle geri çekildi. "Ama Rita..."

"Sus," diye tersledi Rita. Çabucak öne geldi ve Gaia'nın yanına eğildi. Gaia kızın gözlerindeki kızgınlığın farkındaydı. "Yine sen," dedi. "Neden hiç şaşırmadım acaba? Sen delirdin mi?" diye Gaia'nın annesini azarladı, sonra tekrar Gaia'ya döndü. "Onunla ne yapıyorsun?"

"O benim annem," dedi Gaia.

Rita'nın gözleri az kalsın yuvalarından fırlayacaktı. Çabucak erkek arkadaşına baktı. "Bana yardım et," dedi. "Çabuk."

Sid, güçlü kollarını göğsünde kavuşturup bir an tereddüt etti fakat sonra söylenerek Gaia'nın annesinin arkasına geçti.

"İkimizi de öldürteceksin, Rita."

"Hayır, sen öldürteceksin, gerizekâlı," dedi Rita. "Durumu kötü, değil mi?"

Gaia, Sid'in yardımıyla annesini kaldırdı, sonra da kolunu boynuna dolayarak kalçasıyla onu destekledi.

"Hadi," dedi Rita.

Ama Gaia'nın annesi bir kere daha inledi ve dizlerinin bağı çözüldü. Sid küfrederek kadını kucakladı.

"Nereye, dâhi?" diye sordu.

Rita, geldikleri yere döndü ve onları dar bir koridordan geçirip üst kata çıkardı. Gaia'nın Bastion'da bildiği tek çıkıştan iyice uzaklaşıyorlardı. Ama yine de Rita'ya güvenmekten başka bir şansı yoktu. Birkaç dakika sonra Rita küçük bir odanın kapısını açtı. Gaia ve kucağındaki ağır yükle birlikte Sid, onun peşinden odaya girdiler.

Gaia kapıyı kapatırken, Sid de dizleri üzerinde çömelerek acıyla kıvranan annesini yavaşça tahta zemine bıraktı. Gaia, duvarları raflarla kaplı, dar ve uzun bir odaya girdiklerinin farkındaydı. Hemen annesinin yanına çömelip kadının ellerini tuttu. "Geçti, anne," dedi Gaia.

Ona bir tomar beyaz havluyla çarşaf veren Rita'ya baktı. "Al," dedi Rita. "Bizim gitmemiz gerek. Çok üzgünüm ama elimden gelenin en iyisi bu. Bir şekilde Sid'i buradan çıkarmam lazım. Sid," dedi ona. "Kütüphaneden geçip okula gireceğiz. Merak etme, bir şey olmayacak."

Koridorda başka bağrışmalar, başka ayak sesleri duydular. Gaia, Sid'in yüzünün korkudan bembeyaz kesildiğini gördü ve o sırada kendisininkinin de aynı durumda olduğundan emindi. Rita elini kapı koluna koymuş bekliyordu. Sarı saçlarının bir tutamını kulağının arkasına sıkıştırırken kesinlikle soğukkanlı görünüyordu.

Rita kaşlarını çatarak, "Eğer hava kararana kadar dayanabilirseniz, belki tekrar gelebilirim ama siz bana güvenmeyin," dedi.

Gaia, "Teşekkür ederim," diye karşılık verdi. Hâlâ normal olarak nefes almakta zorlanıyordu. "Hayatımızı kurtardın." Annesinin başının altına havluları yerleştirdi ve tekrar Rita'ya baktı.

"İdam mahkûmunun bebeğine ne yaptığını duydum," dedi Rita. "Çok cesurca bir şeydi."

Sid, karmaşık bir ifadeyle, "Ne?" dedi.

Ama Gaia, kızın neden bahsettiğini bildiği için yüreği büyük bir minnet duygusuyla doldu. "Mecburdum," dedi.

Rita kararlı bir ifadeyle başını salladı ve gözleri bir kere daha Bonnie'ye kaydı. "Ona iyi bak."

Sid, "Ne bebeği?" diye üsteledi. "Bu çocuğu nereden tanıyorsun?"

Gaia, Sid'in kim olduğunu fark etmediğini yeni anlıyordu.

Rita, adamın kolundan tuttu. "Hazır mısın biricik şapşalım?"

"Bizi yavaşlatan sensin," dedi Sid.

Gaia onların kapının başında bir kere daha tereddüt ettiklerini gördü. Sonrasında Rita kapıyı açtı ve birlikte odadan çıktılar.

Gaia tekrar annesine baktığında kadının gözlerinin kapalı olduğunu gördü. Yüzü hem rahatlamanın hem de kasılmalar arası gelen yorgunluğun etkisiyle gevşemişti. Kasılmalarının bu kadar erken başlaması ve bu kadar güçlü olması korkutucuydu. Gaia, annesi daha önce üç çocuk doğurduğu için dördüncüsünün daha hızlı geleceğini ve doğumun öncekilere kıyasla daha sancısız olacağını biliyordu ama bir yandan da telaşlıydı. Yanında ne bir yardımcı ne de doğum sırasında kullandığı malzemeleri vardı.

"Korkma anne," dedi usulca annesi bir kere daha inleyince.

Annesi, "Tanrı yardımcımız olsun," dedi. "Ne hallere düştük?"

Gaia işine yarayacak bir şeyler olup olmadığına bakmak için odayı bu sefer alıcı gözüyle inceledi. Bir yandan da içten içe Rita'ya bu kadar hızlı düşündüğü için teşekkür ediyordu. Çamaşırhane ya da dev bir çamaşır dolabı gibi bir yerdeydiler. Her yerde düzgünce katlanmış havlu, çarşaf ve battaniyelerle dolu raflar vardı. Odanın ucunda iki tane tekerlekli beyaz kumaş sepet vardı ve yanlardan nasıl şişkin olduklarına bakılırsa bunlar kirli sepeti olmalıydı. Dar odanın sonundaki ince uzun camdan içeri giren güneş ışığı, Gaia'nın etrafını kolayca görmesini sağlıyordu. Kapıya bakınca sürgüsü falan olmadığını gördü. Her an içeri biri girip onları görebilirdi.

Gaia çabucak annesinin kapalı gözlerine baktı ve odanın sonundaki pencerenin yanına koştu. İki çamaşır sepetini pencereye doğru çekip, battaniye ve çarşaflarla duvarın yanına bir barikat oluşturdu. Böylece camdan içeri bakan meraklı biri olursa görünmeyeceklerdi.

Gaia, "Anne..." dedi ve annesi gözlerini açtı, "benimle birlikte şuraya gelebilir misin?" dedi.

Annesi başıyla onayladı ve elini kaldırdı. Gaia kadını tuttu ve annesinin kambur bir pozisyonda ayağa kalkmasına yardım etti. Yavaşça hareket ederek rafların önünden geçtiler ve annesi uydurma şiltenin üzerine yığıldı. Gaia, başının altına birkaç temiz havluyla destek yaptı ve ilk geldiklerinde kullandıklarını yerinden kaldırdı. Gaia, arkasında duran çamaşır sepetlerinin arasında kendini çamaşırhaneden yapılmış bir kuş yuvasındaymış gibi hissetti. Ceketini çıkartınca gömleğinin içinden fazladan getirdiği cüppeyle halat düştü. Başındaki şapkayı çıkardığında da yüzündeki maskenin alnından açılmaya başladığını hissetti.

"İşte buradasın," dedi annesi çarpık bir gülücükle.

"Çok üzgünüm anne," dedi Gaia. Boğazına bir yumru oturmuştu sanki. "Seni bulmaya geldiğimde hamile olduğunu bilmiyordum. Seni Sephie'yle bıraksaydım çok daha güvende olurdun. Acaba onu çağırmaya gitsem mi?" Sephie'nin ilacın etkisiyle derin bir uykuda olduğunu hatırladı. "Ya da başka bir doktor mu bulsam?"

Annesi başını salladı ve bir parmağıyla Gaia'nın yanağına dokundu. "Ben seninle olmak istiyorum," dedi. "Daha iyi ellerde olamazdım."

Gaia boğuk bir kahkaha attı. "Bebek ne kadar erken geliyor?"

"35. haftadayım. Küçük bir bebek olacak. Ama çok güçlü." Annesi nefesini tuttu ve Gaia elini annesinin elbisesindeki tümseğe koyarak, göbeğinin yeni bir kasılmayla gerildiğini hissetti. Karnı gevşediğinde Gaia usulca annesinin elbisesini sıyırdı. Annesinin bacaklarının arasından kanlar süzülüyordu. Gaia kalbi birden durur gibi oldu ve sonra telaşla yeniden çarpmaya başladı.

"Merak etme, anne," diye fısıldadı. "Rahmin ne kadar açılmış ona bakacağım, tamam mı?"

Annesi başını salladı ve Gaia, bebeğin sert başını elleriyle hissederek annesini muayene etti. Annesine bakıp gülümsemeye çalıştı ve ellerini temiz bir havluya sildi. O sırada Bonnie bir kere daha kasılarak baskının etkisiyle dişlerini sıktı. Kasılması geçince nefes nefese kalmıştı.

"Az kaldı, değil mi?"

Gaia, elini sımsıkı tutarak, "Evet," dedi.

Annenin yüzü o kadar beyazdı ki, korkunçtu. Artık kasılmaları bir düzene girmişti. Gaia elinden geldiğince yardımcı olmaya çalışıyor, annesinin ilk çığlığını beklerken bir yandan da o sesten sonra bütün gardiyanların kapılarına dayanacağını biliyordu. Annesi titreyen eliyle havlulardan birine uzandı ve bir sonraki kasılmadan önce dişlerinin arasına sıkıştırdı. Bir sonraki sancı geldiğinde, havluyu ısırdı ve o sırada bebeğin başı çıktı. Gaia sessizce annesine cesaret verdi ve bir tane daha sancıdan sonra bebeğin tamamı dışarı çıktı.

Annesi rahat bir soluk vererek olduğu yerde yığıldı ve renksiz yüzünü pencereden süzülen ışığa çevirdi. Bebeğin leke leke olmuş mavi bedeni Gaia'yı endişelendirse de, küçük ama kusursuz şekli kızı şok etmişti. Bir parmağını bebeğin ağzına değdirip sonra sırtına vurdu. Ama hiçbir hareket yoktu. Onu temiz bir havlunun üstüne yatırıp göğsüne birkaç kere masaj yaptı, sonra bebeğin minik ağzıyla burnunu kendi ağzıyla örtüp hafifçe nefes verdi. Bebek irkildi. Gaia bir kere daha nefes verip bebeğin sırtına tekrar şaplak atınca, minik yaratık var gücüyle ilk çığlığını attı ve ağlamaya başladı. Gaia'nın yüreğine ferah sular serpildi ve annesi ona bakmak için yüzünü çevirdi.

Her iddialı çığlıkla beraber bebeğin rengi kendine geliyordu.

"Ah, Gaia," dedi Bonnie, elini uzatarak. "Oğlumu ver bana."

"Bir kız," dedi Gaia ve kardeşini annesine uzattı.

Gaia'nın elleri titriyordu. Annesinin minik bebeği sevgiyle yüzüne yaklaştırmasını seyretti ve bebek bir anda ağlamayı kesip minik dudaklarını şapırdatmaya başlayınca elinde olmadan gülümsedi. Bugüne kadar Gaia'nın doğurttuğu en küçük bebeklerden biriydi ve diğerleri gibi o da krem rengi bir sıvıyla kaplıydı. Ama onun altındaki derisi gitgide sağlıklı bir kırmızıya dönüyordu.

Gaia dikkatini yeniden annesine verdi ve yavaşça bacaklarının arasından süzülmeye devam eden kanda korkunç bir terslik olduğunu fark etti. Plasentayı temizleyip annesinin karnına masaj yaparak rahmin yeniden kasılmasını sağlamaya çalıştı. Kanamayı durdurmak için bildiği ne varsa hepsini denedi ama yine de kan gelmeye devam ediyordu.

"Anne," dedi. "Hâlâ kanaman var. Ne yapmam lazım?"

"Yanında hiç çobançantası var mı?"

Gaia başını iki yana salladı. "Hiçbir şey yok burada. Hiçbir şey."

Annesi sanki nefesini tutmak istermiş gibi gözlerini kıstı. Dudaklarını ıslattı ve annesinin gülümseye çalıştığını görmeye dayanamayan Gaia'ya baktı.

"Hadi, anne. Başka ne yapabilirim?"

"Önemli değil, Gaia," dedi annesi.

Ama önemliydi. Gaia bunu görebiliyordu. Tekrar annesinin karnına masaj yaptı ve kadının yüzünün acıdan kıvrandığını gördü. Gaia, her şeyin kendi suçu olduğunu fark edince vicdan azabı sırtına hançer gibi saplandı. Eğer annesini kurtarmaya kalkışmasaydı, eğer onu kulede bıraksaydı annesi şu anda bembeyaz havluların üzerinde damarlarındaki bütün kanı akıtmak yerine güvenli yatağında dinleniyor olacaktı.

"İzin ver de yardım çağırayım," dedi Gaia.

"Hayır. Sakın beni bırakma."

"Ama hepsi benim suçum. Hiç değilse kuledeyken güvendeydin."

"Ne kadar yanılıyorsun bilemezsin. Şimdi şu bebekle ilgilen bakalım."

Gaia, yumruk halinde sıktığı eliyle gözündeki yaşları sildi ve bebeğin göbek bağını bağlamak için çarşafın tekinden bir şerit kopardı. Sakar elleri titrese de annesi ona gülümsüyordu.

"Affedersin, anne."

"İyi bir iş çıkarıyorsun," diye mırıldandı Bonnie. "Altıma temiz bir havlu koy ve biraz dinlenmeme izin ver."

Gaia annesinin bacaklarının arasına temiz bir havlu koyarak kadını mümkün olduğunca rahat ettirmeye çalıştı. Koridorda bir tıkırtı duyuncaya kadar nerede olduğunu, insanların onları aradığını resmen unutmuştu.

İçinden, *buraya kadar*, diye geçirdi. Mutluydu da. Çünkü artık birileri onlara yardım edebilecekti. Birileri annesini kurtaracaktı. Annesinin yanına uzanarak koluyla kadının zayıf bedenine siper aldı ve elini annesinin bebeği tuttuğu elinin üstüne koydu. Annenin birkaç santim uzağındaki gözleri kendi gözlerine kenetlendi.

Bir homurtu duyuldu. "Dostum," dedi biri. "Şu çamaşırhaneyi birileri temizlese iyi olur."

Bir başka ses de, "Boş mu?" diye sordu.

İlk ses söylenmeye devam ediyordu. "Leş gibi kokuyor burası. Kapat şu kapıyı."

Kapı kapanırken Gaia hayret içinde annesine bakarak gözlerini kırpıştırdı.

Annesi gülümseyerek, "Aptallar," diye mırıldandı.

"Bırak da onları çağırayım," dedi Gaia usulca, annesinin elini sıkarak. "Bize doktor getirebilirler."

"Hayır, Gaia. Başka kimseyi istemiyorum."

Gaia parmaklarıyla annesinin elbisesinin koluna tutundu. "Lütfen, anne," diye fısıldadı.

Annesi zorlukla nefes aldı ve gülümsemeye devam ederek gözlerini kapadı. "Adını Maya koymanı istiyorum."

Gaia, genzine takılan hıçkırığını bastırdı ve alnını annesinin omzuna yasladı. "Çok güzel bir isim," dedi sakin olmaya çalışarak. "Neden Maya?"

"Maya, 'rüya' demek. O benim rüyam, sahip olamayacağımı düşündüğüm şeylerin hepsi."

"Ah, anne," dedi Gaia. Kalbi acıdan paramparçaydı.

Gaia, annesinin narin elinin başını okşadığını hissetti.

Annesi küçük bir gülücük atarak, "Hem ayrıca Gaia'yla da uyumlu," dedi. "Bu babanın da hoşuna giderdi."

Gaia, annesinin zayıf eliyle başını okşadığını hissetti. "Hadi, Gaia. Güçlü olman gerek."

Gaia burnunu çekti ve yattığı yerde doğruldu. Annesinin beti benzi artık iyice solmuştu ama gözleri hiç olmadığı kadar hayat doluydu ve akşamüstü güneşinin loş bir ışıkla aydınlattığı o küçücük yerde bile parlıyordu. Gaia, Maya'nın uyuyan bedenini dikkatlice havluya sardı. Annenin kolu tuhaf bir şekilde nemli ve soğuktu.

"Benim için ona iyi bak," dedi. "Kimsenin onu incitmesine izin verme."

Gaia'nın sinirleri korkuyla irkildi. "Ne demek istiyorsun?"

Annesini elini kaldırdı ve Gaia, sol yanağına değen buz gibi parmaklarını hissetti. Doğum sırasında bir ara Gaia'nın maskesinin geri kalanı da düşmüş ve hassas yarası ortaya çıkmıştı.

Annesi, "Yüzün için üzgünüm," dedi.

Gaia, boğazında bir şeylerin düğümlendiğini hissetti ve bir süre konuşamadı. Dudaklarını kapatıp başını iki yana salladı ve yüzünü başka tarafa çevirdi.

"Hayır," dedi annesi. "Bana bak, Gaia. Bunun seni kurtaracağını sandık. Sana birçok açıdan nasıl bir işkence olabileceğini hiç düşünemedik. Bencilceydi biliyorum ama babanla Arthur ve Odin'i kaybettikten sonra seni yanımızda tutmayı çok istedik. Seni kaybedeceğimiz gün yaklaştıkça işi şansa bırakamayacağımızı fark ettik ve bundan başka bir yol bulamadık. Bizi affedecek misin?"

Kayıp ve ıstırap duygusu, yüreğini paramparça ederken Gaia zorlukla yutkundu.

"Bana kasten mi zarar verdiniz?" diye sordu.

"Ah, hayatım, çok üzgünüm. Çok ama çok üzgünüm."

Gaia bir an yüzündeki yara olmasaydı, Anklav'a verilseydi ve ailesinden ayrı başka bir evde büyüseydi her şeyin ne kadar farklı olacağını idrak etmekte zorlandı. Ailesinin sevgisi olmadan bir gün bile yaşadığını düşünmek imkânsızdı.

"Sorun değil. Doğru olanı yaptınız. Ben de böyle olsun isterdim," dedi. "Sakın beni bırakma, anne."

Annesinin yüzü anlık bir acıyla ekşidi ve sonra tekrar kendine geldi. Neredeyse huzurlu bir hali vardı. "Babanla olmak istiyorum," dedi usulca. "Sen de Maya'ya bakacaksın. Benim yerime onu koru. Söz ver."

"Anne, lütfen," diye yalvardı Gaia. "Yapamazsın. Bekle, Bastion'da Odin'i buldum. Uzun boylu, sarışın ve asker.

Yüzbaşı Bartlett. Onu gördün mü hiç? Kim olduğunu birkaç gün önce keşfettim. O da kaçtı. Anklav'ı terk etti ve bir daha da onu gören olmadı. Sana ihtiyacımız var. Hepimizin var."

Ama annesi elini okşadı. "Emin misin?"

"Babam gibi tikli elleri. Ayrıca şarkı söylemeyi de seviyor."

Annesi belli belirsiz bir gülücük attı. "Keşke onu da görebilseydim. Tek istediğim onu bir kere görmek, iyi olduğunu bilmekti. Sorun çıkartmazsam bana oğullarımı göstereceklerine söz verip durdular." Susup uykulu bir şekilde gözlerini kırpıştırdı. "Ah, ne çok hatalar yaptık..."

Gaia, başını annesinin göğsüne yaslayarak kadının narin bedenine sımsıkı sarıldı. "Hayır, anne. Lütfen."

Annesinin narin elini saçlarında gezinirken hissedebiliyordu. "İyi yürekli kızım benim," diye mırıldandı. "Ne kadar güzelsin..."

Gaia gözlerini sımsıkı kapatarak hıçkırdı. Bu gerçek olamazdı. Annesinin göğsü iyice hareketsizleşti ve Gaia başını kaldırınca onun kül gibi beyazlaşmış, sessiz yüzüyle karşılaştı. Gaia annesini seyrederek bekledi, asla gelmeyecek bir nefes bekliyordu. Annesinin bacaklarına bakıp sonra başını hemen çevirdi. Kan havluların üstünden bütün elbisesine bulaşmıştı. Gaia, annesinin yüzünü bir kere daha yokladı, onun her an nefes almasını bekliyordu ama görmeyen bakışları yukarıdaki pencereye kilitlenmişti. Koynunda yatan bebek minik elini kıpırdattığında annesi ne yazık ki, tepki veremeyecekti. Boynundaki solgun deri bile artık donmuştu.

"Hayır," diye fısıldadı Gaia. Gözlerini kapadı. "Ne yapmam gerekiyordu?" dedi. Sesi acıdan titriyordu. Annesini kurtarmanın bir yolu, yapması gereken mutlaka farklı bir şey olmalıydı. "Sana ihtiyacım var, anne," diye inledi, kadının saçlarını, yüzünü okşayarak. "Lütfen." Parmakları titriyor, yüreği kederle taşıyordu. Sırtını duvara yasladı ve annesinin cansız bedeni gitgide sıcaklığını kaybederken kollarıyla sımsıkı kendi dizlerine sarıldı.

24. BÖLÜM

MUHTEŞEM YUVARLAK HAVUZ

Gaia başını annesinin yanına koyup orada kalmayı ve bu savaştan vazgeçmeyi her şeyden çok istiyordu. Ama ağlamaktan buğulanmış gözleri kız kardeşinin minicik bedeniyle buluştuğunda, karanlığın biraz daha beklemesi gerektiğini biliyordu. Ne annesinin yüzüne ne de ellerinin incecik olmuş derisine bakmaya dayanabildi. Annesinin cesedinin yanında uzun süre kalamazdı. Gardiyanlar ya da genelde çamaşırhanenin işleriyle ilgilenen herhangi birileri her an kapıdan içeri girebilirdi. En kötüsü de bebeğin bir an önce emzirilmesi gerekecekti yoksa o da her an ölebilirdi.

Gaia çabucak annesinden uzaklaştı ve onun cansız kolları arasındaki bebeği almak için yere eğildi.

"Merhaba, küçük kardeşim," diye fısıldadı. Annesi, Gaia'dan ona göz kulak olmasını istemişti ve o da bunu yapacaktı. Ne pahasına olursa olsun...

Maya ellerinin arasında minicik, hareketli bir paket gibiydi. Gaia, bebeği olabildiğince temizledi ve onu sıkıca temiz bir havluya sardı. Bebeği çarşaf yığının üstüne yerleştirdikten sonra kana bulanmış pantolonuyla ceketine baktı. Bu kıyafetlerle artık kimse onun fırıncı çırağı olduğuna inanmazdı ama yanında Pearl'ün cüppesi vardı. Ceketi çıkarıp maskesinden kalan artıklar ve asla kullanma fırsatı bulamadığı halatla birlikte çamaşır sepetine attı. Kan izlerini mavi gömleğini çıkarmadan saklamak için kollarını kıvırdı.

Çabucak pantolonun paçalarını da dizlerine kadar çekti ve ardından temiz çarşaflardan birini alarak ikiye katladı. Çarşafın bir kısmını bağcık olarak kullanmak üzere yırttı ve sonra da kumaşı etek gibi beline sarıp sıkıca bağladı. Korkunç görünüyordu ama elinden gelen başka bir şey yoktu. En azından Pearl'ün lacivert cüppesinin altında beyaz bir etek gibi görünüyordu. Kız kardeşini kucağına aldı.

Pencerenin yanına gelerek camdaki hayalet misali yansımasına baktı. Gökyüzünde biriken bulutlar akşamüstü güneşini kapatıyordu. Çatılardaki güneş panellerine bakıp güneye dönük yüzlerini görünce Bastion'un batısında, yani güneydoğu kulesiyle okulun çok uzağında olduğunu anladı. Nasıl çıkacağına ya da çıkınca ne yapacağına dair en ufak bir fikri yoktu ama uyuşuk bir telaş içinde şansını denemek zorunda olduğunu fark etti.

Gaia annesinin çamaşırhanenin bir köşesinde korkunç derecede hareketsiz bir şekilde yatan bedeninin varlığının bilincindeydi. Kucağında bebekle beraber odadan çıkmak için hazırlandığında annesine son bir kere daha baktı ve temiz havlulardan biriyle yüzünü kapatmak için yere eğildi. Ona veda edemedi, kelimeler boğazında düğümleniyordu ama yine de bunun annesiyle beraber geçirdiği son an olduğunu biliyordu. Bir an yaşadığı muazzam acının ağırlığıyla duvara yığılıp kaldı. İki yandan görünmez bir ağırlık onu eziyordu ve gözyaşlarına karşı başarısız bir çaba sarf ederek gözlerini kapadı.

Cesur olmak zorundayım. Kız kardeşine sımsıkı sarıldı ve tüyleri ürpererek derin bir nefes aldı.

Sonra arkasını döndü ve çamaşır sepetlerinin arasından geçerek kapıya yürüdü. Gözlerini kırpıştırarak konsantre olmaya ve kapının dışındaki sesleri dinlemeye çalıştı. Bir şey duymayınca da kapıyı çekip biraz araladı ve koridora baktı. Çaresizce, *bunu nasıl yapabilirim?* diye merak etti. Kendi kendine, *başarmak zorundasın*, diye cevap verdi. Parmak uçlarında sessizce koridorun sonuna kadar ilerledi. Her an köşeden bir gardiyan çıkacak diye ödü kopuyordu. Birden hata yaptığını fark etti. Eğer kimseye görünmeden kaçmak istiyorsa sinmek yapması gereken son şeydi. Sert, buyurgan bir edayla yürüyen Kardeş Khol gibi hareket etmek zorundaydı.

Derin bir nefes alarak cüppesinin başlığını öne çekti ve emin adımlarla koridorun sonuna ilerledi. Bir sonraki merdiven ağzına geldiğinde aşağı indi. Birkaç kat indikten sonra kendini bir anda tavana kadar her yanı camlarla çevrili aydınlık, güneşli bir alanda buldu. Fransız kapıları tanıması ve Bastion'un dev merdivenlerle ana kapıya inilen antresinin o kapıların ardında olduğunu fark etmesi birkaç saniye sürdü.

Cam duvarları ahşap pervazlar çerçeveliyor, dört bir yanı saran aşk merdivenleriyle ortada çağlayan su, evin içinde huzur ve zenginliğin güzelliğinden oluşan bir vaha meydana getiriyordu. Annesinin kaybının acısıyla korkunç bir tezat oluşturan bu manzara ona dayanamayacağı kadar ağır geldi. Gaia kemerlerden birinin altında durup mis kokulu, nemli havayı içine çekti ve kederli bir şekilde böyle bir yerin nasıl var olabildiğine hayret etti. Dört bir yanı akla gelebilecek her şekilde yeşil yaprak, rengarenk çiçekler ve insanı cezbeden meyvelerle alabildiğinde kuşatılmıştı. *Dünya bir zamanlar gerçekten böyle miymiş?* diye düşündü. Suyun sesi onu kendine çekiyordu ve güneşli salonun tam ortasında yusyuvarlak bir havuz olduğunu gördü. Havuzun berrak yüzeyine etrafını kuşatan aşk merdivenlerinin ve biraz da gökyüzünün görüntüsü yansıyordu. Daha önce suyun sadece dekor olarak kullanıldığına hiç şahit olmamıştı ve bu manzara, içinde hayretle öfke karışımı bir korkunun cereyan etmesine neden oldu. Açık sarı çiçeklerden birine dokundu, sonra da kemerlerin üzerindeki cam tavana doğru yükselen dev palmiye ağacına baktı. Böyle bir yeri canlı tutabilmek için gereken su ve enerji miktarı kendi hayal sınırını zorlayacak derecede fazlaydı.

Tam o sırada kuşlardan biri öttü ve sol tarafından yaklaşan sesler duyuldu. Gaia, çabucak kaçacak bir yer aradı. En yakın koridora girdi ve dosdoğru Bastion'un antresine çıktı.

Tanıdık siyah-beyaz fayanslar mayın tarlası gibi önünde uzanıyordu. Bir yanlış adım onu esaretine gönderebilirdi. Korkudan son bir kararsızlık anı daha yaşadı ve ardından antreden geçip doğruca okula yürümeye karar verdi. Daha dört adım bile atmamıştı ki merdivenin oradan sesler duydu ve sola dönüp baktığında bembeyaz giysiler içinde merdivenden inen Koruyucu ailesini gördü. Gaia'nın daha önce karşılaştığı sarışın genç kız, ağabeyi, bir eliyle tırabzana tutunan Genevieve ve Koruyucu'nun kendisi. Gaia, antrenin diğer yanındaki açık kapıyı kendine hedef alarak beyaz fayansların yarısına kadar ilerlemişi ki, sağındaki ön kapı birden ardına kadar açıldı ve iki gardiyan bağıra çağıra içeri girdi. Tuttukları adamı bir hışımla öne doğru fırlattılar ve adam tek omzuyla dizleri üstüne düşerek yere yapıştı. Nefesi kesilen Gaia, sütunlardan birinin arkasına saklandı.

Merdivendeki kız korkarak bir çığlık attı ve Koruyucu ailesinin önüne geçip koşarak aşağı indi.

"Sen ne yaptığını sanıyorsun?" diye kükredi Koruyucu.

"Kardeş," dedi gardiyan sert ve yüksek bir sesle. "Bu adamı Bastion'a girmeye çalışırken yakaladık." Adamın kafasındaki şapkayı çekip çıkardı.

Gaia'nın bakışları yerde yatan, mavi renkte köylü giysileri giyen genç adama takıldı. Koyu saçları parlıyor, mavi gözlerinden ateş püskürüyordu. Elleri arkasından bağlı olmasına rağmen Leon Grey yeniden dengesini kazandı ve ayağa kalktı.

Genevieve nefesini tuttu ve Gaia elinde olmadan ileri

doğru bir adım attı. Leon'un gözleri birden Gaia'nın olduğu tarafa döndü, üstündeki giysileri, bebeği süzdü ve sonra da acı bir öfkeyle babasına döndü.

"Gaia," dedi Leon. "Seni annem, Genevieve Quarry'yle tanıştırayım. Bu da kız kardeşim Evelyn ve erkek kardeşim, Rafael." Sesinde alaycı bir tını belirdi. "Elbette Koruyucu'yu tanıyorsun."

Ona "baba" demiyordu. Koruyucu uzun boylu, çarpıcı bir adamdı. Yüzündeki sakal hatlarını daha da vurguluyordu. Kırlaşmış saçları kısacık kesilmişti ve güçlü fiziği bembeyaz takım elbisesinden belli oluyordu. Gaia, onun Tvaltar'daki ekrana yansıyan, olduğundan yirmi kat daha büyük halini de görmüştü ama gerçeği çok daha haşmetliydi. Hareketsiz dururken bile etrafını kuşatan havayı zerreciklerine kadar uyarabilecekmiş gibi etkili bir güç yayıyordu çevresine. Gaia'nın içindeki tüm sesler ona geri çekilmesini, kaçıp saklanmasını söylüyordu ama o ileri doğru bir adım daha attı ve kendini dimdik ayakta durmaya zorladı.

"Nasılsınız?" Sesi bir fısıltıdan farksızdı.

Adam onu duymazdan geldi.

Genevieve son basamakları da inerek, "Leon," dedi. Sesi endişe dolu bir şefkatle kısılmıştı. "Sana ne oldu böyle?"

"Merhaba anne," dedi Leon. Gözlerini asla Koruyucu'dan ayırmıyordu.

"Ondan uzak dur, Genevieve," dedi Koruyucu.

Kadın merdiven direğinin yanında durdu. Kızı da ona katıldı. Bu arada Gaia'nın solunda uşakla beraber Kardeş Iris belirdi.

"Bebeği Kreş'e gönder, Winston," dedi Koruyucu kısık sesle. "Sonra da diğer ikisini aşağı indir ve vur."

Leon'un yüzündeki kan bir anda çekildi ve Gaia koşarak onun yanına geldi.

"Hayır, Miles. Bunun yapamazsın," dedi Genevieve çabucak, Koruyucu'nun kolunu tutarak.

Winston giderek yaklaşıyordu ve Gaia, bebeği kucağında tutarak Leon'un yanına sığındı.

"Annem haklı baba," dedi Rafael. "O öldüremeyeceğin tek insan. Bu politik açıdan bir intihar olur."

Gaia, ateş püsküren gözlerle Leon'un kardeşine baktı. Aralarında fiziksel bir benzerlik olmaması hiç de şaşırtıcı değildi. Çocuğun düz yüz hatları, taranmış kahverengi saçları ona Tvaltar programlarından tanıdık geliyordu ama yüzündeki o yoğun ifadede dikkatini çeken bir şey vardı. Belki de sorun tavırlarında ya da adının beraberinde getirdiği güçteydi ama yine de küçük kardeşi tuhaf bir şekilde Leon'a benziyordu.

"İkinizin de endişelerini takdir ediyorum," dedi Koruyucu. "Ama şansımı denemeye razıyım."

Geneiveve, "Miles, bir düşünsene," diye ısrar etti. "O şu anda senin için hiç olmadığı kadar önemli... kendi yetiştirdiğin oğlun duvar dışından geldi. Çilleri bile var. Gelecek onun ellerinde. Gaia Stone da resmen bir kahraman sayılır. Kıza bir baksana!"

"Baba, lütfen! Onları öldüremezsin!" dedi Evelyn.

Koruyucu'nun dudakları ip gibi oldu ve buz gibi gözleri

hiçbir şekilde ödün vermedi. Winston, Gaia'nın arkasında dikiliyordu ve bir elini kızın omzuna koyduğunda Gaia olduğu yerde sıçradı.

"İğrençsiniz," dedi Gaia, Koruyucu'ya. "Kendi evladını bile öldürebilecek bir adamsınız! Siz nasıl kendinize Koruyucu diyebiliyorsunuz?"

Koruyucu karısına dönmeden önce dönüp Gaia'ya bakmadı bile. "O benim oğlum değil. Asla da olmadı. Onunla dört gün önce mantıklı bir fikir birliğine varmak istedim ama o ne yaptı? Kaçtı. O patlamayı bekleyen bir bomba!" dedi. "Üstüne üstlük bir de gitmiş kendine duvar dışından pabuç kadar dili olan, aşağılık bir süprüntü bulmuş!"

Leon, Genevieve'e dönerek kısık sesle, "Onun yanında durmaya nasıl tahammül edebiliyorsun, anne?" dedi.

Koruyucu iki adım ileri gelerek Leon'un çenesine bir yumruk attı. Leon'un yüzü yumruğun etkisiyle yana yattı ve kendi de birkaç adım geriye sendeledi.

"Kapa çeneni," dedi Koruyucu.

Gaia, Genevieve'in yüzünün buz kestiğini ve Leon'un kız kardeşinin çığlık atmamak için eliyle ağzını kapadığını gördü. Leon'un dudağının kenarından birkaç damla kan süzüldü ama yine de toparlanıyordu.

"Yetti artık bu kadar saçmaladığınız. O bebek kim?" diye sordu Koruyucu.

Kardeş Iris öne doğru çıktı ve sinirli bir şekilde gözlüğünü düzeltti.

"Bonnie Stone'un çocuğu," dedi. "Ben de size mahkûmun cesedini üçüncü kattaki çamaşırlıkta bulduğumuzu söylemeye geliyordum. Bildiğiniz gibi bu bebeğin de Batı Üçüncü Sektör'den gelen herkes gibi baskılayıcı geni taşıma ihtimali var. Tıpkı buradaki kızın da olduğu gibi." Kardeş Iris, Gaia'ya döndü. "Kız mı erkek mi?"

"O benim, pislik," dedi Gaia. "Onu benden alamazsınız."

Koruyucu yeniden Winston'a söndü. "Kız dışarıda büyümüş. Onun nasıl biri olduğunu görüyorsun. Çabuk kurtul ondan."

"Ama baba... Gen havuzunu bir düşünsene," dedi Rafael, babasının yanına gelerek. "Kızın genlerini de hesaba katmak zorundasın."

Koruyucu, birdenbire Gaia'nın çenesini tutup bir hışımla kaldırdı. Yüzü artık olduğu gibi ifşa olmuştu.

"Bunu ister miydin?" dedi Koruyucu oğluna.

Gaia meydan okurcusuna bakışlarına karşılık verirken Rafael'in gözleri giderek kısıldı. Bir an afalladı, sonra çabucak Leon'a bakıp tekrar başını çevirdi. Cevabı belliydi: hayır.

Her şeye rağmen, şu anda onu tehdit eden diğer bütün tehlikelere rağmen birinin, hatta ergen bir oğlanın onu çirkin bulması canını yakıyordu. Gaia bir anda hepsine karşı kavurucu bir nefretle dolup taştı.

Koruyucu onun yüzündeki ifadeyi gördü. Hafifçe gülümsedi.

"Ben de öyle sanmıştım," dedi, kızı bırakarak. Sonra ailesine döndü. "Genleri nasıl olursa olsun onu tanıdığım hiçbir aileye teslim edemem. O bir ucube, kahraman falan değil. Myrna Silk'ten bile daha iyi kahraman olur."

Leon, bütün bu konuşma boyunca gergin bir şekilde ayakta duruyordu. "Gaia'yı ben alırım," dedi. Alçak sesi antrede yankılandı.

Gaia nefesini tuttu ve başını çevirdiğinde Leon'un korkusuz bakışlarıyla kendisini izlediğini gördü. Onun Koruyucu'nun yanında neredeyse hiç konuşmadığını fark etti. Leon sanki bu adamdan öylesine nefret ediyor, ona o kadar az güveniyordu ki, kendini savunmaya çalışarak onu evlat edinen adama bu keyfi yaşattıracak değildi. Ama aynı Leon, Gaia'yı savunuyordu.

Leon'un babası kahkahalarla gülmeye başladı. "Harika," dedi.

"Haklı, Miles. Görmüyor musun?" dedi Genevieve. "Onları kabul edersek nasıl görünür bir düşünsene. Leon itaatkâr bir şekilde evine dönmüş ve bu kız da Anklav'ın umudu olmuş olur. Hatta belki ileride senin ihtiyaç duyduğun çocuklardan birini de yaparlar. Hepsi bizim gözetimimiz altında olur. Bizi kahraman ilan ederler."

Koruyucu'nun yüzü taş gibi kaskatı kesildi. "Ne yaptığını unuttun," dedi acı bir ifadeyle.

Uzun bir sessizlik oldu, o sırada Gaia'nın kollarındaki bebek sesler çıkarıp, kısa bir süre kıpırdandı. Gaia, içgüdüsel olarak bebeği kendine yaklaştırıp susturmaya çalıştı.

Genevieve kısık sesle, "Unutmadım," dedi.

Gaia'nın bakışları gergin yüzler arasında gidip geldi.

Genevieve'in elleri göğsünde kenetlendi ve birkaç adım ötesinde duran Evelyn bir anda kendi dünyasında kaybolur gibi oldu. Ahkâm keserek bir köşede duran Rafael ellerini ceplerine sokmuştu. Koruyucu yüzüyse taş gibiydi. Sonunda Leon'a döndü ve oğlanın kaskatı kesilmiş çenesiyle kendini savunmak için yanıp tutuşan gözlerini gördü. Gaia, kayıp kardeşin varlığını sanki o sırada merdivenlerden inip de ikiz kardeşinin yanına gelmiş gibi net bir şekilde hissetti ama derken aynı his bir anda yok oldu.

Leon'un elmacıkkemikleri kızardı. "Son kere söylüyorum," dedi. "Ona asla dokunmadım."

Koruyucu tane tane ve yavaş bir şekilde konuşmaya başladı. "Sen bir sapık ve yalancısın. Benim için katil bile olsan fark eden bir şey yok." Çabucak başını çevirdi. "Ne yapacaksan sessiz yap, Winston," dedi. "Hemen."

Gaia, Winston ve gardiyanların onlara yaklaştığını hissetti ve Eveleyn çığlık atarak onlara karşı koymaya çalıştı. Fakat Genevieve'le Rafael'in söyleyecek sözü kalmamıştı. Gaia, büyük bir dehşete kapılarak, sanki babasının söylediği bir şey onun ölmeyi hak ettiğine inanmasına sebep olmuş gibi Leon'un karşı koymak için hiçbir şey yapmadan olduğu yerde donakaldığını fark etti. Babasının onun üzerindeki bu sinsi güç de neyin nesiydi?

"Hayır!" dedi Gaia.

Anlık bir kararla Leon'un kolunu beklenmedik bir tarafa çekerek, merdivenlere doğru hızla koşmaya başladı. Koruyucu onlara uzandı ama Genevieve birden dengesini kaybedince adamın kollarına yığıldı. Gaia, Rafael'e sert bir tekme attı ve çocuk kolunu tutunca bir şekilde kendini kurtarmayı başardı. Arından Leon'la birlikte dev merdivenlerden yukarı çıkarak aile bireyleri arasından geçmeye çalışan gardiyanlara karşı birkaç saniye kazandılar.

Gaia merdivenleri ikişer ikişer çıkıyordu. Tam yukarı geldiğinde Leon onu geçti. Elleri hâlâ arkasında bağlıydı ama yine de çabucak soluna döndü.

"Çabuk!" diye bağırdı.

Gaia, oğlanın peşinden koştu. Köşeyi döndüler ve Leon sonunda ufak bir kapının önünde durdu. "Aç şunu!" diye emretti. Gaia parmağını sürgüye geçirip var gücüyle çekti. Karanlık geçidin içinde yerde sürünerek Leon'u takip etti ve kapıyı da arkasından kapattı. Bir an balkonlardan birinde mahsur kalmalarından korktu. Etrafına ikinci bir kere daha bakınca güneşli salonun çatısındaki, kemerlerin üstünden geçen dar, çelik iskelenin üzerinde olduklarını fark etti.

Leon, ondan birkaç adım önde ilerliyordu. "Yanımdan gel," dedi. "Elimi tut."

Gaia, Leon'un arkasında bağlı olan ellerine uzandı ve parmaklarının sımsıkı ellerine kenetlendiğini hissetti. Ayağı kaydığı ya da dengesini kaybettiği takdirde tutunacak hiçbir yeri olmadığı için cama çarpıp, on beş metre aşağıdaki zemine çakılmaktan başka şansı yoktu.

"Tuttum seni," dedi Gaia ve bebeği kendine biraz daha yaklaştırdı.

Adımlarını seçe seçe demir iskelede yürüyordu. Arkasından koridorda koşan gardiyanların sesleri duyuldu. Tek umudu o küçük kapıyı atlamış olmalarıydı. Leon'la beraber çatının tepesine vardılar ve yavaş yavaş öteki tarafa doğru inmeye başladılar. Dehşet duygusu normalde cesaret edeceğinden daha hızlı ilerlemesine sebep oluyordu. Cambaz misali dengede durmaya çalışırken nefesini tuttu. Leon, kızı doğrultmak isterken bu sefer kendi yalpaladı.

"Devam et," dedi. "Hadi, Gaia. Çekme beni!"

Çatının öteki ucundaki diğer minik kapıya vardıklarında arkalarından bir ses yükseldi ve hemen ardından Gaia'nın yüzünün dibindeki duvarda bir kurşun patladı ve bütün sıva üzerlerine püskürdü.

Leon, kapının koluna uzanırken, "Çabuk!" diye bağırdı ve Gaia'yı önüne aldı. Gaia kapıdan geçtikten sonra Leon'u da içeri çekti ve tekrar başka bir koridorda koşmaya, spiraller çizerek gitgide kararan bir karanlığa doğru alçalan başka bir merdivenden aşağı inmeye başladılar. Penceresiz taş duvarlar aceleyle koşan ayak sesleriyle yankılanıyordu. Gaia bir ara sendeleyince kesik bir çığlık atarak elini duvara çarptı.

Leon, arkasına dönüp, "Gaia!" diye bağırdı. "İyi misin?"

"Evet," dedi Gaia. Avucunda bir yanma hissediyor ve karanlık da olsa elinden süzülen incecik kanı görebiliyordu. Sağlam elini serbest bırakmak için bebeği öteki koluna aldı. Serin hava; küf, talaş ve soğan kokuyordu. "Neredeyiz biz?" diye sordu.

"Şarap mahzeninde," dedi Leon. "Bir yerde ışık olması

lazım." Son köşeyi de döndüler ve hareket dedektörü sayesinde yanan ampulün ışığında ortaya uzun, alçak tavanlı, taş kemerlerle çevrili bir oda çıktı. Gaia, Leon'un peşinden koşarken, eski çanak çömlek, patates ve turpların bulunduğu düzinelerce masa ve rafların arasında şişe ve fıçılarla dolu yeraltı mezarlığına benzer boşluklar olduğunu gördü. Leon, altında sıra sıra çekmeceleri olan uzun, ahşap bir çalışma masasına tekme attı.

"Buradan," dedi Gaia'ya. "Bak bakalım bıçak var mı?"

Gaia, ayak sesleri duyunca kapıya döndü.

"Çabuk!" diye seslendi Leon.

Gaia, çekmeceleri teker teker açıp Leon çizmesiyle keskin bir bıçağı işaret edene kadar içindekileri masaya döktü. Gaia elindeki bebeği bıraktı ve bıçağı eline aldı. Leon'un bileklerini bağlayan ipin altına geçirdi ve üç hamlenin sonunda onu serbest bırakmayı başardı.

Leon, "Evet!" diye tıslayıp özgür kalan ellerini önüne çekti.

İlk gardiyan kapıda belirir belirmez Gaia bebeği kucağına aldı. "Durun!" diye bağırdı adam.

"Gel!" dedi Leon, Gaia'nın elinden tutup eğilerek nişlerden birine girerken. Tam o sırada bir silah patlaması daha duyuldu ve Gaia'nın yanındaki duvara gene bir kurşun saplandı. Gaia da yere düştü. Leon, duvarın dibindeki fıçıları birer birer iterken, Gaia bir an dehşete kapılarak çıkmaza girdiklerini sandı fakat tam o sırada duvarın içinde daha derin bir karaltı belirdi ve serin, nemli hava yüzüne çarptı. Leon kızın omuzlarından tutup itti ve Gaia kendini bir hiçliğin içinde buldu. Taştan duvara çarparken vücuduyla kucağındaki bebeğe siper oldu.

Leon'un da yanına düştüğünü hissetti, derken arkalarındaki kapı kapandı ve hep birlikte zifiri karanlığın içine daldılar.

25. BÖLÜM

TÜNELLER

Gaia, karanlıkta kocaman irileşen gözleriyle ufacık da olsa bir aydınlık arıyordu ama etraflarını kuşatan karanlık katıksızdı. Leon'un kapının olduğu tarafa doğru bir şeyler sokmaya çalıştığını duyabiliyordu. Derken öteki taraftan gelen gümbürtüleri ve uğultulu konuşmaları duydu.

"İtmeme yardım et," dedi Leon.

Gaia, önünü görmeden elini uzattı ve Leon'un kapıya katı, sert bir şey sıkıştırmaya çalıştığını fark etti. Omzunu Leon'un omzuna dayadı ve diğer kolunda Maya'yla beraber var gücüyle itmeye çalıştı. Kapı sarsılıyordu ama açılmadı.

"Bu onları uzun süre tutmaya yetmez," dedi Leon.

Kucağında tuttuğu bebek o karanlıkta sanki daha da küçülmüş gibiydi. Gaia kardeşine iki eliyle sarıldı. "Neredeyiz?" diye sordu.

"Şarap mahzenine giden bir tüneldeyiz," dedi Leon.

"Haritayı hatırladın mı?"

Bir sürtünme sesi duydu ve sonra kibritin ucunda apaydınlık bir ışık parladı. Alevin ışığında Leon'un çatık kaşlı yüzü göründü. Bir mum çıkardı. Kapıdan gelen vahşi yumruklama sesinin etkisiyle Gaia olduğu yerde sıçradı. Kapının pervazına bank gibi bir şey sıkıştırdıklarını gördü ama o bile şimdiden sallanmaya başlamıştı.

"Bizi takip ediyorlar!" dedi Gaia.

Leon, rafta duran kutunun içinden birkaç tane daha mum aldı ve sonra da harekete geçti. Kaya yatağına açılan dar bir tünele doğru mumu kaldırıp öteki elinin parmaklarıyla alevin çevresine siper yaptı. "Bana tutun."

"Sen devam et. Tuttum."

Gaia, Leon'un gömleğinin arkasına tutundu ve onun peşinden koşmaya başladı. Tek bir ateş bile tünelin yer yer destek olsun diye ahşap kirişlerin yerleştirildiği kopkoyu taş duvarlarıyla tavanını açığa çıkarmaya yetiyordu. Bir ara cesaret edip arkasına baktığında vücutlarının geride bıraktıkları karanlığa düşürdüğü dev ve korkunç gölgelerini gördü. Tünel çatal yaptığında Leon sağ tarafı seçti. Sonra karşılarına bir çatal daha çıktı ve bu sefer de sol tarafa girdiler.

Arkalarından çarpışmalar, yüksek sesler duyuluyordu.

"Sıkı tutun! Çabuk!" dedi Leon, hızlanmaya başlayınca elindeki mumum alevi de deliler gibi dalgalanmaya başladı.

Döndükleri her köşede adamların sesleri de peşlerinden geliyordu.

"Sessiz ol!" dedi Leon, adamlarını yavaşlatmadan.

Gaia, öne doğru tökezleyerek düşmemek için Leon'un gömleğine asıldı.

Leon, durup, "İyi misin?" diye sordu.

Yeniden dengesini kazanan Gaia, "Evet," dedi.

Tekrar ilerlemeye başladılar. Gardiyanlarla aralarındaki mesafe açıldıkça, adamların sesleri de kısıldı ve derken sonunda tamamen yok oldu. Gaia kendi kesik nefesinin ve girintili çıkıntılı zeminde Leon'u takip eden ayaklarının sesinden başka bir şey duymuyordu. Tünel bazı yerlerde daralıyor ve o zaman da tozlu çakıllarla kayalara sürünerek ilerlemek zorunda kalıyorlardı. Maya bir ara kollarını arasında kıpırdandı ve Leon omzunun üstünden arkasına dönüp onlara baktı.

"İyi misiniz?" dedi.

"Hâlâ izimizi kaybettiremedik mi?"

Leon güldü. "Fiona, Evelyn ve ben eskiden buralarda oynardık," dedi. Kapalı duvarların arasında sesi esrarengiz ve boğuk çıkıyordu. "Bana saklambaç oynar mıydık, diye sormuştun hatırladın mı? İşte. Yanıma gel. Burası biraz daha geniş."

"Bence biraz ürkütücü," dedi Gaia. Tam o sırada yüzüne tüy gibi bir şey süründü ve başını kaldırıp tavana baktığında karanlık kül gibi parlayan incecik örümcek ağlarını gördü. Tekrar geldikleri yöne döndü. "Kimseyi duymuyorum," dedi.

Leon başını salladı ve mumu kaldırdı. "Gelecekler," dedi. "Sadece çatallarda ne tarafa gittiğimizi tahmin etmek zorunda kalacakları için biraz yavaşlayacaklar o kadar." Mumun önünü kapatarak ilerlemeye devam etti. "Sıkı tutun."

"Nereye gidiyoruz?"

"Önümüzde karar verebileceğimiz bir yer var. Tabii kapanmadıysa," dedi.

Gaia, birkaç dakika daha koşar adımlarla onun peşinden gitti ve sonunda tünelin çeşitli yollara ayrıldığı bir açıklığa çıktılar. Nihayet Leon durduğunda oğlanın kolunu tutup etrafına baktığını hissetti. En yakındaki duvarın önüne kare şeklinde kapalı bir alan oluşturmak için yan yana şarap kasaları dizilmişti. Ayağının dibindeki fare yuvası olarak kullanılmış eski, gri yastığın üstü siyah kakalarla ve çekirdek kabuklarıyla doluydu. Leon, elindeki mumun ateşiyle yenilerini yaktı ve ilkini Gaia'ya uzattı.

"Al bakalım," dedi.

Gaia elindeki mumu kaldırarak şarap kasalarına doğru yöneltti. Kutuların dibi karikatür kitapları ve dergi artıklarıyla doluydu. Yırtık pırtık kâğıtların arasında bir tane yoyo ve birkaç tane de top gördü. Raflardan biri de tomarla kâğıt doluydu. Duvarda bir kısmı renkli kalemlerle işaretlenmiş, bir kısmı da nemden leke leke olmuş büyük bir Anklav ve Wharfton haritası asılıydı. Serin, toprak kokulu hava ona göre son derece sevimsizdi ve çocukları burada oyun oynarken hayal etmekte zorlanıyordu. En azından normal çocukları...

"Burası ne böyle?"

"Komuta merkezi. Kalemiz. Fiona ve Evelyn'le birlikte yıllarca önce burada oynardık." Çizmesinin ucuyla bir tenekeyi devirdi ve bilyeler yere saçıldı. "Fiona kafayı gerçek ailemin kim olduğunu ve nerede yaşadıklarını öğrenmeye takmıştı. Özellikle de on üç yaşıma girdiğimde. Çünkü o sene duvar dışında mı yoksa duvar içinde mi yaşamak istediğime karar vermek zorundaydım. Ama elbette asla kimse böyle bir karar vermezdi. Bu bizim için sonsuz ihtimalleri olup da çözümü asla bulunmayan bir oyun gibiydi." Leon bakışlarını Gaia'nın yüzünden çekip duvardaki haritaya döndü. "Ne kadar tuhaf, şimdi buradayım ve nihayet cevabı biliyorum... Sadece birkaç dakikamız var ama buradan itibaren nereye gideceğimizi seçme hakkımız var. Sen iyi misin?"

Gaia başını salladı. "Bulunduğumuz duruma göre yeterince iyiyim herhalde."

"Sanırım anneni bulmuşsun," dedi Leon.

Gaia, annesinin doğum sırasında öldüğünü söylemek için gereken kelimeleri bir araya getirmeye çalıştı ama onları bir türlü ağzından çıkaramadı. Onun yerine bebeğe baktı ve çamur gibi mavi gözlerinin dalgın bir şekilde elindeki muma takıldığını fark etti.

"Kötüydü, değil mi?" dedi Leon. Gömleğinin koluyla ağzının kenarını temizleyerek Koruyucu'nun attığı yumruktan arta kalan kan izlerini sildi.

"Onu kurtaramadım," dedi Gaia. Fakat yaşadığı kaybın hüznüne esir olmadan önce cümlesini kesti.

"Çok üzgünüm, Gaia. Keşke bir şey yapabilseydim."

Gaia, Leon'un denediğinin farkındaydı. Ona ulaşmaya çalışırken yakalanmıştı. Belki daha sonra annesiyle ilgili düşüncelere dalmak için kendine izin verebilirdi ama şimdi kız kardeşini kurtarmak zorundaydı. "Maya'nın yakında emzirilmesi gerekecek," dedi. "Bu tüneller nereye çıkıyor?"

Leon, mumu kaldırıp sol tarafı işaret etti. "Burası duvarın bir tepeyle buluştuğu kuzeydoğu kulesine çıkıyor. Tünelin sonunda bir tavernanın kileri var. Eğer tavernadan çıkabilirsek, duvarın çok yakınında oluruz ve oradan kaçabiliriz." Sağ tarafı işaret etti. "Burası da güneyle doğunun kesiştiği yere çıkıyor. O gün seni gördüğüm Ernei'nin kafesinin yanındaki mezarlığa..."

"Kayaların olduğu bahçenin yanına mı?" diye sordu Gaia, duvardaki haritaya yaklaşarak. "Kafe bu küçük karenin içinde mi?"

Leon başıyla onayladı. "Evet. Tünel iki yerde daralıyor ama yine de geçebileceğimizi düşünüyorum. Oraya en son gittiğimde hâlâ geçilebilir haldeydi ama üstünden birkaç yıl geçti."

"Tünellerin nereye kadar gittiğini başka kim biliyor?"

"Birkaç kişi. En başta Evelyn biliyor tabii. Koruyucu da tavernayı biliyordur. Burası ta Anklav kurulmadan önce kömür madeniymiş ama tünellerin çoğu zamanla çökmüş. Çok güvenli yerler değiller yani."

Gaia, Anklav kurucularının jeotermik enerji bulmak için terk edilmiş bir kömür madeninin çok derinlerine kadar kazılar yaptığını biliyordu ama bu konuya daha önce hiç kafa yormamıştı. Nereden gideceğine dair bir ipucu ararmışçasına tünellere baktı. Kulağa kapana kısılmışlar gibi geliyordu.

"Başka bir yer var mı?" diye sordu haritayı inceleyerek.

"Buradan ayrılan tek bir tünel kolu var," dedi Leon. "Ama o da duvardan çok uzağa gidiyor. Bastion'a dönüyor. Kreşle arı çiftliğinin yanına."

"Kreş mi?"

"O yolu da Fiona bulmuştu. Bebekleri görmeye gitmeyi çok severdi." Haritanın üstünde Bastion'un tam köşesine denk gelen bir yer işaret etti.

Gaia'nın gözleri Wharfton üstündeki soluk renkli X işaretlerine kaydı. Kafasındaki çarklar olanca hızıyla dönerken birden donakaldı. Aklına dehşet verici ama dahiyane bir fikir gelmişti. Arkadan belli belirsiz sesler geliyordu ve Gaia telaş içinde konuşmaya başladı.

"Leon," dedi. "Çocukken gerçek aileni bulmak istemiştin ama elinde ne gibi bir bilgi vardı?"

"Doğum günüm dışında hiçbir şey yoktu açıkçası. Fiona doğum günümle bir ya da iki arayla kardeş doğuran ama benim yaşımda çocuğu olmayan aileleri bulmaya çalışıyordu. Bizimkisi yapboza ait olmayan parçaları aramaktan farksızdı. Çünkü elimizdeki parçaları koyacak bir yer yoktu."

Gaia başını salladı. "Çünkü duvar dışındaki ailenle ilgili herhangi bir bilgi sahibi değildin. Annemin şifresini bilmiyordun."

"Evet," dedi Leon. "Kimse annenin şifresini bilmiyordu. Kendi aile kayıtlarımızı karıştırdık ama öz anne ve babamla ilgili herhangi bir tutulmuş kayıt yoktu. Bazen bebekliğimden kalma bir şey hatırladığımı zannederdim ama hatırladıklarım da bir anlam ifade etmezdi."

"Ama seni kimin evlat edindiğine dair bilgi vardı," dedi Gaia.

Yanan mumların ışığı etraflarını kuşatıyor, Leon'un merakla Gaia'yı seyreden yüzünde dalgalanıyordu. "Elbette. Söylemeye çalıştığın nedir?"

Gaia, Leon'un kolunu tuttu. "Annemin tek istediği, gerçekten tek istediği kardeşlerimin sağlıklı ve mutlu olduğunu bilmekti ama duvar içindeki kimliklerini asla öğrenemedi. Ah, Leon..." İçi heyecandan ürperdi. "Kreş'e gitmeliyiz. Anklav'a getirilen bebeklerin kimler tarafından evlat edinildiğini öğrenmem lazım."

"İçeride kim olduklarını mı?" diye sordu. Yüzünde karmaşık bir ifade belirmişti.

Arkalarında, bu sefer daha yakından bir ses daha duyuldu.

"O kayıtlar annemin şifresinin tam tersi," dedi çabucak. "Duvar dışındaki annem gibi insanlar için ihtiyacımız olan bütün bilgiler orada ve orada Maya için mama da bulabiliriz. Gitmek zorundayız!"

Leon, Gaia'nın kolundan tuttu ve daracık tünelde koşmaya başladılar. Gaia, sıcak mumun parmaklarına dökülmesiyle bir çığlık attı ve mumu söndü.

"Affedersin," dedi Leon.

"Sorun değil. Devam et. Ben sana tutunurum. Hadi, çabuk!"

Leon, elinde mumla öncülük ederken Gaia tekrar onun gömleğine tutundu. Bir ara tekrar sola döndüler ve bir süre sonra Gaia yokuş aşağı indiklerini hissetti. Önce küçük bir hayvanın kurumuş kemiklerinin önünden geçtiler, sonra tünelin bir anda genişlemesiyle ortam koşulları daha beter bir hale girdi. Tavanın çöktüğü yerlerdeki dev kayalar yüzünden daracık, çentikli aralıklardan geçmek zorunda kalıyorlardı. Bir keresinde önce Leon geçip Gaia'yı karanlıkta yalnız bıraktı. Sonra Gaia aralıktan bebeği uzatıp ardından kendi devam etti. İki kere arkalarından gelen sesleri dinlemek için durdular ve Gaia'nın tek duyabildiği gergin sessizlikte yankılanan kesik nefesleriydi.

"Ya tünel ağzında yolumuzu keserlerse?" dedi Gaia.

"Bilmiyorum."

Karanlıkta zaman bütün anlamını yitirmişti ve Gaia, antik kömür madenin çapraşık tünelleri arasında asırlardır sürünüyormuş gibi hissediyordu. Maya ara sıra ufak tefek sesler çıkarıyor ama neredeyse hiç kıpırdamıyordu. Kardeşinin hâlâ sağ olduğundan emin olmak için kendi gözleriyle görmesi gerekiyordu. Sonunda önlerinde gri bir aydınlık belirir gibi oldu. Yeni bir dönemece girdikten sonra tünelin ilerisindeki dev kayaya yansıyan gri ışığı gördüler.

Leon mumunu söndürdü ve ilerlemeye devam ettiler. Tünel tekrar darlaştı, kıvrıldı ve gri yansıma biraz daha genişleyerek daha parlaklaştı. Tünelin zemini pürüzlü, dev bir tezgâh gibi yukarı doğru meyil yapıyor, çatlaklarının arasında sular süzülüyordu. Gaia boşta kalan elini sivri kayalara dayayarak yere çömelmek zorunda kaldı. Leon da hemen önünde emekliyordu. Doğal bir mağaranın içindeydiler ve arkasına dönüp baktığında, geride saklı bir tünelin varlığına dair hiçbir kanıt göremedi. Işığa yaklaştıkça suyun sesi giderek yükselerek yankı yapan bir çağlayana dönüştü. Mağaranın dışarı açılan deliği bir insanın ancak sürünerek geçmesine bile zor izin verirdi ve ağzı da birbirine girmiş bitki kökleri ve sarmaşıklarla kaplıydı. Gaia köklerin arasından sert zemine yağan yağmuru fark etti. Bardaktan boşanırcasına yağan yağmurun ardındaki belli belirsiz arı kovanlarını seçebiliyordu.

"Yağmur yağıyor," dedi hayret içinde.

En son yağmur yağalı aylar geçmişti. Aylar! Yağmur suyu duvar dışında yaşam demekti. Yağmur onlara gökten inen saf bereketin kendiydi. Ve o mis kokusu! Nemin tadını hissedebiliyordu, ıslak toprak adeta kendi aromasına sahip bir baharata dönüşmüştü.

"Leon, bak," dedi.

"Biliyorum." Kulağının dibinde olmasına rağmen yağmurun gürültüsünden Leon'nun sesini zar zor duyabilmişti. Leon, bir elini kızın omzuna koyarak daracık alanda hafifçe öne doğru eğildi. "Çekil de, dışarıda biri var mı, kontrol edeyim. Bir dakika bekle. Hemen dönerim," dedi.

Gaia'nın karşı çıkmasına fırsat kalmadan gitmişti bile. Gökyüzünü aydınlatan şimşeğin ardından sert bir gök gürültüsü duyuldu. Gaia'nın korkudan ödü koptu. Bebek de mutsuzluğunu dile getirmek istercesine minik bir çığlık attı. Gaia kardeşini boynuna yasladı ve minik kafasına eliyle destek vererek cüppesinin içine aldı. Bir dakika daha geçti ve Gaia kulak kesilerek bir kurşun sesi duymayı bekledi. Tam sırada açıklığın önünde Leon belirdi.

"Sakın bir daha bunu yapma!" dedi Gaia.

"Gaia! Çabuk ol! Dışarı kimse yok. Hadi gel benimle!"

Gaia, kendini şiddetli yağmurun altında bulunca gözlerini kırpıştırdı ve ayağa kalktığında çoktan sırılsıklamdı. Peleriniyle bebeğin üstünü kapadı. Leon tekrar elinden tuttu ve beraber arı çiftliğinin içinden koşarak kovanların, yağmurdan sırılsıklam olmuş ağaçların yanından geçtiler. Gökyüzünde şimşekler çakıyor, gök gürledikçe Gaia'nın kalbi duracak gibi oluyordu. Bir ara çığlığı bastı ve bebeğe daha sıkı tutunabilmek için Leon'u serbest bıraktı.

"Nereye gidiyoruz?" diye sordu, çiftliğin sonuna yaklaştıklarında.

"Birkaç metre daha dümdüz devam edeceğiz," dedi Leon, yağmurda sesini duyurmaya çalışarak.

Koşarak bir sokağa girdiler, bir köşeden döndüler. Sanki yukarıdan birileri kovayla üzerlerine su atıyordu. Gaia'nın ayakkabıları sırılsıklam oldu. Önündeki kaldırımı bile zor görüyor, yağmur gözlerinin içine kadar doluyordu.

Derken Leon onu kendine doğru çekti ve onu bir duvara yasladı. Yaslandıkları binanın alçak tavanı onlara birkaç santim de olsa sığınacakları bir yer sağladı ve Gaia, dudaklarını yalayarak yağmurun tadına baktı. Sonra kollarındaki bebeğe bakarak kardeşinin dudaklarını büzüştürdüğünü gördü.

"Geldik," dedi Leon. "Burası Kreş."

Gaia duvara doğru başını kaldırıp yağmurun dövdüğü

üst kattaki pencerelere baktı. Kreş, ufak tefek iki katlı beyaz bir binaydı. Pencerelerde yeşil panjurlar vardı ve önlerinde duran sardunya saksılarından taşan yağmur suları sokağa akıyordu. Gaia şaşkındı. Nedense daha büyük, daha hastane tarzı bir binayla karşılaşmayı beklerdi ama burası neredeyse sevimli görünüyordu. Bulundukları yerde bir sürü uzun çöp bidonu vardı ve çamaşır suyuyla kirli bezlerin ağır kokusu yağmurun kokusuna karışıyordu.

"İçeri nasıl gireceğiz?"

"Bunu yapmak istediğinden emin misin?"

"Fiona bebekleri görmek için nasıl içeri girerdi?"

Leon, üst kattaki pencerelerden birinin önünde çıkıntı yapan balkonu işaret etti. "Oradalar."

Duvar boyunca incecik bir parmaklık yükseliyordu ve Gaia kolunda Maya'yla beraber oradan tırmandığını hayal edince zorlukla yutkundu. "Tırmanır mıydınız? Deli misiniz?"

"Fiona tırmanırdı," dedi Leon. Sonra da Gaia'nın ıslak kolundan çekiştirdi. "Gel hadi. Arkada da kapı var."

Sokakta yeni bir yağmur perdesi üzerlerine yağarken şöyle bir sağına baktı. Duvarları ve yeri döven yağmur tıkır tıkır tepelerindeki çıkıntıya vuruyordu. Leon, Gaia'yı duvarın çevresinden dolaştırıp ahşap bir kapıdan geçirerek dar bir bahçeye çıkardı. Bahçesinin sonundaki duvarın dibinde duran kümeslerdeki tavuklar gıdakladı. Gaia yağmurun ve tavukların gürültüsü arasında üst kattan belli belirsiz bir bebek ağlaması duydu. Leon'la beraber bir köşeyi daha dönüp, arka kapıya çıkan basamakların önüne geldiler.

"İçeri ben girerim," dedi Leon. "Ofisin yerini biliyorum. Ne bulabildiğime bakarım."

"Birbirimizden ayrılmıyoruz," dedi Gaia. Leon tartışmaya hazır bir halde yüzünü ona döndüğünde, gözlerindeki yağmuru silerek, "Bu konu tartışmaya açık değil," diye ekledi.

"İçeri giremezsin, Gaia. Bu intihar olur. Eğer biri seni tanırsa hemen gardiyanları ararlar."

"Peki ya sen? Seni da aramıyorlar mı?"

"Ben bir şekilde paçayı yırtarım."

Leon'un kendine olan küstahça özgüveni Gaia'yı neredeyse güldürecekti.

"Ben ciddiyim. Bunu görmem lazım."

"Kardeş Khol içeride olabilir."

"Ona kuledeyken uyku ilacı verdim."

"Ama aradan saatler geçti."

Gaia'nın aradan kaç saat geçtiğine dair en ufak bir fikri yoktu ama kucağında kardeşiyle beraber o yağmurun altında bir dakika daha duramayacağından emindi. Kapının metal kolunu kavradı ve çevirdi. Kilitli olmadığını görünce çok şaşırdı. Daha fazla davet beklemeden içeri girdi ve kendini loş, temiz bir mutfakta buldu.

Leon da arkasından gelerek kapıyı kapattı ve sağır edici yağmuru dışarıda bıraktı. Kulaklarının yadırgadığı bu yeni sessizlikte damlayan musluk sesi bile rahatça duyuluyordu. Tezgâh ve masa, lavabonun yanında bir süzgeç dolusu fasulye dışında tertemizdi. Pencerenin yanındaki kancada bir örgü sarımsak asılıydı. Taştan yapılmış en uzak duvarda da gömme fırın, şömine ve geniş, kocaman bir ocak vardı. Oda sıcacıktı ve Gaia, şöminenin kapağındaki ızgaraların arasından içinde yanan ateşi gördü. Tezgâhlardan birine yan yana kutular yerleştirilmiş, üzerine kat kat battaniyeler konmuştu. Gaia'nın bakışlarıysa bir kenarda tepetaklak kurumaya bırakılan bir düzine biberona takıldı.

"Merhaba," dedi bir kadın sesi. Sesi tedirgindi ama telaşlı değildi. Hatta konuşmasında flüt sesine benzer bir ahenk bile vardı. "Franny, sen misin?"

Leon, sese doğru yürüdü ve o anda kırmızı elbise giyen genç bir kadın kapıdan içeri girdi. Omzuna bir bebek yaslamış, sırtını sıvazlıyordu. Onları görünce şaşkın bir halde olduğu yerde kaldı.

"Size yardımcı olabilir miyim?" diye sordu kadın Leon'a. Genç kadın Gaia'dan en fazla birkaç yaş büyük olmalıydı. Tombul, al yanakları ve dolgun elleriyle genç bir kız sayılırdı. Bakışları çabucak Leon'dan uzaklaşıp Gaia'yla buluştu ve kucağındaki bebeği görür görmez yüzündeki ifade birden yumuşadı. "Adım Rosa," dedi. "Tanışmış mıydık?"

"Kardeş Khol burada mı?" diye sordu Gaia.

Rosa şüpheyle sırılsıklam kıyafetlerini inceledi. "Hayır. Size ne oldu böyle ve o bebeği neden böyle ıslattınız?" Kendi kucağındaki bebeği tezgâhın üstündeki puset kılıklı kutulardan birine koydu ve yüzüne düşen saçlarını kulağının arkasına sıkıştırdı. Sonra da Maya'ya uzandı. "Gel buraya, hayatım," dedi.

Gaia, içgüdüsel olarak geri kaçınca, Rosa kafası karışarak ona baktı. Bir an Leon'a döndü ve birdenbire ayıldı. "Siz Leon Quarry'siniz. Ya da Grey… değil mi?"

Leon hiçbir şey söylemedi. Rosa'nın gözleri Gaia'yla ikisi arasında gidip geldi ama sonunda Maya'ya döndü. Gaia tam bir şeyler söylemek üzereydi ki, Leon başını iki yana sallayarak onu uyardı.

Genç kadın genzini temizledi ve tekrar Leon'a baktı. "Pekâlâ," dedi, sesini biraz daha alçaltmış ve bilge bir tavır takınmıştı. "Her şeyin bir ilki vardır."

Daha Gaia'nın Leon'un ne yaptığını anlamasına fırsat kalmadan, genç adam tezgâhta duran sürahiyi aldı ve onu hızla kaldırarak Rosa'nın kafasına geçirdi. Darbenin etkisiyle sert bir ses duyuldu ve kız yere düşerken Leon onu havada yakaladı. Rosa gıkını bile çıkarmadı, hatta acıdan inlemedi bile.

Gaia'nın gözleri korkudan kocaman oldu. "Paçayı sıyırmak derken kastettiğin bu muydu?"

Leon, Rosa'nın baygın bedenini yere indirdi ve sandalyenin arkasındaki önlüğü aldı. Rosa'nın ellerini çabucak arkasında bağlarken Gaia da şok içinde onu seyretti.

"Burada kal," dedi, yeniden sürahiyi eline alarak.

"İyi ama sen ne yapacaksın?"

Leon, çoktan Rosa'nın girdiği kapıdan çıkmıştı ve bir dakika sonra onun merdivenlerden yukarı çıktığını duydu. Kısa bir çığlık, ardından da yerde sürüklenen birinin sesi duyuldu. Gaia, yerdeki esire bakarken bir yandan da hâlâ nefes alıp almadığını görmeye çalışıyordu. Rosa'nın gözleri kapalıydı, teniyse şöminenin ışığında solgun görünüyordu. Ama dudakları aralıktı ve göğsü inip kalkıyordu.

Leon tekrar merdivenden indi ve mutfağa girdi. "Hepsi tamam," dedi. "İçlerinden biri ayılana kadar sadece birkaç dakikamız var. Sen kardeşin için üst kattan gereken malzemeleri al, ben de ofise gideyim. Aklıma bir fikir geldi. Gaia?"

Gaia, gözlerini Rosa'dan çekti ve kız kardeşine daha da sıkı sarıldı.

"Bunu yapman şart mıydı?" diye fısıldadı.

Leon hafifçe yüzünü kaldırarak büyük bir dikkatle kızın suratına baktı, özür dilemedi. Gaia, onun bu kadar seri bir şekilde hareket etmesine şaşmaması gerektiğinin farkındaydı. O bir gardiyandı, eğitim almıştı. Karar anında şiddet uygulamaya her zaman yatkın olacaktı.

"Üzgünüm," dedi Gaia.

Leon omzun üstünden arkasına bakarak kulak kesildi, sonra da ona doğru bir adım attı ve daha uysal bir sesle konuşmaya başladı. "Kız kardeşine bakmak istiyor musun, istemiyor musun?"

Böyle söyleyince Gaia'nın telaşı bir anda tekrar alevlendi. Pearl'ün ıslak pelerinini sandalyelerden birine attı. Sorun çıkarmadığından emin olmak için tezgâhtaki beşiğin içindeki bebeğe baktı ve Rosa'nın yanından geçerek odadan çıkıp, merdivenden yukarı koştu. Leon da ofise gitti.

Doğal ışık dar ve dik merdiveni çok az aydınlatıyordu. Merdivenin yukarısında sağda ve solda birer kapı vardı. Solundaki oda daha karanlıktı ve yan yana bir sürü beşik diziliydi. Sağ taraftaki odadan gelen kısık, ne olduğu belirsiz sese döndü ve kendini alçak tavanlı, temiz, küçücük bir çocuk odasında buldu. İçerisi mis gibi lavanta sabunu ve pamuk kokuyordu. Duvar dibine yan yana beşikler dizilmişti. Sayıları bir düzineden fazlaydı fakat içlerinden sadece birkaç tanesi doluydu. Beşikteki bebeklerin hepsi uyuyordu. Gaia içinden, *şansa bak*, diye geçirdi. Acaba bebekleri belli bir programa göre mi uyutuyorlardı? Yağmur içeriyi soğuk, gri bir ışıkla dolduran çift kanatlı cam pencereleri dövüyordu. Gökyüzünde şimşek çaktı ve hemen ardından boğuk gök gürültüsünün sesi duyuldu ama dışarıdaki çetin hava koşulları sadece içerideki hayatın ne kadar güvenli ve sıcak olduğunu vurguluyordu, o kadar.

Derken Gaia, odadaki diğer köşeye döndü. Beyazlar giyen yaşlıca bir kadın sallanan sandalyeye yığılıp kalmıştı. Çenesi göğsünde, bilekleriyse koltuğun kollarına bağlıydı. Gaia, Leon'un yaptığı şeyin korkunçluğu karşısında duyduğu şaşkınlıkla kadının yanına yaklaşıp göğsünün hareket edip etmediğine baktı. Yanında bebek bezleri, battaniyeler ve bir sepet bebek giysisiyle dolu bir masa vardı. Bebeklerden biri sevimli, tatlı bir emme sesi çıkardı ve Gaia, farkında olmadan Maya'nın sırtını okşadı. Bu bebeklerden biri her an uyanabilirdi. Onun çığlıklarıyla beraber diğerleri de sırasıyla uyandıkları zaman bu bebeklerle kim ilgilenecekti? Gaia, Maya'yı temizleyip üstünü değiştirmek için zaman harcamaya cesaret edemedi ama bebeği iki kat battaniyeye sarıp masanın üstünden hemen birkaç tane bezle battaniye aldı. Hepsini birden giysi sepetine atıp sepeti kollarından tuttu ve olabildiğince sessiz bir şekilde geldiği yoldan geri döndü.

Parmak uçlarında çabucak merdivenlerden indi.

"Leon?" diye fısıldadı.

Başka bir kapı eşiğine gelip içeri baktı. Dolap ve raflarla çevrili ofisin tam ortasında üstü dağınık bir masa duruyordu. Sanki burada bile biri elindeki bebeği güvenli bir yere bırakma ihtiyacı duyabilirmiş gibi duvar yanında yine birkaç tane beşik vardı. Yağmurun sesi artık boğuk bir uğultu gibiydi ve masanın üstündeki küçük, yeşil lamba da akşamüstünün griliğini kırıyordu. Leon masaya oturmuş klavyenin tuşlarına basıyor, bilgisayar ekranındansa yanaklarıyla ellerine soluk mavi bir ışık vuruyordu.

"Bir şey bulabildin mi?" diye sordu Gaia.

"Henüz değil."

Gaia mama bulması gerektiğinin farkındaydı ama Maya yeniden uykuya dalmıştı ve elinde olmadan odanın içinde çabucak bir göz atmak istedi. Dolaplardan birinin üstündeki mantar panoya notlar asılmıştı ve sağ tarafta da davetiyeye benzeyen, sadece biraz daha kalın olan tanıdık bir broşür duruyordu. Broşüre biraz daha yakından baktı.

Yaz Gündönümü 2409
2396 Yılı Yetiştirme Müfrezesi
Mevcut Üyeleri

Geri Teslim Talebi İçin Çağrılmaktadır

Gaia ilk sayfayı çevirdi ve isimlerin yazılı olduğu kolonları gördü. İçinden, *bunlardan daha önce de bir tane görmüştüm*, diye geçirerek ne zaman olduğunu hatırlamaya çalıştı. Baskılar küçüktü ama bir sürü sayfa vardı. Çabucak bir hesap yaptı ve elindeki broşürde yüzden fazla isim olduğunu fark etti.

Broşürü alarak, "Leon," dedi. "Bu ne?"

Leon, klavyeye birkaç kere daha bastıktan sonra ellerini tuşların üstünden çekmeden durdu. Sonra da başını kaldırıp gözlerini kısarak önce Gaia'ya sonra da elinde tuttuğu broşüre baktı.

"Geri teslim bildirisi," dedi. "Anklav her yaz on üç yaşına girenler için birer tane bastırıyor. Formalite gereği. Laf olsun diye yapıyorlar."

"Ama bu da liste değil mi işte? Belli bir yıla ait bütün bebeklerin adları burada yok mu? Babamın dikiş malzemelerinin arasında da bunlardan bulmamış mıydın? Ailemi ilk tutukladığında?"

Leon elini uzattı ve Gaia broşürü ona verdi. "Evet," dedi. "Bu bir liste. Ama üstünde doğum tarihi yok."

"Babamdan aldığın kaç yılına aitti?"

"Ağabeylerinden birinin on üç yaşına bastığı tarihti. Hatırladığım kadarıyla genç olanın."

"Demek gerçekten iğne için kullandığı kâğıtlardan değilmiş," dedi Gaia. "Babamın elinde kardeşimin adının bulunduğu bir liste mi vardı?"

"Bu doğru. Belki eninde sonunda doğru ismi bulacağını umuyordu," dedi Leon. Sonra telaşla yüzünü döndü. Gaia da kıpırdamadan duruyordu. Üst kattan uykulu bir bebek ağlaması duyuldu. Ama sadece bir kere, sonra bebek tekrar sustu. Leon, gözlerini Gaia'ya çevirdi.

Gaia, "Olamaz," dedi. Bebeğin daha güçlü, daha ısrarcı bir çığlıkla ağlamaya başlaması an meselesiydi ve o zaman diğer bebekler de sırayla uyanmaya başlayacaktı. "Mama bulmam lazım," dedi.

"Hemen geliyorum."

Yukarıdan başka bir feryat duyulduğunda Gaia çoktan mutfağa doğru koşmaya başlamıştı. Mutfağa girer girmez Rosa'nın şömineye biraz daha yaklaştığını fark etti. Korunmak için dizlerini yukarı çekmişti ve kalkmak için yattığı yerde yan dönmeye çalışıyordu. Elbisesinin kırmızı kumaşı dizlerinde toplanmıştı.

"Kıpırdama," dedi Gaia.

Rosa, Gaia'ya döndü. Siyah saçlarının yarısı yüzüne düşmüş, bir teli de ağzının kenarına yapışmıştı. "Gitmeme izin vermelisin," dedi. Sesi hâlâ gürdü. "Bebeklerle ilgilenmek zorundayım."

Tezgâhta duran beşiğin içindeki bebek bir elini havada sallayarak gurul gurul sesler çıkarıyordu. Üst kattan bir çığlık daha koptu ve hemen ardından ona bir ikincisi eşlik etti.

"Mamalar nerede?" diye sordu Gaia. Mutfakta herhangi bir olası kutu bulmaya çalışırken. Bir duvar dolapla kaplıydı. Elindeki sepetle Maya'yı masaya bıraktı ve olabildiğince hızlı bir şekilde kapakları açmaya başladı. İlk dolapta yetişkin yiyecekleri, ikincisinde tabaklar ve üçüncüsünde de kil kaplar vardı. Gaia kaplardan birini çıkarıp kapağını kaldırdı: Krem rengi toz...

"Sakın alma onu," dedi Rosa. "Bize lazım."

Gaia, serçe parmağını toza daldırıp tadına baktı ve sonra da kaplardan birini sepete attı. Lavabonun yanından üç tane biberon alıp onları suyla doldurdu ve yukarıdan gelen çığlıklar artarken memelerini üzerlerine taktı.

"Leon!" diye bağırdı, biberonları sepete atarken. Kardeşini tekrar kucağına aldı ve taşmak üzere olan sepetin kolunu tuttu. "Bebeklerin doğum tarihlerinin olduğu bir liste var mı?" diye sordu. "Herhangi bir kayıt falan?"

Rosa bir kahkaha attı. "Sana verir miyim sanıyorsun? Seni yakalayacaklarını biliyorsun," dedi Rosa, vücudunun biraz daha şömineye yaklaştırarak. "Ve ikinizi Bastion Meydanı'nda asarlarken ben de seyredeceğim."

Gaia tekrar, "Leon!" diye seslendi. Artık onu en çok geren şeyin ne olduğunu ayırt edemiyordu. Üst kattaki bebeklerin gitgide artan feryatları mı? Yoksa bu kızın gür sesiyle savurduğu korkunç varsayımlar mı?

Leon kapıda belirdi. "Hiçbir şey bulamadım," dedi. "Hepsini saklamış olmalılar." Dolaplardan birini açtı ve içinden kırmızı pelerinler çıkardı. "Al şunu."

Gaia, "Listenin yerini biliyor," dedi. "Ama bana söylemiyor."

Leon, bir an Gaia'nın gözlerine içine baktı. Sanki kafasında önemli bir şey tartarmış gibiydi. *Yap*, diye düşündü Gaia. *Ne gerekiyorsa onu yap*.

Rosa yerden, "Asla duvarın dışına çıkamayacaksınız," diye öttü. "Her pencerede sizi takip eden insanlar, peşinizden gelen gardiyanlar olacak."

Leon, pelerinden birini Gaia'nun omuzlarına geçirdi. Genç kız sıcacık, yumuşacık kumaşın içine sarındı. Derken masanın üstüne bir pelerin daha bıraktı ve tezgâhın üstündeki bıçak takımının arasından bir tane çekip çıkardı. Bıçak, yağmurlu pencereden giren ışığın altında masmavi parlıyordu. Üst kattan gelen çığlıklar daha da vahim bir hal alırken hâlâ yerde bağlı olan Rosa'ya yaklaşıp, bıçağı ona doğrulttu.

"Yapamazsın," dedi kız. Gözleri korkudan kocaman açılmıştı.

Leon, bıçağı elinde çevirdi. "Liste nerede?"

Gaia, dudaklarını ısırarak nefesini tuttu. Rosa, Leon'dan olabildiğince uzaklaşmaya çalışıyordu. Sesi daha da tizleşti.

"Bilmiyorum!" dedi. "Gerçekten bilmiyorum!"

Tezgâhın üstündeki bebek ağlamaya başlayarak kulak tırmalayıcı, tiz çığlıklarıyla Rosa'nın yalvarışlarına ayak uydurmaya çalıştı.

Leon, kıza doğru bir adım daha attı ve bıçağın ucunu boynuna dayadı.

Gaia, Leon'un daha ne kadar ileri gideceğinin dehşetiyle

kardeşine sarıldı.

"Söyle," dedi Leon. Sesi alçak ve korkusuzdu. "Bilgisayarı da kastetmiyorum. Yazılı bir kayıt istiyorum. Kardeş Khol'un mutlaka bir yedek tuttuğunu biliyorum."

Bıçağını yavaşça kızın boynunda gezdirdi.

Rosa korku içinde sessiz bir çığlık attı. "Canımı yakma! Büyük dolabın en alt çekmecesine bak. Duvarın yanındaki," dedi. "Yemin ederim orada birkaç tane defter var. En alt sağ çekmecede. Git bak! Lütfen!"

Leon bakınca Gaia başını salladı.

Kız kardeşiyle sepeti yeniden masaya bıraktı ve ofise koştu. En büyük dolabın altındaki çekmeceyi açtı. Gerçekten de içinde ince hesap defterleri vardı. Çabucak defterlerin kapaklarını açıp kapayarak hepsinin beş yıllık bir süreci kapsadığını gördü. Düzgün, küçük harflerle isimler ve doğum tarihleri yazılıydı. Defterlerin hepsini kucakladı.

Mutfağa döndüğünde Rosa ağlıyordu. Leon'da bir milim bile geri çekilmemişti.

"Hepsi burada," dedi Gaia. "Leon. Hepsini aldım. Bırak gitsin."

26. BÖLÜM

BEYAZ ÇİZMELER

Leon'un soğuk, çelik gözleri hiçbir şekilde ödün verecekmiş gibi görünmüyordu ama en azından Rosa'nın boğazına dayadığı bıçağı çekmeyi başarmıştı. Leon ayağa kalkarken genç kız hıçkırarak ağlamaya başladı. Tezgâhtaki bebeğin feryatlarıysa hıçkırık benzeri acıklı bir sese dönüşmüştü ama üst kattaki bebekler avazları çıktığı kadar bağırarak ağlamaya devam ediyordu.

Rosa konuşmakta zorlanarak, "Sen bir canavarsın," dedi. "Ucubesin! Tıpkı dedikleri gibisin!"

Leon, bıçağı yere attı. Alet, Rosa'nın bağlı bileklerinin hemen yanına düştü. İsterse bıçağı alıp kendini kolayca özgür bırakabilecekti.

"Hadi," dedi. Sepetin kollarından tutup diğer kırmızı pelerini de kendi üstüne geçirdi. Arka kapıyı açtı ve Gaia, onunla beraber bir süre kapının eşiğinde durup kendini soğuk yağmura hazırladı. Bütün bedeni tepeden tırnağa ürperdi ve Leon'un tanınmayacak hale giren yüzüne baktı. Rosa'ya bıçak tuttuğu dakikalarda ne kadar değişmiş, ne kadar acımasız birine dönüşüvermişi! O anki halinin ne kadarı gerçekti acaba? Ne kadarı yalnızca Gaia'nın maşası olarak sergilediği bir oyundu? Gaia, yaşanan hadisede sorumluluğun bir kısmının kendisine ait olduğunu kabul etmek zorundaydı ve bu hiç hoşuna gitmedi.

Leon, "Hazır mısın?" diye sordu. Gaia sesindeki acımasızlığın kaybolduğunu görünce sevindi.

Başını salladı. Leon elindeki defterleri aldı ve sepete attı. Çabucak sırtındaki pelerinin başlığını kafasına geçirdi. Kırmızı kumaşın altında yanakları daha da beyaz görünüyordu.

"Ne yaparsan yap asla kız gibi olamazsın," dedi Gaia.

Leon hafifçe gülümser gibi oldu. "Buradan," dedi ve binanın çevresini dolaştı.

Yağmur dinmek üzereydi ve Gaia, sırtındaki kuru kırmızı pelerin sayesinde başına ve omuzlarına damlayan her bir taneyi artık hissetmiyordu. Maya'yı da kumaşın altında sıkıştırdı ve ona sarıldı.

"Nereye gidiyoruz?" diye sordu.

"Mace Jackson'a. Daha iyi bir fikrin var mı?"

Yoktu. Ama fırının olduğu sokağa döndüklerinde köşede bir grup asker bekliyordu. Gaia birden durdu.

"Hey!" diye bağırdı askerlerden biri.

"Çabuk! Bu taraftan," dedi Leon, onu da beraberinde

çekerek. Koşarak sokakta ilerlediler ve sonra Leon onu dar bir kapıdan geçirerek bir bahçeye çıkardı. Gaia, yağmurda ezilen sebzelerin arasından adeta uçarak geçti. Derken yeni bir bahçe, sonra yeni bir kapıda buldu kendini. Yanından merdiven çıkan bir bina vardı, Leon elinden tutarak onu merdivenlere götürdü. En üstteki çamaşır ipleriyle dolu dümdüz çatıya çıkıp, çatının karşı ucuna koştular. Su testisi yağmurdan dolmuş taşıyordu ve hemen arkasında da ana su borusunun karşı çatıya bağlandığı bir tesisat köprüsü vardı.

Leon, "Buradan geçebilir misin?" diye sordu.

Güneşli odanın çatısında yaptıkları koşudan sonra bu bir şey değildi. Gaia elini uzattı. Göz açıp kapayıncaya kadar diğer çatıya geçmişlerdi bile.

Gaia, dikilitaşla Bastion kulelerini görür gibi oldu ama o sırada Leon ile beraber başka bir merdivenden inerek kendini yeniden sokak seviyesinde, başka bir ara yolda buldu. Bir an durup etrafta asker olup olmadığına baktılar ve sonra da koşarak caddeye çıktılar. Leon, tanıdık bir metal kapının önünde durdu.

Elini kapının arkasına attı ve Gaia o anda bulundukları yerin, Leon'la bir keresinde geldikleri bahçe olduğunu anladı.

"Olmaz. Burası çıkmaz sokak. Ölüm tuzağı."

"Başka şansımız yok. Bir plan yapana kadar bir yerde saklanmamız lazım."

Leon kapıyı açtı ve Gaia da koşarak arkasından geldi. Kapı arkalarından kapanırken Gaia da korku içinde eve baktı.

Gri, bomboş pencereler binanın yağmurdan ıslanmış alçısıyla uyumlu bir ikili oluşturmuştu. Şaşkın bir ifadeyle Leon'a baktı. "Evde kimse yok mu?"

"Kız kardeşimin doğum günü partisindedirler." Terasa baktı ama Gaia geri çekildi.

"Hayır, Leon. İçeri giremeyiz."

"Sığınacak bir yere ihtiyacımız var, Gaia. Bir çözüm bulmalıyız."

Gaia başını iki yana sallayarak geri gitti. "Gel bahçede saklanalım. Duvardan çıkmanın bir yolunu bulana kadar burada saklansak da olur." Burnunu çekerken kirpiklerinin üstüne iri bir yağmur damlası düştü ve eliyle yüzünü sildi.

"Madem ısrar ediyorsun... En azından bir ağacın altına girelim, daha kuru olur. Hadi."

Leon, onu arka taraftaki büyük çam ağacına doğru götürürken Gaia bahçeyi tanıyamadı bile. Sokak lambasının ışığı duvarın tek bir bölümünü aydınlatıyor, çalıların ve çiçeklerin üzerine düşen dev yağmur taneleri bu ışığın altında parlıyordu. Ama onun dışında bahçenin geri kalanı gölgelerle kaplı bir labirentten farksızdı. Yüzüne doğru esen rüzgâr bir an nefesini kesti ve Gaia kendini rüzgâra bıraktı.

"Burası!" dedi Leon ve Gaia karanlıkta gözlerini kısarak etrafına bakındı. Dev çam ağacına ve altındaki koyu, derin gölgeliğe ulaşmışlardı. En alttaki dallara takılmamak için eğilmeleri gerekti.

Maya ağlayarak açık ağzını havluya sürttü, içgüdüsel olarak emzik arıyordu. Gaia parmağını ıslak pelerinine sildi ve serçe parmağını bebeğin ağzına soktu. Bu annesinden öğrendiği bir numaraydı ama yine de bebeklerin bu kadar sert emebilmesine hâlâ şaşırıyordu.

"Biberon lazım," dedi Gaia.

"Vaktimiz yok."

"Elimde ağlayan bir bebekle sokakta dolaşamam."

Kaşlarını çatarak minik Maya'ya ve Gaia'nın ağzına soktuğu parmağına baktı. "Ne yapayım?"

Gaia ona su dolu biberonlardan birini çıkarmasını ve içine biraz mama katıp sonra da şişeyi iyice çalkalamasını söyledi.

Sol tarafında gri yağmurun altındaki tepenin sınırlarını ve aşağıdaki silik binaları seçebiliyordu. Kollarında Maya' yla yere çömeldi. Yağmur, ağacın gövdesinden yerdeki ölü, mis kokulu çam iğnelerinin arasına sızıyordu. Leon biberonu uzatınca emziğini hemen Maya'nın ağzına dayadı ve bebek büyük bir iştahla emmeye başladı.

"Seni aç canavar," dedi Gaia usulca. Dudaklarındaki yağmur suyunu emdi.

Leon da bağdaş kurmuş yanında oturuyordu. "Gardiyanların bize oradayken hiç ateş etmediğini fark ettin mi? Halbuki menzillerindeydik. Acaba bizi öldürmek için değil de sadece yakalamak için mi emir aldılar? Koruyucu sessizce işi bitirme imkânı varken bizi öldürmeyi çok istiyordu ama uluorta vurulmamız işine gelmeyebilir."

Gaia, başını bebekten kaldırdığında Leon'un yüzü ona o kadar yakındı ki, elmacıkkemiklerinin üzerinde biriken damlacıkları bile görebiliyordu. "O zaman bu iyi bir şey, değil mi?"

Leon gözlerini kısarak başını salladı. "Evet. Ama Anklav sokaklarının her bir köşesinde ve duvarın etrafında her yerde gardiyanlar bizi bekliyor olacak."

Gaia manzarayı gözünün önüne getirince ürperdi.

Leon biraz daha yanına geldi ve bir elini omzuna doladı.

"Üşüdün mü?"

"Çok değil."

Gaia'nın omzunu bir kere sıkıp vücudunu biraz daha kendine yaklaştırdı. Böylece Gaia ıslak pelerinine rağmen koluna değen göğsünün sıcaklığını hissedebiliyordu.

" Bence ayrılırsak kurtulma şansımız daha yüksek olacak," dedi Leon.

"Ne?"

"İkimizi birlikte arıyorlar. Sanki duvar dışında bir işin varmış gibi kendi başına güney kapısına gidersen, duvara yeterince yaklaşmış olursun ve sonra da kaçarsın."

Gaia gözlerini kırpıştırarak ona baktı. "Sen aklını kaçırmışsın."

"Peki o zaman sence ne yapmalıyız?"

Gaia bilmiyordu. Keşke kalabalık bir yer olsaydı. Eğer kalabalığın içinde kaybolabilirlerse, o zaman belki kaçmak için bir şansları da olurdu. Maya neredeyse biberonun tamamını bitirmişti ve gözleri her an uykuya dalabilirmiş gibi kapanıyordu. Gaia, "Bilmiyorum," dedi. "Duvardan çıkmanın başka yolu yok mu?" Kendi geldiği yolu, hemen üstündeki gardiyan kulesini hatırladı. Bu sefer o yolu kullanamazlardı. "Güneş enerji şebekesinin orada bir yol olduğunu söylememiş miydin?"

"Orası Anklav'ın öteki tarafında. Asla o kadar uzağa gidemeyiz."

"O halde çıkış yolu yok."

"Kendi deliğimizi açmaktan başka yok, evet."

"Peki ya duvarın tepeyle buluştuğu yer? Tepeden inemez miyiz?"

"Yanında eğer... inanmıyorum! Halat nerede?"

Gaia acı bir kahkaha attı. "Bastion'da bıraktım. Annemle birlikte."

"Zaten bir işe yaramazdı," dedi Leon. "Tepede de gözcü kuleleri var."

Gaia, yağmur gitgide azalırken başını kaldırdı ve tepeye doğru baktı. Yağmur ve karanlık olmasa baktığı yerden eski gölü görebilecekti. Hava kararıyor ve yolun aşağısında sokak lambaları parlamaya başlıyordu. "O halde sıkıştık," dedi. "Defterler hâlâ sende mi?"

"Buradalar."

Gaia, sepetin içindeki malzemelere şöyle bir baktı ve o kadar az olmalarına rağmen onları bile kullanacak fırsatının olmayabileceğini fark etti. Dört bir yandan gardiyanlar tarafından kuşatılmak üzere olmaları gerekirken kendini bir an için bu kadar güvende hissetmesi aslında çok komikti. İçinde bir şeyler yavaşladı ve adeta başına gelecek bütün felaketleri kabulleniyormuş gibi yüreğini tuhaf bir huzur kapladı.

"Bu listeyi dışarı çıkartabilmeyi çok isterdim," dedi. "Wharfton'daki insanlara vermeyi... bebeklerine ne olduğunu bilmeye onların da hakkı var."

"Gaia. Sanki pes ediyormuşsun gibi konuşuyorsun."

Halbuki Gaia'ya öyle gelmiyordu. Sanki daha gerçekçi bir gözle gelecekle yüzleşiyormuş gibi hissediyordu. Tek dileği çabucak öldürülmeleri ve resmi bir idam töreniyle Bastion Meydanı'ndaki o korkunç manzaraya katlanmak zorunda kalmamalarıydı. "Gerçek bu, Leon. Çıkış yolu yok. Bu gece bizi duvarın öteki ucuna geçirebilecek tek kişi Koruyucu'nun kendisi ya da belki Genevieve. Onların da bize eskortluk etmek için kızlarının doğum günü partisinden ayrılmak isteyeceğini sanmıyorum."

Leon birden elini çekip ayağa kalktı. "İnanılmaz," diye mırıldandı.

"Ne?"

"Başından beri birer kaçak gibi düşünüyoruz. Halbuki kral gibi düşünmemiz lazım."

"Affedersin, anlamadım?"

"Burada kal."

"Beni bırakamazsın!"

Leon tekrar yanına diz çöktü ve omuzlarını tuttu. "Dinle. Bu akşam kız kardeşimin doğum günü partisi var, değil mi? Şu anda Anklav'ın en zengin insanları dışarıda, Bastion'a doğru gidiyor. Gardiyanlarsa bizi ıslak kırmızı kıyafetlerimizin içinde sefil bir halde arıyor. Tek yapmamız gereken beyaz giymek, Gaia. Konuk listesindeki isimlerden biriymiş gibi davranacağız. Gardiyanlar asla beyaz giyen bir çifti durdurmaya kalkışmaz."

Gaia'nın yüreğini saran huzur parçalanarak yerini umuda ve beraberinde de korkuya bırakıyordu.

"Peki ama bebek? Yüzüm?"

Leon ayaklandı ve onun da kalkmasına yardım etti. "Her şeyin bir çaresi bulunur," dedi. "Gel hadi."

Gaia eşyalarını ve uyuyan kardeşini kucağına alırken Leon da yerdeki sepeti yüklendi ve beraber bahçeden eve doğru koştular. Yağmur artık iyice çiseliyor, şimşeklerin sesiyse çok daha uzaklardan geliyordu. Gaia, evin karanlık ve boş olduğunu bilse bile gizlice terasa çıkmak ona korkutucu geliyordu. Leon elinc bir taş alarak Fransız kapının camlarından birini kırdı. Bir dakika sonra kapıyı açmış ve içeri girmişlerdi. Mobilyaların şekli ve kapıların girişinden başka bir şey görmek zordu ama Leon yolu biliyor gibiydi ve Gaia da onun peşinden üst kattaki yatak odasına çıktı.

"Evin içini nereden biliyorsun?"

"Okuldaki arkadaşlarımdan biri burada yaşıyor. Tim Quirk. Ailesi bizimkilerin arkadaşı. Buraya yüz kere gelmişimdir, gerçi son zamanlarda pek gelmedim." Perdeleri kapatarak içeri giren son ışık kırıntısını da yok etmiş oldu. Bir dakika sonra bir klik sesi duyuldu. Dolabın içindeki lambayı açmıştı. Dolaptaki giysiler, pastel tonlarındaki süsleri hariç tamamen beyaz olduğu için Gaia herhangi birine elini bile sürmekten korkuyordu. Şapkalar için ayrı raflar, ayakkabılar için farklı bölmeler vardı.

"Gel," dedi Leon. "Kendine bir şey seç. Ben de Tim'in odasından alırım."

Gaia, "Ne giyeceğime dair en ufak bir fikrim yok," dedi.

Leon kaşlarını çatarak geri döndü. Gaia, kırmızı pelerini ve kolunda da battaniyeye sarılı bir bebekle sırılsıklam olmuş bir halde nasıl bir resim çizdiğinin farkındaydı. Saçları sırılsıklam ve muhtemelen de karmakarışıktı. Üzerini kaplayan çamurun altında da hâlâ Jet'in pantolonuyla, çarşaftan yaptığı uyduruk eteği vardı.

"Keşke duş alacak vaktimiz olsaydı," diye mırıldandı Leon.

Gaia güldü. "Ama şu kraliyet mensubu olma işini fazla abartmayalım bence."

Leon tekrar dolaba döndü ve uzun kollu, dar, krem rengi bir kazak çıkardı. Sonra da Gaia için en fazla dizlerinin altına kadar inecek beyaz bir elbise buldu. "Tarzı muhtemelen senin gibi genç bir kız için uygun değil ama elimizdekinin hepsi bu. Al bu da pelerinin. Suya dayanıklı olduğunu sanmıyorum ama yağmur da durmak üzere zaten. Hem başlığı da güzel. Ayakkabını da kendin seçersin, değil mi?"

"Çizmeye ne dersin?" diye sordu Gaia. Yan yana dizili, kimi uzun kimi kısa bembeyaz çizmeleri işaret ederek.

Leon, alçak topuklulardan bir tane seçerek, "Umarım ayağına olurlar," dedi. Çizmeler Gaia'ya Tvaltar'da gördüğü kovboy çizmelerini anımsattı. Ama bunlar biraz daha kısa, biraz daha zarifti.

"Tamam," diye fısıldadı ve kırmızı pelerinini yere attı. Leş gibi olmuş, sırılsıklam giysilerinden kurtulmak için sabırsızlanıyordu. Uyuyan bebeği yerdeki giysi yığının üstüne bıraktı. Tam elbiseye uzanırken, Leon'un odadan çıkıp çıkmadığına bakmak için omzunun üstünden başını çevirdi. Genç adam kapı eşiğinde durmuş, gizlemediği bir ilgiyle vücudunu süzüyordu. Gaia, onun bir an elbiselerin üstüne olup olmayacağına karar vermeye çalıştığını sandı.

"Ne?" dedi.

Birden göz göze geldiler ve Leon hemen başını çevirdi.

"Birazdan gelirim," dedi.

Bu gerçekten... tuhaftı, diye düşündü Gaia. *Tuhaf demek bile yetersiz kalır ama neyse...* Gaia giysilerini çıkardı ve beyaz elbiseyi giydi. Sırtında düğmeleri vardı ama elini arkaya uzatıp onları iliklemeye çalışırken soğuk parmakları titriyordu. Bir tek dolaptan gelen ışığın aydınlığında çabucak üstünü başını giyindi, sonra da minik botlarıyla parmak ucunda ilerleyerek yatağın yanında parlayan aynanın önüne geçti. Bütün düğmeleri bağladığından emin olmak için omzundan arkasına baktı ve beyaz kumaşın vücuduna ne kadar zarif bir şekilde oturduğunu görünce çok şaşırdı. Başka birine benziyordu. İmtiyazlı birine. Özellikle de aynaya yüzünün sağ tarafını dönünce...

"Muhteşemsin," dedi Leon.

Arkasını dönünce onun kapı eşiğinde durduğunu gördü ve gülümsedi. Siyah çizmeleri dışında o da ceket ve pantolonuyla tepeden tırnağa beyazlara bürünmüştü. Ceketinin düğmelerini açık bırakıp bir yumruğunu beline dayamıştı ve Gaia, kemerinin kenarına sıkıştırılmış küçük bir kama olduğunu gördü. Bıçağın ordudan kalma olduğu belliydi. Kolunu çekiştirip, "Ceket biraz kısa geldi," dedi.

Gaia güldü. "Harika görünüyorsun. Herhangi bir gardiyanı kandıracak kadar iyisin. Şimdi bebeği ne yapacağız?"

Leon, yaldızlı kâğıttan yapılmış bir paket çıkardı. "Bunu buldum," dedi. "Bence hediye gibi içine koyabiliriz."

Gaia emin değildi.

"Sen saçlarını düzeltmeye bak. Belki toplarsın falan. Bilmiyorum. Ben de Maya'yı ne yapacağıma bakarım."

"Tamam. Ama bari şunu yapmama izin ver." Maya'nın battaniyeleri açılmıştı ve Gaia onları yeniden toplayarak kız kardeşinin etrafına kozalak gibi sardı. Bir tek yüzü görünüyordu.

"Teşekkürler," dedi Leon.

Gaia, makyaj masasının oraya gitti ve fırçayla saç tokası buldu. Çabucak ıslak saçlarındaki düğümleri açtı ve ensesindeki kısa telleri toplayarak tokayla elinden geldiğinde tutturmaya çalıştı. Yüzünü bu kadar açıkta bırakmak ona garip geliyordu ama kazakla beyaz pelerini giyip, başlığı da kafasına geçirdikten sonra yarasının çok da dikkat çekmediğini fark etti. Yüzünü ancak başlığının içine bakan biri görebilirdi.

"Tamamız," dedi Leon.

Kolunun altına sıkıştırdığı hediye kutusuyla öylece duruyordu.

"Orada nefes alabilir mi?" diye sordu Gaia.

Leon, torbayı hafifçe indirip sırtüstü uyuyan bebeğin yüzünü gösterdi. Defterleri de yanına koymuştu. Kız kardeşi o kadar sıcak ve halinden memnun görünüyordu ki... Gaia onun ne kadar minik olduğuna inanamadı.

"Biraz büyük oldu ve mama için de yer bulamadım," diye itiraf etti Leon. "Ama uyanmaz ve kıpırdamazsa bir sorun çıkacağını sanmıyorum."

Gaia içinden, *Tek yapmamız gereken duvar dışına çıkmayı başarmak,* diye geçirdi. Gerisi önemli değildi.

Leon dolabın ışığını kapatınca Gaia, doğal olarak karanlıkta onun eline uzandı. Beraber merdivenlerden indiler ve köşeyi dönerek ön kapıya gittiler. Leon, kilidi açtı ve kapıyı hafifçe aralayarak dışarıdaki yağmurun durumuna baktı. Sadece çiseliyordu. Girişteki sütunlardan birine takılmış duvar lambası girişi anayola kadar aydınlatıyordu.

"Yağmur neredeyse dinmiş," dedi Gaia.

"Bir dakika daha bekleyelim," dedi Leon.

Gaia başını salladı. Sessiz, karanlık evin geçici sığınağında bekleyerek bir sonraki riskli aşamaya geçişi de ertelemiş oluyorlardı. Leon, Gaia'nın elini bırakıp kapının arkasındaki kancada asılı duran beyaz şapkayı aldı ama sonra tekrar elinden tutarak onu sağ tarafına yaklaştırdı, elini de dirseğine koydu. Bebeğin olduğu torba da öteki kolunda sağlam görünüyordu.

"Böyle yürüyeceğiz," dedi.

"Peki bir planın var mı?"

Gaia başını kaldırınca, Leon'un şapkasının altından ona

bakan gözleriyle buluştu. Ona her zamanki dikkatli ifadesiyle bakıyordu ama bu sefer dudakları hafif bir gülücükle yukarı kıvrılmıştı.

"Şunu söylemeliyim ki... Seni Bastion'a götürüp dosdoğru kız kardeşimin partisine gitmemek için kendimi zor tutuyorum. Sen oraya aitsin."

Gaia bir kahkaha attı. "Sen gerçekten aklını kaçırmışsın."

Leon hafifçe başını kaldırdı. "Seninle uzun zaman önce tanışmalıydım."

"Duvarın dışında mı?"

"Zaten duvar diye bir şey de hiç olmamalıydı."

"Ama var," dedi Gaia, yüzünü ışığa çevirip çiseleyen yağmura bakarak.

"Dinle. Eğer bir terslik olursa, ayrılırsak, plana sadık kalıp dosdoğru çöle gitmeni istiyorum. Kuzeye git."

"Ayrılmayacağız."

"Biliyorum. Ama olur da ayrılırsak..."

Gaia, genç adamın kolunu tutarak, "Leon," dedi. "Böyle bir şey olmayacak. Birlikte kalacağız."

Gaia onun başını sallayıp evet demesini bekledi ama onun yerine bakışlarını açık kapıya çevirdi. Birkaç dakika bekleyip ya da beklememeleri gerçekten bir fark yaratacak mıydı, merak ediyordu. Öncesinde olmasa bile duvara vardıkları anda yakalanacaklarından ikisi de emindi. Yine de sefil, perişan bir halde yakalanmaktansa bu şekilde yakalanmayı tercih ederdi.

Leon, yavaşça, "Benimle ilgili bilmen gereken bir şey var," dedi.

Gaia, ona bakıp bekledi.

"Şu anda senin için doğru olanı yapıp yapmadığımdan emin değilim."

Gaia, önüne düşen koyu saçını geriye itti, nasıl bir cevap vermesi gerektiğinden emin değildi. "Ne demek istiyorsun?"

"Sadece kendi kararlarını verdiğinden emin olmak istiyorum. Başkası adına iyi olana karar vermekte pek de başarılı olduğum söylenemez."

Gaia elini çekti. "Neden bahsediyorsun?"

Sütunların gerisinde usulca kaldırıma ve çimenlere düşen yağmur, her şeyi donuk bir griye boyuyordu. Leon, loş aydınlıkta ileriye bakarken tamamen başka bir zamanda kaybolmuş gibiydi. Bir şekilde onun kendinden uzağa gittiğini hissetse de, aynı zamanda ona o ana kadar hiç olmadığı kadar yakınlaştığını hissediyordu. Yavaşça koridorda duran dar masaya döndü, Maya'nın içinde durduğu torbayı masaya bıraktı ve kollarını kavuşturdu.

"İki sene önce kız kardeşim Fiona on iki yaşındayken, güneşli salonda satranç oynuyorduk. Bunun gibi korkunç bir fırtına vardı."

Açık kapıdan içeri serin bir rüzgâr esti fakat Gaia, Leon'un daha önce kimseye anlatmadığı bir şeyi kendine itiraf etmek üzere olduğunu fark edince içinde daha da derin bir soğukluk hissetti. Yağmur yağarken cam tavanın altında oturmak nasıl bir his olabilir, hayal etmeye çalıştı. "Neden başka bir yerde oynamadınız?"

"Fırtınayı severdi. Sanki havaya elektrik yükleniyormuş gibi olurdu ve bu da onun hoşuna giderdi. Ama birden elektrikler kesildi. Her yer kapkaranlıktı. Tünelin mum yakılmamış hali kadar zifiri karanlıktı hem de. Sonra birden salon ardı ardına çakan korkunç şimşeklerle aydınlandı. Sanki tepemizdeki tavan patlamak üzereymiş gibiydi."

"Korkunç olmalı."

Leon başıyla onayladı. "Fiona korkudan delirmişti. O kadar dehşete kapılmıştı ki, o güne kadar hayatımda hiç onu böyle görmemiştim. Nefes bile alamıyordu. Kucağıma oturdu ve ona sarılmam için bana yalvardı. Deliye dönmüştü. Ben de onunla alay ediyordum. Hiç de sempatik değildim ama bir yandan da onunla ne yapacağımı bilemedim. Bir anda delirmişti. Sonra o panik arasında boynuma atladı ve..." Birden sustu.

Gaia beklenti içinde dudağını ısırdı. Leon'un bedeni birden kaskatı kesilmişti, yüzünü de tekrar dışarıdaki yağmura çevirdiği için Gaia gözlerini okuyamıyordu.

"O benim kardeşimdi," dedi kısık sesle. "Beni öptü. Ama bir çocuk gibi değil..."

Gaia tuhaf, soğuk bir mesafenin adeta ölü bir maske gibi yüz hatlarına sinişini izledi. Aynı sahneyi milyonlarca kez aklında canlandırdığından emindi. "Sen ne yaptın?" diye sordu.

"Şok olmuştum. Duygularını incitmek istemedim. Onu öylece itemezdim de... beni yakamdan tutmuştu ve tam ondan kurtulmaya çalışırken içeri Rafael girdi."

Gaia, "Olamaz," dedi. İçinden bir ses Leon'a yaklaşmasını söylüyordu ama o temkinli bir şekilde aralarındaki mesafeyi korumaya özen gösteriyordu.

"Merak etme hikâye daha da kötüleşecek," dedi. "Bir günlüğü vardı. Onun için yaptığım bütün güzel şeyleri oraya yazarmış. Büyük ya da küçük, ne olursa... Biyolojik olarak akraba olmadığımız için kardeşler arası evlilik yasağının bize işlemediğine dair kendine göre bir mantık geliştirmiş. İkimiz için duvar dışında, ufak bir kasabada bambaşka bir hayat hayal ediyormuş." Gözlerini kapadı. "Fiona başımın nasıl belada olduğunu fark edince her şeyi inkâr etmeye çalıştı ama artık iş işten geçmişti. Bence eninde sonunda bize inanacaklardı ama Fiona öldü."

Gaia birden ürpererek iyice pelerinine sarındı. Leon, nihayet ona döndü. Gözleri kapkaranlık ve dertliydi. Sesiyse bir fısıltıdan farksızdı.

"Gaia," dedi. "Kız kardeşim özür dilemek için bana geldiğinde, aramızı düzeltmek istedi ama ben öfkeden deliye dönmüştüm. Ona hasta olduğunu söyledim. Sen hasta bir kızsın, dedim. İşte o zaman yaptı..." Acı dolu bir sessizliğe gömüldü. "Kız kardeşim kendini benim yüzümden öldürdü."

Gaia başını iki yana salladı, duyduklarına inanamıyordu. Hayal etmesi bile korkunçtu. Fiona daha sadece on iki yaşındaydı! Leon onun ölümü için nasıl kendini suçlayabiliyordu? Böylesine büyük bir trajedinin suçu tek bir acımasız yoruma atılamazdı.

"Ama bu bir kazaydı," dedi.

"Hayır. Evelyn de gördü. Ama onu durduramadı. Kaza falan değildi."

"Çok üzgünüm," diye fısıldadı Gaia. O korkunç dedikoduların nereden çıktığını anlayabiliyordu şimdi. İkizlerden birinin intiharıyla paramparça olan ailesi kesinlikle dağılmış olmalıydı. Bütün o kuşku ve kargaşa arasında öfkelerini, acılarını Leon'a kusmaları, bir tek onu suçlamaları kim bilir ne kadar kolay olmuştu. Acaba kaç kişi gerçeği biliyordu?

"En kötüsü onun gerçekten hasta olduğunu düşünmem," dedi Leon. "Bu konuyu çok düşündüm ve bence onun gerçekten yardıma ihtiyacı vardı. Bence gerçekten dehşete kapılmıştı ama bunun tek nedeni o fırtına değildi. Ruh hali sürekli değişip duruyordu. Bazı günler yataktan bile çıkamazken bazı günler deli gibi enerji dolu olur, ben de bir anlam veremezdim. Aslında hep benden yardım istiyordu da, ben göremedim. Her şeyi daha da beter ettim o kadar." Yüzünü tekrar çevirerek Gaia'nın göremediği kadar uzak bir mesafeye daldı.

"Olanlar senin suçun değildi. Fiona'nın nasıl bir sorunu olduğunu bilmiyorum ama senden çok daha bilgili birinden yardım alıyor olması gerekirdi. Genevieve olan bitenin farkında mıydı? Ya da Koruyucu?"

"Asıl noktayı kaçırıyorsun. Kız kardeşim öldü. Bana en çok ihtiyacı olan zamanda ona bu kadar zalimce davranmasaydım, bugün hâlâ hayatta olurdu." Leon'un sesi kısıktı, ağzından çıkan her kelimeyle beraber benliğinin en derinlerindeki boşluğu da kusuyordu. "Bir keresinde neden muhafız birliğine katıldığımı sormuştun bana. Doğruyu mu istiyorsun? Başka her şey gözümde anlamsızdı. Daha doğrusu her şey anlamsızdı. Bir işe girdim. Bana verilen görev ya da emirleri sorgulamadım. Umursamadım."

Gaia ellerini kenetledi ve gözünü bile kırpmadan Leon'un gözlerinin içine baktı. "Tek hatan buydu işte," dedi. "Kendinden bu şekilde vazgeçmen. Bunu yapmamalıydın."

Leon, acı bir kahkaha attı ve ondan birkaç adım uzaklaştı. "Beni mi yargılıyorsun?"

Gaia ona ne söylemesi gerektiğini bilmiyordu ama kız kardeşinin intiharı üstüne bir de kendi vicdan azabını eklemeden de zaten yeterince derin bir yaraydı. Yine de emin olamıyordu. Leon'un gerçek hislerini nasıl kesin olarak bilebilirdi ki? Ailesi Fiona'yı kaybedince darmadağın olmuş ve Leon, onların sevgisine en çok ihtiyaç duyduğu zamanda ailesi tarafından dışlanmıştı. Bütün acısını tek başına üstlenmişti. Gaia, böylesine büyük bir yalnızlığın, böylesine büyük kederin altından tek başına nasıl kalkabilirdi, tahmin bile edemiyordu. "Çok üzgünüm," dedi usulca. "Çok şey kaybetmişsin, Leon. Sırf Fiona'yı da değil..." Hüzünlü bir şekilde kendi ailesini ve onları bir daha asla göremeyeceğini düşündü. Bir kere bile göremeyecekti. Bu kadarı katlanamayacağı kadar ağır bir yüktü. "Üzgünüm," diye fısıldadı tekrar. Bu kadar basitti.

Masanın üstünde duran hediye torbasından bir hıçkırık sesi duyuldu. Gaia içindeki minik bebeğe baktı ve sonra sesi bir kere daha duydu. Gaia tedirgin hareketlerle bebeği torbadan çıkardı ve gazını çıkartmak için omzuna alıp sırtını okşamaya başladı. Eli o minicik, dünya tatlısı hıçkırıkların üstünde titriyordu ve içten içe ne kadar buruk olsa da gülmeden edemedi. Başını kaldırınca Leon'un onu seyrettiğini gördü. Gözlerinde şaşkın ama lefkat dolu bir ifade vardı.

"Ona karşı çok iyisin," dedi.

Gaia'nn dudakları kıvrıldı. "O benim kız kardeşim," diye açıkladı.

Leon, sanki Gaia çok önemli bir noktaya parmak basmış gibi başını iki yana salladı. "Bak gördün mü?" dedi. "Ben aslında halimden memnundum. Çok iyiydim. Dik kafalı genç bir ebeyi sorguya çekmek için beni duvar dışına gönderdikleri geceye kadar çok iyi idare ediyordum."

Gaia, kalbi birden hızla çarpmaya başlayınca nefesini tuttu. "Hiç de o kadar kötü değildim."

Leon güldü. "Tamamen korkusuzdun. Ve zordun. Tek başına yaptıklarına bir baksana," dedi. "Anneni kurtarmak için Bastion kulesine gittin. Bunu başka kim yapabilirdi? Ben yapamazdım. Kabul et, Gaia. Bir şeyin doğru olduğuna karar verdiğin anda, seni kimse onu yapmaktan alıkoyamaz."

"Ama bu süreçte annemin ölümüne sebep oldum," dedi Gaia. Sesi fısıltı kadar kısıktı. "Sakın bunu unutma."

"İşte buna inanmıyorum. Ayrıca senin de gerçekten inandığından şüpheliyim. Ayrıca annen seni bu olanlardan ötürü suçlayabilir miydi?"

Gaia başını indirip ellerine baktı, sanki üstünde hâlâ kan

lekelerini görmeyi beklercesine birini çevirdi ama tertemizdi. "Hayır," dedi usulca.

"Gördün mü? İşte biz bu kadar farklıyız. Kendini suçlamanı gerektirecek hiçbir şey yok. Hiçbir zaman da olmayacak."

Gaia başını iki yana salladı. "Sanki dürüstlük abidesiymişim gibi davranma, Leon. Ben öyle biri değilim."

"Hayır. Sen daha gerçeksin." Elini alnına götürüp şapkasını geriye doğru itti. Sonra tekrar düzeltip kaşlarını çattı. "Bana saygı duymadığını bilmekten nefret ediyordum. İlk tutuklandığında seni kurtarabilecek olsam bile senin için bir önemi yoktu."

Gaia yüzünü, gözlerinin arkasındaki tuhaf, belirsiz yalnızlığı inceledi.

"Şu anda sana saygı duymamın nedeni bu değil," dedi.

"Tek hissettiğin bu mu? Bana saygı mı duyuyorsun?"

Loş ışıkta yanakları soluk bir maviye dönmüştü ama yüzündeki ifadede soğuk hiçbir şey yoktu. Bedeninden sessiz bir vızıltı gibi belli belirsiz bir elektrik yayılıyordu ve tekrar Gaia'nın yanına yaklaştı. Gaia, tuhaf bir şekilde bebek kardeşini kucağında tutuyor, sanki onu her an düşürebilirmiş gibi tuhaf bir endişe duyuyordu.

"Leon," dedi. "Benden ne istediğini bilmiyorum."

Leon cevap olarak şapkasının kenarı Gaia'nın alnına değene kadar ona yaklaştı. Gaia başını kaldırdığı anda gözlerinin birbirine değecek kadar yakında olduğunu biliyordu.

"Bir şey istediğimi kim söyledi?" dedi ve şapkasını çıkardı.

Gaia yanaklarının ısındığını hissedebiliyordu ama yine de başını kaldırmadı. Leon, aralarındaki mesafeyi kapadı ve bebekle ikisini kollarına aldı. Sıcacık dudakları şakağındaki hassas yara izine değdiğinde, Gaia içinde bir şeylerin eridiğini hissetti. Yüzünü hafifçe geriye atarak dudaklarını onunkilere yaklaştırdı. Dünyanın en nazik, en şefkatli öpüşüyle dudakları birbirine değdi. Gaia çabucak derin bir nefes aldı ve Leon onu bir kere daha öptü. Gaia, genzinde bir acı hissetti ve çenesini biraz daha kaldırarak genç adamın dudaklarıyla daha yakından buluştu. Bir zamanlar hiçbirinin onun öpmeye kalkışıp kalkışmayacağını ve kalkıştığı takdirde ne yapacağını bilip bilmeyeceğini merak ederdi. Oysa şimdi düşünmüyordu bile. Leon'nun ellerinin saçlarının arkasına kaydığını hissetti ve derken onu daha fazla arzuyla öpmeye başladı. Gaia, dünyanın çevresinde hızla döndüğünü hissetti ve sonra kız kardeşi bir kere daha hıçkırdı.

Gaia kendini geri çekti. Leon ağırlaşmış gözkapaklarının altından onu seyrediyordu. "Öylesine tatlısın ki," dedi usulca.

"Beni öpmemeliydin," dedi Gaia. Sesinin birden ne kadar kısıldığına şaşırmıştı.

"Kesinlikle katılmıyorum." Dudakları bir kere daha Gaia'nınkilere dokundu.

Gaia, dikkatini toplamak için olanca gücüyle çabaladı. "Anklav'dan çıkmak zorundayım."

Leon'un kaşları kalktı. "Şimdi mi?"

Gaia bu sefer daha kararlı bir şekilde geri çekildi ve

Leon kollarını açarak onu serbest bıraktı. "Yağmur durdu," dedi. "Bu tek şansımız."

Leon, pişmanlıkla kapıya baktı. "Benden gerçekten hoşlanmıyormuşsun."

"Leon!" Gaia, oğlanın koluna bir yumruk attı.

Leon, çapkın bir gülücük attı. "Tamam. Sadece kontrol edeyim, dedim." Sonra Maya bebeği tekrar hediye torbasına koyması için ona yardım etti. Paketin kâğıdı kalın ve dayanıklıydı ama ikide bir kurcalamaktan gittikçe kırışıyordu. Gaia, Leon'un torbayı dikkatlice kolunun altına yerleştirmesini seyretti. Keşke torbayı kendi taşıyabilseydi ama bir beyefendinin paketi onun yerine taşımayı teklif etmesi çok daha mantıklıydı.

Gaia, yere düşen şapkasını aldı. "İşte," dedi. "Planımızda aslında çok temel bir sorun var. Kapıya doğru giderken yanlış tarafa gidiyor olacağız, çünkü partiden uzaklaşacağız."

"Sen de hiçbir şey beğenmez oldun." Leon tekrar şapkasını taktı.

Gaia, Leon'un koluna girdi ve daha ne olduğunu bile anlamadan Leon, yanağına bir öpücük daha kondurdu. "Keşke biraz daha vaktimiz olsaydı, Gaia," dedi.

Gaia başını salladı ve onunla birlikte kapıdan çıktı.

27. BÖLÜM

GÜVEN

Gaia ve Leon kol kola ıslak sokaklardan yürüyerek duvara doğru ilerlediler. Karşılarına bir grup asker çıktığında Gaia elinde olmadan tereddüt etti ama Leon, adamlara bakmadan onu yavaşça yürümeye zorladı. Her an birileri tarafından durdurulmayı beklemesine rağmen gardiyanlar onlara şöyle bir bakmaktan ileri gitmedi.

Bir sonraki köşeyi döndüklerinde Gaia, rahat bir soluk aldı.

"Gördün mü?" dedi Leon.

Güneşin batmasıyla gökyüzü iyice kararmıştı ama ay ışığı alçak bulutların üstünden adeta taşıyormuş gibi, önlerinde uzayan tüyler ürpertici bir beyazlık vardı.

"Duvarın ışıklarını yaktılar herhalde," dedi Leon. "Yani bu akşamki güvenlik kameralarının gözünden hiçbir şey kaçmayacak."

"Bizi burada da takip eden kameralar var mı?"

"Sokak lambalarının çoğunda kamera var," dedi. "Muhtemelen şimdiye kadar on kere kameraya takılmışızdır."

"Peki, onları kandırabildik mi dersin?"

"Bilmiyorum. Bizi duvarın orada yakalamak üzere bekliyor bile olabilirler."

Bir başka ıslak sokaktan daha geçtiler ve dükkân tentelerinin karşı kaldırıma kadar uzandığı dar bir caddeye geldiler. Tentelerden sular damlıyordu ve Gaia ne zaman birinin altından geçseler ıslanmamak için başını eğmek zorunda kaldı.

"Hediye ne âlemde?" diye sordu.

"İyi."

En az ilki kadar ilgisiz görünen ikinci bir grup askerin daha önünden geçtiler ve Gaia yavaş yavaş umutlanmaya başladı. Ama bir başka köşeyi döndüklerinde arkalarından gelen ayak seslerini duydu.

"Bizi takip mi ediyorlar?" dedi.

"Sakın arkana bakma," diye uyardı Leon.

Gaia ve Leon yürümeye devam ederek birlikte geniş bir kemerin altından güney kapısına çıkan daha büyük bir yola döndüler. Yağmurdan gri lekelerle kaplanmış beyaz dükkân kaldırımları yol boyunca devam ediyor, sokak lambalarından ıslak çakıltaşları üstünde şeritler halinde gölgeler yansıyordu. Üst kattaki dairelerden birinden gelen baharatlı yahninin kokusu yağmurun kokusuna karışıyor ve bu koku, Gaia belki de son adımlarını atarken dünyanın geri kalanının normal hayatına devam ettiğini bir kez daha ona hatırlatıyordu. Gaia, su öbeklerinden birine girmemek için adımını uzattı. Duvarın korkuluklarında ve kapıların önünde gardiyanlar vardı ama kapıların hepsi ardına kadar açıktı. Hatta Gaia o açık kapılardan birinden Wharfton'ın gecenin karanlığında ıslak ıslak parlayan gri, köhne evlerini bile görmüştü. Duvar dışında bir hareketlilik vardı, insanlar gelip geçiyordu.

Gaia, "Bu bir tuzak," diye fısıldadı. "Bizi bekliyorlar."

"Rahat dur," dedi Leon.

Tam o sırada sol taraftaki kapılardan birinden bir grup beyazlı adam çıktı. Şüpheyle Leon'la Gaia'nın olduğu tarafa baktılar ve içlerinden biri durdu. Elini kaldırıp salladı.

"Hey! Grey!" diye seslendi. "Partiye gideceğini bilmiyordum. Son zamanlarda toplumdan epey uzak kaldın."

Gaia, "Gitmemiz lazım!" diye fısıldadı.

Ama Leon onu bıraktı ve iki adamın elini sıktı. "Duvardan havai fişekleri seyrederiz diye düşündük," dedi. "Seni gördüğüme sevindim."

"Yağmura rağmen havai fişek atacaklar mı?"

"Sanırım," dedi Leon. "Plan bu."

Adamlar merakla Gaia'ya bakıyorlardı. Gaia, yüzünün yaralı tarafını görmesinler diye Leon'a dönük duruyordu.

"Arkadaşım Lucy Blair'ı hatırlarsınız," diye bir yalan uydurdu Leon. "Okçuluk sınıfından. Bu da Mort Phillips ve Zack Bittman."

Erkekler şaşkındı ama yine de tokalaşmak için ellerini uzattılar. "Elbette!" dedi birincisi.

Gaia utangaç bir şekilde, "Sizi tekrar gördüğüme sevindim," dedi.

"Duvara çıkmanıza izin verirler mi gerçekten?" diye sordu Mort. "Başka bir işle meşguller gibi bir halleri var. Kaçaklardan haberiniz var mı?"

"Hayır," dedi Leon rahatça. "Neyse, sizi gördüğüme sevindim. Partide görüşürüz zaten."

"Olur," dedi Mort. "Ne yaparsanız yapın sakın pastayı kaçırmayın. Gece yarısı keseceklermiş."

"İki elim kanda olsa yine kaçırmam," dedi Leon.

Erkekler kahkahalarla güldüler ve yürümeye devam ettiler. Leon tekrar kolunu uzattı ve Gaia, dirseğinin kenarından elini soktu.

"Herkesi tanıyor musun?" diye fısıldadı Gaia.

Leon rahat bir tavırla gülümsedi. "Evet."

Gaia içinden, *benden çok daha iyi bir oyuncu*, diye geçirdi. Arkalarındaki gardiyanlar, Leon arkadaşlarıyla sohbet ederken durmuştu ve şimdi de baş başa vermiş kendi aralarında bir şeyler konuşuyorlardı. Aşağıdaki gardiyanlarsa ne yapacaklarını bilemeden liderlerine dönmüştü. Liderleri uzun boylu, beyaz saçlı bir adamdı. Âdemelması o kadar uzaktan bile göze batıyordu.

"Lanchester'ı da mı?" diye sordu Gaia.

"Ne?"

"Başgardiyan Yüzbaşı Lanchester'ı tanıyorum," dedi.

Artık neredeyse duvara gelmiş sayılırlardı. Hatta koşarak kapıdan kaçacak kadar yakınlardı. Gaia, bir an kalbi göğsünden fırlayacakmış gibi hissetti. Artık biraz daha kararlı görünen gardiyanlar tüfeklerini kaldırıyordu. Duvarın üstündekilerse çoktan tüfeklerini kaldırmış ve Leon'la Gaia'ya doğrultmuşlardı bile.

"Bana güveniyor musun?" diye sordu Leon.

"Evet."

"O zaman al bunu," dedi ve içinde kardeşinin olduğu yaldızlı hediye paketini ona verdi. Birden kızın sol kolunu yakalayıp arkasına kıvırdı ve onu kendine çekerek bir eliyle çenesinin altına bıçak dayadı. Gaia çığlığı basıp, kardeşine sımsıkı sarılarak Leon'un elinden kurtulmaya çalıştı.

"Geçmeme izin verin yoksa onu öldürürüm!" diye bağırdı Leon.

"Bırak onu," diye seslendi Yüzbaşı Lanchester.

Gardiyanlar silahlarını onlara doğrultarak çıkışı kapatmak için kemere ilerliyordu. Dev kapılardan birini çoktan kapatmışlardı.

"Çekilin yolumdan!" dedi Leon. Gaia'nın kolunu bir kere daha çekince, kız acıyla çığlık attı.

"Dur!" dedi. "Lütfen! Dur!" Sonra sesini kesti çünkü bıçak boğazına batıyordu.

"Yürü!" dedi Leon, kapıya biraz daha yaklaşıyordu.

"Geri çekilin!" dedi Yüzbaşı Lanchester, adamlarına. "Ateş etmeyin! Kızı riske atmayın! Gaia, gerçekten sen misin?"

Gaia, konuşmaya bile korkuyordu. Leon onu ite kaka açık kapıya doğru götürüyor ve Gaia da kardeşini elinden düşürecek diye korkudan ölüyordu. Torbanın çoktan yırtılmaya başladığından emindi. Leon kolunu bir kere daha burktu ve sol omzu acıyla yanarken bağırmamak için nefesini tuttu. Yüzbaşı Lanchester, silahını Leon'un başına doğrultarak onlara yaklaşıyordu. Leon, Gaia'yı önüne çekerek kendine siper aldı. Kapıya yaklaşmaya devam ediyordu.

Yüzbaşı Lanchester son derece sakin bir sesle, "Bırak onu," dedi. "Sana kötü bir şey yapmadı. Bırak gitsin. Sonra da konuşalım."

"Sakın yaklaşma," dedi Leon. "Silahını indir."

Fakat Yüzbaşı Lanchester silahını onların hizasında tutarak yaklaşmaya devam ediyordu. Gaia, silahın namlusunun içini görebiliyordu.

"Ateş etme!" diye yalvardı. Gözlerine dolan yaşları hissedebiliyordu. Omzundaki acıya daha fazla katlanabileceğinden şüpheliydi.

Ayrıca kız kardeşinin de giderek kollarının arasından kaydığını hissediyor ve yine de Leon onu kapıya doğru sürüklemeye devam ediyordu.

"Lütfen, Leon," diye fısıldadı. "Canımı yakı..." Vücudu başka bir acı dalgasıylşa sarsılırken nefesi kesildi ve acıdan başı dönmeye başlayınca gözlerini kapadı.

"Bırak onu!" dedi Lanchester tekrar.

Gaia, Leon'un kolları arasında bir an düşüp bayılacağını hissetti fakat tekrar gözlerini açtığında kapıya vardıklarını görünce şok geçirdi. Neredeyse kapıdan çıkmak üzereydiler. Neredeyse özgürdüler! Leon, kolunu tutmaya devam ediyordu. Yanağı hâlâ kulağında, bıçaksa hâlâ boğazındaydı ama inanılmaz derecede uzun süren umudu neredeyse hissettiği acı kadar yoğundu.

"Koş," dedi Leon usulca.

Gaia anlamadı.

Leon, onu tamamen serbest bırakarak Anklav'dan dışarı itti. Gaia, onun yanında olmadığını anlayana kadar koşarak birkaç adım ilerlemişti bile. Arkasını döndü ve Leon'un kapıları kapattığını gördü. Kendi hâlâ içerideyken…

"Hayır!" diye bağırdı Gaia. "Leon!"

Koşarak kapıya ilerledi ama daracık aralıktan bakınca gardiyanlardan birinin tüfeğinin kabzasını Leon'un kafasına geçirdiğini ve onun yere düştüğünü gördü. Bir an, göz açıp kapamasına yetecek kadar kısa bir an hiçbir şey düşünemedi, derken hızla ışıklara ve duvara arkasını döndü. Kardeşinin içinde durduğu yırtık paketi göğsüne yapıştırdı ve var gücüyle koşmaya başladı.

28. BÖLÜM

İADE EDİLEN TOPRAKLAR

Duvarın üstünden yükselen öfke dolu sesler peşinden gelmeye devam ederken Gaia, koşarak insan kalabalığının arasına daldı. O insanlar da arkasından bağırıyor, onu yakalamaya çalışıyordu ama Gaia bir şekilde ellerinden kurtulup kaçmaya devam etti. Sokaklar öbek öbek insanlarla doluydu. Kimileri kaldırım kenarlarında kimileri dışarı taşıdıkları taburelerin üstünde oturuyordu. Koşarken az kalsın yerde oturan bir grup çocuğun üzerine kapaklanacaktı ve onların da aileleri arkasından bağırmaya başladı. Her şey o kadar karmaşık, o kadar gerçek dışıydı ki... Fakat olan biteni anlamak için durmasına imkân yoktu. Tek yapabildiği karanlığın hızına yetişip, onu kameralarda gösterecek her türlü ışıktan kaçmak ve mümkün olduğunca hızlı koşmaktı. Sol kolu hâlâ ağrıdan uyuşmuş haldeydi ve neredeyse bütün işlevini yitirmişti. İçinde yükselen dehşet çığlıkları beyninde herhangi bir düşünce şekillenmesine mani oluyordu. Aklına getirebildiği tek şey, Leon'u son görüşüydü. Yere yığılışı... Baygın ya da ölü...

"Ölmüş olamaz," diye fısıldadı. Biraz soluklanmak için durdu ve kendini bir binanın duvarına yasladı. Arkasından yüksek bir patırtı duyunca olduğu yerde sıçradı. Derken gökyüzünde bir ışık patladı. Etrafını kuşatan kalabalık heyecan dolu naralar attı. Neye uğradığını şaşıran Gaia, kafasını çevirip Anklav'a doğru baktı ve kulenin üstünde sisli gökyüzünü paramparça eden havai fişekleri gördü. İkinci havai fişek patlarken beklenen olayın gerçekleştiğini fark etti: Kendi Leon'la beraber ölüm kalım savaşı verirken, Eveleyn'nin doğum günü kutlaması kesintisiz devam etmişti.

Nerede olduğunu anlamak için etrafına bakarken, ayaklarının onu Doğu İkinci Bölge'ye, eski dostu Emily'nin evinin yakınlarına getirdiğini fark etti. Nemli hava odun kokuyordu. Arkasındaki gökyüzünde havai fişekler ardı ardına patlamaya devam ederken sola saptı ve iki sokak aşağı koştuktan sonra sıranın sonundaki ufak bir evin önüne geldi. Nefes nefese kalmış bir halde Emily ve Kyle'ın kapısını yumrukladı.

Kapı açılınca az kalsın içeri düşecekti ama iki güçlü el onu yakaladı.

Kyle hayret içinde, "Gaia Stone!" diye bağırdı. "Emily! Çabuk gel!"

Gaia, yeniden bağırmamak için kendini zor tuttu ve sol omzu yeni bir acı dalgasıyla sarsıldı. Kyle onu ateşin önündeki sandalyeye götürdü. Emily de gözleri korkudan irileşmiş bir halde arka odadan geliyordu. Kapı kapandığı anda kalabalığın gürültüsü bir anda kesildi.

"Gaia!" dedi Emily. "Ne oldu sana?"

Gaia, kucağındaki torbaya dönerek, kız kardeşine bakmak için kâğıdı parçaladı. Bebeğin gözleri açıktı ama onun dışında tamamen sakindi. Gaia, bebeği içinden çıkarırken yırtık paketle defterleri yere attı. "İyi misin, Maya?" diye sordu.

Bebeğin gözleri kırpıştı ve dudaklarını buruşturdu. Gaia rahat bir soluk aldı ve kardeşini yeniden göğsüne yasladı.

Emily, Kyle'la bakıştıktan sonra Gaia'nın yanına gelerek kolunu kızın omzuna sardı. "Kyle," dedi Emily. "Git bak bakalım, onu takip eden olmuş mu?"

Kyle askıdan ceketini aldı. "Diğerlerine de haber verir, babanı buraya getiririm. Merak etme, Gaia. Gözümüz üstlerinde olur. Eğer gardiyanlar gelirse seni buradan çıkarırız."

Gaia geldiğinden beri ilk defa alıcı gözle Emily'ye baktı ve onu son gördüğünden bu yana yüzünün daha da dolgunlaştığını, kumral saçlarının iyice uzadığını fark etti. Gözleri yine her zamanki gibi masmavi ve hiç olmadığı kadar endişeliydi.

"İyi misin?" diye sordu Emily. "Sana ne oldu böyle?" Hafifçe Gaia'nın beyaz pelerinini çekiştirdi.

Gaia usulca, "Üstümü değiştirmem lazım," dedi. İleriyi düşünmesi gerekti. Leon yanında değildi. Gelmeyecekti. Gelemezdi. Olanlara hâlâ güçlükle inanabiliyordu. "Bir an önce gitmem lazım. Hiç maman var mı? Ölü Orman'a giderken yanıma verebileceğin bir şeyler var mı?"

Emily şaşkındı. "Elbette," dedi. "Ama gitmek istediğinden emin misin?"

Gaia söze nereden başlayacağını bile bilmiyordu ve duvarın içine girdiğinden beri başına gelenleri toparlamaya çalışınca, bunu başaramadı. Her şey çok fazlaydı... Babası, annesi, Leon. "Hepsini açıklayamam," dedi. "Ama gitmem gerektiğini biliyorum."

"Seni aradıklarını biliyorduk," dedi Emily. "Tvaltar'da her yere resmini astılar ama nedenini söylemediler. Ne gibi bir belaya bulaştın?"

"Burası benim için güvenli değil," dedi Gaia. "Ayrıca bana yardım etmeye çalışanların da başı belaya girebilir. Şimdi fark ediyorum... Senin de arkadaşım olduğunu biliyorlar. Çok üzgünüm, Emily. Buraya gelmemeliydim." Kapıya dönerek yerinden kalkmaya çalıştı.

Fakat Emily onu susturup tekrar oturttu. "Sakın böyle söyleme. Bu şekilde gidemezdin. Sana seve seve yardım ederiz ve eminim Kyle da bize göze kulak olması için birini ayarlamıştır."

Gaia, sol omzunu tutup acısını azaltmak için biraz ovaladı.

"Sancın var, değil mi?" dedi Emily. "Hadi. Üstünü değiştirirken sana yardım etmeme izin ver. Bebeğinin biberona ihtiyacı var mı?"

Gaia'nın kalbi hâlâ hızla çarpıyordu ama artık daha düzgün nefes almaya başlamıştı. "Daha değil. O benim kız kardeşim. Maya."

"Kız kardeşin mi? Annen nerede?"

Gaia, korkunç bir üzüntüyle kız kardeşinin yüzüne baktı. "Öldü."

"Ah, Gaia!"

Gaia, kız kardeşinin minik elini tutup şöminenin ateşine doğru kaldırdı. Anklav'dan gelen boğuk patlama sesleri duyuldu. Annesini düşünmeye başlarsa, gözyaşları serbest kalacaktı ve bir kere ağlarsa durabilir miydi, bilmiyordu.

"Çok üzgünüm," dedi Emily. "O harika bir kadındı."

Gaia, tüm çabasına rağmen gözlerine biriken yaşları hissederek gözlerini sımsıkı kapadı. "Lütfen," dedi. "Şu anda onu düşünemem. Bunu yapamam."

"Elbette," dedi Emily. "Sadece burada bekle. Maya'nın üstüne temiz ve kuru bir şeyler giydireyim. Sana da giysi getirim. Onu alayım mı?"

Gaia sessizce başını salladı. Dikkatlice bebeği arkadaşına uzattı ve elleri ona hiç olmadığı kadar boş geldi. Emily sessizce diğer odaya geçti. Gaia da ateşin yanında banka yığılarak yüzünü avuçlarına gömdü. Vücudundaki her bir kemik, her bir kas ağrıdan tükenmişti, ama en çok bitkin düşen çaresiz yüreğiydi.

Dışarıda keskin patlama sesleri duyuldu ve cama yansıyan parlak ışıklar gösterinin sonuna gelindiğinin sinyallerini verdi. Yakında evlerine dönen insanlar yüzünden sokaklar tam bir tımarhaneye dönecekti. Yavaşça ayağının dibindeki defterlere uzandı ve onları teker teker kucağına dizdi. Verdiği bu kadar çok kaybın yanında hiç de büyük bir ödül gibi görünmüyorlardı gözüne. En üstteki defteri açtı ve ilk sayfayı inceledi. Bu evlatlık verilen bebeklerin listesiydi, hepsinin adı tek bir düz satırda yazılıydı.

4 Ocak 2385 Sağlıklı bir oğlan. Lauren ve "John Jr." John McManus

16 Ocak 2385 Sağlıklı bir oğlan. Veronica ve "Labib" Nabu Nissau.

17 Ocak 2385 Sağlıklı bir oğlan. Beatrice "Joy" Mairson ve Ed Pignato.

Liste bu şekilde devam ediyordu. Anne ve babasının efsanesinden geriye bir tek bunlar kalmıştı: Bir rehber ya da teslim ettikleri bebeklerin başına neler geldiğini merak etmiş olabilecek, duvar dışındaki her ailenin yarasını bir kere daha deşecek bir yöntem. Artık isterlerse çocuklarını kimin evlat edindiğini öğrenebilecek ve biraz daha derin bir araştırma yaparak, Anklav içinde bilgi edinme riskini göze almak isterlerse, çocuklarının hayatta kalıp kalmadığını öğrenebileceklerdi. Acaba ailelerin kaçı bunu gerçekten bilmek isterdi, merak etti. Elbette kendi annesi bu kayıtlar için canını bile verirdi, ki vermişti de.

Gaia sayfaları yavaşça çevirdi ve parmağını tarihlerin

yazdığı sütunda gezdirerek nihayet onun için en önemli olan tarihe geldi:

12 Şubat 2389 Sağlıklı bir oğlan. Jodi ve Sol Chiaro. "Martin"

İşte bu ağabeyi, Arthur'du. Martin Chiaro olmuştu. Tabii artık bunu bilmesinin ona bir yararı yoktu, ağabeyi onun için hâlâ ilk günkü kadar kayıptı.

Gaia defteri kapattı ve tam bu sırada yerde, yaldızlı kâğıtla Leon'un torbanın içine sıkıştırdığı battaniyenin arasında bir şeyin parladığını gördü. Uzandı ve yerdeki zinciri eline alarak şömine ateşinin ışığında havaya kaldırdı. Zincirin sonunda gül desenli, tanıdık bir metal disk sallanarak alevlerin altın ışığında dönüyordu. Cep saati…

"Ah, Leon," diye mırıldandı.

Artık özgür olduğunda göre saatin de ona ait olduğunu söyleyen sesini resmen kulaklarında duyabiliyordu. Saatin kapağını açarak arkasına işlenmiş yazıyı okudu: *Önce Hayat*. Saatin zincirini yavaşça parmaklarına doladı ve buz gibi saati avucuna alarak yumruğunu alnına dayadı. Saat hâlâ çalışıyordu. Ağlamayacaktı. Hayır, ağlamayacaktı.

Emily, kolunda Maya ve bir kucak dolusu giysiyle geri gelirken, "Sen iyi misin?" diye sordu.

Gaia başını salladı. İyi falan değildi. Bir daha hiç iyi olacak mıydı, onu da bilmiyordu. Bileğiyle gözünü sildi.

Yeniden başını kaldırıp Emily'ye baktığında, bebeği tutarken sırtını nasıl geriye doğru çektiğini ve göbeğindeki belirgin kıvrımı fark etti. Kaşlarını çattı. "Yine mi bebek bekliyorsun?"

Emily güldü. "Böyle şeyleri fark etmeyi de ne çok seviyorsun!"

Gaia alıcı gözle odada etrafına bakarken, sade mobilyalarla bir köşede duran divanı fark etti. Dışarıda sokaktan geçen insanların kahkaha sesleri duyuldu. "Bebeğin nerede?"

"Paul mü? Uyudu çoktan." Tekrar gülümsedi. "Ya da ben öyle umuyorum. Al bakalım. Neden sen de üstünü değiştirmiyorsun? Yani evet, prenses gibi olmuşsun ama kıyafetin buralar için pek uygun değil."

Gaia beyaz giysilerini çıkardı ve üzerine acele etmeden mavi-kahverengi bir elbiseyle, beyaz benekli bir kazak geçirdi. Sol kolunu hareket ettirirken dikkat etmesi gerekiyordu ama pek de öyle kırılmış gibi bir acısı yoktu.

"Bebeği alabilirsin," dedi Emily, Maya'yı tekrar Gaia'nın kucağına vererek. "Sana biraz yahni getireyim."

"Aç değilim. Vaktim de yok. Gerçekten."

"Yine de yiyeceksin."

Emily, çabucak Gaia'nın üstünden çıkardığı beyaz giysileri yerden alıp içeri gitti ve sonra elinde dumanı tüten bir kâse yahniyle geri geldi. Gaia ayağa kalkmaya ve eşyalarını toparlamaya çalıştı ama yaşadığı şoktan ve yorgunluktan ötürü hâlâ biraz sarsaktı. Kucağında Maya'yla beraber tekrar divana yığıldı ve yanındaki masada duran kaşığı eline aldı.

Emily defterleri işaret ederek, "Onlar ne?" diye sordu.

Biri kapıyı tıklattı ve Emily ayağa kalkarak kocasını içeri aldı. Arkasından Theo Rupp geldi.

"Gaia!" dedi Theo. "Amy'le meraktan aklımızı yitirdik! İyi misin? Annenle baban nerede?"

Gaia ayağa kalktı ve adamın kocaman kollarıyla bebekle ikisini kucakladığını hissetti.

Emily, Kyle'a, "Gelen giden var mı?" diye sordu.

"Gardiyanlar evinin yanında seni arıyor," dedi Kyle, Gaia'ya. "Kalabalığın içinde seni kaybetmişler ama gittikçe yaklaşıyorlar. Etrafa göz kulak olsun diye dışarıda Rufus bekliyor."

Gaia, Emily'ye dönerek, "O halde kaybedecek vaktimiz yok," dedi. "Hazırlanmama yardım et."

"Anlamıyorum," dedi Theo. "Neler oldu?"

Emily, bir elini Gaia'nın koluna koydu. "Gaia gidiyor, baba. Jasper ve Bonnie ölmüşler. O da kız kardeşiyle beraber Ölü Orman'a gitmek istiyor."

Herkes birbirine baktı ve sonra Theo şapkasını çıkarıp avuçları arasında yuvarladı. "Ben de geliyorum," dedi.

Gaia başını iki yana salladı. "Gelemezsin, Theo. Burada bir ailen var."

"Ama hayatım, yolu biliyor musun ki?"

"Sen biliyor musun?"

Theo'nun yüzünde beliren çaresiz ifade, etrafındaki diğer yüzlerde de aynı şekilde yankı buldu.

"Ben de öyle düşünmüştüm," dedi Gaia.

Emily'nin ailesi eşyalarını toparlamasına yardım etti.

Emily, oğlu için kullandığı gri, kumaş anakucağını getirdi ve Gaia'ya onu sağlam koluna nasıl asacağını gösterdi. Böylece bebeği göğsünden sarkan bir kese içinde rahatça taşıyabilecekti. Kyle da bir kutu kibrit, bıçak, ufak bir tencere, bir çuval mısır yemeği, bir tabaka mikoprotein ve bir poşet de ceviz alarak sırt çantasını hazırladı. Sonra da birkaç şişeye su doldurdu ve onları da çantaya yerleştirdi. Theo da bir muşambayla birkaç tane battaniyeyi rulo halinde katlayarak çantanın dışına bağladı. Emily de bebek bezlerini, üç kutu hazır mamayı, iki tane de biberonu ekledi.

Sonra da Gaia'nin dizlerine kadar uzanan gri bir pelerin uzatarak, "Bunu da yanına al. Yağmur yağarsa lazım olur. Su geçirmesin diye kumaşın üstünü balmumuyla kapladık."

"Yükünü ağırlaştırmadan gidebildiğin kadar uzağa gitmen lazım," dedi Theo. "Eğer kuzeyde yeterince uzağa gidebilirsen çölün ormana yol verdiğini göreceksin. Orada su da var. En çok da buna ihtiyacın olacak zaten."

"Ölü Orman," dedi Gaia.

"Evet. Biz öyle duyduk."

Gaia sıcacık eve ve güçlü, sevgi dolu aileye baktı. Yüreğinde yarı verdiği kayıpların hüznü, yarı kıskançlıkla karışık bir sancı hissetti. Burayı ve burada yaşayabileceği her şeyi sonsuza dek terk ediyordu.

"Teşekkür ederim," dedi Gaia. "Hepinize. Ne kadar minnettarım bilemezsiniz."

"Wharfton'ın sınırına kadar seninle geliriz," dedi Kyle,

sırt çantasını omuzlayarak.

Gaia, Kyle'a baktı ve ne kadar kararlı olduğunu görünce, karşı çıkamadı. "O defterlere iyi bak," dedi Emily'ye.

"Bakacağım. Söz veriyorum. Sen de kendine iyi bak, tamam mı?" Emily ona sımsıkı sarıldı. "Seni özleyeceğim."

Gaia hiçbir şey söylemeden ona geri sarıldı, ardından Kyle ve Theo'yla birlikte kapıdan çıktı.

Yağmur tamamen kesilmişti ve Wharfton sokakları sessizdi. Havai fişek gösterisinden sonra dışarıda dolaşan sadece birkaç kişi vardı. Hava hâlâ nemliydi ve patlayıcılardan arta kalan acı koku ara sıra genzine doluyordu. Gaia bir ara yüksek sesler ve birilerinin kapıların çalındığını duydu fakat duvardan uzaklaşıp eski göle yaklaştıkça, sesler giderek yok oldu. Yanında iki erkekle birlikte kameralara yakalanmalarına neden olabilecek her türlü ışıktan kaçarak seri adımlarla yürüyordu. Gaia, Kardeş Iris'in masasında oturmuş ekranda en ufak bir kıpırtı kolladığından ve askerlerine onları yakalaması için emir vermeye hazır olduğundan emindi.

Nihayet eski göle geldiklerinde batıya döndüler. Alabildiğine geniş olan eski göl, ayağının altından akan su sızıntılarını emen kopkoyu bir kara delik halinde solunda devam ediyordu. Kısa bir süre sonra Sally Row'dan ve Gaia'nin eski mahallesinden geçtiler. Bir an Gaia'nın aklına eski evi, yıkık dökük verandası, güneşte kuruyan boyalı kumaşların kokusu ve rüzgâr çanının şıkırtısı geldi. Babasının dikiş makinesinin başında çalışırken duyabiliyordu. Annesini mavi çaydanlığını durularken görebiliyordu. Gardiyanlar annesini hiç tutuklamasaydı, kendi evinde yaşayıp hamile kalsa, bu sonradan gelen minik bebeğin keyfini kendi kocasıyla çıkarabilseydi nasıl bir hayatı olurdu, gözünün önüne getirmeye çalıştı. Sonra da karanlıkta görünmeyen çömlekçi arazisinin bulunduğu tarafa baktı ve annesini de oraya, babasının yanına gömüp gömmeyeceklerini merak etti.

Gözlerini karanlığa çevirerek, son mahalleye, son eve, son bahçeye gelene kadar hep ileriye baktı.

"Burası iyidir," dedi Gaia.

Sonra Kyle çantayı Gaia'nın sırtına aktardı. Gaia da olduğu yerde bir kere sıçrayarak çantanın ağırlığını dengeledi ve ana kucağıyla göğsüne asılı duran kardeşinin iyi olup olmadığını kontrol etti. Eteğini hafifçe yukarı kaldırdı ve beyaz botların hâlâ ayağında olduğunu fark edince kendi kendine bir kahkaha attı. En azından rahatlardı.

Kyle usulca, "Bol şans, Gaia," dedi. Çabucak ona sarıldı ve sonra da sırasını Theo'ya devretti.

"Her şeyin tamam mı?" diye sordu Theo.

Gaia boynundaki saati yokladı, sonra da onu elbisesinin içine atıp, "Evet," dedi. "Lütfen Amy'ye de selamlarımı ilet."

"Hangi yıldızları kullanacağını biliyorsun değil mi?"

Gaia, bulutlarla çevrili karanlık gökyüzüne baktı. Solgun bir aydınlıkla parlayan bölge, ayın bulutların arkasındaki yerini gösteriyordu ve bulutlar hızla ilerliyordu. "Öğreneceğim," dedi Gaia. "Bulutlar bir dağılsın da..."

Theo ona son bir kere daha sarıldı. "Sen cesur bir kızsın," dedi.

Fakat Gaia öyle olduğunu düşünmüyordu. O sadece yapması gerekeni yapıyordu. Onlara son bir kere daha el sallayarak tek başına gecenin karanlığına daldı. Gözlerinin çok geçmeden karanlığa alıştığını ve hiç değilse çimenlerin arasındaki taşlara takılmasını engelleyecek kadar ışığı olduğunu fark etti. Yollar gitgide bozuluyor ve daralıyordu. Derken sonunda tamamen kayboldular. Nemli gecede cırcırböceklerinin sesini duydu. Belli bir uzaklığa eriştikten sonra diğerlerinin hâlâ arkasından bakıp bakmadığını görmek için döndü ama Bastion'a doğru tepe boyunca ilerleyen Anklav'ın ışıklarından başka bir şey göremedi.

Gözlerine düşen saçları geriye itti ve parmakları sol yanağındaki yaralı deriye değdi. Anakucağındaki bebeği düzeltip tekrar önüne dönerek altındaki toprak yükseldikçe beyaz çizmelerini attığı her adımda daha dikkatlice kaldırarak ilerlemeye devam etti.

Yağmur birikintileri taşların arasından sızıyor ve yerden taş kokulu, nemli bir sis yükseliyordu. Gecenin karanlığında önünde uzanan açık alanı hissedebiliyordu. Ufkun bu tarafında ölü ya da canlı hiçbir ağaç yoktu.

İlk tepeye geldiğinde arkasına son bir kere daha bakmak için durdu.

Uzaktaki ışıldakların altında, dev tepeyi ikiye ayıran beyaz duvarın kıvrımlı hatları net bir şekilde görünüyordu.

Duvarın aşağısında yer yer belli belirsiz ışık kümeleri vardı. Duvarın yukarısındaysa toplu iğne başı büyüklüğündeki ışıklar, Bastion'un kuleleri karanlık gökyüzüyle buluşana kadar bütün Anklav boyunca devam ediyordu. Bu kadar uzaktan bakarken ışıkların hepsi zararsız birer ateşböceği kadar sevimli ve sempatik görünüyordu ama Gaia, oraya baktıkça içinde kalan korku zerreleriyle hâlâ ürperiyordu.

Acaba Leon şimdi nerede, diye merak etti. Acaba onu da annesini yakın zamanda esir ettikleri gibi bir kuleye mi atmışlardı? Onu öldürmüşler miydi?

Leon, onun hayatını kurtarmıştı. Bu kadarını biliyordu. Onun kaçmasına yetecek kadar uzun bir süre için gardiyanların önüne yeni bir hedef çıkarmıştı. Elinde olmadan bunu ne zamandan beri planladığını ya da onu öptüğünde Gaia'yı tek başına göndereceğini bilip bilmediğini merak ediyordu. Eğer hâlâ hayattaysa yaptığı bu büyük fedakârlığa değdiğine inandığını ve en önemlisi de kendinin bu fedakârlığa layık olmasını umut ediyordu.

Leon, ona kuzeye, Ölü Orman'a, varlığına bile inanmadığı bir yere gitmesini söylemişti. Belki sonunda kendi de inandığına karar vermişti. Günün birinde onu bulur ve yeniden bir araya gelirse, buluştukları yer orası olacaktı.

Gaia, güneye, eski gölün oraya baktı ve solunda bir kuşun öttüğünü duydu. Sağına döndü ve önündeki uçsuz bucaksız çölün, bir kefenin incecik, keskin kadife astarı kadar karanlık ve opak gökyüzünün altında uzandığını hissetti. Hafif bir rüzgâr yanaklarını okşarken, etekleri esintiyle birlikte havalandı. Kız kardeşi göğsünün üstünde sıcacıktı. "Kuzeye yolculuk başlasın, Maya," dedi.

Islak taşların arasına basarak karanlıkta ilerlerken ilk temkinli yıldızın bulutların arasından göz kırpmayı başardığı yere yöneldi.

–SON–

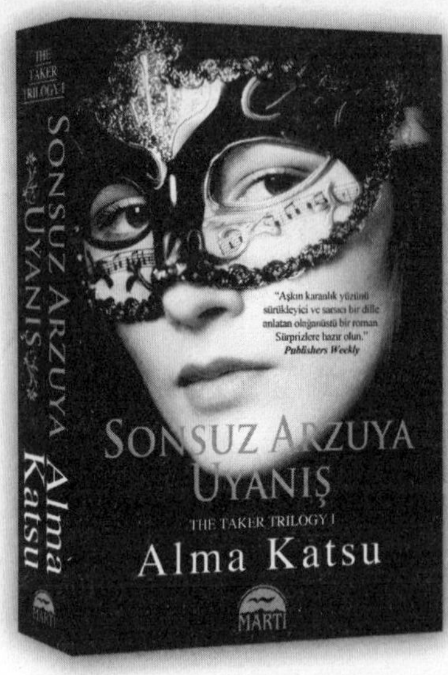

Aşk bir inançtır... ve bütün inançlar sınanır...

Polisler tarafından hastaneye getirilen cinayet zanlısı yaralı bir kadın, Dr. Luke Findleyin tüm hayatını değiştirir. Çünkü bu kadının kimsede olmayan tuhaf çekiciliğinin yanı sıra akıllara durgunluk veren gizemli bir hikâyesi vardır. Ve bu hikâyesine Dr. Lukeu da katarak, sıra dışı serüvenine kaldığı yerden devam edecektir...

Aşk, tutku ve ihanetin harmanlandığı olağanüstü bir üçlemenin ilk romanı...

"İlk sayfasından itibaren sizi içine alan ve bir solukta okuyacağınız harikulade bir roman."
Cosmopolitan

"Romanın her bölümünde karanlık bir dünyanın gittikçe derinlerine iniyorsunuz. Zengin ve büyüleyici kurgusuyla Sonsuz Arzuya Uyanışın unutulmaz kitaplar listesinde sağlam bir yer edineceği kesin!"
New York Times

"Sonsuz Arzuya Uyanış, elinden bırakamayacakları bir kitap arayan herkese şiddetle önereceğim bir roman!"
Booklist

Aşk, erkeğin bir parçası; kadının ise bütün varlığıdır...

Ölümsüzlüğün gücünü kullanarak etrafına kötülük saçan Adair, bir tek aşk karşısında çaresizdir. Fakat gün gelip karşılıksız sevdiği aşkı tarafından ihanete uğrayan ve mahkûmiyete terk edilen Adair bambaşka bir dünyada, hiç bilmediği bir zamana gözlerini açar. Artık aşkın esaretinden kurtulma ve yabancısı olduğu bir hayatta öç alma vaktidir.

Büyülü bir geçmiş ile modern bir şimdi arasında nefes kesen bir yolculuk sunan Sonsuz Arzuyla Hesaplaşma, özgürlüğe ulaşmak ve intikam uğruna nelerin göze alındığını anlatan destansı bir roman...

"Zamanı aşan ve tehlikeli duygularla harmanlanmış bu çarpıcı aşk hikâyesi karşısında, kendinizi sayfaların hâkimiyetine teslim edeceğiniz kesin!"
Booklist

"Alma Katsu, okuyucuları geçmiş ile bugün arasındaki büyülü bir atmosferde; uzun, keyifli, aynı zamanda karanlık bir masalın içine çekiyor. Zamanın ötesinden seslenen bu roman, farklı mekânlarda unutulmaz bir yolculuğa yelken açıyor."
New York Times